中国作家协会网络文学研究院（杭州）重点学术扶持项目

中国网络文学研究名家论丛 ｜ 夏　烈　主编

人工智能与网络文艺

▷ 黄鸣奋　著

宁波出版社

"中国网络文学研究名家论丛"组委会

顾　问　陈崎嵘　臧　军　曹启文　应雪林
主　任　沈旭微
副主任　唐龙尧　夏　烈　袁志坚　尚佐文
委　员　肖惊鸿　叶　凯　何晓原　马　季　陈曼冬

主　编　夏　烈
编　委　徐　飞　陈金霞　钱登科　田　璐　俞丽芸

序 一

且为网文鼓与呼

陈崎嵘

历经二十余年的蓬勃生长与大浪淘沙,中国网络文学为普罗大众所接纳、熟知和欢迎,成为一种谁也无法忽视的世界级文化现象。

网文忆,最忆是杭州。这里有三秋桂子、十里荷花,更有百名大神、数个首创。在社会各界大力支持下,中国作家协会网络文学研究院、中国网络作家村、中国网络文学周,先后落户杭州白马湖畔。一时云蒸霞蔚,风生水起。

自然不能说这三块金字招牌发挥了多么巨大的作用。在笔者看来,它们的主要意义在于首创,在于拓展人们对于网络文学认知的阈值。

当然,作用还是有些的。譬如,中国作家协会网络文学研究院聘请了一批专家学者,坚持不懈地开展网络文学研究,并取得了一系列成果。"中国网络文学研究名家论丛"的推出,即是佐证。

收入此辑的 9 种研究专著，撰写者都是国内多年坚持网络文学研究，并为业界所广泛认可的专家学者。长期以来，他们跟踪中国网络文学的发展流变，直面网络文学现场，将自己的目光聚焦于网络文学和网络作家，从而清晰地勾勒出中国网络文学发展的历史与态势；他们将中国网络文学放到新世界、新世纪、新时代、新文坛、新媒体、新技术的大格局中，加以观察、比较、互鉴，得出关于中国网络文学性质、特质、价值、意义、成因的判断，认定中国网络文学是新型的人民文学，或许可使中国网络文学扬名立万；他们剖析千百部网络文学作品和千百名网络作家，从历史文化传统、神话知识谱系、外国魔幻奇幻因素影响、当下中国读者阅读审美习惯诸方面，梳理出中国网络文学的类型化、男频女频世界、超长文本、金手指和异能、网络文学共同体等的合理性、可持续性，为业界注入信心与动能。

需要说明的是，上述研究专著，并不是中国作家协会网络文学研究院研究成果的全部，还有几位被聘专家的专著，因各种原因而未被列入；它们更不是全国网络文学研究成果的集大成，而只是网络文学理论评论大海中几朵绚丽的浪花，是网络文学理论评论森林里几束翠绿的枝叶。但笔者依然认为，这些成果对于中国作家协会网络文学研究院乃至中国网络文学界，仍是一个可喜的收获，对于当前网络文学创作与研究亦有所裨益。

笔者并不认为我国网络文学的研究状况已令人满意。恰恰相反，笔者曾在多个场合反复阐述网络文学理论评论滞后于网络文学创作实践的观点，竭力呼吁加强网络文学研究队伍建设，强化网络文学研究工作，继续充分发挥中国作家协会网络文学研究院及其他研究基地、研究中心的作用。尤其要探索网络文学的网上评论，开辟"网来网去"的路径。研究者要"下海冲浪"，在创作现场与作者、网民互动,积极扮演"战地记者",尝试进行"现场直播"。也许,那样的网络文学评论与研究,更接"地气""人气""网气",更有可能受到网络作家和网民读者的欢迎。

我们有理由期待,并祝贺"中国网络文学研究名家论丛"的编辑出版。

2022 年 5 月

(本文作者为中国作家协会网络文学委员会主任、中国作家协会网络文学研究院院务委员会主任,中国作家协会书记处原书记、副主席。)

序 二

集结与开放
序"中国网络文学研究名家论丛"

夏 烈

"中国网络文学研究名家论丛"是位于杭州的中国作家协会网络文学研究院立项扶持的重点学术项目。2020年启动,历时两年,第一批成果9种即将付梓。作为丛书主编,照例要写几句。

首先,是关于这一丛书的起心动念。作为中国网络文学二十余年场域内的一分子,除了与广大的网络作家、产业平台乃至粉丝受众时相交流、共同成长以外,我更多的时间是在与网络文学研究、评论界的同道们聚首、开会、评审、撰稿。可以说,面对网络文学这个"一时代之文学"的大势新潮,高校文科、作协、文联以及相关文化单位的文学研究者、批评家逐渐从三三两两到小股的轻骑兵,再到今时今日蔚然生动的集团军——中南大学欧阳友权教授领衔的湘派,北京大学邵燕君教授领衔的京派,山东大学黄发有教授领衔的鲁派,安徽大学周志雄教授领衔的徽派,南京师范大学何平教授或者苏州大学汤哲声教授领衔的苏派，自然还有杭州师范大学的我和单小曦教授领衔的浙派。其余如厦门大学黄鸣奋教授，中国社会科学院陈定家教授，中国作家协会网络文学中心何弘主任、肖惊鸿研究员，鲁迅文学院王祥研究员，中国作家协会网络文学研究院马季研究员，首都师范大学许苗苗教授，等等。在时代的波澜涌起和文科知识分子的勇毅开拓中，网络文学的研究评论渐成声势，结成一片绚烂的花果园，此既可谓顺势而为、终有小成，亦可谓念念不忘、必有回响。而如果按照我所提出的中国网络文学"场域理论"讲，文科知识分子由此也基本构成了一种力量，在网络文学的发展矩阵中多少占有一股博弈与合作的话语权，他们从理解、参与入手，贯注着所主张的人文价值和审美价值，提倡网络文学的精品化和经典化。对于这些因时而起，富有学术敏感力和打破舒适区、主动迎接挑战的奠基者，我一直就想策划那么一人一册的一套丛书。

是宁波出版社的总编辑袁志坚兄主动找了我。在他之前，也有一些意向合作方，但或因我的怠懒，或因合作条件过于亏欠作者而作罢。袁兄以现当代文学专业的当行本色来劝服我合作一把，我才觉得应鼓足勇气落实实施。之后申报给中国作家协会网络文学研究院，获批了重点项目。这些成了我邀请各位师友的背景、靠山。所以，感谢这些合作方的领导，更感谢第一辑送来书稿的作者，以及那些当下虽无成稿却答应俟之将来的作者们。我深深觉得，网络文学研究评论在学界文坛走来不易，同行者之间的互相鼓励支撑是最可宝贵的财富，这一时代赋予的新的学术共同体还有待我们之间的大力合作、建设、砥砺、珍惜。

其次，是想说说"研究名家"的命名。这对于网络文学研究评论来讲还算新鲜。除了上述讲到的二十余年来渐成声势的一批代表人物,这个"研究名家"的命名,还跟当下网络文学研究评论界已然涌现的"三代"学人群体有关。也就是说,在网络文学研究评论现场,大致形成了具有传帮带传统的三个年龄代际学人的在场,他们共同构建起研究队伍的金字塔结构,从客观上、体制上完成着长幼有序、渐成学统规模的"名家"体系。比如黄鸣奋、欧阳友权从文艺理论学科介入,白烨从现当代文学史、文学评论介入,汤哲声延续前辈范伯群先生从通俗文学介入,等等,他们都是"50后"学人,构成了第一代网络文学研究队伍;陈定家、邵燕君、马季、王祥、黄发有、肖惊鸿、何平等是"60后",夏烈、周志雄、许苗苗、庄庸、单小曦、禹建湘、桫椤、房伟、黎杨全、乔焕江等是"70后",黄平、丛治辰等是"80后"(80初),他们基本构成了第二代网络文学研究队伍;吉云飞、肖映萱、李强、王玉玊、高寒凝等是"90后",是正在迅速崛起的第三代网络文学研究队伍——正是这样的"三代"学人的构成与建设,为我们及时、必要地推动中国网络文学研究名家论丛做了时间上、思想上、结构上的准备。也是在这个意义上,我们希望这套丛书是开放性的,逐渐加入和整合"三代"甚至未来的网络文学学人队伍,包括海外网络文学研究(汉学界)以及网生网络文学评论家的名家之作。

目前第一辑的9种,分别是白烨的《新世纪文坛与新媒体文学》、黄鸣奋的《人工智能与网络文艺》、王祥的《人类神话:网络文学神话学研究》、周志雄的《直面网络文学现场》、夏烈的《故事与场域:以网络文艺为中心》、陈定家的《有无之间:网络文学与超文本研究》、马季的《中国网络文学简史》、肖惊鸿的《网络文学的两个世界:男频和女频名作比较》、庄庸的《网络文学青创爆款方法论》。他们运用了各种理论武器,并将视野扩及网络文学的内部研究和外部研究乃至更广泛的网络文艺、人类文学艺术的生态研究——只有这样,才能更好地认识、理解和发展、建构不断变化中的"一时代之文学",但他们的共同点也是明确的:扎根网络文学场域,从网络文学的文本、现象、特点出发讲话,将网络文学放诸传统——当下——未来的三维、四维、多维结构中交流构想,力求不空论、不强制、不故陋,展卷阅读之中能够感受到研究者、评论家们丰富的学术兴奋点和饱满的思想乐趣。此外,这也可以看作是一次当下学院派(含协会派)网络文学研究代表人物的集结。

中国网络文学是有文化根的当代创作,也是充满民间性、未来性和国际性的文化厚壤。二十余年的创作长廊至今依然拥有巨大的创作活力、市场活力、传播活力和阐释活力,容得下更多的研究者、评论家如蜂子般勤奋采集与酿蜜,这是时代文学气象赐予时代学人的崭新乐土,可圈可点、可赞可弹、可庄可谐,更可以出名家而卓然为峰——"海到尽头天是岸,山至高处人为峰"。习近平总书记对哲学社会科学界讲,要"真正把做人、做事、做学问统一起来"[1],坚持做好一个时代的文学工作,相信也能实现山高人为峰的理想境界。此与同行共勉!

是为序。

2022 年 6 月

(本文作者为中国作家协会网络文学研究院副院长,杭州师范大学文化创意与传媒学院教授、博士生导师。)

---

[1] 习近平:《习近平在哲学社会科学工作座谈会上的讲话》,《中国教育报》2016 年 5 月 19 日,第 1 版。

目 录

绪 论 ………………………………………………………… 001

第一章　信息时代机遇 ………………………………… 011
第一节　震波：信息时代的科艺互动模式 ……………… 013
第二节　刷脸：信息时代的艺术边界重塑 ……………… 030
第三节　旅行：信息时代的艺术观念变革 ……………… 054

第二章　媒体艺术开拓 ………………………………… 073
第一节　活法三义：新媒体与艺术宣言 ………………… 076
第二节　口袋妖怪：新媒体与艺术形态 ………………… 097
第三节　交叉学科：新媒体与艺术研究 ………………… 117

第三章　网络文学周览 ………………………………… 145
第一节　本体：网络文学渊源寻踪 ……………………… 147
第二节　定位：网络文学系统定位 ……………………… 156
第三节　趋势：网络文学演变考察 ……………………… 176

第四章　智能文学设想……199
第一节　互动：人工智能与文学创作模式……201
第二节　设问：人工智能与文学创新观念……225
第三节　憧憬：人工智能与文学创造想象……244

第五章　文艺评论新潮……257
第一节　顾盼：网络文艺评论的源流考察……260
第二节　凝视：网络文艺评论的特征分析……287
第三节　科幻：网络文学评论的视角举隅……297

第六章　文艺历史追踪……311
第一节　交互性娱乐：数字艺术的历史发展……313
第二节　泛智能氛围：艺术语言的创新轨迹……327
第三节　高质量发展：网络文学的前景展望……340

余　论……361
参考文献……363
后　记……386

绪　论

网络文艺风华正茂。它的魅力不仅在于创造了广阔的想象空间，而且在于以现实意义上的多种取向展示了重要价值。对这些取向的选择，实际上是由文化背景、现实需求、价值观等多种因素决定的。正因为如此，网络文艺可以是未来世界艺术的雏形，也可以是各种现实艺术类别的统称。它所依托的互联网经历了半个多世纪的发展，正在进入智能化阶段。因此，本书以"人工智能与网络文艺"为题。

一、网络文艺的价值悖论

网络自古以来既是人类用以施展能力的工具，又是人类进行自我约束的手段。尽管网络本身的含义已经从水网、渔网等扩展到当今无所不在的全球信息基础设施（GII），甚至向太空延伸，信息网络服务也早已分化为网络新闻、电子商务乃至网络文艺，但网络所包含的千古悖论仍然在发挥着重要作用。我们不妨来看看它的表现。

在社会层面，网络文艺可以是依托社会网络创造的艺术，雄辩地证明人类的主体性在媒体科技支持下能够创造出怎样的精神奇迹；可以是促进神经网络自我更新的艺术，使我们脑洞大开，激发创意、创新、创业；可以是集中显示信息网络革新趋势的艺术，说明作者与受众的直接交互促进了想象共同体的形成。

在产品层面，网络文艺可以表明高科技正在带来新手法、新技巧、新突破，譬如前卫艺术家在奥地利林茨电子艺术节上获奖的各种作品那样；可以将当下时行的数据主义、计算主义奉为自己的行动指南，引入第四次工业革命的定制化口号，进入基于精确预测的按需创作新阶段；可以将 IP 理解为知识产权，以此在文化产业中寻找其定位，让网络文学、网络音乐、网络美术、网络影视、网络游戏等都繁荣兴盛。

在运营层面，网络文艺可以将 IP 理解为网络地址，雄心勃勃地随着互联网的扩展而传播，正如全球信息基础设施要将天下一网打尽那样；可以证明符号生产的"内爆"促进了虚拟化、去地域化，如果宅男宅女关在家中写作就能飞快地生产出各种"神"作品，带来丰厚收入的话；可以将在线交流当成激励机制，允许每个人都以自身为尺度诠释世界，通过自发性受众反馈为主的途径鼓励各美其美，让人类精神世界的丰富性得到相对全面的体现。

倘若不是着眼于网络对人类施展能力的作用，而是着眼于网络如何对人类加以约束的话，那么，网络文艺的发展存在完全不同的可能性。

在社会层面，网络文艺可能是由未来智能网络自动、自主、自发生成的艺术，表明人类中的"无用阶层"正在迅速扩大其规模，从而昭示丧失主体性的危险；可能是以电子鸦片麻痹神经网络的艺术，带来注意力资源的巨大浪费，以至于这个行业的成功带来其他行业效率的下降，印证"玩物丧志"的古老格言；可能是暴露信息网络利益格局的艺术，显示大大小小的网络运营商、内容提供商、技术支持商正在成为新的推手、把关人和权威，左右着艺术的命运。因此，以计算机和互联网为标志的信息革命所许诺的种种意义上的自由不过是屏幕上的蓝天白云。

在产品层面，网络文艺可能是历史上所曾有过的对设备和技术最为依赖的艺术，一旦断网，再美的作品都无法被欣赏；可能是内容经常被稀释、摊薄的艺术，经常因为缺乏足够的生活积淀而不得不大量从传统艺术（特别是其中的通俗艺术）中汲取资源；也可能是创造性为类型化所约束的艺术，跟着在线市场的脚步走。

在运营层面，网络文艺是仿拟之风颇盛的艺术，罕见孤独思想者的气质；是再现实化、再地域化正在大行其道的艺术，因为网络本身正在朝物联网的方向发展，未来网络作品的篇章甚至词句都能链接到具体的物品、地点或景观；也是将网络当成空前严密的管治机制的艺术，通过普遍监控贯彻统一的标准，希望通过权威性艺术评论为主的途径实现步调一致。

如今的网络文艺已经脱却稚气、青涩与天真，走向技巧的老练、风格的老辣、运营的老谋深算。这当然不是否定网络文艺所烙有的青春艺术的印记，只是说它已经趋于成熟，有些时候甚至老于世故（有那么多功利考量）。社会对青年的期待不同于对孩童与少年的期待。当发展网络文艺已经作为国家战略组成部分的时候，对它的思考便不能再局限于网络文艺本身，而要更多地关注它和国计民生乃至世界风云的关系。同理，当网络文艺已经走过近半个世纪的历程时，对它的思考便不能再局限于当下网络文艺的状态，而是进而琢磨它在文化视野中的长远定位。面对网络文艺发展的无限机遇，不论是从业者还是爱好者都可以做出自己的抉择。网络文艺自身的历史轨迹则由这些抉择的合力决定。因此，网络文艺说到底还是服务于社会网络的艺术，只不过如今是通过信息网络这个中介。我们对网络文艺的关爱其实仍然是对人的关爱，想象网络文艺的未来发展，也是思考人类社会的前景和走向。或许有一天，网络文艺可以宽容大度地退到幕后，满怀喜悦地注视着其他艺术争奇斗艳。既然所有的艺术都可以在信息化之后上网，网络文艺就只是艺术的总称（或总目），而不是它的某一分支的别名。当人们觉得在"艺术"之前冠以"网络"是架屋叠床（因为任何艺术都是网络文艺，无须重复标明）之时，实际上正是网络文艺臻于化境之日。

二、人工智能的无限潜力

当下，网络文艺正在进入人工智能标领风骚的时代。人工智能虽然只有半个多世纪的历史，却已经对社会生活产生重大影响。在文艺领域，它被用于开发自动写作、自动谱曲、自动绘画等软件，建构作为演员的可信智能体，自动识别观众的表情反应，根据客户喜好推荐作品，将大数据作为产业运营依据，等等。至于林林总总的智能机器人形象，早就通过文艺渠道在社会上不胫而走。

我国在2017年3月通过"两会"将人工智能上升为国家战略；7月由国务院颁发《新一代人工智能发展规划》，宣布到2030年要占据人工智能科技制高点；10月在"十九大"报告中提出推动互联网、大数据、人工智能和实体经济深度融合；12月由工信部颁布《促进新一代人工智能产业发展三年行动计划（2018—2020年）》。在实践中，人工智能正迅速成为我国各行各业发展变革的有力推手。不难想象，智能化将是未来文艺的重要特征。它势必转变目前司空见惯的由人来观看文艺的基本模式，使人和文艺进入比当下视频点播、视频游戏、主题公园等更为复杂多变的交互状态。未来文艺既是由当下年轻一代所主导的文艺，又是关于未来的文艺，同时还是未来时代所可能呈现的文艺。我国目前拥有世界上最大的互联网和移动通信用户群，构成其主体的年轻一代早就在使用智能手机的过程中接触到信息科技，是开拓智能文艺潜力的生力军。匠心独运的电影（特别是科幻电影）编导早就为人们展示了关于未来的文艺，引导公众对各种智能化技术与应用的到来做好心理准备。至于未来时代可能呈现的文艺究竟是什么，除非时间机器研发成功，否则只能通过揣测来预计、诉诸媒体来沟通。因此，我们期待中国网络文艺学派成为跨越过去、现在与未来的桥梁，用生动作品呈现中华民族振兴历程和未来憧憬，用高精尖信息技术引领网络升级与应用创新，用精辟的文艺研究阐释世界的奥义。

对于人工智能与我国网络文艺研究的关系，至少可从如下三方面把握：一是中国身份的智能定位，如中国研究者虚拟化身的海外遥在、海量影像资料中国相关信息析取、中国景观背景模型建造、机器人参加中国艺考（正如当下"讯飞超脑"计划让机器人参加高考，并将考上重点大学当成目标那样）等；二是文艺本体的智能生产，包括文化需求的全面预测、文艺选题的自动论证、故事情节的自由生成、中国元素的应用集成、虚拟演员的按需定制、观众视角的任意选择、社会反馈的大数据分析、智能终端的功能开发等；三是学派组织的智能管理，如各级协会的互联互通、文艺动态的全球捕捉、学术成果的自动翻译、产学研需求的自主寻找与对接、文艺共同体的智能助手等。

人工智能既是人类智能的延伸，又是人类智能的对手；既给人类带来无限的机遇，又给人类带来巨大的挑战。融合了人工智能的人类智能将拥有比目前更为强大的能动性，正如受困于人工智能的人类智能将具备比目前更为无奈的受动性那样。网络文艺可以将人工智能当成促进自身更新换代的推手，也可以将人工智能当成想象、审视或批判的目标，或者与人工智能共舞，书写数字地球的新篇章。

三、关于本书

本书的研究对象主要是指 20 世纪中叶以来在以计算机和互联网为标志的第五次信息革命推动下发展起来的网络文学、网络音乐、网络美术、网络影视、网络游戏等类型。它们经常被合称为"网络艺术"，如果将文学当成一种语言艺术的话；也经常被合称为"新媒体艺术"或"新媒介文艺"，如果将信息网络当成一种新媒体或新媒介的话。如果有意将文学和其他艺术类型区别开来，也可以将它们视为"网络文艺""新媒体文艺""新媒介文艺"。从历史的角度看，语言是从人的猿类祖先笼统的表情中分化出来的，文学是从初民笼统的"艺术"（手之舞之，足之蹈之）中分化出来的。出于人的意识以语言为基础等原因，文学享有比其他艺术类型更重要的位置，这才有了"文艺"的说法。从平台的角度看，网络文学是从用户笼统的"网络艺术"（运用二进制符号涂鸦之类）分化出来的。因为其创作的技术门槛低等缘故，网络文学获得了众多网民的青睐，这才有了"网络文艺"的说法。与上述认识相适应，本书前两章所论以笼统的艺术为主，中间两章以网络文学为主，后面两章以网络文艺为主。

笔者从事网络文艺的研究已经有20多年。早在20世纪末，所著《电脑艺术学》（学林出版社，1998）就论证了网络对艺术的意义（见第二章第三节）。从那时开始，笔者陆续出版了多部与网络文艺相关的专著，如厦门大学出版社付梓的《比特挑战缪斯：网络与艺术》（2000）、《网络媒体与艺术发展》（2004），文化艺术出版社付梓的《互联网艺术》（2006），学林出版社付梓的《互联网艺术产业》（2008），中国文联出版社付梓的《位置叙事学：移动互联时代的艺术创意》（三卷本，2017），等等。虽不以"网络"为题，但同样将网络文艺作为重点的专著有厦门大学出版社付梓的《超文本诗学》（2002）、《数码戏剧学：影视、电玩与智能偶戏研究》（2003）、《新媒体与泛动画产业的文化思考》（2010），学林出版社付梓的《数码艺术学》（2004）、《新媒体与西方数码艺术理论》（2009）、《西方数码艺术理论史》（六卷本，2011）、《数码艺术潜学科群研究》（四卷本，2014），等等。与此同时，也陆续发表了一些有关人工智能的论文，如《智能代理：世纪之交的走向》（《世界科学》1997年第12期）、《艺术、人工智能与网络：世纪之交的走向》（《东方丛刊》2002年第1期）、《可信智能体：卡耐基·梅隆大学的数码戏剧实验》（《戏剧艺术》2003年第2期）、《电影创意：科幻视野中的泛智能化》（《网络文学评论》2017年第1期）、《人工智能与文学创作的对接、渗透与比较》（《社会科学战线》2018年第11期）、《超他者：中国电影里的人工智能想象》（《江西师范大学学报（哲学社会科学版）》2019年第4期）、《我国网络科幻小说的人工智能想象》（《长江文艺评论》2020年第2期）、《社会化：我国科幻电影的机器人想象》（《广州大学学报（社会科学版）》2020年第2期），等等。

本书共分六章，其意脉是以计算机和互联网为标志的信息革命促进艺术创新，新媒体成为新技术与新艺术相结合的枢纽，作为语言艺术的文学在网络平台上蓬勃发展，人工智能的引入引发了对文学定位的无限遐想，文艺评论迎来了新的用武之地，文艺历史正在书写新篇章。根据这样的思路，第一章题为"信息时代机遇"，主要考察信息时代科学与艺术互动的模式、刷脸时代的艺术边界重塑、动态视野中的艺术变革之旅等。第二章题为"媒体艺术开拓"，主要从"活法"的角度考察当代西方新媒体艺术宣言，从"口袋妖怪"的角度考察新媒体与艺术形态的变革，从"交叉学科"的角度考察新媒体与艺术研究的关系。第三章题为"网络文学周览"，主要从渊源的角度考察网络文学的本体，从系统的角度为网络文学定位，从演变的角度考察网络文学的趋势。第四章题为"智能文学设想"，主要探讨人工智能与文学创作的对接、渗透及比较，我国网络科幻小说的人工智能想象，还有人工智能与文学创造想象的关系。第五章题为"文艺评论新潮"，主要分析网络文艺评论的由来、定位与要旨。最后一章题为"文艺历史追踪"，主要从"交互性娱乐"的角度考察数字艺术的历史发展，从"泛智能氛围"的角度追溯艺术语言的创新轨迹，从"高质量发展"的角度展望网络文学的前景。

不论是"网络文学""数字（媒体）艺术"还是"网络文艺"，都是信息革命的产物，可以置于传播学视野下加以考察。因此，本书将笔者所建立的传播要素理论作为研究框架。上述理论将传播情境或艺术系统区分为彼此联系的三个层面，即由主体、对象和中介构成的社会层面，由手段、内容和本体构成的产品层面，由方式、环境和机制构成的运营层面。在传播情境中，上述三个层面所包含的九个要素可以分别加上"传播"作为限定词；在艺术系统中，它们又可以分别用"艺术""文学"或"文艺"加以修饰。实际上,人类艺术(包括作为语言艺术的文学)是在交往过程中产生和发展的,这种交往不过是广义传播的一种特殊类型。因此,传播九要素可以转化为艺术九要素(如传播主体可以转化为艺术主体、传播对象可以转化为艺术对象等)。不仅如此,"网络""数字"都具备媒体属性。现今所说的"网络"特指基于计算机技术的通信网络,包括范围不同的局域网、广域网和国际互联网。"数字"本身是用于计算(作为动词的"数")的特殊书面符号("字"),是以文字为标志的第二次信息革命的产物,如今则作为二进制编码成为构建软件、互联网乃至虚拟世界的基础。为了表明后者的特殊性,人们称其为"数字媒体",所谓"数字媒体艺术"就是这样来的,有时也简称"数字艺术"。在数字化语境中,"网络""数字(媒体)"可以成为传播情境和艺术系统对接的中间件或交换平台。上述认识是本书的观念前提。

第 一 章

信息时代机遇

信息时代以电子计算机的发明为先导，以互联网的前身——美国的阿帕网问世（1969）为开端。这是全球化、知识经济、可持续发展成为主题的时代，是社会生活各个领域都呈现数字化、信息化、网络化趋势的时代，是科技和艺术在一度疏离后试图重新彼此拥抱的时代。本章以信息时代的到来为背景，考察艺术与科技的密切互动如何促进艺术外延与内涵的变化，包括艺术边界的重塑、艺术观念的更新等。

第一节　震波：信息时代的科艺互动模式

如果亲临奥地利林茨电子艺术节现场，或者到北京今日美术馆参观相关展览，我们也许会为科技与艺术联姻所能造就的辉煌感到震撼。与此相反，如果从网上点播有关人造人、隐形人、换灵人、克隆人等题材的科幻电影，我们可能领悟到艺术因对科技失控的预期而产生的震惊、忧虑与警惕。当艺术瞄准科技走火入魔的危险（或危害）大张挞伐时，科技正以其不可阻挡的迅猛发展冲决传统的艺术观念和艺术格局，甚至对整个社会形成了震慑之势。在某种意义上可以说：上述科技与艺术关系的震撼、震惊与震慑并存，是人类从传统社会走向信息社会的特有标志。

一、震撼：科技对艺术的助力

艺术的发展和科技的进步之间存在某种一致性。尽管达尔文等进化论者将人类艺术溯源于动物的性选择，但在创造性的意义上，艺术是人类所特有的。尽管比较心理学家发现某些动物也能使用（甚至制造）简单工具，但在运用工具、制造工具的意义上，科技也是人类所特有的。以语言为标志的第一次信息革命造就了人脑中作为自我意识依据的第二信号系统，从而使作为艺术之心理依据的模仿和表现成为可能。以文字为标志的第二次信息革命提供了对于艺术的外延和内涵进行深度思考的媒体条件，从而促进了最初的艺术观念和艺术理论的诞生。以印刷术为标志的第三次信息革命建设了作为艺术共享平台的大众媒体，从而使艺术生产、艺术传播和艺术鉴赏走上了大规模市场化轨道。以电磁波为标志的第四次信息革命实现了艺术共享的电子化、远程化、视听化，为读图时代的到来导夫先路。以计算机和互联网为标志的第五次信息革命将艺术发展纳入网络互联、智能集成的轨道，使艺术在世界范围的跨平台流动成为常态。尽管作为其支持条件的科技（主要是信息科技）经历了诸多变化，但不论在哪个时代，艺术总是诉诸人的心理，通过影响包括知、情、意在内的心理过程而发挥其社会功能。离开了人的心理，就无从诠释艺术的奥秘。

（一）艺术追求震撼

既然艺术诉诸人的心理，那么，对人的心理影响越大的艺术作品、艺术活动或艺术角色就可能获得的评价越高。循此以推，震撼性效果便顺理成章地变为艺术的目标，因为它的含义正是大到非同小可的心理影响。人们用"震撼"颂扬雪莱（P. B. Shelley）《西风颂》、艾略特（T. S. Eliot）《荒原》、唐德亮《惊蛰雷》之类的诗歌，托尔斯泰（Л. Н. Толстой）《战争与和平》之类的小说，《红旗渠》《李四光》之类的戏剧，《辛德勒的名单》《钢琴师》《骆驼祥子》《唐山大地震》《一九四二》《加油中国》之类的影片，《天下兄弟》这样的电视剧，《复兴之路》这样的大型音乐舞蹈史诗，《见证与铭记——南京大屠杀》这样的空间展示艺术，《伊凡上海寻亲记》这样的多媒体传奇儿童剧，或赞美其视觉形象直达心灵，或肯定其内涵的深厚、对比的强烈、立意的惊世骇俗，或称颂其"平静中的震撼""琐细与平实中也有让人震撼的内容"。

　　从信息论的角度看，艺术对震撼性效果的追求至少包含以下三重意义：一是诉诸感官，让人们接触到新鲜而强烈的刺激；二是诉诸心灵，通过展示匪夷所思的因果联系打破人们的心理定式；三是诉诸肢体，让艺术活动给参与者带来非同寻常的反馈。如果感官作为分析器难以应对纷至沓来（甚至如大潮般涌至）的强烈刺激，如果心灵作为处理器难以按常规及时解析海量新颖的信息，或者发现了远超出其惯性思路的联系及意义，如果肢体作为效应器难以操控自身所处的奇异环境，我们就体验到震撼。这是震撼的三重意义，也是以源于科技的信息处理系统为参照对艺术效果的阐释。

　　在不同类型的艺术中，我们可以观察到生成震撼效果的不同方式。例如，美术作品的震撼更多来自画面的大气磅礴，音乐作品的震撼更多来自旋律的回肠荡气，文学作品的震撼更多来自情节的起伏跌宕，戏剧表演的震撼更多来自故事、表演和舞台特效的集成，影视艺术的震撼更多来自宏大画面、超强音响与人物命运的相互交织，互动艺术的震撼更多来自惊险情境的经历。

(二)科技助力艺术创造震撼

科技与艺术都植根于人性之中。在某种意义上可以说：它们分别是人类"做得到"与"想得到"的代表。人类能够运用工具以制造工具，这是"做得到"的基础；人类能够运用语言反思自己的存在，这是"想得到"的基础。对于前者的概括与升华产生了科技，对于后者的概括与升华产生了艺术。不论"做得到"还是"想得到"，都以已经做到、已经想到为基础，以未曾做到、未曾想到为引领。这说明科技与艺术都只能放在历史发展中来定位。

人类曾有科技与艺术融而未分的时代。原始人引吭高歌，就其发声而言是技术，就其传情而言是艺术，当时都包含在技艺之中。最初的艺术工作者——游吟诗人是从善于歌唱者发展而来的，最初的科技工作者——工匠则是从善于伴奏者发展而来的（骨笛、弓弦、石鼓等考古遗存曲折地反映了他们之间的联系）。伴随着社会分工的推进，科技更多地朝实用发展，艺术更多地朝娱乐发展。在多数情况下，科技将无用变成有用，艺术将有用变成无用，进而宣布"无用乃大用"。

科技与艺术是人类把握世界的两种方式，既相互区别，又彼此助力。科技对艺术的贡献之一，就是协助创造震撼性效果。击鼓而歌，其情愈壮；编钟齐鸣，庙堂回响；泰山刻石，文辞高远；灯光闪亮，惊艳登场……这类例证不胜枚举。直至今日，科技（特别是信息科技）仍然有助于实现艺术对震撼性效果的追求，主要原因有三：一是它们提供了多样化的呈现方式，可以让艺术家所构想的情境通过相应数码设备得到亮丽展示；二是它们揭示出海量信息之间各种潜在的联系，其组合效果往往超出人们的想象；三是它们创造出精彩的互动场景（如主题公园等），让人们得以亲力亲为、乐此不疲。或许可以说：在第一重意义上，立体声比单声道震撼，三维电影比二维电影震撼，街机比掌机震撼，大型数码娱乐比桌面数码游戏震撼；在第二重意义上，超文本比线性文体震撼，随机艺术比固化艺术震撼，新媒体艺术比传统艺术震撼；在第三重意义上，交互性艺术比静观性艺术震撼，群体性艺术比个体性艺术震撼，冒险型艺术比日常型艺术震撼。当然，以上只是就总体而论，并非对个别作品加以比较。

概言之，艺术试图引导人摆脱日常生活的束缚，见平常所未见之景，识平常所未识之人，悟平常所未悟之理，历平常所未历之情。就此而言，科技确实大有用武之地。奥地利林茨电子艺术节之所以能够在新媒体艺术领域标领风骚，很大程度上就是由于借助科技力量展示艺术胜境。例如，荷兰艺术家尼斯（Marnix de Nijs）的《爆炸视图2.0版》（Exploded Views 2.0）是一个交互性装置，让访客在物理上穿行于视听城市景观之中，为在大屏幕上投射出的交互性想象所震撼。[1] 德国艺术家亨克（Robert Henke）及其学生梅尔茨（Christoph März）等的《波场综合体之作》（Works for Wave Field Synthesis）旨在探讨音响在空间中的传播。它运用由192个计算机控制的扬声器组成的环路形成阵列，通过高级算法算出送达每个扬声器的信号，可将大量虚拟音源置于环路内外的任何地方，从而使处身其间的人们获得独特的听觉感受。最震撼的是将音源定位于听者的头部时所产生的效果，这种体验是无法用其他技巧获得的。[2]

---

[1] http://www.marnixdenijs.nl/exploded-views-2.htm.[2013-9-25]（本书所引外文文献均为笔者自译）

[2] https://www.monolake.de/installations/wfs_works.html.[2013-9-27]

以上两件作品分别获得交互性艺术组、数码音乐与音响艺术组荣誉奖（2013）。

（三）震撼的反思

根据《国语》记载，僖公二十三年周景王将铸无射钟，单穆公表示反对。他说："夫乐不过以听耳，而美不过以观目，若听乐而震，观美而眩，患莫甚焉。夫耳目，心之枢机也，故必听和而视正……若视听不和而有震眩，则味入不精，不精则气佚，气佚则不和。于是乎有狂悖之言，有眩惑之明，有转易之名，有过慝之度。出令不信，刑政放纷，动不顺时，民无据依，不知所力，各有离心。上失其民，作则不济，求则不获，其何以能乐？"[1] 在单穆公看来，这口钟（或者这组钟）体积过大，音域过低，制作起来劳民伤财，即使制成，其演奏会导致听者产生从感官不和到心灵狂乱再到行为失当等种种弊害。这段话从历史的角度表明早在先秦时期人们已经对乐钟的震撼性效果加以反思，从逻辑的角度表明"艺术追求震撼"这一命题的局限性。

显而易见，单穆公所持的标准是和谐，不仅包括感觉、心灵与行为的和谐，而且包括社会意义上的和谐。他的观点至今仍有启发意义。如果刺激强度超过一定限度，那么，震撼不单无法使人们产生愉悦，还可能对人的感官、心灵与肢体造成伤害。例如，快速变动的电光可以用来渲染气氛、营造震撼人心的效果，这对成人来说或许是"司空见惯浑闲事"，但对尚未适应这种刺激的儿童来说并非如此。

---

[1]〔三国吴〕韦昭：《国语韦氏解》卷三，士礼居丛书景宋本，第39-40页。（本书所引古典文献均出自中国基本古籍库）

1997年12月16日，日本曾因上映根据任天堂游戏软件改编的电视动画片《精灵宝可梦》（Pokémon）发生数百名儿童"光过敏"事件。有鉴于此，我们必须辩证地看待电光技术的影响。推而广之，将科技引入艺术领域，不应片面追求震撼性效果，而应坚持以人为本、节之有度的原则。

顺便说明一下：人的感官、心灵与肢体对于刺激都有一定的适应性。刺激虽然强大，作用时间长了，就无法再唤起先前的震撼反应。从积极的意义上说，这是人对于自身的一种心理保护。如果长期接受外界强烈刺激的影响，又始终做出相同灵敏度的反应，那么，人们很可能受到身心上的伤害。因此，主动降低感受性，不失为非线性系统的明智选择。从消极的意义上说，如果艺术通过高科技的助力而一味"狂轰滥炸"，那么，很可能使人变得麻木，心理变得扭曲。正因为如此，人们对于艺术不只是期盼"惊涛骇浪"，也喜欢"小桥流水"。不过，在另外一些情况下，人们又希望用新的震撼来打破常规。例如，法国戏剧理论家阿尔托（Antonin Artaud）曾将戏剧和往日巫术的力量相比，提出："事实上，我们想使之复苏的是一种总体戏剧，在这种观念中，戏剧将把从来就属于它的东西从电影、杂耍歌舞、杂技，甚至生活中夺回来。我们认为，分析性戏剧与造型世界两者的隔离是十分愚蠢的。躯体和精神，感官与智力是无法分开的，何况在戏剧这个范畴，器官在不断地疲乏，必须用猛烈的震撼才能使我们的理解力复苏。"[1] 由此看来，和谐与震撼是两种相生相克的美学观念。

---

[1]　[法]安托南·阿尔托：《残酷戏剧——戏剧及其重影》，桂裕芳译，中国戏剧出版社1993年版，第82页。

二、震惊：艺术对科技的批判

与震撼相类似，震惊与外界的强烈刺激相关，不过，其重点不在这类刺激撼动人心的作用，而在于人自身的内部心理体验，特别是因期待落空而感到紧张、害怕或兴奋。例如，倘若对重要事物的存废、规模与特征的认知被证明是大谬不然，对重要事物所怀的情感被证明是价值倒错，为影响重要事物而贯彻的意志被证明是适得其反，我们就体验到震惊。自艺术复兴以来，西方科技以加速度发展，为其后涉及全世界的工业革命、信息革命、生物革命准备了条件。这些革命都意味着原有的思维定式、社会范式被突破，其影响往往超出人们的预期，由此带来了各种不同意义的震惊。这种震惊作为冲击波进入艺术领域，一方面带动了艺术观念和艺术手段的更新，另一方面也引发了某种反弹，当代艺术在科幻场景中对科技的批判往往就导源于此。这种批判每每以制造更大的震惊的方式出现，试图引发人们对于科技负面影响的警觉。这类震惊有时可能转化为噱头，导致人们形成见怪不怪的心态。

（一）科技带来震惊

与震撼相类似，科技所带来的震惊主要通过以下三种渠道起作用：一是通过奇异物品的发明，让人从感官上觉得异乎寻常，"怎么会有这样的东西存在"；二是通过奇异因果的揭示，让人从心灵上觉得不可思议，"怎么会是这个样子"；三是通过奇异反馈的引入，让人从肢体上觉得身不由己，"怎么会有这样的可能性"。

对于第一种渠道，麦克卢汉（M. McLuhan）提供了下述实例，旨在说明电光渲染（而不是活字印刷）的字母在19世纪末所引发的震惊。终身致力于印刷术研究的沃尔德（Beatrice Warde）这样自述看广告的经历与感受："那天晚上我进场看电影迟到了。我在路上看见两个腿脚畸形的埃及体的字母 A……它们像音乐厅里一对滑稽演员一样手挽手地以明确无误、昂首阔步的姿势迎面走来。我告诉你我迟到的原因原来如此，你会感到奇怪吗？我看见字母底下的衬线仿佛被芭蕾舞鞋拉在一起，以至于使那些字母活生生地像是芭蕾舞明星在跳足尖舞……经过 4000 年必然是静态的字母表的岁月之后，我看到其中的字母能在时间这个第四维度里做些什么：这就是'流动'或运动。你完全有理由说，我像受到电击那样地感到震惊。"[1]

关于第二种渠道，20 世纪中叶有过不少和第五次信息革命相关的例子。德国的本斯（Max Bense）带领其学生利用算法和计算机程序创造出可以和人类著名画作媲美的作品，许多不明就里的欣赏者在发现这些作品原来是鱼目混珠之后感到震惊。美国麻省理工学院的维森鲍姆（Joseph Weizenbaum）想开发一个"聪明"的计算机程序，结果出乎意料地创造出一个可信的人物。他深为这个名为 Eliza 的智能体在其不知情的同事中所引发的心理反应感到震惊，因为他们将它当成真人而倾诉衷肠。维森鲍姆于是写作了《计算机权力与人类理性》（1976）一书[2]，向世人发出警告。

关于第三种渠道，宇航实验室可以作为例证。虽然我们可能在梦中从高处跌落，也可能经历在电梯里极速下降、在游乐场乘过山

---

[1] ［加］马歇尔·麦克卢汉：《理解媒介——论人的延伸》，何道宽译，商务印书馆 2000 年版，第 218 页。

[2] Joseph Weizenbaum. *Computer Power and Human Reason*. San Francisco, CA: W. H. Freeman, 1976.

车过最高点后陡然俯冲,但失重现象主要发生在轨道上、太空内或远离星球等异常情况下。科学家可以通过建造实验室来模拟上述条件,给身临其境的人们带来震惊级的体验。某些头脑精明的人从中看到了商机。例如,英国维珍集团与缩比复合材料公司共同研发的太空船二号飞行器成功试飞,揭开了商业失重体验的大幕(2010)。

(二)艺术制造更大的震惊

在手段的意义上,科技主要是人类认识与改造物质世界的工具,艺术主要是人类认识与改造精神世界的工具。在内容的意义上,科技主要是成体系、可传授的知识,艺术主要是创造性、不可传授的本领。在本体的意义上,科技主要定位于物质产品的生产,艺术主要定位于精神产品的生产。这样说当然不是否定各种过渡形态的存在,如艺术科技与科技艺术等。在某些情况下,科技性与艺术性都被当成衡量产品特征和水准的尺度。科技中可能有艺术,正如艺术中可能有科技那样。如果某种科技能够巧妙地以有序应对无序,便体现出某种艺术性,像相对论公式、宇宙常数、智能写作程序等都是如此。如果某种艺术能够实在地将无序变成有序,便体现出某种科技性,像可以批量生产的艺术品、诗词格律、戏曲程式等都是如此。

如果科技愿意为艺术服务,那就产生了艺术科技,不论是为艺术观察提供参考系,为艺术构思提供数据库,还是为艺术传达提供工具与材料。如果科技企图将艺术对世界的把握纳入自己的发展轨道,那就产生了艺术科学。如果科技企图与艺术联手发挥影响,那就成了艺术科教(电影中的科教片可以为例)。如果艺术愿意为科技服务,在科技推广中发挥作用,那就成了科普艺术。如果艺术企图与科技联手进行探索,那就成了科技艺术。如果艺术为了避免科技走火入魔,企图矫正科技的发展方向,那就成了科幻艺术。

正是在科幻情境中,艺术企图制造更大的震惊。不论是现实的科技还是拟议的科技,都给了艺术想象某种基点和方向。反过来,艺术家同样根据自己对现实需求与未来远景的把握进行预测。二者相互融合,彼此促进,其结果通过具体艺术作品的构思展示出来。在科幻作品中常见的情况是:艺术家从自己所知的科技出发,运用类似于归谬的方法加以演绎,将某种科技取向推向极端,使之和现有的伦理规范发生冲突,由此制造出比科技震惊更大的艺术震惊。这种倾向在世界科幻小说鼻祖雪莱夫人(M. Shelley)那儿已经显示出来。她所创作的《弗兰肯斯坦 —— 现代普罗米修斯的故事》(1818)既利用当时生物学已经积累的知识作为构思根据,又以天马行空的想象超出其时生物学所处的水平,围绕人造人讲述了一个颇为悲摧的故事。这部长篇小说自 20 世纪以来多次被改编成电影。此外,从美国的《来自天上的声音》(The Voice from the Sky, 1929)、《隐形人》(The Invisible Man, 1933)和英国的《换灵人》(The Man Who Changed His Mind, 1936),到印度的《印度超人克里斯》(Krrish, 2006)、日本的《苹果核战记 2》(Ex Machina, 2007)、美国的《人造士兵》(Cyborg Soldier, 2008)和《超能敢死队》(Ghostbusters, 2016)等,有大量作品是顺着疯狂科学家遭受惩罚的路子构思的。

(三)震惊的反思

"科技震惊"至少包含了两重含义:一是科技作为主体所蓄意制造的震惊,二是科技作为对象使人感到震惊。前者重在动机,可能和科技为传播而谋求轰动有关。后者重在效果,可能和科技的发展之快、亮点之多、影响之大、规划之宏伟相关,褒贬义兼备。介于二者之间的是科技工作者因反思所体验到的震惊,即中介性震惊,像核科学家在看到自己制造的原子弹爆炸的结果之后所感到的震惊就是如此。

与此相类似,"艺术震惊"至少包含了两重含义:一是艺术作为主体所蓄意制造的震惊,二是艺术作为对象使人感到震惊。对于前者,本雅明(W. Benjamin)格外看重。他认为震惊是现代人所具有的一种普遍的社会感受和体验,也是现代艺术作品的一种美学风格或追求。震惊体验的产生与现代人经验的贫乏和贬值有着密切的关系。本雅明一方面希望通过拯救贫乏和贬值的经验来救赎艺术和现代人的心灵;但另一方面,他又在极力地推崇现代艺术的震惊体验,希望从中发掘革命的潜能。[1]对于后者,我们既可以从人们对虽然同时代但自己所不熟悉的各种艺术的心理反应观察到,又可以援引人们对先前时代所留下的具有难以想象的水准、形态或风格的各种艺术的心理反应作为例证。艺术工作者由于自身的反思而体验到的中介性震惊同样是存在的,可能见于其作品引发了匪夷所思的反响、回顾早先创作时发现差异之大等情境。

令人感兴趣的是科技和艺术互动对震惊的影响。"为人性僻耽佳句,语不惊人死不休。"[2]这本是诗圣杜甫的自嘲,若移以论当今时尚,似乎也颇为适合。以"宅"自诩的异次元艺术爱好者如此,那些以奇异研究赢得搞笑诺贝尔奖的科学家也如此。对于当事人来说,博取震惊也许是一种剑走偏锋的成功。对于旁观者来说,感到震惊

---

[1] 和磊:《经验的贫乏与文化创伤——论本雅明的震惊体验及其当代意义》,《武汉理工大学学报(社会科学版)》2015年第6期,第1217页。
[2] 〔唐〕杜甫:《江上值水如海势聊短述》,《杜工部集》卷十三《近体诗一百首》,续古逸丛书景宋本配毛氏汲古阁本,第139页。

或许是一种心理挑战。没有这样的博弈,人生便寂寞了许多,继之而来的往往是视野融合。没有这样的融合,社会便生分了许多。

三、震慑:科技对艺术的发威

与震撼、震惊相比,笔者所理解的震慑具有下述特点:刺激物即使不在感官所把握的范围内,仍然使人意识到它的威力所在;人们虽然能够以自己的心灵把握事物之间的因果联系,却无力改变其发展趋势或结果,即使明明知道这种趋势或结果与自己的愿望背道而驰;当事人所采取的行动虽然能够获得某种正反馈,但比起大环境的负影响来说显得无足轻重。当下流行的网络用语"细思恐极"可以用来概括震慑所产生的心理效果。科技目前在社会生活中所形成的震慑正是这样起作用的。纵使我们到了周边没有什么人造工具的深山老林,仍然逃不出科技的手掌心,这不只是指卫星早就已经笼罩了全球,更是指我们的身体早就已经打上了科技的烙印,从十月怀胎到长大成人,没有一个环节少得了科技的介入。纵然我们知道科技是把双刃剑,但谁也没有办法不用它,这不只是指所有生活资源和生产资源都离不开科技这个"第一生产力"的要素,更是指如果不抓紧开发科技就无法立足于世界民族之林,落后就要挨打。纵令我们可以经营自己所处的微观环境并获得某种自由感,但在宏观背景下基于科技的全景监视早就已经变得无孔不入。如果说艺术通过乌托邦想象公开向疯狂科学家叫板,那么科技则通过引领社会变迁来重塑艺术。前者更多诉诸某种幻觉、预测,带来纯粹心理上的不安与疑虑,后者则更多地见于行动、变革,造成实际生活中的冲突与矛盾。不过,科技对于艺术的威慑、震慑或制约与其说是一种赤裸裸的暴力，不如说是一种"含蓄的震慑力"。它主要表现在以下三方面。

（一）科技理性对艺术感性的制约

科技与艺术是人类把握世界的两种方式。科技倾向于将世界有序化，譬如，工具是可以被制造的，知识是可以被验证的，规律是可以被揭示的。艺术倾向于将世界无序化，譬如，佳作是神来之笔，灵感是不可捉摸的，天才是偶然产生的。正因为如此，人们经常说科技是理性的（为思辨逻辑所左右），艺术是感性的（为情感体验所支配）。这并非否认理性对于艺术、感性对于科技的意义，只是就它们的主导取向而言。

科技与艺术分别将求真与求美作为自己的旗帜。虽然人的心理过程具备整体性，但求真更多地和认知过程相联系，求美更多地和情感过程相联系。科技研究必须排除偏见，避免用主观想法取代客观验证。艺术创作则必须张扬个性、以情动人。科技研究有可能将冷静当成一种肯定性品质，正如艺术创作有可能将热情当成一种肯定性品质那样。科技研究如果需要热情的话，那只是由于科技工作者必须拥有与其研究相适应的内生性动机，而不是要将某种情感投射到其研究成果上。艺术创作如果需要冷静的话，那只是由于艺术工作者在表达自己的内心世界时必须考虑所使用的传播手段的特性、所面临的接受对象的特点等因素，而不是要消除其创作成果的情感性。

人类离不开科技，正如离不开艺术那样。尽管如此，现代社会毕竟以科技为第一生产力，因此，不论以国内生产总值（GDP）、从业人员还是经费额度、利润规模为指标来衡量，科技所占有的地位都是艺术所无法相比的。在世俗国家中,科技理性往往有条件转变为主流意识形态。那些脱离科学常识的艺术创意被当成是迷信,受到科技理性的严肃批判,防止它们蛊惑人心。在科技理性兴起之后,神话与传说渐渐退出历史舞台,因为它们是不可由同行复制并检验的。科技并不是以在幻想中征服自然力为目标,而是要实实在在驾驭自然力。因此,当科技昌明之际,神话就销声匿迹了。遭受与之类似挤压的还有仙妖、魔法、玄幻之类题材的精神产品。这是现代性的题中应有之义。

(二)人工智能对艺术角色的取代

艺术历来被视为人类特有的活动、才能或产品。尽管如此,进入信息时代之后,不单那些需要学徒吃苦耐劳的艺术复制环节逐渐被相对轻松的数码加工取代,那些需要真人演员通过涉险展示勇气与才华的角色逐渐被数码特效取代,连那些本来仰仗天才、灵感、直觉、顿悟的领域也渐渐为人工智能所蚕食。20世纪50年代以来,人们就不断尝试用计算机创作美术、音乐、文学等作品,谈论"机器思维""电脑创造性"等问题。如今,相关程序不断完善,机器人作者逐渐在新闻写作、动漫生成中获得应用,智能化图像软件也逐渐在建筑设计等领域获得推广。

人工智能可否取代目前由人类所扮演的艺术角色?这类问题目前尚属见仁见智,众说纷纭。尽管如此,若和以计算机和互联网为标志的信息革命刚刚爆发的时候相比,如今科技已经对艺术形成了一边倒的震慑态势。倘若说网络时代承诺"人人都可以成为艺术家"的话,信息时代则宣称"智能体都可以成为艺术家"。前者洋溢着乌托邦情调,后者蕴含着恶托邦风险,因为许多人类艺术工作者可能因此下岗。

目前的人工智能还处于由人设计和应用的阶段，虽然在感知、记忆、应对、决策等方面显示出某种与人类智能相似的特征，但既没有自身需要以及由此发展出来的动机、态度，也没有独立意志和世界观、人生观、价值观。因此，人工智能在艺术领域仍然只是人类的助手而已。不过，许多人早就预言上述局面发生根本变化的"奇点"。这种质变是否会真的发生，只有历史发展才能回答。我们倾向于将有关"奇点"的宣传视为科技对整个人类社会的震慑来理解，艺术领域所感受到的压力不过是这种震慑的一种表现。当然，艺术工作者可以通过将自己转变成为掌控人工智能的新型艺术家来寻找出路，亦即变压力为动力。

（三）科技实力对艺术精神的裹挟

科技与艺术互动的态势取决于所处的社会历史条件。并非所有事情都能做，并非所有事情都能想（存在被指为"腹诽""犯意"等危险）。所谓科技伦理、艺术伦理正由此而来。在我国以经学为主导的传统社会中，伦理性是对科技与艺术的共同要求。封建伦理受到资本主义经济的发展、西学东渐等因素影响而瓦解，"民主"与"科学"成为20世纪新文化运动爆发以来的社会诉求。在"以美育代宗教""言论自由"之类观念的引导下，艺术逐渐实现了现代转型。此后，现代意义上的科技与艺术联手，共同为打造社会主义文明服务。

在这期间，全球化作为浪潮在世界范围内汹涌澎湃，逆全球化在同样范围内激起浪花。如今，科技与艺术互动的平台已经不限于国家，甚至也不限于区域性国家联盟，而是联合国这样的世界性组织。科技交流更多被当成硬实力输出，艺术交流被当成软实力输出，通过艺术展示科技实力（或者通过科技展示艺术实力）则构成了巧实力的一种形态。不论是电影大片还是视频游戏，都是在这样的背景下运作的。这类文化产品通常由发达国家向发展中国家输出，不仅推广了其意识形态，而且展示了其科技水准，在精神层面上对被输出国家的观众形成了某种震慑。由于上述心理影响存在于娱乐过程中，因此人们未必觉察到它的存在，这正是巧实力的妙处。

艺术起源于交往，其精神实质是自由，生命力在于创新创造。在科技实力的裹挟下，艺术的交往功能可能被扭曲，自由精神可能萎缩，创新创造可能走上歧途，表现为虽然应用高新科技却只生产出炫目镜头，讲述的仍然是老套故事（甚至是无稽之谈），不仅无助于人类形成和巩固命运共同体意识，反而可能加剧当下不同文化与文明、不同民族与种族、不同国家与国际组织之间的对立和冲突。在这样的情况下，重申艺术所应负的社会责任便是顺理成章之事。

综上所述，科技与艺术的互动在历史上由来已久，其形态受制于具体的社会历史条件。随着信息时代的到来，信息科技崭露头角，不仅促使艺术走上信息化、数字化的道路，而且协助艺术创造它所期待的震撼性效果。与此同时，艺术出于人文关怀等原因而对科技的高速发展感到忧虑，通过在科幻情境中制造震惊的方式提醒世人保持对科技负面作用的警觉。科技理性对于艺术感性的制约、人工智能对于艺术角色的取代、科技实力对于艺术精神的裹挟，则体现了科技对于艺术的震慑。艺术与科技之间的博弈对信息时代的社会心理来说堪称举足轻重，因此值得深入研究。当然，我们希望这种博弈是非零和性的。

第二节　刷脸：信息时代的艺术边界重塑

"刷脸"既是渊源有自的面子文化在当下的延续，又是人工智能、数字媒体、娱乐计算等新技术的集成。"刷脸时代"既是智能机器已经有了"面子"的时代，又是社会成员一刷就"露底"的时代，同时还是刷脸可以刷出文化和地位的时代。艺术有三种意义上的边界：其一和自然位置相关，因为艺术本身是人为而非自然的，但又以"自然"为理想；其二和心理位置相关，因为艺术是"心声"，不论作为审美心境的流露、真实体验的冲动，还是作为虚拟情感的抒写；其三和社会位置相关，因为艺术是一种分工，一种部门，一种体制，或者一种产业。[1] 与上述分析相适应，刷脸时代对艺术边界的重塑，主要是由人工智能通过人机互动、信息革命通过媒体融合、娱乐经济通过"互联网＋"进行的。

一、人工智能：人机互动对艺术社会边界的重塑

之所以说艺术有社会边界，是将艺术置于大自然中加以考察的缘故。从自然位置的角度看艺术，不能不发问：在人类诞生之前，地球上有没有艺术？人类繁衍到今天，仍有些地方去不了、未到过，那些地方有没有艺术？如果答案是肯定的，那么，我们要追问：人类之前、人类之外的"艺术"是什么？它们和我们所说的艺术是否为一回

---

[1] 黄鸣奋：《位置叙事学：移动互联时代的艺术创意》，中国文联出版社2017年版，第1—5页。

事？如果答案是否定的，那么，艺术就存在社会边界。更准确地说，艺术所分布的范围与人类社会的存在是基本一致的。艺术之问世，无疑应当归功于人类智能。将人类称为"万物之灵"，实际上就是肯定人类拥有远比地球上其他生物高的智能水平。当人类出于审美的目的而运用其智能进行交往时，就产生了艺术。人类智能是遗传素质和后天学习的共同结晶，由自然进化所孕育，由环境刺激所开启。艺术边界是人类智能所确定与把握的边界。如今，随着人为进化的兴起，人类正在千方百计地尝试将智能赋予其他存在物，以此来了解智能的本质，并增进自身的智能。不仅如此，某些人还不遗余力地寻找地外智能，想以此来为人类在宇宙中的生存定位。这样做的结果，是促进了人工智能的发达，使人类交往朝人机交往乃至神人交往转变，从而重塑艺术边界。

（一）人类交往：什么是艺术？艺术是什么？

艺术是人类交往的产物，"艺术"则是人类交往的议题。人类交往适应自身需要而发展。根据笔者所提出的需要理论，人的需要在发生学意义上包含六个层次，即生存性需要、生理性需要、信息性需要、心理性需要、实践性需要和成就性需要，与它们对应的交往分别是行为制约、物质交换、经验交流、情感联络、人格归属和成就评价，相当于传播学意义上的祈使、说明、叙述、抒情、描写和议论。就作为议题的"艺术"而言，人们通过命令、请求、禁止、劝阻等互动来规定有关艺术的语境，这是祈使；将艺术的所指与能指对应起来，这是说明；讲述自己和别人对艺术的创造、传播和鉴赏的过程，这是叙述；表达对于艺术的爱好或厌恶，这是抒情；勾勒艺术的形态，这是描写；给艺术下定义，阐述艺术的原则、原理等，这是议论。作为议题的"艺术"涉及本体时至少要回答两个基本问题:"什么是艺术?""艺术是什么?"在逻辑上,前者主要定义艺术的外延(即边界),后者主要定义艺术的内涵(即含义)。

从交往的角度看,数字时代艺术边界重塑是由人机互动引发的。在数字时代到来之前,艺术边界主要以人与人之间的交往作为基点来定义。虽然达尔文等科学家将艺术的前身追溯到动物的性选择,虽然人与自然界其他生物的互动对艺术的影响通过图腾崇拜、动植物题材的寓言乃至生态艺术等途径显示出来,但是艺术总是将人所创作、人所传播、人所鉴赏当成常规。换言之,非人所(能)创作、非人所(能)传播、非人所(能)鉴赏的对象被排除在艺术的边界之外。在数字时代到来之后,艺术边界扩展到作为人类助手的智能设备(首先是智能计算机,兼及各种智能化的嵌入设备和智能网络等)所(能)创作、所(能)传播、所(能)鉴赏的范围。这一重塑导源于19世纪中叶"软件之母"阿达(Ada Byron,也即洛夫莱斯夫人Countess of Lovelace)对计算机艺术潜能的思考,到20世纪50年代开始成为现实,如今通过大数据技术等节节推进。

要想定义数码时代的艺术,不能不正视两个基本问题:"什么是计算机艺术?""计算机艺术是什么?"它们分别就计算机艺术的外延和内涵而言。

第一个问题牵涉到艺术边界的扩展。所谓"计算机艺术"在20世纪90年代可能有至少六种解释:一是以电脑为主体,指计算机自动生成的艺术作品;二是以电脑为对象,指专门为计算机而创作的艺术作品;三是以电脑为手段,指人将计算机当成工具而创造的艺术作品;四是以电脑为内容,指计算机题材的艺术作品;五是以电脑为方式,指按照计算机处理信息的方法、模式生产的艺术作品;六

第一章 信息时代机遇

是以电脑为环境,指进入电脑的各类艺术作品。[1]在交往的意义上,第一种解释对于重塑艺术边界的影响最大。如果将智能设备自动生成的类似于音乐、美术、文学、影像、游戏等的产品都当成艺术,那么,艺术的边界无疑大为扩展。考虑到智能设备可以按照一定程序用人所无法企及的速度连续生产这类产品,艺术(或"艺术")的总量势必极大增长。早在20世纪60年代,在为艺术创作目的而开发的计算机软件中就引入了审美标准以及与之相适应的过滤机制,以保证计算机所生成的产品尽量类似于人所能认可的艺术作品。这种努力旨在维护艺术的边界不至因为计算机的介入而无限扩大,以至于电脑所生成的各种对人来说无意义的文本都被当成艺术。不过,对人来说无意义不等于对人工智能来说无意义,对现阶段的人类无意义也不等于对未来的人类无意义。如果承认这一点的话,那么,引入人工智能势必导致艺术边界的扩展。2017年,Facebook公司让两个运用强化学习的机器人一起玩游戏,它们没用人类可以识别的语句就商量起来。这件事经报道后引发了广泛关注。我们不妨设想一下:如果智能设备无需人的指令就能彼此互动、对它们认为有意义的事情进行交流,甚至在上述过程中酝酿、产生某种人类无法理解的结果,那又会怎么样?人类是将这种结果当成"创意"或"作品"加以赞美,说艺苑从此新增奇葩,还是将这种结果当成"失控"或"奇点"而发出警报,说人类从此永无宁日?在这一意义上,艺术边界的扩展和人类未来的命运是彼此关联的。

第二个问题牵涉到艺术内涵的更新。笔者曾根据对交往的演变与分化的考察给出如下艺术定义:狭义艺术是指兼具憧憬性、虚

---

[1] 黄鸣奋:《电脑艺术学》,学林出版社1998年版,第14—15页。

构性和创造性的交往，广义艺术是指具备憧憬性、虚构性或创造性的交往。在现阶段，智能计算机还没有自身的需要，也就没有以这种需要的长远性、理想性满足为特征的憧憬；还无法像人类那样将想象的世界和现实的世界区分开来，也就没有基于上述区分的虚构。正因为如此，由计算机自动生成的产品如果被视为艺术的话，那么，只能是在创造性意义上所说的广义艺术。至于智能计算机是否具备创造性，答案应当是肯定的。比较公允的看法是：计算机目前具备弱的创造性，将来可能超越现有水平。某些计算机生成产品之所以跻身艺术行列，正是以此为前提。换言之，它们的主要价值不在于看起来有点像人类艺术作品（例如引入随机数而生成的线条画有点像荷兰蒙德里安的非具象绘画），而在于创造出人类思虑所未及的意象或形象，分形算法的应用就是例证之一。

由于人工智能日趋发达，对于"什么是计算机艺术"的问题，或许将增加三种可能的答案：一是以电脑为中介，指人工智能通过充当人类教师、经纪人、主持人或组织者所创造的作品；二是以电脑为本体，指人工智能本身成为有灵气、聚人气、接地气的作品；三是以电脑为机制，指人工智能以自身为尺度而创造的作品。如果未来的人工智能不仅有表情、会刷脸，而且具备自身需要、可以明辨虚实，那么，某些计算机生成产品也可能符合狭义艺术的标准，即兼具憧憬性、虚构性和创造性。至于这对人类来说是福音抑或噩耗，那是另一个问题了。

（二）人机交往：人脸，机器脸

尽管"人机对话""人机交流""人机互动""人机协作"之类术语在数码时代已经屡见不鲜，"人机交往"却非如此。人们习惯于将"交往"的范围限定在人与人之间。如果将来的智能机器具备栩栩如生的表情，就比较可能被人类视为真正意义上的伙伴，用"交往"来指称彼此之间的相互作用。即使在今天，表情显示与表情识别也已经是人机界面的重要研究课题。

人工智能如今正在迅速进入社会生活的方方面面。它不仅已经在人类过去自认为占有优势的围棋领域打败了世界上最优秀的棋手，而且正在各种艺术领域发挥作用。从建筑图样的生成，到机器配乐、电脑绘画、文学写作、动漫制作、游戏角色控制等，都有智能计算机和嵌入设备的身影。如果人工智能要成为人类真正意义上的交往伙伴，那么，它（他）不仅要有身体，而且要有表情，让人们可以刷它（他）的脸；不仅要能辨认人的基本造型，而且要能识别人的动态表情，也就是刷人的脸。当然，智能机器人之间也要能够彼此刷脸，前提是它们（他们）的表情已经变得像人类表情一样丰富、生动。如果上述这三条都能实现，那么，所谓"计算机艺术"就发展到能够"以非人为人"的新阶段。在美国科幻电影《机器管家》(Bicentennial Man, 1999)中，智能机器人安德鲁逐渐获得感情而努力变成人。他的大拇指不慎被切除，在接受修理时，安德鲁要求改变其面部以便充分表达情感。这正是上述刷脸诉求的表现。

在实践中，早就有人试图给人工智能程序配脸，譬如，聊天虫 Alice 就是有面部表情的软件机器人。美国麻省理工学院媒体实验室卡斯尔（Justine Cassell）领导的"姿势与叙事语言"项目组推出了有言语、姿势、语调与面部表情的自主动画智能体（1994）。芝加哥德波大学由埃利奥特（Clark Elliott）负责的情感推理项目所定义的智能体拥有 24 种不同范畴的情感，每个情感范畴拥有 22 种不同变量。它们以动画面孔现形，可以变换约 70 种不同表情，运用文语转换技术说话。

让硬件机器人"有脸"比较困难,讨巧的方法是用显示器当它们的头部,这样就可以拿视频作为其表情。如果要让它们的头部真正具有伸缩自如的"表情肌",必须另辟蹊径。日本东京科学院给机器人配上一张用聚硅酮制成的脸,在瞳孔下面安装了两个微型摄像机。机器人能够分辨所面对的人脸的表情,并选择一种自己的表情作为回应,这是靠电脑引导人造皮肤的伸展或改变而实现的。这一发明曾展示于世界科学大会(1993)。

人机互动在刷脸方面呈现出如下态势:一是用计算机帮助人刷脸。例如,麻省理工学院媒体实验室的布伦南(Susan Brennan)用计算机进行面部动态夸张,生成肖像漫画(1982)。运动图像专家组1999年公布的MPEG-4标准包含了人脸定义参数(Facial Definition Parameter)和人脸动画参数(Facial Animation Parameter),前者涉及人脸的形状、纹理等特征,后者描述人脸的运动。参数大小代表当事人激动的程度。计算机可以根据上述两项参数的组合来测试人们的情感。荷兰阿姆斯特丹大学、美国伊利诺伊州立大学联合开发的情绪识别软件能通过分析面部表情特征来评估一个人的情绪。它对《蒙娜丽莎的微笑》的分析结果是:其中包含83%的喜悦,9%的厌烦,6%的恐惧,2%的愤怒(2005)。[1] 伦敦大学开发的Aikon机器人可以模拟画家为人物画肖像的过程。只要所带摄像机检测到人的面部,机器人就可以开始为之写照(2010)。美国加州面部表情识别与分析公司所推出的软件用简单的数字镜头分析人脸,可确定当事人是感到喜悦、悲哀、惊讶、愤怒、恐惧、厌恶、蔑视,还是以上七

---

[1] http://news.sohu.com/20051217/n241008228.shtml.[2013-1-23]

种感情中某些因素的混合(2014)。这类软件的应用范围很广,从治疗孤独症儿童到游戏测试等,不一而足。

二是人帮助计算机刷脸。1987年,沃特斯(K. Waters)提出了基于脸部动作编码系统(Facial Action Coding System)的模拟方法。[1]他主张用多边形网格表示人脸,用肌肉向量控制其变形。这种方法的特点在于可用一定参数控制模型的特征肌肉,生成幸福、恐惧、愤怒、蔑视、惊奇等逼真表情,而且不针对特定的脸部拓扑结构。[2]作为化身的虚拟人可以为例。它大致有三种类型:一是由用户直接控制的,相对准确地再现用户面部表情的变化;二是由用户间接控制的,按照用户设定的参数显示表情;三是自主(无须用户指导)的,其表情取决于对情境的理解。

三是人机共同体合作刷脸。例如,波兰的塞纳克(Piotr Synak)等人对870个声音文件加以检测,区分出19组情感(2005)。[3]如果将相关数据库和类似情感推理者的软件对接,我们就可看到智能机器欣赏音乐时的动画表情。加拿大/新加坡艺术家迪迈斯(Louis-Philippe Demers)《盲人机器人》(The Blind Robot)关注人与社会机器人亲密接触时在智力、情感或身体上可能卷入的程度。它由一支典型的机器人臂组成,邀请访客坐于其前,与机器进行非言语对话。

---

[1] K. Waters. A Muscle Model for Animating Threemensional Facial Expression. *Computer and Graphics*, 22(4), 1987, pp.17-24.

[2] 金小刚、杨四亦:《电脑动画核心技术讲座之三 关节动画和人体动画》,《电子出版》1997年第1期,第42页。

[3] Piotr Synak, Alicja Wieczorkowska. Some Issues on Detecting Emotions in Music, in *Rough Sets, Fuzzy Sets, Data Mining, and Granular Computing*(Lecture Notes in Artificial Intelligence, Vol.3642). Edited by Slezak et al. New York: Springer, 2005, pp.314-322.

机器人像盲者在辨认人与物体时那样触摸访客的身体（主要是面部），并将指尖所"视"显示于屏幕或投影上。[1]这可以说涉及了人机交互中身体的客观性与对身体的主观感觉之关系。该作品获得奥地利林茨电子艺术节混合艺术组荣誉奖（2013）。

（三）神人交往：刷脸刷出艺术来

如果从创造性的角度来理解广义艺术的本质的话，那么，它面临着如下终极悖论：人类是以能够从事创造（不论所创造的是工具、产品、语言、意识、规制还是身体）而将自己从动物界提升出来的。人类创造性的极致是创造出比自己更富有创造精神、创造成果的新生命。当这种新生命被创造出来的时候，人类一方面证明了自己的创造性所能达到的超越效果，另一方面又昭示了人类本身有可能被上述新生命取代。我们可以从这一悖论去理解人类艺术的终极边界。

在进化史上，也许神人（homo deus）交往是比人机交往更高的阶段。当人类不仅将智能机器当成自己的所造物，而且融自己的生命意志于其中，使智能机器得以自主书写其历史时，神人交往就开始了。如果将艺术当成人的潜能，认为其根源在于人的天性的话，考虑到人往往是以自己为范本或参照系来从事创造的，那么，体现其创造性的超越效果的新生命很可能具有某种类似于人的艺术追求。至于他们所能创造的艺术的具体形态，那要视其意志与能力所达到的范围而定。也许他们会将宇宙当成舞台，将拽引黑洞和白洞相遇时释放的能量当成自己的缤纷烟花，将操控宇宙背景辐射当成

---

[1] http://www.robotsandavatars.net/exhibition/jurys_selection/commissions/the-blind-robot/.[2013-9-26]

自己的钧天广乐,将划过夜空的流星雨当成自己的表情符。也许他们会将颗粒当成化身、轨道当成材料,在芥子中堆叠起须弥山,或者将须弥山纳入芥子,并宣告这就是新时代的建筑艺术。也许他们会作为无身体的能量在微观世界和宏观宇宙中漂浮,殚精竭虑地证明人类艺术的终结并非生命艺术的终结,人类艺术的边界也不是生命艺术的边界。当然,他们也许没有那么厉害,和现在的人也就伯仲之间,即便如此,这样的人造生命同样能够证明艺术边界是不可穷尽的,前提是他们继续从事创造。

二、信息革命:媒体融合对艺术产品边界的重塑

之所以说艺术有产品边界,是将它置于心理联系中加以考察的缘故。从心理位置的角度看艺术,我们发现是交往伙伴的感觉通道决定艺术所可能具备的形态,从而规定艺术产品所可能划出的边界,至少在脑波通信、人脑直连等技术获得广泛应用之前是如此。人有多少种感觉通道,艺术就可能拥有多少种具体形态。视觉艺术、听觉艺术、嗅觉艺术、味觉艺术、触觉艺术的形成与发展,就是以人的五官感觉为基础的(前两种及其混合形态如今特别发达,成为艺术的主流)。就此而言,所谓"艺术边界"并非单纯由供给侧划定(正如上文述及计算机自动生成艺术时所显示的那样),而是同时受到消费侧的制约。

(一)感觉通道:艺术在哪里?怎么找艺术?

在历史上,感觉通道的运用与开拓深受信息革命的影响。利用不同的感觉通道来分享信息的现象在人类诞生之前就已经见诸生

物界。不过,是人类首先运用顿挫分明的有声语言来传情达意,从而为神话和史诗的口头流传创造了条件。这是以语言为标志的第一次信息革命的重要成果,其交流主要诉诸听觉通道。人类因为发明文字而得以进入文明时代,文字本身是各种书面符号的代表,其交流主要诉诸视觉通道。它的兴盛实际上昭示了包括图画、图符、图像等在内的视觉艺术的崛起。这是以文字为标志的第二次信息革命的重要成果。自从有了印刷术,人类图文产品就有了大规模复制的可能性。不仅如此,乐谱、曲谱都可以印刷。我们甚至可以将印刷术当成机械复制技术的代表,将其影响范围扩大到照片的洗印,从而从视听交流的角度来定义它所使用的感觉通道以及印刷艺术的历史地位。这是以印刷术为标志的第三次信息革命的重要成果。引入电磁学成果之后,人类交往得以利用五官感觉之外的通道,虽然必须经过调制解调的信号转换。目前早就退居后排的电报艺术、传真艺术、电话艺术,以及仍然活跃在前排的广播艺术、电视艺术就是这样兴起的。它们是以电磁波为标志的第四次信息革命的重要成果。

  历次信息革命都重塑了艺术产品的边界。这不单指它们为艺术谱系增添新品种,从而在总体上扩展了艺术的外部边界,还指它们创造了既有艺术和新兴艺术相互渗透、彼此融合的条件,从而调整了艺术的内部边界,即不同样态、不同体裁、不同类型艺术所处的疆域。

  对于以计算机和互联网为标志的第五次信息革命在重塑艺术边界方面所发挥的影响,至少可以从以下几方面加以把握:其一,它以数字编码为基础整合各种媒体,将"多媒体""超媒体"等当成自己的特色,不仅打通了艺术内部各种类型之间的界限,而且创造了图文互变、图音互变、音文互变等多种可能。数字艺术没有特定的材质，却可以通过包括3D打印等在内的输出设备转化为多种材质。它不是由具体的物质产品来划定边界，而是以无界为界、以非材为材。其二，它通过互联网将各种平台组合起来，将"融媒体""物联网"等当作自己的优势，使艺术信息得以在不同平台之间迅速传播，根据不同需要予以重组。因此，数字时代的艺术从总体上说没有固定的边界。它不仅像液体那样流动到大洋，而且像气体那样扩散到空中，网络连接到哪里，它就出现在哪里，无线信号发送到哪里，它就紧跟着到哪里。其三，它不仅建立了信息流动的机制，而且创造了信息绑定的机制。后者不只是指与超链接相联系的"锚"，而且是指与增强现实、卫星定位等技术相联系的"域"。因此，数字时代的艺术就具体作品而言又可能有固定的边界，它们正是在那儿刷出自己的存在感。总的来看，媒体融合的技术条件是信息基础设施的互联互通，它所带来的观念变化之一是原先在不同载体、不同平台、不同文化背景下发展起来的艺术形态的彼此渗透。

  从产品角度对艺术边界所做的考察有助于回答"艺术在哪里""怎么找艺术"的问题。自从有了媒体，艺术就不只在心里，而且在人们所唱的歌、所讲的话、所绘的图、所塑的型、所著的文、所印的书刊、所拍摄的音像、所发送的电波、所建设的网络之中，也就是在人类所能直接或间接利用的感觉通道之中。至于怎么找到它们，一方面要看所采用的尺度是什么，另一方面要看所应用的工具是什么。尺度不同，所找到的作品数量和特性就有别，所显示出来的边界也就见异。工具不同，所能找到和呈现的作品不一样，所定义的边界随之变化。尺度本身要由上文所说的"艺术是什么""什么是艺术"来打造，体现的是艺术的内涵和外延。工具则由媒体技术来开发,从口头介绍、书面索引、印刷工具书到广电节目库、网络搜索引擎,均可为例。

(二)远程观照:脸匹配,脸分享

从交往的角度看,艺术边界取决于参与者相互作用的时空,艺术价值首先表现为展示才华的"我(们)是谁""我(们)可以是谁"(创造性)以及由此派生出的"我(们)希望自己是谁""你(们)希望我是谁"(憧憬性),以及"我(们)扮作谁""他(们)让我(们)扮作谁"(虚构性)等。直接交往与间接交往的区分,是定义近程艺术与远程艺术的根据。所谓"直接交往"以面对面(刷脸刷得到)为特征,近程艺术就是以人的感官所及的范围来定义边界的艺术。所谓"间接交往"以通过媒体将参与者作用扩展到感官所及范围之外为特征,远程艺术就是其边界超越刷脸范围的艺术。

以上分析仅仅就发生学意义而言。不论是媒体还是刷脸,都随着历史的发展而改变。当下,媒体融合的成果正通过人脸识别等切入点表现出来。它整合了计算机视觉、身份数据库等技术,运用多特征融合算法,已经在识别精度方面超过人眼,辨认得出双胞胎。它已经应用于刷脸支付、刷脸考勤、刷脸登机、刷脸通关、刷脸购物、刷脸入住、刷脸办税、刷脸年审、刷脸查档、刷脸进场、刷脸取款、刷脸解锁、刷脸开车等,甚至是刷脸厕所取纸,催生出"刷脸经济学"和基于刷脸的大数据信用评级。它不仅告诉用户"这个人是谁"(确定被扫描者所对应的经过标识的人像)、"谁是这个人"(确定数据库中经过标识的人像的对应身体),而且可以和全球定位系统(GPS)、地理信息系统(GIS)等技术结合,进而解决"这个人在哪里""怎么找到这个人"的问题。就此而言,基于媒体融合的刷脸既是直接交往（就"见面"的意义而言），又是间接交往（就后台计算支持而言）。

刷脸技术已成为新媒体艺术创作的契机。美国加州大学圣迭戈分校亚历山大（Amy Alexander）与人合作开发的监视视频娱乐网络（SVEN）可以为例。它运用车载计算机设备在马路上侦测行人，和已知摇滚乐明星的特征（从面部表情、服装、头发颜色到体态等）进行对比。一旦发现般配，监视器屏幕上原先无聊的图像立即被音乐视频取代，同时显示出行人和明星的相似程度（2008）。[1]美国艺术家麦克唐纳（Kyle McDonald）在2013—2014年实施名为"脸分享"（Sharing Face）的项目，使面部表情变成两个陌生人交往的纽带。他将两个充当镜子的与人等高的显示器分别安放于韩国的安阳和日本的山口，让每个照镜子的人都可以看到与之表情一样的另一张脸。如果作为技术支持的计算机系统将某种表情识别为新颖的，便会自动将它记录并保存下来。又如，我国的支付宝在2016年推出刷脸和名画匹配的小游戏《遇见名画中的自己》，让用户拍照或上传照片，由计算机系统找出世界名画中与他们最相似的肖像。显然，这类作品尝试打破近程艺术与远程艺术的边界。换言之，它们虽然以"面对面"为特征，却是在远程通信技术支持下实现的。除艺术创作之外，刷脸技术对于一切涉及人脸的艺术研究同样可以起作用，譬如，可以用它来分析戏剧影视表演。

道高一尺，魔高一丈。刷脸识别固然方便快捷，但其安全性并不像乍看起来那么高。有关实验表明：如果用3D打印做出脸模来，

---

[1] Amy Alexander. About Software, Surveillance, Scariness, Subjectivity (and SVEN), in *Transdisciplinary Digital Art: Sound, Vision and the New Screen*. Edited by Randy Adams, Steve Gibson, Stefan Müller Arisona. Berlin Heidelberg: Springer-Verlag, 2008, pp.467-476.

完全可能骗过刷脸系统。即使不蒙上头套，也有人行骗得逞。据报道，某女明星的专职司机就曾冒充该明星的丈夫，骗过公证处的面部识别，私售她的一座豪宅（2015）。这一新闻令人联想起嵇鸿科幻小说《特种试验医院》（1994）的如下情节：行家用照相机拍下人脸，制成化学薄膜，将它覆于机器人的头部，与本人面貌分毫不差，机器人由此代替生病的学生参加数学竞赛并取胜。同样是冒充，这个机器人骗过了人眼，那个司机则同时骗过了人眼（公证处的工作人员）和"机眼"（刷脸系统）。

科幻电影给我们提示了刷脸可能遇到的种种棘手之事：美国《隐形人》（The Invisible Man，1933）以英国作家威尔斯（H. G. Wells）的同名小说（1897）为基础，塑造了无脸可刷的主人公。他戴着护目镜，脸部扎着绸带，竭力掩盖自己的与众不同。人的面部可能因注射特殊血清而显得年轻，正如美国《绞刑之前》（Before I Hang，1940）所描写的那样；也可能因为注射特殊腺体物质而矫正已有的变形，正如美国《女恶魔》（She Demons，1958）所描写的那样。使用脸模固然可以骗过人眼或刷脸系统，但这些栩栩如生的用品可能反过来改变当事者的人格，正如日本《他人之颜》（The Face of Another，1966）所描写的那样。变异的动物可能有人脸，正如美国《天外魔花》（Invasion of the Body Snatchers，1978）所构想的。某些异人可能控制他人的面部肌肉，正如美国《惊异大奇航》（Innerspace，1987）所设想的那样；另一些异人本来就没有确定的脸型，正如美国《外星通缉者2》（Critters 2: The Main Course，1988）中的Ug那样。面部还可以通过整形重建，正如美国《割草者2》（The Lawnmower Man 2，1996）所描写的那样……刷脸所可能碰到的难题，通过艺术构思而转化为生动的情节。在乌托邦想象中，如果指挥刷脸系统的人工智能异化,或者被恐怖分子利用,那为害就大了。美德合拍的《鹰眼》(Eagle Eye, 2008)、美国《伦敦陷落》(London Has Fallen, 2016)等对此有所反映。

（三）超级自我：为网民刷脸,为网络刷脸

常言道:"人心不同,各如其面。"脸部的千差万别既可以作为心灵或个性的殊别迥异的表征,也可以作为"有一千个读者就有一千个哈姆雷特"的注解。如果说原始群对于艺术的边界容易达成一致性见解,那是因为当时的社会分工不发达,艺术资源也非常有限。虽然缺乏考古资料的直接支持,但仅仅从灵长目动物的现状推论,我们也可以大致断定：原始群成员不论是心灵还是颜面的区别,很可能都没有现代人之间的差异大。不仅如此,在从原始时代向文明时代迈进的过程中,人们逐渐将个性化当成某种艺术目标来追求,其结果就是每个人都可以有自己对艺术边界的理解。那些愿意恪守大多数人所认可或者由某种权威所划定的艺术边界的人成为传统派,那些一心想突破既有艺术边界的人成为先锋派。即使在今天,我们仍然可以看到上述区别。

媒体融合时代的艺术创意之一是为网民刷脸。例如,彼得利尼(Matteo Peterlini)所设计的 Iotualtro(2002)让志愿者提供自己的面部照片(像身份证所使用的那种),展现在网站上。访客可以挑选若干照片交给程序合成,也可点击"随机"按键由程序自己合成。结果是若干头像在同一肖像空间内迅速叠印,伴音类似于搅拌机。不同人的静态面部照片被合成动画。那是谁呢？都是,都不是。彼得利尼的意图是将参与者糅合起来创造一种多身份卡。他认为：一个人的生成过程(becoming)是在与其他人的生成过程的比较中完成的,全球身份卡的创造因此是由面部形状的改变显示的。它令人联想到集体身份创造的可能性，也包括个人身份创造的可能性。[1]出生于南非、在伊斯坦布尔生活与工作的艺术家迈克（Mike）创作了《明天的面孔——全球化的人脸》（The Face of Tomorrow，2004）。作者在全世界旅行照相，在每个城市中拍下他说服参与本项目的前100人的面孔。然后，他将这些面孔结合在一起创造新男性、新女性。这既是一个艺术家有关身份及自我相对于较大世界的归属的探求，又是对于全球化背后的系统、对于这些系统如何影响每个人所在地的构成的未来的探寻。[2]

在历史上，照片取代肖像，是媒体变革的征兆之一。有了照片，才有摄影艺术，也才有当今基于刷脸技术的身份识别的可能。循着这一思路，我们可以将集成身份、合成人像视为网络艺术的代表，也可以将它们作为当下刷脸时代的象征。回到有关艺术边界的议题，是否可以说：个性化的追求正在为全球村的氛围所逆转，区域性、民族性、国别性的艺术边界也在消失？

为网络本身刷脸是一个有趣的课题。美国莱文（Golan Levin）的JJ（2002）可以为例。它是"利用面部表情将网络通信量的情感内容视觉化的软件代理"，或者说是"面向网络监测应用的开放性资源格式"。JJ对流过其主网络的文本数据包加以扫描，每次读取每个数据包的一个单词。当它发现与其自带的"语言调查与词语计量"（LIWC）数据库中的条目相匹配的单词时，其表情便根据与这一单词相应的情感联想而起变化。为之提供技术支持的，是美国加州

---

[1] http://www.peterlinidesign.it/iotualtro/.[2003-8-13]

[2] http://www.faceoftomorrow.com/.[2012-11-13]

大学心理学教授埃克曼（Paul Ekman）等人开发的"通用面部表情"（Universal Facial Expressions）。它用于显示人类情感的跨文化表现。[1]原先难以捉摸的网络居然被莱文刷出脸来，这位新媒体艺术家由此显示出他的卓越创造性。

我们不妨由集成身份、合成人像、网络刷脸再进一步，设想一下数码媒体在建构超级自我方面所发挥的作用。科幻电影提供了值得参考的思路。例如，根据日本《攻壳机动队》（Ghost in the Shell，1995）所讲述的，2029年，世界由巨大的电子网络相互连接，它渗入生活的方方面面。多数人可以通过拥有其意识并赋予超人能力的神经机械性身体（义体）或"壳"接入网络。美国《星际迷航8：第一类接触》（Star Trek 8：First Contact，1996）描写只有集体意识、没有个体意识的博格人要同化宇宙各种族。日本动画片《新世纪福音战士剧场版：真心为你》（The End of Evangelion，1997）构想了让所有人心灵融合的"人类补完计划"。美国、南非、德国合拍的《星河战队3：掠夺者》（Starship Troopers 3：Marauder，2008）则塑造了"众脑之脑"（The Brain of Brains）。在这类乌托邦的构思中，个人的脸部成为网络中枢、集体意识或众脑之脑的终端表象。果真出现这种情况的话，艺术的边界应当比今天更有统一性，但这未必为追求自由的人们所喜闻乐见。

三、娱乐经济："互联网+"对艺术运营边界的重塑

之所以说艺术有运营边界，是将它置于社会内部加以考察的缘

---

[1] http://www.flong.com/jj/index.html.[2003-3-5]

故。从社会位置的角度看,艺术边界是由部门分工、文化体制、市场需求、产业链等因素决定的。它从人口角度将民族艺术与外来艺术区分开来,从经济角度将盈利艺术与公益艺术区分开来,从知识角度将实录艺术与幻想艺术区分开来,从规范角度将主流艺术与边缘艺术区分开来,从意向角度将媚俗艺术与抗俗艺术区分开来,从反思角度将经典艺术与时尚艺术区分开来。这些边界都因数码媒体的崛起而模糊化。与此同时,互联网的广泛应用推动了人类社会由生产主导型向消费主导型的转变,促进了网红经济的兴起,从而重塑了艺术运营边界。

(一)消费社会:艺术谁做主?艺术为什么?

狭义艺术产业是指艺术创造业,由艺术创作、艺术表演(二度创作)和艺术鉴赏(三度创作)等构成。广义艺术产业还包括:艺术制造业,含艺术设计、艺术产品制造、艺术用具制造等;艺术营销业,含艺术娱乐、艺术销售、艺术中介等;艺术传输业,含艺术印刷、艺术摄录、艺术广播等;艺术养成业,含艺术教育、艺术竞技,艺术出版等;艺术管理业,含艺术部门管理、艺术社团管理、艺术场馆管理等。所谓"艺术边界",在外部是指艺术产业在整体上和其他产业之间的界限,在内部是指艺术产业不同分支之间的区别。

对于当下的艺术运营边界,可以从"独乐乐"与"同乐乐"、专业化与大众化、全球化与本土化等多种角度加以考察。就此而言,我们看到了数码时代的如下变化:一是共享成为主流。不论是贵族或皇室的专擅、富商或巨贾的私藏,还是雅人或孤老的独赏,都不再是数码艺术达人心仪的目标。所有的网络艺术平台几乎都具有不断扩张其边界的冲动,为此便必须尽可能聚集人气,也就必须贯彻共享的原则。二是 IP 成为热门。这既是指知识产权（intellectual property）受到重视，资本作为推手可以让故事或形象冲破不同媒体形式、不同传播平台、不同创作群体之间的边界，在漫画、小说、电影、玩具、游戏等类别之间转变，又是指网络互联协议（Internet Protocol）的升级创造了数字艺术新发展空间。三是艺术逐渐从立足本土的需要走向瞩目全球的需要，互联网正在创造人类共同的艺术宝库。

上述考察有助于解决"艺术谁做主""艺术为什么"等和边界相关的问题。从"艺术谁做主"的观念出发，我们可以将艺术边界划定理解为某种社会权力（或权利）的运用（或实现），进而揭示艺术体制、艺术法规等要素所发挥的作用。从有关"艺术为什么"的观念出发，我们可以将艺术边界调整理解为某种和反馈密切相关的目标引导机制，进而揭示艺术评论、艺术研究等行为所具备的功能。在生产型社会中，艺术在总体上供不应求，原则上是艺术界推出什么，公众只能接受什么。在消费型社会中，艺术已经实现了卖方市场向买方市场的转变。不论是正在深入的第五次信息革命，还是正在到来的第四次工业革命，都将个性化定制当成旗帜，这有助于说明当下目标引导机制的特点。

（二）网红灿烂："面子 +""颜值 +"

"互联网 +"作为一种新的经济形态，意味着充分发挥互联网在生产要素配置中的优化和集成作用。作为理念，它也可以应用于包括教育、医疗、军事等在内的多个领域。事实上，"互联网 + 艺术"已经带来了诸多变化。这不只是指以探索互联网特性为宗旨的 Net.art、浏览器艺术等新媒体艺术的出现，而且是指互联网有力地推动了艺术大众化，激励了各类艺术经过数字化转化成为可共享的资源，并促进了用户生成内容的迅速增长。所谓"面子+""颜值+"便是以此为背景而产生的现象。

除了技术意义上的表情识别、心理意义上的身份识别，"刷脸"一词还有第三种常见的含义，即给人面子，或者注重颜值。不论商场还是官场，因考虑到与特定人物的朋友关系、隶属关系、老乡关系等背景而给予某种优惠、特权或便利，就被称为"刷脸"；表演艺术用高颜值的明星来吸引观众，也叫作"刷脸"。在这一意义上能够被刷的脸，一定代表了某种特殊价值（不限于颜值），或者说当事人在社会交往中占有特殊地位。"互联网+"一方面通过各种排行榜、点击率制造网红和偶像，让他们大有面子，另一方面带动社交媒体大发展，使艺术明星拥有几百万甚至数千万的粉丝，大大拓展了他们的影响力，从而将颜值转化为以天价片酬为标志的价值。

与从前相比，现在更容易给人面子，如果你愿意的话，关注、点赞、跟帖、投票都不过是随时随地可为之的举手之劳（当然必须能上网）。不论是对于艺术网站、艺术博客还是艺术公众号，如果你持续关注、经常点赞、应和跟帖、按日投票，那就是给足了面子。如果你将别人从通讯录、朋友圈中拉黑，那就是不给面子。同样，与从前相比，现在更看重颜值了，老戏骨远不敌"小鲜肉"，美国动画片《赛车总动员》（Cars，2006）让汽车的外形都具备人脸的特征，连交警都开发出"车脸"系统，足资证明。作为范畴的颜值已经从演艺明星推广到产品和企业，催生了"照片梳子"之类可以显示颜值的人像魔镜，"刷脸App"这样的实名社交软件，还有号称"行走的颜值"的网络主播，等等。

网红集中体现了"面子+""颜值+"的特征。网红是被网友给足面子的红人。为了挣得这种面子,当事人固然需要有才华和能力,但也需要高颜值。自信有颜值而目前缺面子,怎么办?最好的解决办法是自拍,再放在网上。自拍是自己刷自己的脸,是对自己颜值的欣赏。放在网上是让别人刷自己的脸,求得别人对自己颜值的欣赏。自信有面子但目前缺颜值,怎么办?最好的解决办法是化妆,刷脸因此回归本义,就是用粉底刷、腮红刷、散粉刷、眼影刷、晕染刷、眉粉刷之类的蘸上化妆品,装饰素面,塑造光鲜亮丽的网红形象。自感颜值和面子都欠缺,怎么办?还可以比照名人整容,上网展示新颜值,赢得新面子。

在"面子+""颜值+"流行的背景下,艺术与生活的边界变得模糊不清。例如,网络主播的表演既可能是显示才华的艺术形态,又可能是旨在获得打赏的生活方式。艺术创作与艺术欣赏也不再泾渭分明,充斥网络的用户生成内容可以为证。

数字媒体让面子和颜值都可以量化,可以比较,可以排序。关于这种刷脸文化的未来,美国剧集《黑镜》第三季第一集《急转直下》(Nosedive,2016)提供了一种设想。在主人公莱斯所生活的时代,社交量化系统已经获得移动互联、身份识别等技术的支持而广泛应用。每个人都可以通过手机即时检测交往对象的真实身份,并基于互动印象给对方打分。每个人通过从订车、购票、租房到交友等的多向度交往所得到的综合评分清楚地显示在社交网络中,决定了其所能享受的社会待遇。主人公莱斯为了在租房时能够享有优惠,渴望和高分值人士交往,因此乐意远赴闺蜜娜奥米的婚礼,准备担任伴娘并致辞。不料遇到航班因故取消,她才发了几句牢骚就招致被降分的后果,由此引发一连串只能用"越来越倒霉"来形容的麻烦。娜奥米知道莱斯社交分值剧降之后拒绝让她出席,虽然她先是租车、后改摩托、再换步行执意前往。最后,她爬墙绕过警卫出现在婚礼现场,揭露了闺蜜婚前越轨等秘密,自己为此被送进牢房。影片将刷脸文化推向极端,表明了对它的局限性的认识。

(三)化身遍历:由生活通往艺术的阶梯

如果将艺术与生活理解为时空坐标系的不同象限,那么,泛艺术便是介于二者之间的过渡形态。如果将艺术与生活的关系理解为高耸的象牙之塔立足于坚实大地,那么,艺术边界便代表从大地通往塔尖的台阶。在某种意义上可以说:这种边界不是二维空间里的直线,而是三维空间中的层级,具有套叠性。例如,我们可以将网络用户匿名上网的行为视为某种社会表演,确定为由生活通往艺术的第一级阶梯;将用户登录大型3D模拟现实的PC端网络游戏"第二人生"(Second Life,2003)之类网站的活动视为某种虚拟角色扮演,相当于由生活通往艺术的第二级阶梯;将用户进入上述网站戏剧频道后的活动视为某种审美现象,相当于由生活通往艺术的第三级阶梯;将用户在上述网站戏剧频道所设定的舞台上的表演当成狭义艺术表演,相当于由生活通往艺术的第四级阶梯。如果考虑到各种超链接的存在,那么,艺术殿堂和生活土壤的关系就变得错综复杂,它们之间的边界既可能是曲径通幽,也可能是峰回路转。用户可以循着这些超链接在不同登录身份、不同类型网站、不同性质频道、不同形态舞台之间来来往往。边界与其说是鸿沟,不如说是门户。

在沿着阶梯上上下下的时候,化身成为刷脸时代艺术化的重要标志。最简单的化身也许是表情符,它们使在线交流增添了某种艺术元素。表情包集成了各种可刷之脸,供人们选用,和极简艺术异曲同工。相对复杂的化身是萌拟人。它因 ACG 次文化的发展而形成,宣称"万物皆可萌",也就是万物都可以有人形,都可以刷脸。商业游戏且不论,某些虚拟社区由于广泛应用化身而笼罩在艺术表演的气氛中,《告诉我一个剧场》(Tell Me a Theatre,2003)就是如此。在那儿,人们可以通过可爱的化身与其他参与者交谈。化身实际上是由用户控制的人物代理,其行动、姿势、面部表情都用于交流。

就运营而言,有脸可刷的前台化身固然重要,无脸可刷的后台化身同样功不可没。不论是垂直门户还是综合门户,都有大量的软件机器人在后台默默耕耘。它们周巡于网络,为搜索引擎提供各种信息。在某种意义上,当下数字艺术的边界就是艺术类搜索引擎所能起作用、专业化垂直门户所能体现的范围。互联网问世之初就有明网与潜网之分,万维网流行之后更有浅网(Surface Web)和深网(Deep Web)之别。据估计,单单作为深网子集的暗网(Hidden Web,指那些未被搜索引擎索引注册的网站)就比浅网大几个数量级。我们同样可以援引"阶梯"范畴来理解艺术在网络上的纵向边界,意识到还有大量数字化艺术资源潜藏在网络深处,只能靠更先进的信息技术一级级探索。

综上所述,艺术边界重塑涉及艺术在社会层面、产品层面和运营层面的变动,既体现为理论上对"艺术是什么"和"什么是艺术"、"艺术在哪里"和"怎么找艺术"、"艺术谁做主"和"艺术为什么"等问题所给出的不同答案,又表现在实践中计算机艺术崛起所带来的社会边界扩张、网络媒体盛行所带来的产品边界消解、娱乐经济兴盛所带来的运营边界贯通等方面。倘若只考虑给艺术下定义(如说

"形式的错构加意义的孤离"），那仅能解决艺术边界问题的一部分。实际上，这个问题是从艺术位置问题派生出来的。将艺术摆在不同视野、背景、坐标系中，你就能看到艺术的不同边界。反过来，通过有关艺术边界的见解，也可以反观艺术在持论者心目中的位置，甚至是持论者和我们的相对位置。正因为如此，笔者将本节视为移动互联网时代位置叙事的衍生品，它讲述的是艺术进入刷脸时代之后的故事。

第三节 旅行：信息时代的艺术观念变革

在历史上，艺术与旅行早就结下了不解之缘。旅行可以成为艺术创作的渊源、艺术传播的契机、艺术鉴赏的参照，因此古人说"君诗妙处吾能识，正在山程水驿中"[1]；艺术可以对旅行加以描绘与反思，通过生花妙笔传达有关地理之旅、社会之旅、人生之旅等体验，甚至虚构时间之旅、太空之旅、平行世界之旅等奇观。旅行若巧妙安排、心想事成，可以加深人们对幸福的体验，从而成为艺术（即"旅行的艺术"）。反过来，艺术若进行跨越身份、时空、平台、领域等界限的运动，可以拓展自身的意义、价值与联系，从而成为旅行。后者正是本节所致力探讨的"艺术的旅行"或"艺术之旅"。所谓"艺术之旅"至少包括如下三重含义：在社会层面，主要指艺

---

[1]〔宋〕陆游：《题庐陵萧彦毓秀才诗卷后二首》之二，《剑南诗稿》卷五十，清文渊阁四库全书补配清文津阁四库全书本，第656页。

术工作者(包括创作者、鉴赏者和传播者等)所从事的旅行;在产品层面,主要指艺术信息在不同表现手段、传播平台和基础设施之间的流动;在运营层面,主要指艺术意图通过具体艺术事件的策划与实施得以贯彻的过程。上述三重含义分别对应于如下三种不同的定义:艺术是拥有自我意识的人所组成的特殊共同体,艺术是人类所生产的特殊文化产品,艺术是人类具备憧憬性、虚构性和/或创造性的交往。

一、社会层面:艺术的属人化旅行

艺术是拥有自我意识的人所组成的特殊共同体。"属人化"意味着将艺术理解为人的特殊才能、特殊活动或特殊角色,"属人化旅行"则意味着将艺术之旅理解为创作者、鉴赏者和传播者围绕艺术所进行的旅行。艺术在属人化旅行中获得生命,实现自身生命的价值,同时保证其发扬光大、继往开来,由此建构不断进行自我更新的艺术界。

(一)主体:艺术的游学之旅

在发生学的意义上,所谓"艺术"是相对于自然而言的。"自然"的特点是无为,即不存在有目的之行为。"艺术"的特点是创造,即通过有目的之创新彰显主体的能动性。艺术与自然相互渗透,由此产生了"自然的艺术"和"艺术的自然"。前者是指足以让人类领悟大自然之精妙的存在物,后者是指人类的创造达到巧夺天工、自然天成的境界。人类之所以能够成为艺术主体,关键在于

"外师造化,中得心源"[1]。因此,萧梁刘勰认为"若乃山林皋壤,实文思之奥府"[2];宋代苏辙重视"求天下奇闻壮观,以知天地之大"[3]。他们所提倡的旅行偏重于"外游",即基于身体在外部世界之运动的游历。西晋陆机说"伫中区以玄览,颐情志于典坟"[4];元代郝经说"身不离于衽席之上,而游于六合之外;生乎千古之下,而游于千古之上"[5]。他们所重视的旅行侧重于"内游",即基于想象在内心世界之运动的游历。只有将上述两类旅行有机结合起来,才能造就有见识、有气魄、有担当、能够从事创造的艺术主体。他们既明白自己的能动性,同时又意识到自己的受动性,将大自然当成创造的范本,因此有可能将"混然天成"[6]、"妙造自然"[7]当成艺术的极境。当然,游学之旅的价值不仅仅在于汲取山川之灵气、领悟自然之微妙,还在于结交天下之贤达、培养进取之精神。正因为如此,这类旅行直到当今仍然为人们所重视。

(二)对象:艺术的服务之旅

在对象的意义上,艺术家是社会服务的提供者,以满足受众(即

---

[1] 〔唐〕张彦远:《历代名画记》卷十引张璪语,明津逮秘书本,第69页。

[2] 〔南朝梁〕刘勰:《文心雕龙·物色》,四部丛刊景明嘉靖刊本,第47页。

[3] 〔宋〕苏辙:《上枢密韩太尉书》,《栾城集》卷二十二,四部丛刊景明嘉靖蜀藩活字本,第200页。

[4] 〔晋〕陆机:《文赋》,〔南朝梁〕萧统编《六臣注文选》卷十七,四部丛刊景宋本,第520页。

[5] 〔元〕郝经:《陵川集》卷十九《内游》,清文渊阁四库全书本,第170页。

[6] 〔宋〕严羽:《沧浪诗话·诗评》评《胡笳十八拍》,《沧浪集》"沧浪严先生吟卷卷之一",明正德刻本,第11页。

[7] 〔唐〕司空图:《二十四诗品》"精神",清同治艺苑捃华本,第2页。

艺术的奉献对象）的需要为旨归。从时间的角度看，所谓"服务之旅"意味着艺术可以满足不同时代的人们的需要，并在这一过程中经受历史考验，生成新的价值。从空间的角度看，所谓"服务之旅"意味着艺术可以和不同社会角色、社会群体、社会部门的需要对接，实现自身的价值。本为特定社会角色、社会群体和社会部门创作与生产的具体作品在一定条件下可以转而为其他社会角色、社会群体和社会部门服务，从而经历自身的转型与增值。从时空统一体的角度看，所谓"服务之旅"意味着从中脱颖而出的优秀作品具备可以用"永恒性""普遍性"来褒扬的价值。英国雕塑家埃文（Michael Iven）等人在以"经典复兴运动"为题的宣言（2012）中指出："伟大的艺术是生活的一部分，是艺术家对人类处境沉思地观察的结果，因为他或她感觉到它。伟大的艺术超越了时间，因为人的本质和人的需求不会改变。伟大的艺术只能通过最高标准的技术成果和应用来实现，因为持久性是高价值的特征。"[1] 巡演、巡展、巡映等是"服务之旅"的具体形式。某些艺术群体以"服务之旅"获得美誉，从远古时代的游吟诗人，直到当代社会的乌兰牧骑，均可为例。

（三）中介：艺术的转化之旅

在艺术主体与艺术对象之间，活跃着许多作为联系纽带的中介。他们或者由艺术主体转化而来，担负着传播艺术信息、传授艺术经验、传承艺术技能等使命；或者由艺术对象转化而来，承担着汇聚艺术需求、分析艺术行情、把握艺术动向等任务；或者致力于

---

[1] Michael Iven, et al. The Movement for Classical Renewal. http://web.archive.org/web/20021211075103/; http://www.classicalrenewal.org/manifesto.htm.[2014-8-30]

艺术主体与艺术对象之间的沟通，以艺术作品的翻译、艺术剧本的表演、艺术节目的主持等为己任。他们作为教师、改编者、传承人、评论者、研究者、经纪人、翻译者、主持人、表演者等角色同样可能从事并受益于艺术之旅。一方面，深入创作领域进行探访的经历有助于他们了解艺术主体的甘苦、意图与心得；另一方面，出入鉴赏领域体验的经历有助于他们了解艺术对象的需求、喜好和动向。这些艺术中介不仅身体力行地实现艺术主体与艺术对象的相互转化，而且相当有效地促进了艺术作品的传播。正是在他们的努力之下，那些成功的艺术形象仿佛获得了生命，在世界各地不胫而走，像孙悟空、灰姑娘等就是如此。艺术的"转化之旅"已经成为学术界的研究课题。例如，余安安分析了韩国旅行者剧团改编并演出莎士比亚浪漫喜剧《仲夏夜之梦》的成功经验。根据他的看法，"该剧的改编体现了'艺术旅行'的独特魅力：在新的文化语境下，异质文化之间取长补短、产生新质。古典与现代思想的碰撞，东方与西方文化之间的对话，不同民族间审美趣味的交融，使经典焕然一新。'艺术旅行'开放、自由、创新的特质，带来的文化移植和趣味转换，展现了全新的艺术风采"[1]。艺术理论的"转化之旅"也为学术界所关注。例如，朱宇丹以"创造性转化的尝试与思考"为题评价了王国维西学中用的开创之旅。[2]

上文所说的游学之旅、服务之旅、转化之旅是相互联系的。在社会层面上，游学之旅有益于造就合格的艺术主体，使之能够积极、主动、成功地进行艺术生产；服务之旅有助于培养具备审美需

---

[1]　余安安：《"艺术旅行"中的文化移植和趣味转换——以韩国旅行者剧团〈仲夏夜之梦〉为例》，《戏剧文学》2015年第2期，第106页。

[2]　朱宇丹：《创造性转化的尝试与思考——王国维西学中用的开创之旅》，《美术大观》2019年第6期，第70-71页。

求的艺术对象,使之能够通过艺术鉴赏陶冶自己的心灵;转化之旅有利于培养作为传播者的艺术中介,使之能够为艺术界建立和维护广泛社会联系做出贡献。必须注意的是:艺术主体、艺术对象与艺术中介与其说是相对固定的身份,还不如说是可以彼此转化的角色。出于引入人工智能的缘故,上述三种艺术之旅有望彼此融合。根据美国著名叙事学家瑞安(Marie-Laure Ryan,一译莱恩)的看法,"在最为乌托邦的形式中,交互剧将是充分自治的产品,其中用户可以通过智能代理实现人格化。脚本将允许用户选择在什么时候做什么、说什么与想什么,因此让他们影响情节的发展方向,但他们的行动是由系统控制的,这保证每种选择都将产生在美学上令人愉悦、在叙述上形式精致的戏剧行为。这类产品如果问世的话,将实现消灭作者、人物、演员与观众之区别的古老梦想"[1],不妨设想:人们可以通过这样的交互剧实现虚拟的游学之旅、服务之旅、转化之旅,以期建设新型的艺术共同体。

二、产品层面:艺术的属物化旅行

上文所说的属人化旅行主要着眼于艺术人员的运动,下文所说的属物化旅行主要着眼于艺术本体的运动。汉语中的"本体"一词最初是指事物的本身或原貌,如《后汉书·应劭传》称:"又集驳议三十篇,以类相从,凡八十二事。其见《汉书》二十五,《汉记》

---

[1] Marie-Laure Ryan. *Cyberspace Textuality: Computer Technology and Literary Theory*. Bloomington and Indianapolis: Indiana University Press, 1999, p.7.

四,皆删叙润色,以全本体。"[1] 如今,它被用以指机器、工程等的主要部分,亦被用于翻译西方哲学家所说的being,与现象相对而言。艺术学理论所说的"本体"是后者的延伸。陈望衡指出:"哲学本体解决的是人之所以为人的问题。审美本体要回答的是审美是什么的问题,就审美的极致来说,它是境界。艺术本体回答的是艺术是什么的问题……"[2] 对上述问题,西方学者至少存在三类不同的看法:一是从动态的角度理解为模仿、表现、认识、展现、救赎、假扮、虚拟、情感交流、美感制作、文化生产等,二是从静态的角度理解为理想、症候、经验、真理、灵晕、自由、范例、理论、习俗、文本、文脉、有意味的形式等,三是从动静结合的角度理解为恋物、品味的对象、可传递的快感等。[3] 我国学者也对此存在不同看法。例如,韩强从动态的角度认为艺术是审美体验的创造活动[4];刘启宇从静态的角度认为"艺象"是艺术本体存在的基本形态[5];夏燕靖则认为:"所谓'艺术本体',主要是针对艺术史论、艺术批评和艺创理论研究领域所触及到的艺术本质特征、规律及其物化显现的审美

---

[1] 〔南朝宋〕范晔:《后汉书》卷四十八《杨李翟应霍爰徐列传第三十八》,百衲本景宋绍熙刻本,第645页。

[2] 陈望衡:《审美本体、哲学本体及艺术本体》,《学术月刊》2003年第2期,第5页。

[3] [美]沃特伯格:《什么是艺术》,李奉栖、张云、胥全文、吴瑜译,重庆大学出版社2011年版。

[4] 韩强:《艺术是审美体验的创造活动——关于艺术本体的思考》,《海南师范大学学报(社会科学版)》1991年第4期,第59页。

[5] 刘启宇:《试论"艺象"是艺术本体存在的基本形态》,《武陵学刊》1997年第1期,第35页。

创造价值与理论阐释而言的研究'对象'。"[1]上述看法具备动静结合的特征。笔者倾向于将"艺术本体"理解为各类艺术存在的共同根据。它是先前创造的成果、当下创造的基点,又是未来创造的蓝图。从动态看,艺术本体呈现为气韵(如我国古代的乐气论、文气论、绘画气韵论等所言)、情志(如我国古代的言志论、缘情论等所述)、波流(如电磁波、视频流等)等;从静态看,艺术本体呈现为文本(与"作品"相通)、模式(习称"艺术惯例""艺术范式"等)、链接(习称"互文")等类型。它们之间的联系是通过创造活动建立的。在传播学的视野中,对艺术本体的考察离不开对艺术手段、艺术内容的分析。实际上,艺术本体本身就是在艺术手段和艺术内容的相互作用中形成的。所谓"艺术媒介""艺术意义"便是艺术手段和艺术内容最集中的呈现。"属物化"意味着将艺术视为人类的特殊文化产品,"属物化旅行"则意味着从产品的角度看待艺术的运动。艺术产品并非孤立、静止的存在,而是通过运动相互作用,形成了不同意义上的共同体,包括艺术媒介共同体、艺术意义共同体、艺术家族共同体等。

(一)新媒介:艺术的扩张之旅

邰杰指出:"艺术之所以是艺术,其本质就在'形式'里。'形式'是所有艺术向外部世界敞开的媒介,是艺术创作过程的终点,形式一旦生成即进入独立的艺术'形式王国'。"艺术形式具有"隐没的维度"(功能、结构、意义)以及为之所决定的"呈现的维度"

---

[1] 夏燕靖:《重回艺术本体:当下中国艺术学理论研究面临的一项关键性论题》,《艺术百家》2019年第2期,第37页。

（形相）。[1] 就媒介的历史发展而言，迄今为止，人类业已经历了以语言、文字、印刷术、电磁波、计算机和互联网为标志的五次信息革命。每次信息革命都开辟了新的媒介空间，从而为既有艺术进入新领域提供了可能性，艺术的"扩张之旅"因此产生。以第五次信息革命为例。基于计算机的赛博空间原先只是"文化沙漠"。由于先前已有的口头艺术、书面艺术、印刷艺术、电子艺术相继开启数字化、网络化之旅，加上新媒体艺术崭露头角的缘故，如今的赛博空间已经是琳琅满目、美不胜收。当下艺术媒介共同体在宏观上以发行网、电信网、广电网、互联网、物联网等为基础设施，在中观上以具体的出版机构、电台、电视台、网站等为传播平台，在微观上以视觉信号、听觉信号、触觉信号等为表现手段。艺术作为信息在不同表现手段、传播平台和基础设施之间流动，使其"扩张之旅"多向化、多态化、多维化。通过"扩张之旅"，艺术充分利用了传媒科技所取得的成果，打造出可以概括为"新媒介艺术"的各种新品来。不仅如此，这些新品也在一定条件下以各种方式进入传统媒介（如网络文学出印刷版等），由此开辟了融媒体、全媒体的新天地。作为属物化旅行，艺术的"扩张之旅"可以和各种属人化旅行彼此结合、互为依托，相关从业者在不同媒介领域之间的流动就是这样产生的。

（二）新意义：艺术的诠释之旅

对于艺术的诠释，是依托人类的知识体系进行的。人类各种

---

[1] 邰杰：《形式作为艺术本体——创作视角中的艺术形式问题释义》，《人文杂志》2013年第10期，第55页。

共同体在其实践过程中积累了不同的经验,由此发展而来的知识体系具备不同的背景与构成。现代意义上的知识体系以科学为代表,体现了人类知识一体化的趋势。不过,科学划分为一定的学科,这些学科又处在不断分化、融合的过程中。这就是人类知识体系的演变图景。艺术本体在穿越各种学科、各类共同体的边界的时候,经常获得不同的阐释,产生不同的意义。反过来,寻求新阐释、新意义,可能成为艺术之旅的动力。作为诠释依据的艺术理论是专门化知识体系,本身也处在不断变化之中,由此构成了"理论的旅行"。它与艺术本体的旅行相得益彰,构成了艺术的"诠释之旅"。艺术意义共同体由上述"诠释之旅"建构而成。对于具体作品而言,所传播的共同体越多元,所进入的学科越多样,所获得的诠释越丰富,其思想价值就越高。通过诠释之旅,艺术与社会思潮互动,形成了多种以理念为旗帜的流派,如西方现代主义艺术、后现代主义艺术、后后现代主义艺术等。作为属物化旅行,艺术的"诠释之旅"可以和各种属人化旅行相互结合、彼此补充。例如,宋代苏轼在谈到杜甫"峡里云安县,江楼翼瓦齐。两边山木合,终日子规啼"之句时曾说:"非亲到其处,不知此诗之工。"[1] 此理与下述论断相通:"只有当我熟悉了北德意志荒原,我才真正懂得了格林兄弟的《儿童和家庭童话集》。"[2]

---

[1] 〔宋〕郭知达:《九家集注杜诗》卷二十七近体诗《子规》注引,清文渊阁四库全书本,第638页。

[2] 〔德〕卡尔·马克思、〔德〕弗里德里希·恩格斯:《马克思恩格斯全集》第41卷,中共中央马克思恩格斯列宁斯大林著作编译局译,人民出版社1982年版,第91—92页。

（三）新链接：艺术的探索之旅

艺术经过长期发展，已经形成了庞大的家族，拥有根据不同标准定位的多种分支，以及堪称恒河沙数的作品。只要有合适的条件，不论是人们主观的促成，还是环境客观的推动，它们可能彼此渗透、进入、关联，形成"互文"或者"链接"。正是通过这种方式，艺术家族形成了千丝万缕的观念联系。这就是所谓"文本间性"的由来。在以"互联"为特征的网络媒体的支持下，上述联系发展成为"超链接"，这就是所谓电子化"超文本""超媒体"以及"超文本性""超媒体性"的由来。出于超链接起作用的缘故，相应的作品被视为"迷宫"，相应的创作被视为"地志写作"[1]，相应的鉴赏构成了"探索之旅"。例如，1978年麻省理工学院建筑机械组（媒体实验室的前身之一）所出品的超媒体系统"白杨电影图"集成了科罗拉多州白杨城所有街道的视频数据（每隔3米取一个镜头），以超文本方式加以组织，用户可通过它在计算机屏幕上进行模拟旅行。正如美国学者格莱齐尔（Loss Pequeño Glazier）所指出的，链接给文本带来了一种发现之谜，就像人类学家踏上一片以前未被发现的文化土壤时所经历的那样，一旦链接成功，它就不再只是一个链接，而成为被叙述的一部分。链接失去了它的潜能，但同时又打开了其他链接的可能性。[2]2002年9月13日，美国科罗拉多大学艺术博物馆举办了题为"映射变迁"的互联网艺术展，著名艺术理论家保罗（Christiane Paul）为之撰写了导言《映射变迁：搜索地形学》。她指出："在通信网络中

---

[1] Jay David Bolter. *Writing Space: The Computer, Hypertext, and the History of Writing*. Hillsdale, NJ: Lawrence Erlbaum Associates, 1991, p.25.

[2] Loss Pequeño Glazier. Jumping to Occlusions. https://writing.upenn.edu/epc/authors/glazier/essays/occlusions/.[2011-2-19]

航行的过程与在物理领土上旅行有本质不同:随机性作为一种悖论性组织原则起作用,我们的旅程可以被记录,所经过的领土却是一点都不稳定的。"[1] 上述分析有助于我们理解基于超链接的旅行的特殊性。艺术家族共同体不仅具备日益紧密的联系,而且拥有不断强化的能产性。后者表现为通过"探索之旅"产生各种边缘性的新类型,如摄影小说、动画诗、GPS绘画、虚拟现实电影等。作为属物化旅行,艺术的"探索之旅"可以和各种属人化旅行交互为用、相得益彰,条件之一是将探索的目标定位于人,例如,致力于解开生命之谜、人性之谜、社会之谜等。

艺术的扩张之旅、诠释之旅和探索之旅是相互联系的。在产品层面上,扩张之旅扩展了艺术的外延,诠释之旅丰富了艺术的内涵,探索之旅强化了艺术的联系。艺术正是通过这三种旅行建构起产品共同体,并且使之成为评价新产品是否有资格跻身其同类之列的依据。那些与既有艺术产品共同体之成员有几分相似的新产品(譬如与绘画有几分相似的摄影,与摄影有几分相似的电影,与电影有几分相似的电视剧,与电视剧有几分相似的网络剧等),或者经常与既有艺术产品共同体之成员为伴(譬如一起出现在画廊、展会或艺术馆,或者相互链接)的新产品(如各类包含奇思妙想的装置),或者虽然与既有艺术产品共同体之成员截然相反,但依据辩证法的原则可予统一的新产品(如"反艺术""反反艺术"[2]),都可能依据联想的相似律、邻近律和对比律被吸收到艺术产品共同体中来。这种从

---

[1] Christiane Paul. Mapping Transitions: The Topography of Searches. http://www.altx.com/mappingtransitions/.[2009-7-23]
[2] Billy Childish, Charles Thomson. ANTI-ANTI-ART. http://www.stuckism.com/StuckistAntiAntiArt.html.[2014-8-6]

非艺术到艺术的运动构成了艺术产品共同体不断壮大的跨界之旅。相反的趋势同样存在，其要旨是艺术产品共同体在一定条件下淘汰那些被认为不合标准、丧失价值的成员。这种从艺术到非艺术的运动构成了艺术产品共同体不断更新的跨界之旅。

三、运营层面：艺术的属事化旅行

与上述属人化旅行、属物化旅行不同，属事化旅行并非着眼于艺术人员或艺术本体的运动，而是将运动本身当成关注的重点（即事件）。换言之，"谁在运动""什么在运动"在问题重要性排行榜上让位给"运动是什么"。答案是不言而喻的，"运动"是事件，即（旨在）引发共同关注（尤其是公众关注）的事项。"属事化"意味着将艺术理解为发生于特殊背景下的事件。这类背景通过一定的标识（如集会名称、报刊栏目、电影海报、广电频道、网站热区、剧院的"第四堵墙"等）与现实环境相区别，营造了相对允许情思自由表达、角色随意选择、想象力纵横驰骋的互动模式和氛围。"属事化旅行"意味着人们在承认上述背景特殊性的前提下参与其间所发生的各种事件。以此为基础，形成了艺术的交往之旅、狂欢之旅和朝圣之旅。

（一）联谊化：艺术的交往之旅

物以类聚，人以群分，艺术也是如此。我国古代早就有"诗可以兴，可以观，可以群，可以怨"[1]的理念、"以文会友，以友辅仁"[2]的实

---

[1]〔三国魏〕何晏：《论语集解》卷九《阳货第十七》，四部丛刊景日本正平本，第43页。
[2]〔三国魏〕何晏：《论语集解》卷六《颜渊第十二》，四部丛刊景日本正平本，第30页。

践。所谓"交往之旅"首先是指艺术爱好者相互吸引而产生的运动，其次是指他们为吸引其他人（特别是公众）所进行的运动。在历史上，各种艺术社团就是以之为契机而诞生的。笔者从交往的角度理解艺术的本质，认为艺术在广义上是指具备创造性的交往，在狭义上是指兼具憧憬性、虚构性和创造性的交往。[1] 如果说"交往"从主观角度看是人类某种活动或行为，那么，其过程、结果或影响在客观意义上构成了事件。我们可以从上述意义定位相关艺术，如旨在沟通人神的祭祀歌舞、旨在维系人脉的朋友唱酬、旨在彰显"我们感"的团体联欢等。在这样的场合，哪些人参加确实重要，安排了哪些具体活动也很重要，但最重要的是举办了活动这件事，这件事值得写入备忘录或大事记。以事件为旨归的精神在事件艺术、偶发艺术和快闪艺术等形态中获得凸显。衡量它们是否成功的标准，主要着眼于参与者的认同和观众的关注。以此为前提，艺术的"交往之旅"所强调的是在场与介入。这一点在当代粉丝团的聚会中清楚地表现出来。

（二）节日化：艺术的狂欢之旅

现代国家所规定的各种节假日（特别是长假）都是旅行的好时光，也是艺术展演的好时机。不仅如此，在促进艺术产业的发展方面，包括戏剧节、电影节、动漫节等在内的各种专门化艺术节发挥了重要作用。这些节日不仅有效地激励了当地民众的参与热情，而且吸引了外地游客的眼球。文化产业与旅游产业密切结合，为艺术发展开拓了广阔的前景。特别值得一提的是：在人类历史上，艺术很

---

[1] 黄鸣奋：《艺术交往论》，淑馨出版社1993年版，第380页。

早就作为民俗文化的组成部分而存在。不论古希腊酒神节、古罗马农神节和牧神节,还是基督教四旬斋前的狂欢节,或者我国的元宵节,都有相应的艺术活动,如载歌载舞、张灯结彩、化妆表演等。就此而言,艺术的狂欢之旅是节日化的事件。它展示艺术才华,表彰艺术成果,营造艺术气氛,将艺术热情推向高潮。学术界运用"狂欢"的概念分析互联网由于匿名登录而形成的氛围。例如,以色列学者达内特(Brenda Danet)《赛博嬉戏:在线交流》(2001)一书指出:赛博空间经常是无政府主义、嬉戏性甚至是狂欢的,尽管身体缺席(至少是激进地转变了它的作用)。它是一种临界空间,摆脱了通常支配日常生活的规则与期待,由可能性和实验的虚拟模式支配。原因有两个:一是它到20世纪后期仍然新颖,在文化上相对未知;二是它经常伪装身份、降低义务(至少在其文本形式上如此),正如在狂欢时全身包裹的服装和面具一样有效。[1] 上述分析使人想到网络上似乎天天是节日,天天有狂欢,当前短视频艺术的繁荣可以作为注脚。

(三)经典化:艺术的朝圣之旅

"朝圣"(pilgrimage)本意是朝拜圣像,"朝圣之旅"则是指对启迪性灵具备重大意义的旅程,特别是教徒朝拜圣地的活动。"艺术的朝圣之旅"可能是指艺术家将个人对宗教危机的思考融入作品创作中[2],也可能是指对艺术圣地的拜谒[3],或者有关艺术大师、艺术杰

---

[1] Brenda Danet. *Cyberpl@y: Communicating Online*. Oxford & New York: Berg, 2001, pp.7-8.

[2] 张扬:《戴维·洛奇的朝圣之旅——戴维·洛奇的天主教文学创作艺术》,《学习与探索》2015年第11期,第150页。

[3] 冯建平:《山西,艺术朝圣之旅》,《美术与市场》2014年第3期,第3页。

作的观摩展览活动[1]，甚至是对于经典的临摹[2]。从经典化的角度看，"艺术的朝圣之旅"可以理解为确立经典、宣传经典、学习经典的过程，作为艺术发展的内在机制起作用。艺术经典化既是培育、遴选艺术经典的活动，又是鼓励其他作品向它们看齐的活动。我们可以从经典化的角度看待当下各种排行榜在引导艺术的朝圣之旅时所发挥的功能。它们将艺术运营变成一个个"选美"般的事件，为位于排行榜顶端的成功者戴上桂冠，不仅吸引受众对他们顶礼膜拜，而且引导"菜鸟"们努力奋斗的方向，将在线创作变成不断登攀的过程。

上文所说的交往之旅、狂欢之旅和朝圣之旅是相互联系的。在运营层面上，对于艺术爱好者而言，交往之旅所引导的主要是湖水般相对平等而均质的流动，狂欢之旅所引导的主要是潮水般的聚合与消退，朝圣之旅所引导的主要是登高般的激励与奋斗。它们的结合通过多种方式得以实现。例如，以"狂欢"为要旨的艺术节可能安排各种联谊活动、评奖活动，从而使自己蒙上"交往之旅"与"朝圣之旅"的色彩；如果安排明星见面会、新品发布会之类的活动，那么，属事化的艺术之旅便和属人化、属物化的艺术之旅彼此渗透。

上述考察拓展了文化和旅游围绕艺术彼此结合的视野，适应了大变局时代从动态的角度把握艺术的需求。如果将"艺术"理解为由创作者、鉴赏者和传播者所组成的社会共同体（即"艺术界"），那么，"艺术之旅"便是相关人士通过互动培育艺术人才、实现艺术价值、构建艺术联系的过程；如果将"艺术"理解为由艺术手段、艺术

---

[1] 李刚、王秀山、周绍川：《大匠之门·朝圣之旅——"齐白石艺术成就及中国画发展方向"观摩展作品选》，《荣宝斋》2011年第3期，第112—117页。

[2] 杨飞云：《临摹经典——艺术的朝圣之旅》，《美术大观》2011年第1期，第14—18页。

内容和艺术本体构成的特殊文化产品（即"艺术品"），"艺术之旅"便是上述产品穿越时间和空间的运动。它们在时间中的运动通常称为"纵向传播"，在空间中的运动通常称为"横向传播"，在不同民族之间的运动通常称为"跨文化传播"。如果将"艺术"理解为"艺术界"与"艺术品"彼此整合的过程（即"艺术活动"），那么，"艺术之旅"便是上述过程中的标志性事件。通常所说的"艺术系统"是艺术界、艺术品、艺术活动的统称。它以变化为本性，在不同视野中呈现出不同的面貌。例如，在静态视野中，我们所看到的更多是艺术的定位、定居、定义；在动态视野中，我们所看到更多的是艺术的越界、迁徙、变化。与静态视野相比，从"艺术之旅"的动态视野出发，我们更有可能适应人类社会大变局、人类艺术大变异的历史条件，使艺术造福于人类。当然，动态视野与静态视野是相辅相成的，将二者有机结合起来，可以更全面地把握艺术的特征，也可以更好地实现艺术的社会价值。

  本章的分析表明：在人类由传统社会走向信息社会的过程中，科技助力艺术创造震撼，体现了二者相辅相成的一面。艺术为科技迅猛发展所带来的社会影响所震惊，通过作品加以渲染与批判；科技理性对艺术感性加以制约，人工智能显示出取代人类从事艺术活动的趋势，科技实力裹挟艺术精神，则体现了二者博弈的一面。信息时代科学与艺术密切互动，促进了艺术外延与内涵的变革，值得加以考察。从外延角度看，艺术边界问题是从对艺术位置的考察引发出来的。这种考察受研究者自身所处的位置的影响。在面部识别技术"刷脸"大行其道的年代，分析艺术所处的自然位置、心理位置与社会位置，我们发现：当下对艺术边界的重塑主要是由人工智能通过人机互动、信息革命通过媒体融合、娱乐经济通过"互联网+"进行的。从内涵角度看，艺术观念问题是由对艺术流动的考察引发出来的。文化产业与旅游产业相互结合，是当代社会生活值得关注的趋势。它为在理论上从旅行的角度考察艺术提供了驱动力。"艺术之旅"所展示的与其说是界域、类别的静态划分，不如说是跨界、泯类的动态进程。艺术既是拥有自我意识的人所组成的特殊共同体（"艺术界"），又是人类所生产的特殊文化产品（"艺术品"），同时还是具备憧憬性、虚构性和/或创造性的交往（"艺术活动"）。由上述认识出发，可以定位艺术的属人性旅行、属物性旅行和属事性旅行。它们在细分的同时展示出相互渗透的可能性。

第 二 章

媒体艺术开拓

在艺术大家族中，媒体艺术是根据所使用的交往或交流手段来定义的，如口语（媒体）艺术、书面（媒体）艺术、印刷（媒体）艺术、电子（媒体）艺术、数字（媒体）艺术等。倘若它致力于开发各种媒体（特别是新出现的媒体）的潜能，既创新媒体的应用，又对艺术本身加以革新，便成为新媒体艺术［相对于传统（媒体）艺术而言］。当人们默认媒体是艺术赖以存在的必要条件时，上述括号中的"媒体"经常被省略。当人们试图强调媒体在艺术领域的重要地位，或者强调艺术因为运用不同媒体而分化时，上述名称中"媒体"的前后括号经常被省略。人类历史上所发生的五次信息革命都创造了新的媒体，从而开拓了艺术发展的空间。出于技术进步的加速、信息革命相距的时间缩短等原因，我们可以在自己的有生之年观察到第四次信息革命余波未息、第五次信息革命已经春潮涌生的奇观。不论是媒体意义上的艺术开拓（表现为将新媒体引入艺术领域），媒体艺术本身的开拓（表现为出现了相对于传统媒体艺术的新媒体艺术），还是媒体由于艺术想象而获得开拓（科幻作品预测了未来媒体的多种可能性），都是我们所处的时代可以观察到的现象。人们通过发表艺术宣言来披露开拓性主张，或者通过改变艺术形态来展示开拓性成果，或者通过建设交叉学科来界定开拓性艺术范式。这类现象构成了本章各节的主题。

第一节　活法三义：新媒体与艺术宣言

　　作为文体的宣言是伴随大众传媒的发展而兴起的。它的问世标志着大众传媒已经在社会生活领域占有举足轻重的地位，以至于人们希望通过它革故鼎新。一般来说，只有期待引起公众广泛注意时，才有必要发宣言。西方近世以来林林总总的宣言中，艺术宣言卓然而为一大类。它之所以诞生，首先是因为西方艺术家社会意识（特别是政治意识）的增强、参与热情的高涨；之所以能够流行，首先是因为这种特殊的文体单刀直入地抓住问题、要言不烦地阐述观点，让人一目了然；之所以能够起作用，首先是因为它亮出旗帜、吸引追随者。19世纪法国象征主义者开始运用宣言来表明自己的观点和立场。20世纪初，意大利等国的未来主义者非常频繁地以宣言表达自己对农业社会向工业社会转型的强烈感受。就观念而言，该时期多数艺术宣言带有强烈的政治性，主张艺术介入社会生活，革命和战争是常见的主题。这些宣言主要是通过报刊传播的，作为现代主义艺术的舆论而起作用。20世纪中叶，在经历两次世界大战的浩劫之后，西方社会对于现代主义宏大叙事的怀疑四处蔓延。后现代主义者本身并没有发表过多少宣言。不过，对当时流行于艺术界的众多宣言来说，后现代主义是隐身的在场者。后现代主义的勃兴和数码革命的爆发几乎是同步的。互联网本身最初被当成信息牛仔的西部边疆，后来成了数码艺术家发表宣言的公共平台。这构成了新媒体艺术宣言行世的历史背景。20世纪末，后现代主义的影响消退，取而代之的新人文主义具体化为反概念主义、后后现代主义等主张。与之相适应的各种艺术宣言成为世纪之交此起彼伏的众声部。就媒体而言,网络法制建设推进,各国普遍利用网络来控制社会生活。这种变化也在呼吁自由的艺术宣言中得到了反映。本节选择我国清代画家郑板桥下述名言作为解析西方新媒体艺术宣言的参考系:"江馆清秋,晨起看竹,烟光日影露气,皆浮动于疏枝密叶之间。胸中勃勃,遂有画意。其实胸中之竹,并不是眼中之竹也。因而磨墨展纸,落笔倏作变相,手中之竹又不是胸中之竹也。总之,意在笔先者,定则也;趣在法外者,化机也。独画云乎哉!"[1] 这段话从创作论的角度将艺术对象(以竹子为代表)区分为眼中、胸中、手中三种存在形态,分别对应于艺术观察、艺术构思与艺术传达,并对应于汉语中"活法"的三种含义,即生机萌动的万物、灵活多样的方法以及生命存在的状态。

一、眼中活法:新媒体时代艺术观察的自然生机

汉代许慎《说文解字》说:"灋,刑也。平之如水,故从水;廌所以触不直者去之,从去。""灋"是"法"的古字(西周金文),由三部分构成:一是氵,寓量刑必须公平,就像水面一样坦荡;二是廌,指作为图腾动物或正义化身的独角圣兽,靠它来进行审判;三是去,指除掉。合而言之,从造字的角度看,执法者是洞悉人事、明辨是非的灵兽;执法原则是"一碗水端平";执法结果是除恶。佛教以万物为"法"(Dharma),释之为轨生物解,即能够轨范人伦,充当人类认知的根据,这一意义与许慎从造字的角度对"法"的理解存在某种相

---

[1] 〔清〕郑燮:《板桥集》板桥《题画》,清清晖书屋刻本,第56页。

通之处。除此之外，佛教又将"法"解释为任持自性，即能保持各自的本性不改变。若取此义的话，那么，"法"就是世间万物的总称，活法就是灵动世界，就是万物随时随地的发展变化。从艺术角度把握这种变化，便是创作的必要准备和基本条件。这就是艺术观察的由来。观察是艺术理论的重要范畴，也是我们把握新媒体艺术理论要旨的重要切入点。艺术观察既是创作者认识作为灵动世界的活法的过程，又是艺术家的灵魂通过感官与世界对话的过程，同时还是世界对艺术家施加感召、激发创作动机的过程。与此相适应，我们在西方新媒体艺术宣言中发现了三个相关命题："从技术变革一开始就批判地进行观察""我们得以观察如何叠加空间""观察者自身处于波动、分岔和发展进化过程中"。

（一）从技术变革一开始就批判地进行观察

世界新媒体艺术的动向集中体现于相关节展，其中最负盛名的是创始于1979年的奥地利林茨电子艺术节。作为主办者，弗兰克（Herbert W. Franke）在1979年所写的具备宣言性质的开场白中提出了这样的理念："到现在为止，技术进步已经以相当单纯和自发的方式进入社会。只有到现存体系感觉受其威胁之时，才会发生关于其次生后果的争议。较好的做法是从技术变革一开始就批判地进行观察，并将它调整到正确的方向。"[1]40多年来的实践证明：林茨电子艺术节确实贯彻了弗兰克所提出的"从技术变革一开始就批判地进行观察"的宗旨。这一点从它历年所确定的主题与获奖作品中就可以看出来。

---

[1] Herbert W. Franke. Prologue in *Ars Electornica: Facing the Future, A Survey of Two Decades*. Edited by Timothy Druckrey. London: The MIT Press, 2001, p.22.

作为命题,"从技术变革一开始就批判地进行观察"至少包含如下三重意义:(1)将技术变革作为观察对象。这一点不仅是相当部分新媒体艺术作品的创作前提,而且是新媒体艺术整体上的发展动力,因为它的推陈出新经常是由技术拉动的。既然如此,新媒体艺术家不能不比传统艺术家更留意技术本身的更新换代。(2)将批判精神贯穿于观察过程。在其方兴之际,新媒体艺术并非商业性、流行性或官方性艺术,而是保持前卫姿态、继承批判传统、强调独立地位的艺术。因此,有不少新媒体艺术作品虽然是运用高新科技作为手段创作的,但在内容上却表现出对科技应用的消极影响的警觉与反思。(3)批判性观察应当在风起于青蘋之末就开始。如果发现技术变革有什么走火入魔的现象,应及时进行救偏补弊,而不是等到酿成大错,甚至不可收拾时再来放马后炮。这一点在科幻题材的新媒体艺术作品中表现得相当明显,它们经常对疯狂科学家或疯狂发明大张挞伐。

(二)我们得以观察如何叠加空间

郑板桥看竹子,很可能受当时占主导地位的格物致知模式影响,以眼中之竹去印证心中之理。至于他运用各种观察工具的可能性,明显比当今新媒体艺术家小得多。正因为如此,所谓"新媒体艺术"不仅是格外留意媒体科技革新的艺术,而且是运用各种新式媒体科技去观察世界的艺术。

这些手段不仅是物理意义上的工具,而且是心理意义上的参照系。对此,匈牙利媒体艺术家瓦利茨基(Tamás Waliczky)在《计算机艺术宣言》(1989)中已经谈到。这篇文献首度在摩纳哥蒙特卡洛举办的"想象节"(IMAGINA)亮相,其后被收入匈牙利首都布达佩斯举办的 DIGITART Ⅱ 展览的目录册。他对计算机艺术持前卫观念，主张摆脱商业因素的束缚，划清与科学表达的界限，捕捉时代变革的机遇，加强与程序员的合作，力求创造出具有新特性、新品质的作品来。他谈道："我们能够逐渐意识到潜在机制的作用。运用绘画程序，我能够观察到在画画时引导我的手的潜意识过程。"[1] 这类程序是程序员以对人脑思维机制的研究为前提而开发的。艺术家运用它们从事创作，或者让它们自动进行创作，都具有某种人机交互的性质。由于程序的介入，创作心理从艺术家隐秘的内在过程转变为可以在计算机输出装置中观察的外在过程。这是将心理空间叠加在物理空间之上。

显示设备同样创造了将生理空间叠加在物理空间上的条件，并对艺术家产生影响。法国著名艺术家奥兰（Orlan，原名 Mireille Suzanne Francette Porte）所发表的《肉体艺术宣言》（2003）提供了这方面的例证。她以结合外科手术创作的作品著称。如她所说，"肉体艺术是古典意义上的自画像，但通过技术的可能性实现"，在麻醉药起作用的情况下，"我可以观察自己的身体切开而无痛苦！……我可以看到我自己一路直达内脏，凝视的新阶段"。[2]

在此之外，显示设备还创造了让不同物理空间彼此叠加的可能性。所谓"增强现实艺术"可以为证。2011 年 1 月由赛博艺术群体 Manifest.AR 奠基成员签字发表的《增强现实艺术宣言》开门见山地

---

[1] Tamás Waliczky. Manifesto of Computer Art（1989）. http://www.waliczky.net/pages/waliczky_manifest_eng.htm.[2014-8-21]

[2] Orlan. Carnal Art Manifesto，reproduced in *n. paradoxa* vol 12（Out of order）2003，p.44. http://orlan.eu/adriensina/manifeste/carnal.html.[2014-9-1]

指出:"增强现实创造了并存的多重空间现实,在其间万事皆有可能——不论在哪里!未来增强现实没有现实与虚拟的边界。在未来增强现实中,我们变成了媒体。从停滞屏幕的虚拟获得解放,我们将数据转变成物理实时空间。"[1]

(三)观察者自身处于波动、分岔和发展进化过程中

观察实际上是一种交互。当人们谈论"观察者效应"(The Observer Effect)时,更多地考虑到它的消极影响。至于所谓"参与式观察",更多地利用了它的积极作用。与新媒体相适应的交互观念使我们意识到观察不是旁观,而是参与。1999年6月,意大利米纳雷利(Enzo Minarelli)发表《聚合诗12岁宣言》。他援引比利时物理学家、化学家普里高津(Prigogine)关于"我们作为观察者自身处于波动、分岔和发展进化过程中"的观点来说明自己所创作的新媒体艺术——声音诗歌的特性。[2] 普里高津所说的耗散系统(dissipative system)是指远离热力学平衡状态的开放系统。它不断和外环境交换能量、物质和熵,因而能继续维持平衡,亦即实现了从混沌无序向有序的转化。作为例子,有对流、气旋、生物体、城市等。我们可以将米纳雷利所说的声音诗歌理解为某种耗散结构。如果说传统诗歌将写定当成理想状态的话,那么,这种状态的特点是封闭性,能量

---

[1] Vladimir Geroimenko, ed. Preface in *Augmented Reality Art: From an Emerging Technology to a Novel Creative Medium*. Cham: Springer International Publishing, 2014.

[2] Enzo Minarelli. The Manifest Of Polypoetry Is 12 Years Old (July 1999). http://www.391.org/manifestos/1999-manifest-of-polypoetry-12-years-old-enzo-minarelli.html.[2014-9-11]

最低时系统最稳定。相比之下，声音诗歌是开放性的，不断与环境交互，以之保持自己的生命力。如果说远离平衡态的开放系统中能够运行"生"的机制的话，那么，前提是存在一个提供能量、物质和熵的外部环境。与此相类似，声音诗歌将活跃的、参与的创作者——欣赏者当成自己存活的条件。

现代传感技术正在对观察发生深刻的影响。它的引入不仅为利用实时数据进行人机交互创造了条件，而且昭示着社会变革，甚至可以成为划分时代的根据。2006年，西班牙艺术家科伦加（Alfredo González Colunga）发表《扩张宣言》，将经济理解为对能源使用权利的竞争，并由此出发解释社会系统的运作与变迁。[1]2007年6月7日，著名的根茎网站将其中一部分的英译文用帖子的形式发表，题为"改变世界的短宣言"。它的要旨是"乌托邦在此，现代性对后现代性：分析与机遇"。在文中，科伦加引导读者"想象一座有100个人的小镇，在它的中心有口油井，其居民用一根绳子和一个桶从中抽油。在他们将绑有绳索的石头抛入井中的所有时候，没有人能发现其底部，因此，虽然每个人都知道它必定有一个终点，但这口井实际上被感知为无底的。该镇的最佳策略（这将占上风）是每个人自由从这口井取用"。一旦有某种传感技术可以测出井深，镇上的战略将发生变化。"如果没有其他的城镇或发现其他油井的远景，争夺剩余能量的竞争将开始。发生了什么？该镇已从现代阶段移动到后现代阶段。"倘若说现代阶段因为能源似乎无穷而弥漫着乌托邦情调的话，那么，后现代阶段却是另一番模样："艺术和哲学，

---

[1] Alfredo González Colunga. MANIFIESTO EXPASIVISTA（2006）. https://web.archive.org/web/20060220163554/；http://eumed.net/ce/2005/ac-expan.htm.[2014-10-11]

面临着'没前途',成为自我指涉。大叙事消失。艺术家,为了生存,与统治阶级合伙,代表自己的愿望,忘却看起来无法实现的乌托邦式理想。"[1]

如果说科伦加的上述宣言对于传感技术的重要性是借助于想象来阐述的话,那么,波兰布热津斯基(Michał Brzeziński)则将传感技术应用于实践中。他在《2010赫尔曼宣言》(2010)中表明:"对植物、动物或细菌文化的穿透完全像穿透角色的、图标的与精神的文化的过程……我的艺术实践是找出与揭露这类无说话能力的生命形式之间的对话,靠将它们与技术结合成新的生命形式:控制论有机体,作为非人生命形式的交流弥补术。"[2]他创作了不少基于传感技术的作品,如《比克瑙——有情感的桦树频道》(Birkenau-The Affective Birchband, 2013)[3]、《植物群芭蕾》(Flora Ballet, 2014)等。

上述三种观念说明了新媒体时代艺术观察的三个要点:一是将技术变革置于视野之中予以审视,二是充分利用高科技所提供的新手段以求洞悉世界,三是意识到自身由于交互和传感所发生的变化。这些观念包含了对于生机萌动的万物的体悟,是艺术构思的必要准备。

---

[1] Alfredo González Colunga. Short Manifesto to Change the World (June 27th 2007). http://rhizome.org/discuss/view/26360/#c48887?ref=search_title.[2014-10-7]

[2] Michał Brzeziński. HERMANMANIFESTO (2010). http://www.michalbrzezinski.org/manifesty-2000-2010/2010-2012-herman-manifesto/.[2014-8-7]

[3] http://www.michalbrzezinski.org/artist/artistic-projects/birkenau/.[2014-8-13]

二、胸中活法：新媒体时代艺术构思的灵活策略

郑板桥所说的"胸中之竹"不同于"眼中之竹"，不是作为艺术观察的对象，而是作为艺术构思的产物。早在北宋之时，画家文同就有"故画竹，必先得成竹于胸中"[1]的说法，这应当是郑板桥之所本。1930年，荷兰画家杜斯堡（Theo van Doesbourg）等人发表《具体艺术宣言》，鼓吹艺术的完全自由，主张摆脱描绘或表现自然对象或情绪的需要，实际上是以抽象为具体。文中谈道："艺术作品在其完成前必须由心灵整体构思与塑造。"[2] 这一点可以和文同、郑板桥等人的看法相互印证，在数码时代仍然具备生命力。就字面而言，所谓"成竹"既可以是当事人灵想独辟的构思成熟之竹，也可以是前人通过范作、经典所展示的成功垂范之竹。后者所代表的是某种楷模、模式或成法，对艺术家骋才运思具备制约作用。若是如此，"活法"便是对规则或规范的活用，亦即对成法的超越。宋代胡宿有诗云："诗中活法无多子，眼里知音有几人。"[3]吕本中也说："笔头传活法，胸次即圆成。"[4]他们都对活法加以推崇。由"无法"（没有一定之规）到"有法"（存在某种法则）再到"活法"（超越成规），这是体现艺术辩证法精神的否定之否定，也是艺术创新的发展路径。我们在西方新

---

[1] 〔宋〕苏轼：《文与可画筼筜谷偃竹记》，《苏文忠公全集》东坡集卷三十二，明成化本，第330页。

[2] Theo van Doesbourg. The Manifesto for Concrete Art, in *Abstraction in Artificial Intelligence and Complex Systems*. Edited by L. Saitta, J.-D. Zucker. New York: Springer, p.413.

[3] 〔宋〕胡宿：《又和前人》，《文恭集》卷五，清武英殿聚珍版丛书本，第34页。

[4] 〔宋〕吕本中：《别后寄舍弟三十韵》，《东莱诗集》卷第六，四部丛刊续编景宋本，第37页。

媒体艺术宣言中看到了类似的主张。试以"摆脱当前商业形式的一切陈词滥调""创造出新东西进入世界的可能性""我们可以制作制作艺术的艺术家"为例予以说明。

(一)摆脱当前商业形式的一切陈词滥调

瓦利茨基在《计算机艺术宣言》(1989)中从前卫艺术的角度探寻计算机的应用,不无遗憾地指出:"计算机艺术还没有存在。这正是我们必须写作、谈论与思考它的原因,即呼唤它的诞生。计算机不是为我们艺术家而发明的。计算机是为军事目的而制造的,它已经服务于科学目的,当艺术应用的一缕希望之光首次出现时,它马上成为政治宣传和商业电影制作的牺牲品。"他强调:"为了用计算机创造艺术,我们必须摆脱当前商业形式的一切陈词滥调。"[1]

在为包括计算机艺术在内的新媒体艺术开辟道路时,新媒体艺术家从20世纪初的未来主义汲取了思想资源。未来主义具备非常鲜明的亚文化色彩,同时也具备相当强烈的创新精神。它的一系列宣言所表达的是想与传统艺术决裂的渴望,几乎什么领域、什么事情都想对着干,这种逆向思维使之成为西方古典主义艺术理想的终结者。1991年6月15日,美国黑伯里(Paul Haeberli)等几名程序员模仿米兰画家波丘尼(U. Boccioni)1910年2月发表的《未来主义画家宣言》(Manifesto of the Futurist Painters),发表了《未来主义程序员宣言》。其中谈道:"我们在这里所发出的叛乱的呼喊(我们在其中与那些未来派画家牢固树立我们的理想)并非来自

---

[1] Tamás Waliczky. Manifesto of Computer Art (1989). http://www.waliczky.net/pages/waliczky_manifest_eng.htm.[2014-8-21]

一个小小的美学思想派系,与此相反,表达了在当今每一个创新程序员血脉中沸腾的强烈愿望。我们要战斗到底,反对过去狂热、不懂事、纯粹势利、由学术期刊的邪恶存在而火上浇油的宗教信念。我们反抗对旧的操作系统、旧的语言、过时标准的懈怠懒散钦佩,反对迷恋于一切故障缠身、因代码膨胀而腐败、因退化而侵蚀的东西。"[1]

西方新媒体艺术沿着未来主义及作为其精神继承者的达达派、激浪派昭示的方向发展,虽然在打破商业性艺术的陈规方面取得了一定成就,但又落入了观念艺术的窠臼。有鉴于此,美国哲学家、艺术家米雷蒙(Mark Miremont)发表《复兴大美:未来艺术宣言》(2002—2010),鼓励人们抵抗在《达达宣言》(Dada Manifesto, 1916)之后繁荣了整个世纪的观念艺术的虚伪(pretenses)。他指出:"尖刻的达达相对主义已经为在其哲学的营销中获利的收藏家、博物馆与出版界所广泛拥抱。它的影响在西方文化的各个方面都可以感觉到。到了人们普遍相信大美没有在艺术中的位置的程度。从王尔德到塞拉,艺术被认为无用。事实上'艺术'一词已经被渲染得毫无意义,因为任何东西都可以是艺术,如果这样命名的话。这是犬儒主义。这是虚无主义。这正是21世纪初的艺术界。"针对这种弊端,米尔蒙(Mark Miremont)将"大美"作为艺术之路来提倡:"大美能够弥合任何分歧,应该是任何文化的目标。大美是艺术的目的,

---

[1] Umberto Boccioni, Paul Haeberli, Bruce Karsh, Ron Fischer, Peter Broadwell, Tim Wicinski. Manifesto of the Futurist Programmers(15th June 1991). http://www.391.org/manifestos/1991-manifesto-futurist-programmers-boccioni-haberli-karsh-fischer-broadwell-wicinski.html. [2014-9-10]

正如楼宇是建筑的目的那样。艺术的用处是告诉我们大美,正如科学的用处是告诉我们真理那样。大美是人类健康状态的基本需要,正如氧气那样。"[1] 上述主张实际上是对泛艺术化倾向的批判。如果说唯美主义、唯艺术主义等代表了强调美与艺术特殊性的范式或思潮的话,那么,作为范式或思潮的泛艺术化则是对它们的否定。米雷蒙提倡"大美",无疑是试图在新的历史条件下重新强调艺术的特殊性和社会功能。

(二)创造出新东西进入世界的可能性

在西方新媒体艺术中,黑客文化具有相当重要的地位。澳裔美籍学者沃克(McKenzie Wark)出版《黑客宣言》(2004)一书,披露了网络时代激进主义者的诉求,将"黑"的观念推广到包括艺术在内的诸多领域。[2] 就具体作品而言,特赖布(Mark Tribe)等人所著《新媒体艺术》(2007)一书是了解黑客艺术家或激进主义艺术的最佳读物之一。[3] 这本书为所收录的作品标注的关键词有助于了解黑客艺术家如何"创造出新东西进入世界的可能性"。从技术角度所进行的探索主要有定位、无线通信、数据可视化、遥在、人工生命、小故障、运动捕捉、工具、数据库、算法、生成、软件等;从艺术角度所进行

---

[1] Mark Miremont. The Resurrection of Beauty—A Manifesto for the Future of Art (2002–2010). http://markmiremont.com/manifesto.html. [2014-8-1]

[2] McKenzie Wark. *A Hacker Manifesto*. Cambridge, MA: Harvard University Press, 2004.

[3] Mark Tribe, Reena Jana, Uta Grosenick. *New Media Art*. Koln: Taschen, 2007.

的探索涉及电影、动画、音乐、音响、游戏、叙事、表演、具象诗、网络艺术、装置艺术、拼贴艺术、重新混合、叙事、景观、形式主义、软件艺术等；从媒体角度所进行的探索涉及网络、界面、超文本、交互性、网络摄像头、战术媒体、媒体考古学、介入、参与、时间等；从社会角度所进行的探索涉及开放源代码、隐私、版权、怀旧、全球化、移民、性别、身份、暴力、合作、公司、戏仿、黑客激进主义、(赛博)女性主义、青春期、占有、监视、合作、恶作剧、赛博朋克等。

不论电话黑客、电脑黑客还是网络黑客，在相应的技术领域都有自己的专长。他们往往以此傲视芸芸众生。若不考虑这一因素，单就边缘人的身份意识而言，某些不是黑客的新媒体艺术家也表现出类似的心态。例如，戈麦斯－佩纳（Guillermo Gómez-Peña）作为后墨西哥表演艺术家多次穿越墨、美边界，不断改变身份。他从2003年开始写作《来自新边疆的诗歌抗命宣言》，以"我们"代表多重群体，试图建立自己（兼及当代人）的心理、身体、语言、梦想与渴望之间的联系。该宣言在整体上以美国为对话者，以诗体写成。全文包括7个部分，各有具体的诉说对象，包括"偏执的民族主义主谋""做出对人类危险之决定者""监视和偏狭的领主""那些方便地忽略我们的声音之人""那些害怕我们（正如我们害怕他们）之人""单一文化的股东""主人和战争的辩护士和他们可怜的'自愿联盟'"。戈麦斯－佩纳强调自己是"他者之人"，是"移民，流亡者，游牧民族和非法入境者，处于自愿放逐的永久过程"，是"奄奄一息的民族国家的瞬态孤儿"，是"'西方文明'外部界限和裂缝的公民"。[1]

---

[1] Guillermo Gómez-Peña, Gustavo Vazquez. A Declaration of Poetic Disobediance（2005）. http://www.vdb.org/titles/declaration-poetic-disobediance.[2014-9-8]

（三）我们可以制作制作艺术的艺术家

人工智能自20世纪中叶以来取得了令人震惊的进展，不仅在物质生产领域成为人类的好帮手，而且在自动作曲、自动绘画、自动写诗、自动叙事等精神生产领域有不俗的表现，更不要说下棋之类的娱乐了。正因为如此，新媒体艺术理论将机器的创造性当成重要范畴。这一点在相关宣言中已经获得表现。试举数例：（1）佩珀雷尔（Robert Pepperell）《后人宣言》（2005）谈道："在后人时代，机器不再是机器""复杂机器是一种涌现中的生命形式""如果我们能够思考机器，那么，机器也能思考；如果我们能够想到会思考的机器，那么机器就能想到我们"。[1]（2）阿达之果（Adafruit）公司在网站首页上刊登了《21世纪机器人宣言》，将"充满人性与幻想，自我思考"作为亮点。[2]（3）2011年，葡萄牙的莫拉（Leonel Moura）发布了新版的《伊斯坦布尔宣言》。他开宗明义地提出："杜尚的想法是用现成物制作艺术，我们的想法是制作制作艺术的艺术""一种新型艺术正在从原始人工生命形式中涌现出来。这些新的人工有机体本质上是生物的。某些有组织，某些有机械零件，另一些是二者的结合。他们思考与创造。他们很快将复制与进化，无须人类介入。他们将是完全自主的。人类艺术家的作用是使之诞生，加以激活，让它前行，放手。我们可以制作制作艺术的艺术家"。[3]

---

[1]　Robert Pepperell. The Posthuman Manifesto（February 2005）. https://intertheory.org/pepperell.htm.[2018-6-11]

[2]　https://learn.adafruit.com/making-adabot-part-1/overview/.[2014-8-6]

[3]　Leonel Moura, Henrique Garcia Pereira, Ken Rinaldo. The Istanbul Manifesto. http://www.leonelmoura.com/manifesto_istanbul.html.[2014-8-17]

"我们可以制作制作艺术的艺术家"这一论点看起来表述得有点累赘，却深刻地反映了人工智能崛起对新媒体艺术观念的影响。艺术构思不是直接围绕作为具体产品的艺术形象进行，而是将重点放在如何开发本身具备某种创造性的智能程序上。这类程序可以充当人类的助手或代理，源源不断地生产出大量艺术产品来。我们固然可以援引人类艺术的情感性标准、动机性标准来否定上述艺术生产的价值，但是，从形式感、效果感的角度看，这类艺术产品已经到了几可乱真的地步。除此之外，我们还可以换一个角度思考人工智能介入艺术构思的意义，那就是为人类反思想象、灵感、顿悟等心理现象提供了参照系。

　　以上所分析的三种新媒体艺术观念分别着重于破旧（摆脱当前商业形式的一切陈词滥调）、立新（创造出新东西进入世界的可能性）与人机整合（制作制作艺术的艺术家）。它们都将引入科技当成艺术构思策略创新的关键。应当看到：当科技拜物教甚嚣尘上的时候，也有一些艺术家发表了与之针锋相对的见解。例如，美国北卡罗来纳大学（艾胥维尔）艺术家克隆尼格（Curt Cloninger）在《2008年夏天非宣言》中提出："在2008年的夏天，我希望看到更多……与技术和文化的交汇无关的艺术。无关于虚拟空间中的肉体、物理空间中的虚拟身体、物理身体中的虚拟空间或者虚拟身体中的物理空间的艺术。"他向往"不求通过手机视频播客合作性拼贴来包容他者差异的艺术。与病毒幂姆、网上营销、人类圈、媒体饱和度或MK-ULTRA心灵控制实验（美国中央情报局在20世纪五六十年代针对不知情公民所实施的一个项目）无关的艺术。不包含Wii（任天堂2006年推出的一款电视游戏机）遥控器的艺术"，"并未使用生成性软件算法来重新审视美国风景摄影传统的艺术"，"不探索人工生命、人工智能、人工授精、人工甜味剂或其他人为东西的艺术"。[1] 因此，胸中活法也好，新媒体时代艺术构思的灵活策略也好，都不是同质化，而是包含了对立统一的多样化。

三、手中活法：新媒体时代艺术传达的丰富样态

汉语中的"活法"一词不仅指生机萌动的万物、灵活多样的方法，而且指生命的存在状态（特别是人的生存状况）。如果将艺术视为交往手段的话，那么，它有见用和废弃等状态；如果将艺术当作文化产品的话，那么，它有完整和缺损等状态；如果将艺术看成审美意识形态的话，那么，它有弘扬和抑制等状态。这些状态都标志着艺术在特定社会历史条件下的不同存在。若认为艺术具有生命力，或者说艺术是有机体，那么上述状态也就是艺术的活法，除此之外还有生存、死亡、繁荣、萧条等。郑板桥所说的"手中之竹"可以视为从艺术传达角度对活法的一种表述。在西方新媒体艺术理论中，对艺术传达的思考是结合新媒体艺术的特点进行的。下文以相关宣言中"实时三维是艺术表达的新媒体""以新的动态方式组织叙事""创造一个任何人都可以在任何地方表达他／她信念的世界"等观念为例予以说明。

（一）实时三维是艺术表达的新媒体

活跃于20世纪初的未来主义者是西方新媒体艺术的先驱。

---

[1] Curt Cloninger. A Non-Manifesto for the Summer of 2008. http://rhizome.org/discuss/view/36931/#c61774？ref=search_title.[2014-10-21]

他们对于艺术传达颇为关注。1913年，这一流派的领袖马里内蒂（Marinetti）发表《无线想象与自由词语：未来主义宣言》，宣称未来主义的基础是由科学新发现所带来的人类感受性的全面更新，这些发现包括电报、电话、摄影、电影、报纸等通信手段，还有各种交通工具。以此为出发点，他追求图像或类似物的绝对自由。它们不受约束的词语表达，没有句法的连接串，也没有标点。[1]1921年1月11日，马里内蒂发表《触觉主义宣言》，谈道："眼睛和声音传达他们的精华，两个人之间的触摸感在其冲突、交织或摩擦中却几乎没有传达什么。因此，需要将握手、亲吻与耦合改造为思想的连续传输。"[2] 如果我们将虚拟现实当成以触觉为特色的新媒体的话，那么，这一宣言便是它的先声。

美国艺术视频游戏双人对（夫妻）奥利亚·哈维与迈克尔·萨姆因（Auriea Harvey & Michaël Samyn）2006年发表《实时艺术宣言》。他们将实时三维技术作为自己的艺术媒体，在宣言中号召从事创意的人们（包括但不限于游戏师和美术家）拥抱上述新媒体，并着手实现其巨大的潜能。文中指出："实时三维是艺术表达的新媒体。游戏不是你运用实时三维技术所能制作的唯一东西。对商业游戏的修改不只是艺术家可获得的唯一选项。实时三维是自画布上的油

---

[1]　Filippo Tommaso Marinetti. The Wireless Imagination and Words in Freedom: Futurism Manifesto（1913）, in *Vertigo: A Century of Multimedia Art from Futurism to the Web*. Edited by Germano Celant. Skira: Museo d'Arte Moderna di Bologna, 2008, pp.75-78.

[2]　Filippo Tommaso Marinetti. The Manifesto of Tactilism（Milan, 11 January, 1921）. http://www.peripheralfocus.net/poems-told-by-touch/manifesto_of_tactilism.html.[2014-9-20]

彩以来最卓越的新的创造性技术。它太重要了，以至不能留在玩具开发商与宣传机器的手中。我们需要将技术从他们贪婪的爪子中夺出，通过生产迄今最好的艺术为地球增光来使他们丢脸。"[1] 在其后问世的另一些艺术宣言中，我们也看到了对实时三维媒体的重视。比如，日/美前卫艺术家小野洋子（おのようこ，Yoko Ono）在《想象和平宣言》（2011）中向大众推荐三维地球地图模块（Revolver Maps）。[2] 这是一种为博客或网页访客提供的互动式地球仪服务。又如，2014年，伦敦自由动画师、动作设计师威尔斯（Adam Wells）发表《新三维动画宣言》，主张"三维应该试图利用其独一无二的能力去显示它在纯粹审美之外的潜能，以便发展与推进它自己的方向感。生产无法见于真人版或二维的作品，因此显示三维的灵活性与创造性。"[3] 实时三维无疑是富有魅力的表现手段，原因在于它为人们展示了新的视觉经验，可以将幻境渲染得高度逼真、栩栩如生。

（二）以新的动态方式组织叙事

20世纪80年代初问世的国际天文艺术家协会（International Association of Astronomical Artists）强调将知识与研究作为绘画的坚实基础，企图准确地描写当下超出人眼范围的场景。正如《国际天文艺术家协会宣言》（1982）所宣告的，他们看重在聚焦终极边疆——太

---

[1] Auriea Harvey & Michaël Samyn（2006）. REALTIME ART MANIFESTO. http://auriea.org/data/static/RAM.pdf.[2014-8-20]

[2] Yoko Ono Lennon. IMAGINE PEACE Manifesto & FAQ（2011）. http://imaginepeace.com/home/faq.[2014-9-15]

[3] Adam Wells. A Manifesto for New Three Dimensional Animation. http://www.skwigly.co.uk/3d-animation-a-manifesto/.[2014-8-22]

空时所传达的冒险与探索相结合的梦想。[1]

赖德（Shawn Rider）是英国兰开夏郡的另类艺术家，自称属于"人文科学万事皆往学派"（Anything Goes School of Liberal Arts）。其所著《数码艺术宣言1.0版》（2002）试图为数码艺术的生产、接受与收藏确立一系列规则，强调艺术家的实验性、领先性。文中指出："叙事是人类存在的一种无法摆脱的要素，可以被创造者因地制宜地传达。数码艺术要求我们以新的动态方式组织叙事，挑战部分是创造像模拟叙事一样强烈共鸣、拥有人类存在以来所发展起来的全范围技巧的数码叙事。"[2] 我们知道，与传统媒体艺术相比，新媒体艺术之"新"首先表现为存在状态的变化。如果新媒体作品包含内在指令，那么，它们可能在一定条件下被激活，也可能在一定条件下自动销毁；如果新媒体作品包括多种链接，那么，它们可能因点击而扩展、跳转或收缩；如果新媒体作品包含嵌入芯片，那么，它们可能表现出某种智能特征；如果新媒体作品被置于不同平台，那么，它们可能因此获得与所在平台相适应的各种属性；如果新媒体作品引入虚拟现实、增强现实或混合现实等技术，那么，它们可能成为用户置身的环境；如果新媒体作品将生物体当成自己的一部分（Bioart），那么，它们可能真正经历生与死……新媒体艺术以"活"为法。"活"意味着鲜活，不论聚人气还是接地气，都包含某种对于"活"的追求，也就是赖德所说的"以新的动态方式组织叙事。"

---

[1] IAAA. International Association of Astronomical Artists Manifesto（1982）. https://web.archive.org/web/20140118063356/；http://iaaa.org/manifesto.html.[2004-8-2]

[2] Shawn Rider. Digital Art Manifesto 1.0（Nov. 23, 2002）. http://shawnrider.com/docs/agsola_digitalArtsManifesto_shawnRider.pdf.[2014-8-9]

（三）创造一个任何人可以在任何地方表达他/她信念的世界

对于表达自由的追求，是20世纪以来众多艺术宣言的主题，如兼有德国人、法国人和阿尔萨斯人等多重身份的让·阿尔普（Jean Arp）的《激进主义艺术家宣言》[1]，美国作家布朗（Rita Mae Brown）的《女性艺术家宣言》（1972）[2]，等等。就新媒体艺术理论而言，值得一提的是电子边疆基金会创立者之一、歌曲作者巴劳（J. P. Barlow）所发表的《赛博空间独立宣言》（1996）。他宣称自己来自赛博空间这一心灵新家园，要求不受欢迎的工业世界的政府从这儿走开，切勿干涉自己的自由。在他们聚集之处，工业世界的政府不享有主权。巴劳以"自由"本身所能言说的权威对政府进行了以下四重斥责：一是对方没有统治赛博空间的合法性；二是政府不见得能做得更好；三是政府的观念不适用；四是政府的措施注定要失败。"我们正在创造一个人人可以进入的世界，没有和种族、经济力量、军事力量或出生地相应的特权或偏见。我们正在创造一个任何人都可以在任何地方表达他/她信念的世界，不论这种信念是如何与众不同，也不必担心被迫闭口或从众。"[3] 此外，美国专栏作家奥尔波

---

[1] Arp, Baumann, Eggeling, Giacometti, Helbig, Henning, Janco, Morach, Richter. The Radical Artists' Manifesto (11th April 1919). http://www.391.org/manifestos/19190411radical.htm.[2014-9-26]

[2] Rita Mae Brown. A Manifesto for the Feminist Artist, in *The Furies: Lesbian/Feminist Monthly*, Vol.1, Issue 5, June-July 1972. http://www.lesbianpoetryarchive.org/node/131.[2014-8-11]

[3] John Perry Barlow. A Declaration of the Independence of Cyberspace (1996). https://projects.eff.org/~barlow/Declaration-Final.html.[2010-5-10]

特（Glen Allport）致力于宣传兼具慈悲、自由与繁荣的"福地范式"，为此维护相应的网站（paradise-paradigm.net）。2012年，他发表了《框架、虚拟现实与市民社会：爱与自由教义宣言》。[1] 对奥尔波特而言，虚拟现实不只是一种新技术，电影《黑客帝国》（The Matrix）也不只是一部受新技术启发而创作的电影，应当从范式的角度对它们加以审视，关注虚拟现实之应用对人类社会的宏观影响。他不是一般地反对专制国家及为之服务的技术与艺术（有毒范式），而是希望弘扬爱和自由相结合的健康范式。

以上所述的三种观念分别涉及艺术传达的新手段（实时三维）、新形态（动态方式）、新环境（任何人都可以在任何地方表达其信念的世界）。如果这三条都能实现的话，那么，新媒体艺术有望建成生意盎然、万紫千红的家园。

作为我国古代著名画家的郑板桥将"眼中之竹""胸中之竹"与"手中之竹"结合起来思考，归结于"定则"（意在笔先）和"化机"（趣在法外）的统一。我们在研究西方艺术宣言时，将其中所表达的有关艺术观察、艺术构思和艺术传达的若干命题联系起来考察，不仅体现了"活法"三重含义（生机萌动的万物、灵活多样的方法以及生命存在的状态）的统一，而且揭示了新媒体艺术的如下要旨：在与科技的博弈和共舞中赢得认识论、本体论和社会学等多重意义上的自由。

---

[1] Glen Allport. Frameworks, Virtual Reality and Civil Society: A Manifesto for the Doctrine of Love and Freedom（2012-12-06）. http://www.strike-the-root.com/frameworks-virtual-reality-and-civil-society-manifesto-for-doctrine-of-love-and-freedom.[2014-8-24]

第二节 口袋妖怪：新媒体与艺术形态

我们所说的"艺术形态"是指艺术内容与包括体裁、结构、手法等在内的艺术手段相结合而形成的样貌。它从传播学的角度看是信息与载体的统一体，从交往理论的角度看是意蕴和语言的统一体，从艺术美学的角度看是内容和形式的统一体，我们分别称之为艺术的技术形态、文化形态和审美形态。可以分别用"超世代""小精灵"和"宝可梦"概括移动互联网时代上述三种意义上的艺术形态所发生的重要变化。当下在世界各地不胫而走的手机游戏"口袋妖怪"集中体现了上述趋势，因此成为现阶段艺术形态变革的重要象征。如果我们将"口袋"和"妖怪"分别理解为新媒体（在当前主要是指移动互联网络）与世间奥秘的譬喻的话，那么，所谓"口袋妖怪"至少包含如下三重含义：（1）用"口袋"囊括"妖怪"、将"妖怪"装入"口袋"中，即用新媒体去把握世间奥秘；（2）"妖怪"通过"口袋"活动，即世间奥秘通过新媒体吸引用户去探索；（3）由"口袋"所孕育的"妖怪"，即和新媒体相适应的世间奥秘，如方兴未艾的虚拟现实艺术、增强现实艺术、生物——计算机联网艺术等。在第一重意义上，新媒体在技术上的迅猛发展（"超世代"）使"口袋"变得日益强大，因而促进了艺术技术形态的变革；在第二重意义上，"妖怪"因为新媒体的中介作用变得日益可爱（"小精灵"），因而促进了艺术文化形态的变革；在第三重意义上，新媒体正创造出与其相适应的艺术（"宝可梦"），因而促进了艺术审美形态的变革。不仅如此，"超世代""小精灵"和

"宝可梦"在构词上所包含的九个字还是我们深入探索上述问题的导引。

一、追求超世代：新媒体与艺术技术形态的变革

作为范畴的"超世代"至少有如下三重含义：(1)从媒体的角度看，它首先是指移动互联网络不断升级换代。2G还用得好好的，就来了3G；3G风光没多久，就来了4G；正说4G挺先进的，5G又来了。(2)从用户的角度看，超世代是指超越不同辈分的界限，从积极意义上说有消弭代沟的作用，从消极意义上说有扰乱秩序的影响。技术自身有不断扩大用户范围的内在趋势，因此，移动互联网络打破了将儿童世界、成人世界区别开来的分水岭，不仅让成人可以欣赏儿童世界，而且让儿童可以窥视成人世界。(3)从艺术技术形态的角度看，它在字面上为我们把握新媒体时代艺术技术形态的变革提供了切入点。这就是艺术信息超限化、艺术载体世界化、艺术加工代理化。

（一）数据：新媒体与艺术信息超限化

艺术的主导技术由记录技术、编辑技术和通信技术构成。记录技术可以追溯到人类远祖的结绳记事、刻石纪事，及其后的书写纪事、雕版纪事。近代兴起的电子纪事经历了如下发展阶段：以摄影机为感受器，以胶片为主要载体；以录音机和(或)摄像机为感受器，以磁带为主要载体；以数字化传感设备为感受器，以磁盘、光盘为主要载体。编辑技术可以追溯到上古的文物编目、文献整理等，中古的书籍编辑、报刊编辑等，近代以来基于胶片、磁带乃至磁盘等

的编辑。通信技术可以追溯到上古击鼓传讯、烽火报警等,中古的驿递、邮政等,近代以来基于有线电、无线电的通信等。它们是广播艺术、电视艺术、网络艺术的技术前身。

"超限化"首先是指数据量不断突破现有计算尺度。数据按进率 1024(2^{10})计算。20 世纪中叶新媒体革命爆发以来,数据计量单位从千字节(KB,2^{10})迅速上升到兆字节(MB,2^{20}),到 21 世纪初进入吉字节(GB,2^{30})时代,如今已经是太字节时代(TB,2^{40}),而且正在向拍字节(PB,2^{50})、艾字节(EB,2^{60})、泽字节(ZB,2^{70})发展。人们甚至已经定义了尧字节(YB,2^{80})乃至更大容量。在这一意义上,人们说大数据时代已经到来。"超限化"又是指人类处理数据的能力迅速增长,这不仅表现在超级计算机不断突破速度极限,浮点运算从峰值每秒十万亿次、每秒百万亿次、每秒千万亿次朝每秒万万亿次前进(2016 年 6 月我国"神威·太湖之光"运算速度首破每秒十亿亿次)。"超限化"同时还表现在计算机和网络应用不断突破现有界限,例如,语义网(Semantic Web)建设引进人工智能、关联数据等技术,使万维网由信息孤岛向全球数据空间转变,让计算机能够理解和处理 Web 资源,亦即能读懂互联网。[1]

超限化为艺术形态的变革开拓了广阔的空间。新媒体艺术家通过大数据可视化创造新作品,例如,意大利都灵大学巴尔多尼(Matteo Baldoni)《行星艺术》设定于社会语义网络框架中,探索从自由地联系到数码化视觉艺术作品的标签中析取丰富情感语义

[1] Tom Heath, Christian Bizer. Linked Data: Evolving the Web into a Global Data Space(2011). http://linkeddatabook.com/editions/1.0/.[2014-11-7]

信息的可能性，识别由这些标签所捕获的普遍情感。作者为此开发了应用软件 ArsEmotica，将情感观念的本体和可得的计算性、情感性辞典结合在一起。[1]艺术研究者也将数据处理技术作为利器。在日本，德川幕府统治期间（1603—1867，史称"江户时代"）流行歌舞伎。如今，学者靖子河旱田（Yasuko Kawahata）等人运用数学模型对它加以研究，涉及走红艺人的计算和测量。为此，他们广泛搜集了当时的浮世绘、诗歌、俳句、书籍等。用于研究江户时代潮流的数据库收录了由博物馆与个人所拥有、保存于日本和其他国家的大约 63 万种出版物。其论文《运用冲击现象数学模式分析 19 世纪歌舞伎剧"大数据"的可能性》（2013）显示出 1849—1855 年间与第九代市川团十郎（Ichikawa Danjuro IX，1838—1903）相关的文献数量的变化。[2]

（二）终端：新媒体与艺术载体世界化

艺术载体专门化处理技术主要由声音处理技术、图像处理技

---

[1] Matteo Baldoni, Cristina Baroglio, Viviana Patti, Claudio Schifanella. Sentiment Analysis in the Planet Art: A Case Study in the Social Semantic Web. *New Challenges in Distributed Information Filtering and Retrieval* (Studies in Computational Intelligence, Volume 439).Edited by Cristian Lai, Giovanni Semeraro, Eloisa Vargiu. Berlin Heidelberg: Springer-Verlag, 2013, pp.131-149.

[2] Yasuko Kawahata, Etsuo Genda, Akira Ishii. Possibility of Analysis of "Big Data" of Kabuki Play in 19th Century Using the Mathematical Model of Hit Phenomena. *Advances in Computer Entertainment* (Lecture Notes in Computer Science, Volume 8253). Edited by Dennis Reidsma, Haruhiro Katayose, Anton Nijholt. Cham: Springer International Publishing, 2013, pp.656-659.

和文字处理技术构成。声音处理技术可以追踪到上古所发明的芦笛、骨哨等,中古与建筑声学相关的回音壁等,近代发展起来的微音/扩音技术、声音合成技术、语音识别技术、环绕立体声技术等。图像处理技术可以追踪到上古的洞穴壁画、染织绘画、器物造型等,中古的影戏等,近代发展起来的彩色图像技术、立体图像技术、电子成像技术等。文字处理技术可以追溯到上古所发明的语符(如我国的甲骨文、钟鼎文等),中古的缮写、排版、加密与解密等,近代发展起来的打字机、写作软件、激光照排等。以电磁波为标志的第四次信息革命兴起之后,上述三大类处理技术逐渐整合于电子媒体,通过收音机、电视机等设备深入千家万户。以计算机和互联网为标志的第五次信息革命推动了电子媒体由模拟型向数字型的转变,各国分头建设的信息基础设施(NII)通过互联互通逐渐整合成全球信息基础设施(GII),这为艺术载体世界化创造了必要条件。有诸多新媒体技术为推动艺术变革贡献力量,如让设备根据频带可用性、合法用户位置对要求进行实时响应的认知无线电,汇聚了 GIS、GPS 的位置媒体,用数据层覆盖现实对象的增强现实(AR),还有移动云计算、全球 Wi-Fi,等等。

  进入移动互联网时代之后,上述各种技术有整合于移动终端的趋势。移动用户的位置包括经过点和停留点两大类。现实世界中一连串经过点组合成为移动轨迹,它可映射为数码环境中的艺术线索。现实空间中的众多用户的停留点汇聚在某个区域,成为移动板块,它可映射为数码环境中的艺术场所。所谓"移动艺术"就是综合运用移动轨迹和移动板块讲述有关用户和场所的故事。移动用户事实上每时每刻都在发布位置信息,构成客观上的移动艺术,但只有那些具备创作意图的位置信息发布才构成主观上的移动艺术。艺术研究所关注的显然是后者。出于保护位置隐私的考虑，某些移动用户在提交 LBS 查询请求时有意使所在位置模糊或泛化，具体做法有对自己当前的位置加以扩展，或者发送多个假位置来隐藏真实位置，等等。新技术、新平台催生了新的艺术形态。例如，汉森（Frank Allan Hansen）等人用基于位置的技术设置舞台，创造了移动都市剧。他们将城市当成戏剧舞台，移动用户当成剧中主人公，演员的声音出现在移动电话耳机中（2008）。[1] 移动增强现实艺术代表了将移动艺术、图像艺术和定位艺术熔为一炉的新趋势。用户不仅可以用手机讲述自己所在位置的故事，而且可以将这些故事作为数据层覆盖到现实空间的各种对象之上，与其他用户或旅行者共享。奥地利学者谢德（Markus Schedl）提出将音乐内容、音乐背景及用户背景结合起来的推荐算法，将用户背景要素、地理定位信息加入协同过滤系统之中（2014）。[2] 西班牙学者德·洛斯里奥斯（Silvia de los Ríos）致力于在移动应用程序中运用增强现实与社会媒体，以将

---

[1] Frank Allan Hansen, et al. Mobile Urban Drama—Setting the Stage with Location Based Technologies, in *Interactive Storytelling: Proceedings of the First Joint International Conference on Interactive Digital Storytelling*. Edited by Ulrike Spierling, Nicolas Szilas. Berlin Heidelberg: Springer Berlin Heidelberg, 2008, pp.20-31.

[2] Markus Schedl, Dominik Schnitzer. Location-Aware Music Artist Recommendation. Multimedia Modeling (Lecture Notes in Computer Science, Volume 8326).Edited by Cathal Gurrin, Frank Hopfgartner, Wolfgang Hurst, et al. Cham: Springer International Publishing, 2014, pp.205-213.

人们吸引到文化地点(2014)。[1]

(三)智能:新媒体与艺术加工代理化

艺术的支持技术主要由获取技术、显示技术和鉴定技术构成。获取技术可以追溯到上古的资料保存和咨询服务,中古的图书馆、档案馆、艺术馆建设,近代伴随电子媒体发展起来的点播技术、推送技术和检索技术等。显示技术可以追溯到上古的扶乩、卜卦等,中古的仿真模型(如浑天仪等),近代以来获得发展的电影显示技术、电视显示技术、电脑显示技术等。鉴定技术可以追踪到上古的现场勘验,中古的目录学、训诂学、考古学相关的各种技术,近代以来陆续获得发展的专家系统、数据库技术、影像鉴定技术等。

在以计算机和互联网为标志的第五次信息革命中,智能代理是最重要的突破口之一。它可以作为软件机器人在互联网上寻找包括艺术资源在内的各种信息,保存在数据库中,以搜索引擎的形态为人们提供服务,谷歌、百度等IT行业的"大哥大"就是这样发展起来的。它也可以作为程序融入智能电视、智能手机之类的智能电器而推动显示技术革新,使这类设备不仅可以具备自适应显示、系统

---

[1] Silvia de los Ríos, María Fernanda Cabrera-Umpiérrez, María Teresa Arredondo, Miguel Páramo, Bastian Baranski, Jochen Meis, Michael Gerhard, Belén Prados, Lucía Pérez, María del Mar Villafranca. Using Augmented Reality and Social Media in Mobile Applications to Engage People on Cultural Sites. *Universal Access in Human-Computer Interaction: Universal Access to Information and Knowledge* (Lecture Notes in Computer Science Volume 8514).Edited by Constantine Stephanidis, Margherita Antona. Cham: Springer International Publishing, 2014, pp.662-672.

升级、云端存取、用户定制、点对点的适位（niche）广播等功能，而且得以满足文学阅读、音乐欣赏、影视收看、游戏娱乐等多样化需求。它还是鉴定技术的有力支持者，通过信息雷达、文本挖掘等应用渗透到作者甄别、风格辨识、作品比对、成果评级等领域。在网络艺术（包括作为语言艺术的网络文学）就其总量而言已经到了浩如烟海的规模、就其生产速度而言已经到了目不暇接的地步的时代，智能代理成了研究者的有力助手。如果说传统意义上的艺术评论家面对海量网络艺术经常产生"老虎咬天——无从下口"的感觉，那么，新一代艺术评论家正从能够娴熟应用智能代理的大数据分析师成长起来。

上述分析表明：新媒体时代艺术技术形态的变革大体上可以概括为艺术信息超限化、艺术载体世界化、艺术加工代理化，亦即所谓"超世代"。就用语而言，"超世代"既是由袭季云编写、连载于起点中文网的都市小说的名称，又是由日本动画公司OLM制作、东京电视台播出的系列动画《精灵宝可梦》第二部的标题。这恰好说明了它在字面上和新媒体艺术的联系。就内涵而言，"超世代"集中体现了新媒体时代技术对艺术的强大拉动作用。不论是作为基础设施的互联网，还是作为"网中之网"的万维网，或者是ISP（Internet Service Provider，互联网服务提供商）、ICP（Internet Content Provider，网络内容服务商）所提供的各种服务及配套硬件和软件，都处在不断更新的过程中，在技术的意义上一代更比一代强。虽然评价艺术历来都不能局限于所应用的技术，但"技术比人强"的法则在许多时候对艺术创作、艺术传播和艺术鉴赏都确实具备制约作用。在世界范围内，技术上占领制高点，往往意味着更卓有成效地引领风气、更引人入胜地输出文化。

二、造就小精灵：新媒体与艺术文化形态的变革

"文化"是一个众说纷纭的术语，至少有数百种解释。在谈到艺术的文化形态时，笔者的着眼点是语言和意蕴的统一。从上述认识出发，我们可以将艺术的文化形态视为社会群体及其成员的表征。所谓"精灵"是传说中的生物，似人而非人。其体型有大有小。大者如日耳曼神话中的精灵（Elf），金发碧眼，手持弓箭，实际上是日耳曼人的表征；小者称为哥布林（Goblin）、地精（Gnome）、仙子（Fairy）等，往往代表了对异己族群表征的认知。"小精灵"一词在我国古代就已经出现，如汤显祖剧本《南柯记》中就提到"但些小精灵能厮挺,险气煞周郎残命"[1]。尽管如此，"小精灵"作为一种文化现象引起关注，却和新媒体的崛起密切相关。根据笔者2016年9月7日的检索，中国知网共收有以"小精灵"为主题的文献3264篇，其中，20世纪80年代仅23篇，20世纪90年代增加到250篇，21世纪以来头十年平均每年达到150.3篇，2011—2016年平均每年超过200篇。造成上述现象的原因，主要是以小精灵为题材的动漫游戏产品大量流行。小精灵不仅从整体上代表了新媒体条件下某种特征鲜明的文化形态，而且从字面上可以成为我们认识新媒体条件下艺术文化形态变革的切入点，即艺术语言小妞化、艺术意蕴精怪化、艺术创造灵境化。

---

[1] 〔明〕毛晋辑：《六十种曲》，《南柯记》下第四十二出，明末毛氏汲古阁刻本，第1121页。

(一)卖萌:新媒体与艺术语言小妞化

艺术的主要手段是语言。语言是社会生活的产物,为人类所特有,既随着社会群体的分化而分化,又随着社会群体的融合而融合。语言的差异必然导致艺术在文化形态方面的差异,正如语言的趋同必然导致艺术在文化形态方面的趋同那样。以所使用的语言为标志,我们可以界定汉语艺术、法语艺术、英语艺术等。

在文化形态上,网络艺术从属于网络文化。进入网络时代之后,艺术的文化形态发生了重要变化,其标志首先是网络艺术和传统艺术的分化。欧阳友权从指涉方式的角度对网络艺术的特点做了如下阐述:由"作品"向"文本"的变化,使话语指称成为"漂浮的能指";从"文本"向"超文本"的转化,使隐含的语言指涉成为"滑动的所指";从文字文本向多媒体文本的延伸,改写了能指与所指原有的语言约定。[1] 我们可以像贵州民族学院雨彤那样,将网络艺术理解为"电子媒介时代的文化记忆"[2],或者像北京大学李道新一样,从"超文本与意义的追寻"去把握它。[3]

网络语言既可以在自然语言层面理解为一种社会方言,又可以在神经心理学层面理解为一种分析模型,还可以在信息科技层面理解为一种编程手段。在有关网络艺术的文献中,主要是取第

---

[1] 欧阳友权:《网络叙事的指涉方式》,《文艺理论研究》2004 年第 3 期,第 23 页。

[2] 雨彤:《网络叙事:电子媒介时代的文化记忆》,《青年作家(中外文艺版)》2010 年第 7 期,第 57-62 页。

[3] 李道新:《网络叙事:超文本与意义的追寻》,《艺术评论》2012 年第 5 期,第 63-65 页。

一种含义。在移动互联网时代,网络语言的出现印证了以成年人(或老年人)为主导的前喻文化向以青少年为主导的后喻文化的转变,其主要特点之一是卖萌。年轻女性扮嫩、撒娇、装可爱,刻意改变发音、写错别字,到不分性别和年龄称人为"亲"、自称"宝宝",呈现为小童化甚至小妞化的趋势。这类用法有利于拉近移动互联网络用户(特别是陌生用户)之间的心理距离,使艺术文化形态呈现出年轻化、亲密化的特点。它既因创新性、生动性、丰富性等而受到赞誉,又因可能流于粗鄙化、庸俗化等受到批判。正如首都师范大学曹慧萍所指出的:"靠写错别字'卖萌'的网络语言是一种新的网络语言现象,这些在日常生活中不可能出现的语言,在网络世界却有着非常旺盛的生命力。这种对语言形式的无意义的游戏化,体现出网民在语言形式上不断求新猎异的心理以及渴望通过语言的团体性得到群体认同的心理。"[1]

(二)玄幻:新媒体与艺术意蕴精怪化

艺术的主要内容是意蕴。从再现维度看,意蕴是社会群体及其成员所经历的事件、所获得的经验;从表现维度看,意蕴是社会群体及其成员对待所经历的事件的态度、基于所获得经验的思考;从创新维度看,意蕴是社会群体及其成员在文化积淀基础上所进行的创造。在文化史的意义上,网络艺术具有以复古为革新的定位。正如山东师范大学周志雄所说:网络艺术所复活的是古老的讲故事的传统,是对当代文学感性解放内在脉络的赓续,其主要功绩不在于奉献经典作家、作品,而在于促进文学阅读、写作活动的大众化,促进

---

[1] 曹慧萍:《浅析网络"卖萌"语言》,《语文知识》2013年第4期,第56页。

文学形态的丰富性。[1]

在古代讲故事的传统中，本来就有志怪这一脉。它在以人际媒体为主导的时代很受欢迎，其原因之一是这种媒体适宜于"添油加醋"（传播意义上的失真、文化意义上的变形）。相比之下，大众媒体是以新闻为主导而发展起来的（不论报纸、广播还是电视均然），强调真实性，加上近世技术日趋发达、科学日益昌明等原因，志怪传统在一定程度上受到压制。不过，20世纪中叶以来，互联网的崛起改变了媒体生态，为志怪传统的复活提供了温床。这不仅表现在用工业化加数字化方式生产的大量动漫游戏产品讲的几乎都是精怪故事，而且表现在如今已经由附庸蔚为大观的网络文化充斥了大量玄幻（魔幻）作品。有感于此，首都师范大学陶东风接连写了两篇文章予以抨击。他认为："装神弄鬼是以犬儒主义和虚无主义为内核的一种想象力的畸形发挥，是人类的创造能量在现实中不可能得到实现，同时也没有正确的价值观引导的情况下的一种疯疯癫癫状态。这种想象力的最大特点就是非道德化，无价值性，不问是非，不管善恶。只求绚烂，只求痛快。"[2]他又指出："和玄幻文学一样，盗墓文学呈现的世界是一个神奇诡异的世界，其中充满了怪力乱神，色彩绚烂，但这个世界要想真正成为文学的世界就必须首先是人的世界，好的鬼故事是通过鬼怪的世界来折射人的世界。很遗憾的是，我看到今天的盗墓文学却

---

[1] 周志雄:《网络叙事与文化建构》,《文学评论》2014年第4期,第185–193页。

[2] 陶东风:《中国文学已经进入装神弄鬼时代？——由"玄幻小说"引发的一点联想》,《当代文坛》2006年第5期,第11页。

不是这样。"[1]尽管陶东风这样的人文学者义愤填膺，但有大量读者愿意看，就有大量写手愿意写、大量网站愿意发、大量衍生品愿意生产，这代表了当今新媒体所包含的深刻悖论，即用高科技手段来装神弄鬼，背景倒未必是旧时代的迷信，而是消费社会的"娱乐至死"。

（三）通感：新媒体与艺术创造灵境化

"通感"不论作为心理现象还是修辞类型都由来已久。在具体语境中，它或者重在移觉（即不同感觉之间的移用），或者重在联觉（即不同感觉之间的沟通），或者重在统觉（即不同感觉的彼此统一）。通感之所以有必要，是由于人脑与外界交流的信息通道因分析器（即感官）差异而分为不同感觉通道，每个通道都有其特长，也都有其局限性；通感之所以有可能，是由于人脑能够综合调度与外界交流的方式，取长补短，交互为用，使各种感觉通道相得益彰。传播学意义上的媒体划分，本来就存在与外部感觉相对应的标准，所谓视觉媒体、听觉媒体、嗅觉媒体、味觉媒体、触觉媒体的划分就由此而来。自 20 世纪中叶以计算机和互联网为标志的信息革命爆发以来，通感与媒体的关系已经发生了质的变化。早在 1995 年，比利时皇家科学院海尔曼（Hugo Heyrman）就提出"远程通感"范畴。他认为：所有的媒体都变成通感媒体，在这一过程中控制论时间是最重要的因素。这是一种在远程文化中拥有相关维度和视角的动态元媒体。数码化、虚拟化的过程正迅速改变我们的时间观念。在不远的将来，我们将逐步生活在远程通感（tele-synaesthesia）和非物

---

[1]　陶东风：《把装神弄鬼进行到底？》，《小康》2008 年第 6 期，第 110 页。

质样式的虚拟环境中。[1]他所说的"远程通感"有别于"听声类形"等古已有之的现象，重在运用控制论原理开发新型媒体。对当今智能手机用户而言，远程通感并不神秘，它已经通过移动虚拟现实的途径进入公众视野。只要通过极其简单、廉价的"魔镜"（专用盒子或眼镜），就能欣赏到虚拟现实效果。从理论上说，虚拟现实不仅可以整合各种外部感觉，而且可以整合运动感觉、平衡感觉和内脏感觉等内部感觉。所谓"虚拟现实晕眩"正是由于内外部感觉不匹配而产生的，目前是制约移动虚拟现实发展的重要瓶颈。不过，这种不匹配很大程度上是目前手机计算性能跟不上、定位功能不精确、响应速度未如愿等原因所致，仍然可以随着媒体技术的发展得到解决。这就为包括艺术在内的创造、创新、创意、创业提供了广阔空间。

　　虚拟现实作为技术是舶来品。因为它能使人与信息处理环境的关系变得比以往更为密切与和谐，使计算机软硬件变得更为强大与灵巧，所以我国著名科学家钱学森建议将它译为"灵境技术"。[2]我们可以将海尔曼所说的"远程通感"视为移动互联条件下灵境技术的新注解。它又是艺术文化形态变革的重要契机。传统艺术以即时在场形态、延迟记录形态为主。表演活动属于前者，其特点是生产行为和艺术产品不可分割。制作活动属于后者，其特点是生产行为和艺术产品可以彼此分离。模拟技术所支持的录音录像创造了上述二者融合的条件，让人们得以通过音像制品观看表演，但其技术基础局限于延迟记录。由于媒体单向度传播的限制，一般用户

---

[1]　Hugo Heyrman. Tele-synaesthesia: the Telematic Future of the Senses. http://www.doctorhugo.org/synaesthesia/e-tsyn.htm.[2016-4-1]
[2]　汪成为、祁颂平：《灵境漫话：虚拟技术演义》前言，清华大学出版社1996年版，第6页。

虽然可以观看实况转播,但无法与节目中的人进行实时互动。数码技术所支持的远程交互创造了它们彼此融合的新条件,这就是即时远程在场。移动虚拟现实是即时远程在场的高级形态,蕴含着用户以化身形态进入灵境远程参与艺术活动的可能性。

如上所述,新媒体时代艺术文化形态的变革可以从艺术语言小妞化、艺术意蕴精怪化、艺术创造灵境化等角度(简称"小精怪")来把握。正如"小精怪"作为名词的修辞色彩所显示的那样,在某些语境中,我们可以将小妞化、精怪化和灵境化视为新媒体艺术在文化意义上青春年少的表现,肯定它的风华正茂,和所谓"印刷晚期"或"艺术终结"之类暮气沉沉、令人压抑的观念加以对比,欢欣鼓舞地颂扬它在当下开辟了艺术自我更新的道路。在另一些语境中,我们又可以将小妞化、精怪化和灵境化视为新媒体艺术幼稚荒唐的表现,批评它的不谙世事,和所谓"艺术经典""历史意识"之类饱经沧桑、千锤百炼的观念加以对比,搞不清这些新东西凭什么赢得众多网民的欢心。尽管如此,只要理解社会转型本来就有的特点,上述现象便不是两极对立的存在,而是同一事物的两面。

三、编织宝可梦:新媒体与艺术审美形态的变革

艺术创造了相对于其他人类交流活动(如抒情)而言的独立审美形态。不过,并非所有审美形态都具备艺术功能(自然美就是如此),也并非所有艺术形态都具备同样的审美价值(经典与非经典之间的区别可以为证)。艺术的审美形态主要就内容、形式及作为其统一的本体三种意义而言。宝可梦是小精灵的别称,指生活在梦幻世界的精灵宝可梦,又是日本任天堂2016年推出的一款手机游戏

的名称。在移动互联网时代,如果说小精灵提供了理解艺术文化形态变革的线索的话,那么,宝可梦则提供了把握艺术审美形态变革的切入点,从字面上看,就是艺术内容宝盆化、艺术形式可意化、艺术作品梦幻化。

(一)IP:新媒体与艺术内容宝盆化

艺术的审美形态可以从内容的角度理解为通过艺术所呈现的美的形态。例如,艺术之人可以根据所经历的事件描绘大自然的丰美(肥美)、瘠美,生物体的健美、病美,人工物的精美、粗美,心理物的完美、憾美,社会物的华美、朴美,重在外观的俊美、丑美,重在体验的甜美(甘美)与苦美、鲜美与醇美,重在价值的谐美、戾美,重在风格的刚美与柔美、优美与壮美,等等。

在历史上,审美是以感性体验(最早可能是味觉体验)为基础而形成的。至今,我们仍将影视大片视为"视听盛宴",将手机文学看成"文学零食"(这种区别只是相对的,因为微电影风头正健,手机小说也有越写越长的可能性)。一般而言,从艺术评论角度看,在内容上具备人性深度、在形式上拥有可感特征的作品容易在艺术形态的意义上获得肯定。例如,根据王晓春的看法,"受戏曲意识的影响,李渔的小说形成了一种特殊的艺术形态:在艺术结构上强调立主脑、密针线,用平衡与失衡来构置艺术模式,创造喜剧效果;用角色的对立转化来设置对立型的艺术语法。在叙事策略上运用了园林建筑的空间形式,从而形成了独特的艺术魅力"[1]。

---

[1] 王晓春:《论戏剧对李渔小说叙事形态的影响》,《学术交流》2003年第10期,第155页。

自从影视媒体繁荣之后，艺术领域审美形态的奇观化已经是不争的事实。"奇"重在内容，"观"重在形式，因此，"奇观"本身就意味着内容与形式的统一。奇观化带来了两种悖论性的趋势：一是内容要越来越新奇，形式要越来越可观。现实的故事不新鲜了，就来玄幻；原有的媒体无法实现，就诉诸 3D、4D 或者更多维度。二是返璞归真，正如大餐吃腻了要素食那样。不论质朴戏剧、质朴电影、质朴游戏还是简单的微信段子（如"糗事"之类），仍然有存在的余地。

虽然存在"技术为王""渠道为王""服务为王""受众为王""营销为王"等不同说法，但"内容为王"（连同从属于它的"真相为王""悬念为王"等）确实是新媒体所提出的最响亮的口号之一，至于 IP 思维、IP 价值、IP 营销、IP 题材开发、IP 热潮席卷影视圈等现象，则是"内容为王"的具体化和实现途径。人们由此明白：艺术内容不仅可以是对社会生活的反映、对审美理想的表达、对艺术情思的抒情、对受众心理的激励、对历史使命的履行，而且可以是聚宝盆、摇钱树。如果说艺术内容可以为个人带来润笔是古代已有之，为媒体带来收益是近代已有之的话，到了新媒体时代，人们才比以往更加深切地感受到作为艺术内容之精髓的创意是宝中之宝。创意可以成为庞大产业链的核心环节，可以充当作为国民经济重要支柱的庞大产业部门的名称（即"创意产业"），也可以为发达国家中地位越来越重要的社会阶层命名（即"创意阶层"）。在这一意义上，新媒体以 IP 为中介实现了艺术内容宝盆化。

（二）定制：新媒体与艺术形式可意化

艺术的审美形态可以从形式的角度理解为艺术所用于呈现美的形态，如着眼于体裁的可视化、可听化、影像化、节目化等，着眼于结构的章回体、横断面、延异（结尾）等，着眼于手法的长歌当哭、反讽怪诞等。在历史上，这些形式所体现的主要是某种惯例、技巧、类型或审美心理的积淀。考虑到人类精神生产是从物质生产中分化出来的，本身存在漫长的发展过程，我们可以结合媒体变迁理解这些形式的由来及其所发挥的作用。

　　传统媒体是以信息提供者为主导而发展起来的，从经济的角度看是卖方市场。在印刷术普及之前，人们所能接触的精神产品在数量上非常有限，在形式上可供消费者选择的类型也非常有限。由卖方市场向买方市场的转变是在分别以印刷术、电磁波、计算机和互联网为主导的三次信息革命的推动下逐渐实现的。如今，不仅"敬惜字纸"的时代早已过去，封装型音像出版物也早已不再为人们所青睐。网络上海量艺术信息早已突破了报刊版面、广电频道的局限，雄辩地证明了从艺术匮乏到艺术冗余的转变。正在推进的第四次工业革命标举"定制"的旗帜，这种定制所代表的大规模个性化生产其实正是以计算机和互联网为标志的第五次信息革命的要旨。正因为精神生产得以通过近于零成本的数码复制大规模进行，卖方市场才得以全面向买方市场转变。正因为广大用户可以通过交互性的数字媒体表达自己的诉求，个性化生产才有坚实的社会基础和明确的发展目标。在这一意义上，我们说新媒体以定制为要旨实现了艺术形式的可意化，亦即尽量充分地满足消费者或用户的多样化需求。

　　（三）祛魅：新媒体与艺术作品梦幻化

　　艺术的审美形态可以从作品的角度理解为艺术所创造的美的形态，如着眼于人物命运的"悲剧""喜剧"与"正剧"，着眼于心理效果的"蕴藉"与"惊奇",着眼于社会定位的"精英"与"大众",着眼于趣味的"高雅"与"通俗",着眼于存在感的"虚幻"与"真实",着眼于归属感的"孤独"与"和谐",着眼于意义感的"虚无"与"怪诞",着眼于装饰性的"朴素"与"华丽",着眼于功能性的"积极"与"消极",等等。若从艺术所发挥的功能看,那么,作为审美的艺术兼有祛魅和造梦双重作用。凡是能够用审美的或艺术的方式来把握的现象(不论是自然现象、心理现象还是社会现象),往往都不再作为异己力量支配人,而是成为人观照自己的本质力量的依据。这就是艺术祛魅作用的本质。艺术本身又作为具备情感性、形象性的存在产生独特的魅力,兼具憧憬性、虚构性和创造性的狭义艺术更是魅力四射,引导人们神游别境。这就是艺术造梦作用的本质。自从与巫术分道扬镳之后,艺术就通过对真理的追求、对真相的揭示、对真淳的颂扬等途径祛魅。与此同时,艺术又作为境界、作为乌托邦、作为社会理想的形象化等而造梦(有人甚至将它概括为"白日梦",包括作为恶托邦的噩梦)。正因为如此,所谓"艺术真实"从来就是真中有幻,幻中有真。

新媒体时代艺术作品的祛魅作用集中体现在对所谓"宏大叙事"的扬弃上,造梦作用集中体现在对"信息社会"的追求上。前者和后现代主义等影响有关,后者和科学主义、技术决定论、媒体决定论等影响有关。相比之下,后现代主义作为一种思潮目前与我们渐行渐远,科学主义、技术决定论、媒体决定论等理念至今仍然很有市场。实际上,不论是宏大叙事、主旋律还是主流意识形态都可以诉诸艺术作品的造梦作用,营造与之相适应的社会氛围。在我国,文化产业(特别是网络文化产业)之所以被纳入精神文明建设的轨道,正基于上述考虑。况且,所谓"梦"早就已经超越个人无意识或集体无意识的范围，成为国家叙事的重要范畴，不论是20世纪初的美国梦还是21世纪初的中国梦，均可为证。在某种意义上，国家不只是权力机关，也不只是由国土、民族、文化和政府四要素组成的社会实体，也是由想象所营造和维系的共同体。如今共同体的观念已经超越了个别国家、国际组织的范围，扩展到全人类；艺术所造之梦也随着科幻、玄幻、魔幻之类的流行扩展到异次元，宇宙生态主义、星际人道主义等观念伴随光怪陆离的三维影像、环绕立体声、实景剧深入人心。这是新媒体时代艺术审美形态的特点之一。

上述分析表明：艺术内容宝盆化、艺术形式可意化、艺术作品梦幻化可以概括为"宝可梦"。就字面而言，"宝可梦"是指宝宝们有条件加以想象之物，或者人们有望通过想象获得（至少是在想象中获得）的宝贝。就实质而言，宝可梦所代表的是艺术在新媒体时代被纳入文化（创意）产业之后所发生的深刻变化，亦即IP运营使大量艺术内容得以通过产业链不断增值，按需定制使千姿百态的艺术形式和千差万别的审美趣味相互匹配，填补空虚使艺术作品得以通过驰骋想象营造梦幻世界。或许有人将任天堂公司相关产品在不少国家和地区的风行视为负面现象来批判，但宝可梦有本事将整个城市幻化成巨型游乐场，这其中所蕴含的商机就令人咋舌，所带来的新型体验则是艺术心理学前所未有的研究课题。

艺术的技术形态、文化形态和审美形态的划分既代表了不同学科的知识背景，又关系到创意之"创"的三种可能性：一是汲取技术发明和创新的成果，使艺术呈现于新兴媒体；二是汲取文化变革和文化研究的成果，使艺术体现新颖观念；三是开拓艺术表达思路、创新艺术创作技巧，使艺术成为常见常新的事物。本节从"超世代"小精灵"和"宝可梦"切入,探讨了新媒体时代艺术的技术形态、文化形态和审美形态的变革。从字面上看,这三个术语都和作为手机游戏代名词的"口袋妖怪"相关。从实质上看,我们可以将它们作为把握新媒体时代艺术发展趋势的参照系,亦即在日新月异的信息技术拉动下,顺应前喻文化向后喻文化转变的潮流,通过大规模个性化定制来满足整个社会日益增长的精神需要。

第三节 交叉学科：新媒体与艺术研究

艺术主要体现人类对自然、社会和自身的感悟,强调想象、移情；科学主要通过分科治学探索自然、社会与人类自身的奥秘,强调思考、实证；交叉学科艺术研究主要体现知识的交叉、融合与再分化,强调突围、重组。20世纪中叶以来,以计算机为龙头的媒体革命席卷全球,和后现代思潮相互激荡,在诸多领域形成了强劲的冲击波。人们在印刷时代形成的以静态为主导的艺术观念被打破,以分科为基点的艺术教育受到挑战,以划界为特色的艺术研究风光不再。基于上述背景,交叉学科从先驱者的大胆尝试发展到学术界的遍地开花,乃至于政府主管部门的大力提倡。在艺术领域,是新媒体促进了交叉学科研究的兴起,是新视野推动了交叉学科研究的发展,是新取向改变了交叉学科研究的布局。

一、新媒体：交叉学科艺术研究的兴起

跨学科在近年来的艺术研究中大行其道，原因是多方面的。日渐深入的新媒体革命为艺术创作提供了前所未有的全球化信息平台和多样化信息工具，后现代思想家解构了传统科学范式、模糊了既有学科界限，空前活跃的社会流动呼唤与之相适应的多面手，这类变化都是值得关注的现象。

（一）新媒体技术推动学科创新

新媒体既是历史浪潮的顺应者，又是社会浪潮的引领者，还是媒体浪潮的承担者。在第一重意义上，我们可以沿着农业技术、机械技术、电子技术、思维技术（脑波通信等）等轨迹追踪它的由来和演变，或者沿着农耕化、工业化、信息化、低碳化等轨迹界定它的产生和发展，当然也可以沿着蒸汽机技术、电气化技术、微电子技术、纳米技术等轨迹思考它的形成与趋势。在第二重意义上，我们不妨关注新媒体如何引领以 3D 为标志的立体电影浪潮，以和谐世界为标志的幸福文明浪潮，或者以移民太空为标志的未来迁徙浪潮，等等。在第三重意义上，我们至少可以谈论报纸、广播、电视、网络、手机这五次大众媒体浪潮。然而，只有当某种变革汹涌而来时，人们才在震惊中感受到它作为浪潮的存在。由人类心理的承受性所决定，任何震惊都只能是短暂的。也许只有弄潮儿才能真正体验大起大落的快意，并为体验这种快意去追逐大起大落的浪潮。平常人更能享受的是激烈动荡平息后的新常态，是"潮平两岸阔，风正一帆悬"。

艺术领域那些率先引入计算理论与计算技术的先驱者，跻身我们这个时代的弄潮儿之列。他们的努力为艺术研究开拓了新天地。

例如，1843年，"软件之母"洛夫莱斯夫人（Countess of Lovelace）预言：分析机的操作机制可以对数字以外的其他东西起作用，如果对象之间的基本关系能按计算科学的要求来表达的话。假设以和声学、作曲学来界定的声音的基本关系做得到这样的表达和改编，那么，不论复杂到什么程度或范围，分析机都有可能谱写精心制作的、科学的乐章。[1] 正是在回应其预言的过程中，英国计算机科学家图灵（Alan Mathison Turing）写了《计算机器与智能》一文，认为计算机可以用来解决任何可计算的问题，并通过有关人机对话的设想启发程序员将设计思路扩展到媒体领域（1950）。[2] 德国斯图加特大学教授本斯（Max Bense）倡导生成美学，牵头举办了世界上第一次计算机艺术展（1965）。[3] 英国新媒体艺术先驱阿斯科特（Roy Ascott）不仅关注艺术家与观察者之间一般意义上的交互，而且将探索的重点放在新媒体所起的中介作用上。1983年，他发表论文《艺术与远程通信：网络意识的形成》，首次为远程通信艺术立论。[4] 又如，美

---

[1] L. F. Menabrea. Sketch of the Analytical Engine Invented by Charles Babbage（Bibliothèque Universelle de Genève, October, 1842, No. 82）. Translated by Ada Augusta（Countess of Lovelace）with notes upon the Memoir. http://www.fourmilab.ch/babbage/sketch.html.[2009-6-30]

[2] A. M. Turing. Computing Machinery and Intelligence. *Mind*, 1950, Oct. 59, pp.433-460. 见[英]玛格丽特·博登主编《人工智能哲学》，刘西瑞、王汉琦译，上海译文出版社2001年版，第56-91页。

[3] Max Bense. Projekte generativer ästhetik, in *Ästhetik als Programm*. Edited by Barbara/von Herrmann Büscher, Christoph Hans-Christian/Hoffmann. Berlin: Vice Versa, 2004, pp.197-199.

[4] Roy Ascott. Art and Telematics: Towards a Network Consciousness, in *Art Telecommunication*. Edited by Heidi Grundmann. Vancouver: The Western Front, 1984, pp.25-67.

国纽约州立大学水牛城分校视觉研究教授范诺斯（Paul Vanouse）自 1990 年以来关注新媒体，开设远程通信艺术与设计、真实 — 空间电子艺术、生物艺术等课程。他在艺术实践中奉行跨学科及激情业余性（impassioned amateurism）原则，所创作的电子电影、生物实验及交互性装置在 20 多个国家展出。《潜在图解协议》（Latent Figure Protocol）、《眼睛修改术》（Ocular Revision）与《怀疑反转中心》（Suspect Inversion Center）运用了分子生物学技术以挑战关于基因组的夸张宣传（genome-hype），应对与 DNA 指纹相关的各种议题。再如，艺术群体 SumAll.org 与号称是世界上首个面向青年的在线/移动诗歌社区"力诗"（Power Poetry，2012）合作，推出"大数据诗学"（2013），分析所收集的 5 万首诗（作者都是 13—24 岁的年轻人）。目标是判定这些作品的质量，以及剖析那些提交多首诗的用户的语言发展过程。通过上述分析，诗歌的质量有可能用算法预测。这一项目使人联想到诗歌无疑是学习写作与测量语言获得的有效工具。[1]

（二）后现代思潮模糊学科界限

宋敏指出："现代性是在统一普遍的思维下谈开放和多元，起点是标准的、科学的、固化的，其意识形态是纵向的，有高低之分的。而后现代是从批判性、差异性为开端，以横向的思维、平等对话的语境去内涵和外延，推翻现代的标准、稳定、理性。现代性更强调以一种体系化的形式来解读世界上的一切音乐，而后现代的存在价值就是打破这种所谓形而上学的科学逻辑，在承认平等、承认差异、文

---

[1] SumAll.org. The Poetics of Big Data. http://www.sumall.org/poetry-big-data/.[2014-5-12]

化多元的前提下去进行时空的对话交流,并能对自身体系进行解构与重构。"[1] 上述引文所讨论的是音乐,但其分析对其他艺术也是适用的。

如果将后现代主义也看成某种浪潮的话,那么,它如今已经丧失了当初摧枯拉朽的势头,尽管仍然在发挥长尾效应。经历了它的冲洗之后,人们自觉或不自觉地将各种关于"浪潮"的话语也当成大叙事,反过来将各种微文化、小叙事当成浪潮之后的"微澜"。由新媒体所驱动的艺术变革在世纪之交或许有过大气磅礴的浪潮时代,如今却已经弥漫着后浪潮性氛围。

后浪潮性氛围弥漫着见怪不怪、处变不惊的心理,这种淡然处之的态度在很大程度上是新媒体本身造成的。正是由于新媒体促成了由信息匮乏向信息冗余的转变,人们每天(甚至是每时每刻)都能从各种终端接收到不断更新的信息,经受各式各样的刺激,享用相当丰盛的"快餐"。再重大、再严肃的话题也可能被娱乐化而成为谈资,再无聊、再搞笑的话题也可能被"灌水"化而吸引眼球。一方面,人们听惯了各种关于"浪潮"的宣传,渐渐将它们等同于时尚;见惯了各种代表"浪潮"的作品,渐渐将它们等同于自我标榜。另一方面,"浪潮"已经作为某种术语、观念或定势渗透到社会生活的方方面面,成为我们思考问题的某种角度。浪潮常态化、浪潮泛在化正是后浪潮性氛围的两大特点。这种氛围当然不可能是均质的,更不可能是永久的。它包含了各种浪潮的博弈、各种势力的消长,或许只是更大浪潮到来之前的某种酝酿阶段,是新的弄潮儿正在养精

---

[1] 宋敏:《后现代视野下的音乐教育学科反思》,《北方音乐》2018 年第 8 期,第 142、144 页。

蓄锐的阶段。

我国学者对后浪潮性氛围有自己的理解。例如,在《南京邮电大学学报(社会科学版)》2016年第2期笔者所主持的以之为题的专栏中,所收录的四篇论文虽然议题有别,但都包含了某种对于后浪潮性氛围的共同感受:王燕子《全媒体时代下网络一代的体验写作》揭示涟漪效应如何块茎式地衍生出相应的泛文本、自组织泛化成文化事件;屠玥《微电影线上平台运作形式探讨》从网络平台用户群的角度考察微电影,兼及融资源头、平台资源,一直到市场上的大浪淘沙;付晶晶《新媒体时代的弹幕文化现象分析》介绍了弹幕功能2014年被引入我国影院放映的电影时所掀起的风潮,反思了它随后迅速降温的原因;章旭清、付少武《2004—2014中国动漫产业发展之政策演进》描述了我国动画产量从2004年2万分钟到2011年26万分钟的浪潮性增长,分析了此后政府扶植从扶量向扶质的重要转变。它们分别着眼于艺术创作、艺术传播、艺术鉴赏和艺术管理,恰好相辅相成。虽未明言,但都寓有对顺应时势创业创新的肯定和期盼。[1]

(三)新媒体艺术超越学科领域

新媒体为艺术家施展才华提供了前所未有的手段,使他们得以实现自己各种别出心裁的创意。例如,法国艺术家奥兰(Orlan)用来自西方艺术史的图像为自己整容(雕塑),将自己的外科手术过程变成了巴洛克戏剧,并对世界各地画廊进行实况转播(2010)。澳大

---

[1] 黄鸣奋:《在后浪潮性氛围中创业创新》,《南京邮电大学学报(社会科学版)》2016年第2期,第1页。

第二章 媒体艺术开拓

利亚的斯特拉克(Stelarc)也将自己的身体当成审美探索的物质与材料,甚至直接与互联网连接。某些艺术家将激光、全息、纳米、基因工程等都当成可资运用的技术,运用各种新媒体在小到粒子、大到宇宙的广阔空间表现自己的灵想独辟。各种以"科技艺术"为名的作品如雨后春笋般涌现。例如,英国库布斯瓦梅(Chamundeeswari Kuppuswamy)的《量子基因》(Quantum Gene)是阐释由量子物理学和遗传科学带来的观念的绘画。它质问发展生物学家定义"生命开端"的特权,对是否存在将有生命和无生命的有机体区别开来的基础表示怀疑。正如张燕翔所指出的:"在新媒体艺术的创作中,科技手段与艺术的结合越来越紧密。这使得新媒体艺术家必须接受与掌握更多的科技手段以更加得心应手地进行创作,而艺术理论家以及观众同样需要了解科技艺术作品背后的科技原理,这样才能更好地理解以及正确地评论艺术作品。"[1]

在消解学科界限、推动学科渗透方面,新媒体技术、后现代思潮和新媒体艺术是相辅相成的。大致而言,新媒体技术为交叉学科的崛起提供物质条件,后现代思潮为交叉学科的崛起提供社会氛围,新媒体艺术为交叉学科的崛起提供创新观念。正是在它们的互动过程中,艺术研究者拓展了自己的视角。除此之外,流行文化也为艺术领域的跨学科研究推波助澜,科幻大片就是重量级推手。美国电影《银翼杀手》(Blade Runner, 1982)可以为例。它所描写的高级测谎机通过字斟句酌的问题和观点激发被试者的移情反应,以判定犯罪嫌疑人是否为真人。其技术机制是测量呼吸、脸色、心跳、眼动,

---

[1] 张燕翔:《当代科技艺术》前言,科学出版社2007年版。

特别是虹膜的收缩,以及从身体发出的不可见气尘粒子。[1] 上述描写来源于影片据以改编的美国科幻小说《仿生人会梦见电子羊吗?》(Do Androids Dream of Electric Sheep？, 1968),其作者迪克(Philip K. Dick)所设计的"人性测验"(Vioght-Kampff Test)被认为开启了生物身份研究。美国电影《星际穿越》(Interstellar, 2014)设想主人公库珀之女墨菲安放了一排书架的房间中的异动是想用重力波来向他们传递编码信息的未知智能生物引发的。库珀告别女儿,应聘驾驶飞船,穿过虫洞去寻找三个先前出发探索可供人类移民的新星球的宇航员。他途经黑洞到达由能够驾驭五维空间的超级智能生物(实际上是未来人类)所建的超立方体(tesseract),时间在那儿呈现为空间维度。库珀因此见到女儿小时候的书房,但无法与之交谈,只能利用摩尔斯电码通过引力波引发事先留给其女的手表指针颤动,将奇点的奥秘告诉她。女儿以为是幽灵在与自己联系……对这类作品的解读与评价,不仅需要传统艺术学所擅长的体验性分析,而且需要心理学、生理学、通信科学、宇宙科学等所包含的理论与方法。

二、新视野:交叉学科艺术研究的发展

艺术学在广义上泛指艺术理论著作,在狭义上专指艺术原理研究和以之为使命的学科。就其主要来源而言,自下而上的是艺术创作实践经验的总结,自上而下的是抽象哲学理念的延伸或具体化,横向借鉴的是相关社会科学与自然科学理论。艺术学的形态随着

---

[1] http://bladerunner.wikia.com/wiki/Voight-Kampff_machine.[2014-5-16]

社会历史条件的变化而变化,深受历次信息革命影响。艺术学本身是从美学分化出来、在 20 世纪初自立门户的一门学科,而美学又是 18 世纪从大一统的哲学中分化出来的。如果说 20 世纪是学科分化、学科融合的双向运动蔚为大观的时代的话,那么,艺术学便是有力的证据之一。因上述运动而形成的艺术学分支学科已经数以百计。所谓"交叉学科",对于艺术学来说至少有如下意义:(1)从多重视角认识"艺术"的外延、内涵、价值与功能,在艺术泛化大潮涌动之际持有开放的胸襟、恢宏的眼光。(2)从多重环节认识"艺术运动"的需求、历程、驱力与效果,在艺术产业蓬勃发展之际保持敏锐的感觉、批判的态度。(3)从多重联系认识"艺术研究"的立场、指南、方法和任务,在艺术理论革故鼎新之际拥有创造的精神、进取的态度。

(一)艺术观念迎来新变革

对艺术学而言,新媒体的视角意味着将"艺术"理解为历次信息革命的璀璨之花,代表了人类在运用语言、文字、印刷术、电磁波、计算机这五大发明中所取得的重大成就和丰富潜能;将我们所处时代的"艺术"理解为以计算机和互联网为标志的信息革命所实现的人类审美理想和所实践的人类审美观念。新媒体视角还意味着将"艺术运动"纳入创意经济的视野,认识到它是由社会需求所驱动、由社会分工所保障、由社会效果所制衡的,既是创意经济的龙头,又是创意经济的反思。新媒体视角同时意味着从与信息平台的联系把握"艺术研究",将它理解为对艺术加以研究、艺术地进行研究、为艺术开展研究的综合体,主要依托全球信息基础设施进行,因此应当贯彻作为其要旨的互联互通精神。

数字艺术学是新媒体时代艺术领域交叉学科研究的重要代表。

它是以计算机和互联网为标志的第五次信息革命的产物,发端于上述洛夫莱斯夫人和图灵关于计算机器与智能关系的见解,以及本斯关于文学领域人机关系的思考,随着艺术实践演变、现实观念更新与学科交叉渗透而发展。

数字艺术学之所以能够实现观念创新,重要原因是现实观念的多样化。人们在虚拟现实开发中所应用的沉浸性、交互性与想象性观念,成为建立数字艺术学的参照系。数字艺术学的沉浸性取向发端于20世纪60年代超文本叙事中的航行理念。数字艺术学的交互性取向发端于视频艺术理论,韩国白南准等人在20世纪60年代所做的实验开其先河。数字艺术学的想象性取向发端于20世纪80年代末美国学者劳雷尔(Brenda Laurel)交互性幻想系统的研究,在瑞安(Marie-Laure Ryan)等人的虚拟叙事理论中得到印证。作为数字艺术学基础的数码现实经历了由虚拟现实、增强现实到混合现实的发展。虚拟现实试图将用户引导到有别于生活现实的仿真环境,以之全面包围他们的感受器,造成远胜于传统艺术的身临其境的感受;增强现实试图通过计算机数据显示为用户建立动态参考系,丰富用户对生活现实的感受;混合现实试图在生活现实与仿真系统之间建立相对平衡、可灵活转换的机制,让用户居于数码现实而不自觉。目前,相关发明和学术范畴层出不穷。

在半个多世纪的发展历程中,数字艺术学和诸多相关学科彼此渗透、交融。这些学科包括哲学、美学、社会学、传播学、心理学、人类学等人文社会科学分支,也包括属于自然科学的数学、物理学、生物学和计算科学,还包括作为一般科学方法论的系统论、控制论、信息论等。20世纪末,计算科学和生物科学这两门显学已经呈现出相互渗透的趋势,人类基因组项目、进化算法等都是上述趋势的体现。生物艺术和数码艺术的结合丰富了新媒体艺术的内容。处在艺术实践异彩纷呈、新媒体革命步步深入、学科渗透势在必行的历史条件下,艺术学理论的推陈出新是水到渠成之事。既然前卫艺术家名目繁多、层出不穷的新作品(如转基因艺术、增强现实艺术等)已经向以往的艺术惯例提出挑战,既然艺术理论所赖以建构的现实观念已经迥异于前,既然信息科技的新成果已经从理论上拓展了人们的世界观,那么,艺术学建设不能不与时俱进。

  西方数字艺术学的发展为我们提供了以下值得借鉴的经验:一是对于传统艺术学的批判继承。尽管20世纪八九十年代某些激进的数字艺术理论家表现出某种与传统艺术学决裂的姿态,事实上西方数字艺术学是以传统艺术学为基础而发展的。二是正视技术与艺术的矛盾。与传统艺术学不同,数字艺术学是在当今高新科技刺激下得以勃兴的。在建构数字艺术学的过程中,人们很容易援引计算机术语作为自己的范畴,将数字媒体的特点就当成数字艺术的特性,因而忽略了艺术之要旨,正像数字艺术家有时自觉(或不自觉)地将技术当成自己作品吸引眼球的主要亮点那样。事实上,数字艺术生命力的源泉仍然是生活现实,数字艺术学也应该从与生活现实的联系中去把握仿真环境的功用及其艺术影响。当然,这里所说的生活现实已经是所谓"数字化生存"。三是拓展研究视野,丰富数字素养。数字艺术学在短短数十年中迅速分化出多种分支,根本原因之一是本时期数字科技以令人眩目的速度发展,推动媒体、社会与艺术的变革。处在这样的时代,数字科技的各种重大成果只要获得社会化或者展现出光明前景,就完全可能激发艺术理论家的灵感而成为标新立异的契机。当然,将来自数字科技领域的某种术语当成数字艺术学的标签是一回事，由此而建立相对完整、有说服力的艺术学理论体系又是另一回事。艺术学理论如果不想空洞化的话，就不能不关注艺术家在汇通科艺方面所做的努力；如果不想流于"跟风"的话，就不能不保持批判精神和独立思考；如果不想使自己的观点成为没有反响的"独白"的话，就必须坚持和科技人员、艺术家的对话，在必要时也来个DIY（自己动手做）。美国学者曼洛维奇（Lev Manovich）对新媒体语言的研究、瑞安对于数字叙事学的研究之所以能够形成特色，关键就在于具备跨学科素养、创新精神及对于数字艺术发展的高度敏感。

（二）艺术角色面临新挑战

在社会层面，艺术是由创作者、研究者、管理者等多种角色组成的共同体。他们之间的联系是由媒体建立的。媒体的更新不只是联系渠道的更新，更带来了共同体从组织结构到思想观念的演变。

对于创作者来说，新媒体是交叉学科的各种奇思妙想的最佳表现手段和传播途径。他们既可以自由运用新媒体介绍各种学科的既有研究成果，也可以自由运用新媒体来质疑各种学科的思维定式和僵化范式。奥地利林茨电子艺术节混合艺术组每年一度的评选，就是对这类交叉学科新媒体艺术的盛大检阅。世界各国近年来纷纷举办的新媒体艺术节、新媒体艺术展，则是同行之间切磋琢磨的良机。

对于研究者来说，新媒体时代的交叉学科既是挑战，也是机遇。交叉学科研究是他们超越传统、战胜自我的过程，也是涉及未知领域、探索陌生世界的过程，还是与工作于不同领域的学术同行、综合运用新媒体表现或批判交叉学科理念的艺术人士交往的过程。当然,对交叉学科研究潜藏着将自己变成"蝙蝠型"学者的危险。故事中的蝙蝠飞也飞不高,跑也跑不快,鸟类、兽类都看不起它。如果对所涉猎的各门学科都只是浅尝辄止(还因此夸夸其谈)的话,那是将交叉学科变成了"滥学科"。

对于管理者来说,可以将交叉学科理解为多学科和超学科之间的中介。如果说组织来自不同学科的研究者对重大艺术课题进行协作攻关是多学科的重要标志的话,那么形成具备巨大理论容量和实践价值的艺术体系则是超学科发展的里程碑。以换位思考为特征的交叉学科既是多学科的延伸,又是超学科的基础。为促进新媒体时代艺术领域的交叉学科研究,需要有高效的组织体系、灵活的管理体制、合理的考核标准、宽松的学术氛围。

新媒体时代艺术领域的交叉学科研究是在创作者、研究者和管理者相互交流与激励中进行的。我国这方面的探索虽然起步较晚,但改革开放以来已经加速进行,进入21世纪之后更呈现出迎头赶上的愿景。只要大家勠力同心、持之以恒,愿景必定可以实现。

(三)人才培养开拓新天地

我国高校学科体系在新媒体时代经历了重大变革。值得一提的是:20世纪90年代,张道一先生倡导建立艺术学,并对其构成及相关交叉学科发表了意见。他认为艺术学大致可分为9类,即艺术原理、中外艺术史、艺术美学、艺术评论、艺术分类学、比较艺术学、艺术文献学、艺术教育学、民间艺术学。有关艺术学的交叉学科可分为11个大的方面,即中国艺术思维学、艺术文化学、艺术社会学、艺术心理学、艺术伦理学、宗教艺术学、艺术考古学、艺术经济学、艺术市场学、工业艺术学、环境艺术学。[1]由于张道一和其他专家的倡导,艺术学逐步在我国跻身二级学科、一级学科乃至门类之列。有关交叉学科也蓬蓬勃勃地发展起来,其范围超出了张道一先生当初的想象。例证之一是:2002年我国第一个"数字媒体艺术"高等教育专业经教育部正式批准在中国传媒大学开办。到2008年为止,全国已有1200所左右的高等院校开办了与数字媒体艺术相关的专业。[2]如今,数字媒体艺术专业比比皆是,所培养的人才活跃于各个社会领域。

为了适应数字媒体艺术人才的培养需要,相关学者对这一学科的构成进行日益深入的研究。李四达率先指出"数字媒体艺术的基础理论研究是该学科的基石",其内容包括数字媒体艺术本体、数字媒体艺术发展史、数字媒体艺术创意方法学、数字媒体艺术应用领域等。数字媒体艺术的主要学科内容又可细化为时基媒体设计(包括数字电影、电视广告、动画、动态媒介等)、交互产品设计(包括网络媒体、电子出版物、多媒体产品、交互设计、信息设计和UI界面设计等)、数字娱乐设计(包括电子游戏、网络游戏、装置艺术、交互动画)等。[3]胡勇认为:数字媒体艺术是数字媒体技术与艺术设计深度交叉融合的学科。数字技术是基础,媒体传播是手段,艺术设计

---

[1] 张道一:《应该建立"艺术学"——代发刊辞》,原载《艺术学研究》第一集,摘要见《艺术学研究的分类与交叉学科》,《文艺理论研究》1997年第1期,第53页。

[2] 戴东方:《作为一门新兴交叉学科的数字媒体艺术》,《美苑》2008年第6期,第52页。

[3] 李四达:《数字媒体艺术学科体系的探索》,《装饰》2011年第4期,第144页。

是审美。[1]如今，我国正式出版的有关数字媒体艺术的专著和教材已经多达数百部。

从理论上说，数字艺术学可以有很多分支，如数字艺术经济学、数字艺术伦理学、数字艺术管理学等。虽然如此，但理论设想不等于专业现实。数字媒体艺术之所以能够作为交叉学科脱颖而出，除相关技术应用、艺术创作、产业推手、市场需求等方面的条件外，学术界、教育界的努力也是必不可少的。张晓刚从四个方面论证艺术学交叉学科的范式建构，即艺术学系统对象的客体、研究方法的适应性和互补性、学科操演中问题域的形成、学科制度结构对学科范式的巩固和强化。[2]上述观点可以用来分析数字媒体艺术作为交叉学科确立其地位的原因。这门学科和艺术学主体学科存在密切关系，不是相邻学科向艺术学领域随心所欲渗透而形成的大杂烩。它不仅沿用艺术学主体学科常用的方法，而且引入了与数字媒体相适应的各种方法（特别是软件的开发与应用）。它有明确的问题域，即培养具备创意思维能力、创新实施能力和创业管理能力，能够适应互联网需要的设计人才。在社会建制层面，它实现了从教育观念、课程设置到人才培养目标等的创新和突破。

从交叉学科的角度看，不论是艺术观念迎来新变革，还是艺术角色面临新挑战，或是人才培养开拓新天地，共同之处都在于视野的更新。在教育史上，学科设置在促进知识专业化、技能专长化、思维专门化、身份专家化的同时，强化了人们的思维定式，限制了人

---

[1] 胡勇：《谈数字媒体艺术人才培养中的学科交叉特征》，《艺术教育》2018年第4期，第11页。

[2] 张晓刚：《论艺术学交叉学科的范式建构》，《东南大学学报（哲学社会科学版）》2010年第1期，第66-71、124页。

们的观察视野。在社会结构相对固定、社会生活遵循常规的时代，这类设置的局限性或许不那么明显。然而，当进入信息革命不断深入、社会流动不断加速的时代，僵化的学科设置就暴露出画地为牢的弊端来。正是在这样的背景下，交叉学科的建设具备救偏补弊、取长补短的价值。

三、新取向：交叉学科艺术研究的格局

虽然艺术和人类历史一样古老，但学科化的艺术研究是在文明时代才出现的。学科化意味着对艺术进行分门别类的研究、对人才进行划分专业的培养。艺术不再代表人类交往的憧憬性、虚构性和创造性，而是被细化为和专业设置相关的某种技能；艺术研究不再将人如何实现自由而自觉的全面发展作为重点，而是被功利化为和专业对应的各种论著或成果。以计算机和互联网为标志的第五次信息革命改变了艺术研究的格局。其中，有三个方向的趋势尤其值得重视：一是电子文学取向，旨在让艺术奔向赛博空间；二是数字人文取向，旨在将计算引入艺术领域；三是网络文艺取向，旨在实现创造性互联互通。

（一）电子文学：让艺术奔向赛博空间

在19世纪之前，人类文学只有口头、书写和印刷三种基本形态。文学电子化是在以电磁波为标志的第四次信息革命推动下实现的，其成果表现为与电报、传真、广播等渠道相联系的诗文与剧作等。以计算机和互联网为标志的第五次信息革命将文学电子化纳入数字化轨道，推动了新形态电子文学的诞生。

让艺术奔向赛博空间的第一步，主要是通过将现有作品数字化实现的。不论在国外还是国内，计算机革命都推动了既有口头文学、书写文学、印刷文学、电子文学的格式转换，其技术基础包括语音识别、文本扫描、图文识别、数模转换等。通过上述转换，这些作品得以进入赛博空间，由数字设备加以处理，通过数字媒体进行传播，在数字终端输出。我们可以将它们称为"后天性数字文学"。与之相对的是"先天性数字文学"，即运用数字化技术直接创造出来的文学。在电子文学组织（Electronic Literature Organization，ELO）官方网站上，提到如下类型：超文本小说与诗歌（万维网内外），出现于闪媒（或运用其他平台）的动态诗歌，要求观者加以阅读（或具有文学性）的计算机艺术装置，对话性人物（以"聊天虫"知名），交互性小说，采用电子邮件、短信或博客形式的小说，由计算机（通过交互或基于开始时赋予的参数）生成的诗歌与小说，允许读者向作品文本投稿的合作性写作项目，开发新写作方式的文学表演，等等。[1] 现阶段的计算机网络已经使相关艺术家得以施展向用户要数据、要观点、要稿件的"外源技巧"（outsourcing techniques）。例如，戴维斯（Joshua L. Davis）《一个简单的像素项目》（One Simple Pixel Project，2007）试图利用100万人的投稿创造一个1000×1000个像素大小的图像，让每个投稿者选择一个像素并通过命名、赋予色彩并加以评论的方式将它人格化，目的是想弄清100万人自愿合作能创造出什么来。

从理论上说，电子文学有6个可能的发展方向：一是发挥编程的优势，创造真正意义上的"元文学"或机器作者（即文学作品生产程序），技术含量最高；二是利用软件工具从事各种写作实验，技术

---

[1] http://www.eliterature.org/.[2009-10-25]

含量次之；三是运用网络媒体所提供的服务（如微博、微信等）传播文学作品，技术含量很低；四是着眼于揭示、传播、发展数码文化，很可能采用传统文本进行写作，完全没有技术含量，但其理念相当超前；五是为虚拟现实、增强现实或混合现实的艺术应用写作脚本，必须适应这类人工现实媒体的特点（包括技术要求），但只是将它们当成现成媒体来应用，本身并不存在开发新技术的问题；六是为机器人戏剧、电子人表演、转基因艺术编码等写作脚本，贵在创意。

（二）数字人文：将计算引入艺术领域

数字人文是由人文计算发展而来的。早在1851年，英国数学家、逻辑学家德·摩根（Augustus De Morgan）就设想将词汇统计作为推定文本作者身份的手段。大约在同一时期，美国科学家门登霍尔（T. C. Mendenhall）试图通过分析作者的用词习惯来判定谁是真正的莎士比亚。20世纪40年代后期，意大利耶稣会士布萨（Roberto Busa）率先将计算机用于语言文学研究。他开发了中世纪神学家、经院哲学家阿奎那（Thomas Aquinas）著作索引，并在有关阿奎那的研究中使用了"人文计算"这一术语。IBM公司组织了文学数据处理会议（1964），并出版了论文集（1965）。

数字人文是计算机和人文学科彼此交叉而形成的，本质上是一种跨学科方法。从方法论角度看，它相信知识提取、传播和收集活动在人文科学中是普遍的，其具体形式有发现、注解、比较、参考、取样、说明与呈现等。这些活动都可以通过建模由计算机加以表示。为了适应该领域志同道合者的交流需要，西方学者创办了刊物《计算机与人文科学》（Computers and the Humanities，1966）。相关学术组织络绎问世，如以英国学者为主的文学与语言计算学会

（Association for Literary and Linguistic Computing，ALLC，1973）、以北美学者为主的计算机与人文科学学会（Association for Computers and the Humanities，ACH，1978）、以加拿大高校学者为主体的数字人文学会（The Society for Digital Humanities / Société pour l'étude des médias interactifs，SDH/SEMI，1986），以及 ALLC 和 ACH 共建的国际数字人文组织联盟（The Alliance of Digital Humanities Organizations，ADHO，2002）等。

西方基于计算机的数码文学研究起步于 20 世纪 50 年代，开始时从实验诗歌的角度关注随机文本的生成。60 年代之后，人工智能、人机对话和叙事的关系获得重视，相关研究主要是程序开发者的自我介绍，还有来自理论家的审视与批评。超文本系统的开发给数码文学研究带来了新课题。不过，只是在 80 年代电子超文本小说问世之后，相关研究才升温。封装型电子出版物一度因其超文本、多媒体或超媒体特性而成为艺术家之所爱，并为理论家所留心，但很快就因在线超文本系统 WWW 的兴起而失色。研究者从 90 年代开始将主要注意力投向网络文学，探讨可编程媒体中的写作、阅读与嬉戏。21 世纪以来，人们比以前更关注数码诗歌美学、计算机游戏和数码文学的关系、新媒体叙事技巧等问题。对于西方数码文学的研究成果，可以从符号性与身体性、天然性与人工性、语言性与情思性、体验性与表现性等多种角度加以考察。

从美国学者施赖布曼（Susan Schreibman）等人主编的《数字人文伴侣》[1]中，可以了解西方 21 世纪初与艺术相关的人文科学计算

---

[1] Susan Schreibman, Ray Siemens, John Unsworth, eds. *A companion to Digital Humanities*. Malden, MA: Blackwell Pub., 2004.

的大致取向：在艺术史领域，运用计算机技术重新显示古代艺术品、艺术资料、艺术人物、艺术场所的丰采，如戏剧史专家运用三维建模软件以重建古罗马庞贝剧院和法国黎塞留宫廷剧院，音乐史专家运用计算机技术处理古外乐谱手稿，等等；在艺术文献和档案领域，运用计算机技术进行编目，运用认知科学与数据库软件对作者身份进行甄别；在音乐和表演艺术领域，进行乐曲模式检测，对超媒体应用、表演仿真、计算机辅助表演、远程表演等加以探讨；在文本学与自动写作领域，建构自然语言生成系统，考察如何通过图灵测验，等等。值得一提的是，美国西北大学2014年提出针对电影"持久影响力"的"间隔年"算法。算法规定，如果公映时间在后的影片在场景、人物、台词等部分借鉴、引用或模仿了公映时间在先的影片，则将它们的公映年份的间隔数计入公映在先的影片的影响力评分。统计发现，随着电影公映年限增长，其被引用次数一般会下降，那些经历数十年仍被不断引用重提的电影便是经典电影。[1] 这从计量的角度解决了何为"经典"的问题。

早在20世纪末，我国就有学者从事数字人文研究。例如，国家图书馆敦煌吐鲁番资料中心的史睿发表《论中国古籍的数字化与人文学术研究》一文，强调将数据挖掘引入人文科学研究的重要性。[2]

---

[1] Max Wasserman, Xiao Han Zeng, Luís A. Amaral. Cross-evaluation of Metrics to Estimate the Significance of Creative Works. *Proceedings of the National Academy of Sciences*, 2015, Vol.112 (5), pp.1281–1286. 见胡心言《数据的面孔——西方电影评价体系研究中的主客观博弈》，《南京艺术学院学报（音乐与表演）》2017年第3期，第140页。

[2] 史睿：《论中国古籍的数字化与人文学术研究》，《北京图书馆馆刊》1999年第2期，第28-35页。

第二章 媒体艺术开拓

兰州大学信息科学与工程学院杨西宁等通过对敦煌石窟艺术的分析，采用建模技术，研究并制定了敦煌石窟壁画元数据标准、敦煌石窟彩塑元数据标准（2003）。[1]2005年，中国传媒大学廖祥忠率先推出以"数字人文"为题的文章。[2] 近年来，数字人文已经成为我国学术界的热点之一。根据郭金龙等人的概括，文本挖掘在数字人文研究中的应用主要有作者归属与风格分析、作品情感分析、人物关系挖掘、模式发现与可视化、计算机辅助人文科学本体建构（如在线哲学本体）等。他们举证了大量与艺术相关的例子。[3] 相关人才培养也取得了一定的成果。例如，在笔者和林凡老师的联合指导下，厦门大学人文学院中文系本科生李洵所著《关于中国古典文学研究数据集成与挖掘平台的开发》（On Developing Data Integration and Mining Platform for Classical Chinese Literature Study）于2014年发表在ICCSE（国际计算机科学与教育会议）上，为厦门大学人文学院首篇可被EI（The Engineering Index，工程索引）检索并进入IEEE Xplore（电气与电子工程师协会数据库）的学术论文。

值得一提的是：陈玲、李维以2000—2020年我国在科幻领域的CNKI期刊、学术辑刊等六个库的论文为计量对象，运用文献计量软件CiteSpace构建关键词共现矩阵，并采用聚类分析法划分聚类，绘制2000—2020和2015—2020两个时段的战略坐标图，探究我国当

---

[1] 杨西宁、杜义涛、赵书城:《敦煌石窟艺术元数据标准的设计及实现》,《上海交通大学学报》2003年S1期,第221–225页。

[2] 廖祥忠:《"超越逻辑"：数字人文的时代特征》,《现代传播（中国传媒大学学报）》2005年第6期,第23–25页。

[3] 陆宇杰、许鑫、郭金龙:《文本挖掘在人文社会科学研究中的典型应用述评》,《图书情报工作》2012年第8期,第18–25页。

前科幻领域的研究现状、热点以及趋势。[1]王大鹏、李赫扬将科幻领域的高产作者、作者所属机构、高频关键词作为研究对象,通过运行 CiteSpace 软件生成可视化图谱,进而采用共词分析、社会网络分析对研究对象进行深入解读,以分析 2000 年以来我国学者在科幻领域的研究重点与研究方向。[2]他们的成果展示了现阶段数字人文研究在战略坐标分析和知识图谱分析方面的价值。

(三) 网络文艺:要繁荣须靠包容精神

在人类历史上,历次信息革命都建构了新的网络(广义),如语言网络、文字网络、书刊发行网络、广播电视网络、移动互联网络等。这些网络都成为文艺赖以存在和发展的平台。我们这里所说的"网络文艺"特指以基于计算机技术的信息网络为平台的文艺。下文以网络文学为例予以说明。

1985 年,法国在线出版物《艺术访问》(Art Access)依托全国电信网络"可视图文小型终端"发行。它所发表的 A.C.S.O.O. 和《失落的对象》等作品被认为是西方网络文学发端的例证。[3]也是在 1985 年,旧金山艺术群体 ARTCOM 兴办了以之为名的在线电子论坛,在刚刚问世的虚拟社区"全球电子链接"上运行。它发表了美国

---

[1]　陈玲、李维:《基于文献计量的科幻产业领域战略坐标分析》,《齐齐哈尔大学学报(哲学社会科学版)》2020 年第 11 期,第 25-31、36 页。

[2]　王大鹏、李赫扬:《基于文献计量的科幻产业领域知识图谱分析》,《齐齐哈尔大学学报(哲学社会科学版)》2020 年第 11 期,第 32-36 页。

[3]　Friedrich W. Block. Digital Poetics or On the Evolution of Experimental Media Poetry (2004). http://www.netzliteratur.net/block/p0et1cs.html. [2009-8-2]

艺术家凯奇（John Cage）所创作的离合诗。[1]以迪士尼电影《报童》（Newsies, 1992）热为契机，西方网络文学开始大量以万维网主页的形态出现（1995）。正如美国哈密尔顿学院盖特－本德尔（Martine Guyot-Bender）所说，万维网不仅有丰富的文学资源，而且激发了普通用户的文学意识。他们通过自己的参与，推动了文学经典化。[2]我国网络文学肇始于20世纪90年代初北美留学生的诗文作品，受台湾蔡智恒所创作的网络言情小说《第一次的亲密接触》（1998）等榜样的激励，经过20余年的发展，在大陆蔚为大观。目前，这类作品如恒河沙数，网络文学用户已经超过4亿人。

回顾我国网络文学初兴的历史，可以发现它从一开始就走上了与同时期西方精英所鼓吹的"超文本革命"不同的路线，并不是将超文本当成从底层颠覆线性文本的力量，而是发现了新技术、新媒体、新协议所包含的兼收并蓄的潜能。实际上，新技术既可以用来创作具备交互性、动态性、参照性并自成网络的实验性超文本小说，也可以用来建构为传播海量信息服务的超文本平台（正如万维网所展示的）。在拥抱这种技术时，西方文学作者选择了前者，也许是由于它更符合张扬个性的口味；我国文学作者选择了后者，也许是由于它更符合海纳百川的诉求。2021年初，《文艺报》中由邵燕君所主持的专栏陆续发表了一些旨在"正本清源"的论文。它们或将中国网络文学的起始点认定为成立于1996年8月的"金庸客栈"，因为

---

[1] http://web.njit.edu/~funkhous/2003/brasil/creativetime.html.[2009-10-24]

[2] Martine Guyot-Bender. Canons in Mutation: Nothomb, Houellebecq et alia on the Net. *Contemporary French and Francophone Studies*, Vol.10, No.3, Sep.2006, pp.257-266.

它是中国最早的以文学为主题的网络论坛，体现了当时互联网空间没有"把关系统"的特点，以开辟趣缘社区聚集了文学力量，通过形成论坛文化而成为互联网早期自由精神的代表[1]；或者将香港武侠小说作家黄易当成网络小说的鼻祖，因为他在互联网举起之前创造了极具包容性的"玄幻小说"这一全新的类型，还探索出了"穿越"故事的快感模式[2]；或者将铭传大学中文系学生罗森在台湾交通大学 BBS 上连载的《风姿物语》（1997—2006）当成网文开山作，不仅因为它是第一部长篇网络小说（520余万字！）、作者是第一位职业网文作家，而且它彰显网络小说区别于纸质小说的媒介特性，即写出一个"异世界"，以此打动千千万万人。它借用电子游戏架构世界的方法，从底层逻辑入手，使用数学—物理学的方法去设定小说世界的规则，然后再以逻辑推演的方式去完善，而非只通过对现实世界的摹仿来想象一个虚拟世界。[3] 以虚拟社区包容尽可能多数量的文学作者，以玄幻小说包容尽可能多样的文学内容，利用网文篇幅几乎不受限制的优势写出包罗万象、并非模仿现实的世界，尽可能长时间地吸引读者，这就是我国网络文学在新技术条件下繁荣的关键，因为它契合了网络互联互通、信息海量增长的历史趋势。

网络文学虽然已经形成巨大的体量，但在学科建设上却无法和数字媒体艺术相比。在国内，中南大学欧阳友权教授率先对网络文

---

[1] 邵燕君、吉云飞：《为什么说中国网络文学的起始点是金庸客栈？》，《文艺报》2020年11月6日，第2版。

[2] 李强：《为什么网文界认为黄易是网络小说的鼻祖》，《文艺报》2020年11月30日，第3版。

[3] 吉云飞：《为什么大神共推〈风姿物语〉为网文开山作》，《文艺报》2020年11月30日，第3版。

学学科形态加以探讨。他在2004年指出："当社会对这一迅猛发展的文学投以疑惑、审视和期待的目光的时候，理论界就有责任对它的知识谱系、学科范畴、逻辑原点和学理结构等做出理论解答，有责任引导和规范网络文学的健康发展。"[1] 直到10年之后，国内才开始有高校开设网络文学本科专业（上海视觉艺术学院，2014）；直到13年之后，才开始有高校招收网络文学专业研究生（北京国家数字出版基地联合北京印刷学院举办第一届"数字出版与网络文学"方向硕士层次的高级研修班，2017）。根据2021年1月11日的检索，在中国知网上可以找到篇名包含"数字媒体艺术＋学科"的文献20篇，篇名包含"网络文学＋学科"的文献只有7篇。为什么会出现这种情况呢？原因可能是网络文学在价值取向上认同传统文学（特别是通俗文学），没有形成鲜明的问题域。晚近吴钊所发表的关于网络文学学科的论文可以为例。他注意到："短短二十年，中国网络文学从个体式的'草根初创'到群体式的'野蛮生长'，再到集体式的'深耕易耨'，最终也从被本土质疑的'文学现象'变成了令世界惊奇的'文化大观'。"这篇论文所表达的主要观点是希望网络文学复归传统——网络文学需从传统文学的价值原点追溯中赋予自身应有的价值取向，即对真、善、美的永恒追求。传统批评家要成为网络文学的专业"把关人"，首先要进入网络文学现场，做网络文学的"局中人"，并尽快建立科学的网络文学评价体系。[2]

除网络文学之外，同属于网络文化产品的网络音乐、网络美术、

---

[1] 欧阳友权：《网络文学的学科形态建设》，《文艺理论与批评》2004年第4期，第45–49页。

[2] 吴钊：《本体·价值·批评：作为学科的网络文学》，《湘潭大学学报（哲学社会科学版）》2020年第5期，第166–169页。

网络电影、网络（戏）剧若将认同传统当成基本价值取向的话，那么，也很难形成独特的研究对象和鲜明的问题域，很难在学科建制中开辟新天地。尽管如此，它们仍可能（而且已经）拥有广阔的市场，满足民众的需要。

上文所说的电子文学、数字人文和网络文艺分别代表了第五次信息革命冲击波在艺术领域的不同流向：电子文学以前锋姿态将冲击波转化为革新动力，主要从新技术、新工具、新形式等角度开拓艺术创作；数字人文以后卫姿态将冲击波转化为计量研究，主要从新技术、新工具、新数据等角度开拓艺术鉴赏；网络文艺以中军姿态将冲击波转化为面向大众的包容精神，主要从新平台、新渠道、新市场等角度开拓艺术传播。正是它们之间的互动、融合和分化构成了当下跨学科研究的基本格局。

本节分别着眼于新媒体、新视角、新格局，剖析了交叉学科艺术研究的兴起、发展和取向。2020年，我国将交叉学科作为新的学科门类，旨在促进新的理论形成和发展，并产生新的研究方法。在这样的背景下，艺术研究拥有了更为广阔的空间。从外延看，我们可以探讨更多交叉学科从潜学科向显学科转化的可能性，如作为概论的艺术系统科学与理论、艺术交叉学科理论与方法、认知神经心理学与艺术创造等，从物种生产出发的生物艺术伦理学、跨文化艺术融合、世界人口流动与艺术传播、人类命运共同体与当代艺术等，从物质生产出发的科技转化艺术学、科幻科普社会学、艺术智媒营销学、艺术经济统计学、数字艺术版权管理、人工智能与艺术产业等，从精神生产出发的艺术管理心理学、艺术教育心理学、艺术文化生态学、人机交互艺术心理学等，从趋势着眼的文化遗产保护与开发、媒体融合与艺术创新、艺术生态未来学等。从内涵看，我们可以推动

第二章 媒体艺术开拓

交叉学科从多学科、跨学科向超学科发展，不只是集结不同学科力量研究同类（新）问题，更是通过对话、互动整合不同学科知识和方法形成新领域，甚至是超越各个学科的分歧和局限创造更恢宏的新体系。

本章着眼于媒体艺术开拓，从中西文论融合的角度分析西方艺术宣言，从"口袋妖怪"衍义的角度分析当下艺术形态，从交叉学科的角度分析艺术研究格局，重点分别是主要作为信源的创作者、主要作为手段的作品、主要作为信宿的鉴赏者。从创作者的角度看，当代西方新媒体艺术家经常通过发表宣言来披露自己的主张，力求唤起公众的注意，引领艺术发展的方向。如将中国古典文论当成参考系，分析西方新媒体艺术宣言的要旨，则清代著名画家郑板桥关于"眼中之竹""胸中之竹"和"手中之竹"的论述便具备参照价值。它对应于汉语中"活法"的三种含义，即生机萌动的万物、灵活多样的方法以及各种对象的存在状态，佐证了西方新媒体宣言关于艺术观察的自然生机、艺术构思的灵活策略、艺术传达的丰富样态的主要命题。这有助于把握新媒体艺术的精义：在与科技的博弈、共舞中赢得认识论、本体论和社会学等多重意义上的自由。从作品的角度看，我们所说的"艺术形态"是指艺术内容与包括体裁、结构、手法等在内的艺术手段相结合而形成的样貌。它从传播学的角度看是信息与载体的统一体，从交往理论的角度看是意蕴和语言的统一体，从艺术美学的角度看是内容和形式的统一体，我们分别称之为艺术的技术形态、文化形态和审美形态。从鉴赏者的角度看，艺术学科建设既是总结艺术经验、建构艺术范式的过程，又是培养艺术人才、保障艺术创新的过程。艺术学科从无到有，从少到多，从融到分，还有与之相反的现象，都是特定社会历史条件的产物。交叉学科之所以在当下成为一股潮流，从源头看是出于新媒体打破知识边界、促进信息流动等原因。至于交叉学科的未来走向，那在很大程度上是由媒体革命的深化决定的。

第 三 章

网络文学周览

如果将网络视为媒体、文学视为语言艺术的话,那么,网络文学是媒体艺术的一种类型,其特点是以文字为主要手段、通过互联网传播(特别是首发)。根据上述理解,本书前两章关于信息时代和媒体艺术的分析基本适用于网络文学。必须说明的是:当人们刻意强调语言艺术与其他艺术类型相比的差别或重要性时,经常将文学与艺术并称为"文艺"。考虑到上述情况,本书的第三、四章将分析重点置于网络文学,第五、六章则以网络文艺为考察对象。本章主要从位置的角度对网络文学加以考察:第一节说明信息革命促进文学创新,由此导致网络文学登场,并在艺术场域中占有自己的位置;第二节从笔者所建构的位置叙事学理论出发,对网络文学进行多维定位;第三节从演变的角度考察网络文学的趋势。

第一节 本体:网络文学渊源寻踪

文学是人学。文学能够具备什么样的本体,主要是由人的信息处理机制决定的。若着眼于形式的话,那么,在历史上至少存在三种彼此有别的文学本体:一是口头文学,二是书面文学,三是电子文学。若以计算机构成为参照系,那么,作为本体的口头文学基于人体,主要以人的大脑为贮存器和处理器,以人的发音器官为输出装置,以人的听觉器官为输入装置。作为本体的书面文学引入了人体之外的对象化技术,主要以人的大脑为处理器和内存,以纸张及类似媒体作为外部贮存器,以人的运动器官(首先是手)加上书写工具作为输出装置,以人的视觉器官加上图文媒体为输入装置。作为本体的电子文学主要以人机综合体为信息处理装置,将计算机芯片及相关技术引入信息处理的各个环节。

一、历史意义上的文学本体

从本体的角度看,口头文学以歌谣为代表,主要运用鲜活生动的口头语,结构上具有发散性,内容上强调情境性。如果我们将文学理解为语言艺术、将文学的历史追溯到人类创造性运用语言来状物达意或言情寄思,那么,口头文学是人类最古老、持续时间最长的文学本体,至今仍保有其活力,虽然其社会功能有相当部分已经被其他文学本体取代。

书面文学以散文为代表,主要运用整饬优美的书面语,结构上重视收敛性,内容上强调独创性。(1)在语言的意义上,整饬优美与鲜活生动是完全不同的审美规范。若将鲜活生动比喻成带露水、接地气、有泥根的野花的话,那么,整饬优美则好比忌潮湿、求上赏(让权威欣赏)、去杂质的纸花。(2)在结构的意义上,收敛性也是和发散性迥然有别的审美规范。发散性意味着语言单位可以被不断重组,套语可以在不同语境中被反复运用,多种线索、多个议题可以在话语延伸过程中随意切换。我们甚至可以说口头文学没有固定结构,正如同它没有不变语境那样。相比之下,收敛性意味着结构必须根据书面媒体的性质固定下来,最好还能经得起细读和推敲;思路必须符合逻辑,讲故事要有中心人物、主题思想。不仅如此,书面文学潜在地将固定语境、固定结构当成经典化的必要前提。只有固定语境,我们才能贯彻知人论世的精神,知道作者的创作缘起、创作意图,并以之为依据阐释作品的含义;只有固定结构,我们才能知道作品的寓意(在涉及因果关系时尤其如此)、作者的技巧。(3)在内容的意义上,独创性同样是与情境性截然不同的审美规范。以口头文学为主导的文学史发展阶段无所谓版权,因此再创作可以非常随意地进行,"拿来主义"有望贯彻到底。情境性的基本要求是运用得体、合宜,正如我国古代所谓"赋诗言志"所表明的那样。至于诗歌本身是不是赋者所作,那是无关紧要的。相比之下,独创性则是以作者对作品排他性的权利和义务关系为基础的,一方面允许作者享有相应的署名权和财产权,另一方面要求作者对作品的创造性、创新性负起责任。

电子文学以音像为代表,主要运用可视听化的电子语,结构上重视交错性,内容上强调协作性。(1)电子语是西方学者所发明的一个概念,用于描绘电子媒体问世以来人类所运用的交流手段,经常和口头语、书面语相对而言。在语言的意义上,可视听化不同于鲜活生动、整饬优美的审美规范。它意味着可以在屏幕上呈现出具体画面(视觉化),或者在扬声器中呈现为某种音效(听觉化)。这些画面和声音是由专用设备(而非人的器官)所呈现的,可能经过剪辑加工(遵循蒙太奇、长镜头之类原则)。(2)在结构的意义上,交错性是和发散性、收敛性彼此有别的审美范畴。如果说发散性、收敛性代表了一组方向相反的矢量的话,那么,交错性是多组不同方向的矢量之间的交叉。这些矢量包括画面上人、物的运动方向,声音的传播方向,还有节目流的演播方向、无线电波的发射方向,等等。(3)在内容上,出于存在技术依赖性等原因,几乎所有的电子文学产品都无法由单一作者完成,协作性顺理成章地为人们所重视。

我们所说的三种文学本体之间存在如下主要过渡形态:(1)歌谣的书面化,如由口头文学向书面文学转化的过程中所形成(被记录、整理和/或)写定的史诗等;(2)书面化的歌谣,如我国古代文人所擅长的韵文(含律诗)等;(3)散文的电子化,如被广播或上了网的小说等;(4)电子化的散文,如专门为广播而写或首发于网络的小说等;(5)歌谣的电子化,如民歌录音录像制品等;(6)电子化的歌谣,如录像诗、电子超文本诗歌等。

这三种本体都存在不可替代性。换言之,我们固然可以通过主观努力将某种文学本体转化为另一种文学本体,但必然丧失前者所固有的某些特质。比如,口头文学一旦转化为书面文学,那么,它的鲜活性就不见了;书面文学一旦转化为电子文学,那么,它的收敛性就削弱了。反过来,电子文学一旦转化为书面文学,那么,它的交错性就淡化了,远程即时光速传播的可能性也消失了;书面文学一旦转化为口头文学,那么,它的整饬性、收敛性就弱化了。必须补充说明的是:(1)正如辩证法的螺旋式上升规律所揭示的那样,电子文学可能在一定意义上再现口头文学的某些特征。譬如,口语性、听觉通道重新受到重视,激起传播(不断被创作)重新成为常见现象等。(2)在文学本体演变的过程中,存在兼容、过滤、创新等不可忽视的倾向。兼容是指继起的文学本体将先在的文学本体作为发展起点,整合其内容,运用其经验;过滤是指根据新平台、新时势的特点而淘汰与之不适应的成分;创新意味着推出作为其标识的新的文学本体。它们综合起作用,促进了文学嬗变。

第三章 网络文学周览

以上对于口头文学本体、书面文学本体和电子文学本体的划分,是以人类传播史的演进为参照系而进行的。迄今为止,人类业已经历了分别以语言、文字、印刷术、电磁波、计算机和互联网为标志的五次信息革命。正因为如此,我们必须看到:(1)书面文学本体包含两种亚型,即书写型和印刷型。在语言上,前者和书法艺术接壤,重视个性化书写的意义;后者和版画艺术接壤,重视机械化复制的意义。在结构上,前者更多为作者的心绪所决定,体现了人脑的思路;后者更多为媒体所决定,体现了出版的要求。在内容上,书面文学更多和人际交往相关,印刷文学更多和大众议题相关。(2)电子文学本身可区分为模拟性和数码性两大类别。前者以广播剧、电视剧等为代表,后者目前以数码文学、网络文学为代表。数码文学和网络文学在广义上是相通的,因为当前所说的网络主要是指作为数码媒体的互联网,数码则是指网络所赖以存在和发展的编码技术。不过,若仔细分辨的话,数码文学偏向于实验性、技术性,为西方前卫艺术家所乐言;网络文学则偏向于流行性、通俗性,为我国文化产业所标举。以广播剧和电视剧为代表的电子文学主要以音像形态存在,毋庸赘论。以数码文学和网络文学为代表的电子文学同样具备音像性(即使纯粹由文字构成的作品,同样在屏幕上作为像素存在,而且可以很方便地通过软件加以朗读),不过,它们主要依靠嵌入计算机芯片的设备来阅读和写作。在语言上,数码文学比网络文学更强调编程语言的重要性,网络文学比数码文学更重视各种流行语的价值。在结构上,数码文学更注意开拓数据库叙事,将文学本体当成计算化信息和友好性界面彼此交互的动态过程,从根本上消解了固定结构的存在价值;网络文学更注意开拓超文本叙事,各种文学网站几乎都是在超文本传输协议(HTTP)的支持下建成的,各种网络文学作品也都程度不等地运用了超链接。在内容上,数码文学更多瞩目于开拓信息科技最新成果的艺术潜能,网络文学更多注重于运用大众化、普及化的信息服务讲述民众喜闻乐见的通俗故事。(3)数码文学和网络文学都是由以计算机和互联网为标志的第五次信息革命来定义的。由于上述革命的深入,特别是由于增强现实、全球卫星定位等新成果对文学领域的渗透,新型的网络地域文学正在兴起。它将赛博空间和现实空间在新的技术基础上整合起来,使网络文学不单具备地域特色,还可以和用户在特定环境中交互,将数字地图变成自己的一部分。

二、现实意义上的文学本体

在考察口头文学、书面文学和电子文学的本体特征时,不能忽略它们所依托的交流平台的性质。口头文学主要基于相关语言使用者彼此交往而形成的社会圈子,书写文学主要基于文字载体的分布存在,印刷文学主要基于图书出版发行网络,模拟电子文学主要基于广播电视网络,数码电子文学主要基于互联网,崛起中的网络地域文学主要基于包括物联网、GPS、GIS等在内的全球信息基础设施。

上文着眼于历次信息革命的影响阐述了文学本体的不同类型,所取的分析角度主要是样态、语言、结构和内容。文学的多本体性不仅是由历次信息革命的层积性影响造就的,而且是由文学主体的社会性分化决定的。正是在后一意义上,人们可以将依据国别、民族、地域、年龄段等不同标准划分的文学类别都当成研究对象,亦即承认它们作为本体的存在。基于上述认识,可以进而探讨我国当下网络和数码文学的本体特征：

（1）由于全球信息基础设施的高度兼容性，歌谣、散文和音像这三种最有代表性的样态都经过数字化找到了自己的生存空间，分别以网络诗歌、网络小说和网络视频为其主要存在形式。相比之下，我国网络诗歌之"火"更多的是靠线上线下的互动，网络小说之流行更多的是靠各种文学网站的 IP 推广，网络视频之风靡更多的是靠自制剧的引领风骚。

（2）全球信息基础设施所提供的只是基本的网络服务，人们在网络上的聚集首先取决于语言。我国网络和数码文学所应用的语言不只是汉语，还包括各种少数民族语言。在赛博空间中，人们的交往可以轻易地越出国界，因此，国别意义上的网络和数码文学、语言意义上的网络和数码文学往往相互交织；网民有条件相对自由地选择其身份，网站也可以很方便地选择注册地和服务器所在地，这使得要为国别性网络和数码文学划定范围变得非常困难。尽管如此，就浏览所及，汉语网络文学确实拥有世界上数量最多的作者和作品，这些作者主要是中国公民。因此，可以说我国网络文学是最发达的。

（3）网络和数码文学所可能具备的结构，从技术上说是由网络服务的性质决定的。BBS、IRC、主页、短信、博客、微博、微信等，都是对我国网络和数码文学的发展有（过）重要影响的网络服务，以至于可以根据它们命名 BBS 文学、短信文学等。在为数众多的网络服务中，首屈一指的是万维网（WWW）。我国各种文学网站几乎都是以之为基础而建成的。万维网号称是人类历史上影响最深远、使用最广泛的传播媒介，目前正在朝更智能的语义网、更广阔的空域网等方向发展。随着中国空间站的建成和使用，我们尽可以设想将来有一款新颖的网络空域文学,将太空作为要素整合到作品的结构当中来,大大丰富文本观念。

(4)网络和数码文学在内容上的特征,很大程度上是由网民意向、文化传统和媒体生态决定的。我国网络和数码文学理所当然地反映了其作者数字化生存的状况,运用了诸多中国元素(从素材、手法到价值观),打上了国家政策、文化产业等烙印。值得注意的一点是:我国对传统出版和网络出版的管理事实上还存在不一致、不均衡的现象。当前我国网络和数码文学之所以形成和传统文学不同的特色,与此有密切关系。在注意力经济时代,网络和数码文学经营者也有意识地利用国家政策所提供的空间,和传统文学展开错位竞争,由此形成了自己在内容上的特色,如穿越自由、"口味"较重等。自从实行收费制以来,我国网络和数码文学逐渐和自由抒写告别,进入了IP运营的商业时代,左右全局的是腾讯背景的阅文集团等少数巨头。对这类运营商而言,文学本体是内容行业中的"内容",是可以通过IP转化而带来利润的创意产品。由此我们看到:文学的多本体性不仅由文学历史多维发展、文学媒介多样存在所决定,而且由文学主体创造、把握和实现文学价值的多重意向、多重可能所决定。

三、理论意义上的文学本体

回到对于文学本身的形式分析。从理论上说,如果文学只能有一种本体,那么,形式分析意味着从基本固定的范式出发,以不变应万变,一方面深入阐述上述范式的内涵,另一方面检验新出现的作品吻合这种范式的程度。如果文学可以有多种本体的话,那么,每种本体都存在与之相适应的范式,文学批评既可以是同一本位的,也可以跨越本位,甚至是错位的。同一本位的文学批评通常不会引发多大争议(至少就形式看是如此)。跨越本位的文学批评既表现为在内容上企图将不同的文学本体整合进更具有概括力、覆盖面更广的范畴(如文化批评等),又表现为在形式上企图将口头文学、书面文学和电子文学整合到更大的框架中,并运用这种框架来分析和评价具体作品。至于这种框架应当是什么,那是有待进一步探讨的。比如,如果从语言的角度将口头语、书面语和电子语整合起来,那么,得出的框架也许具有符号学(或广义语言学)特性;如果从结构的角度将发散性、收敛性和交错性整合起来,那么,得出的框架也许属于信息形态学;如果从内容的角度将情境性、独创性和协作性整合起来,那么,得出的框架也许属于文学社会学(或文学心理学)。至于错位的文学批评,目前主要有两种表现:一是试图以书面文学(特别是作为其亚型的印刷文学)作为形式标准去看待电子文学(特别是作为其亚型的网络文学);二是将网络文学当成即将席卷文坛的历史潮流,试图将其他文学都纳入它的发展轨道。

因此,文学批评界对"回到本体"的呼唤,可以深化为对于文学本体的反思。这种思考的要旨是:在"媒体成风"(多媒体、超媒体、泛媒体、融媒体、流媒体、自媒体等影响日增)的时代重新审视文本的文体、语言、结构等文学的构成要素,通过切磋琢磨达成新的共识。其切入点可以是不同文学本体的形成方式,或者是文学本体推陈出新和所处环境(包括审美规范)的关系,或者是文学本体观自身的演变过程和机制。由于文学的历史演变和现实积淀,我们如今可以观察到分别以歌谣、散文和音像为代表,具有为数不菲的过渡形态的多种文学本体,接触到文学所应用的包括自然语言、编程语言、标识语言在内的多种语言，使用包括线性、非线性、无定性在内的多种文本结构。凡此种种，都是文学多本体性的体现。如果"回到本体"是指回到某种固定不变的范式，那是不可行的。如果"回到本体"是指将包括语言、形式和结构在内的形式要素当成研究重点，那么，它们在新媒体时代正在发生的变化无疑值得关注。

第二节　定位：网络文学系统定位

"位置批评"是由笔者所建立的位置叙事学[1]延伸出来的概念。它既是指对"批评"的一种反思（将"位置"理解为动词），又是指以"位置"作为核心范畴的一种批评方法。在位置批评的视野中，"网络文学"所呈现的特点和形态是随着批评者与之所处的相对位置的变化而变化的。不仅如此，"位置"可以成为文学批评的基本范畴，对于网络文学批评来说尤其如此。本节从社会的角度阐述网络文学的主动位置、被动位置与交互位置，从产品的角度阐述网络文学的时间位置、空间位置与媒体位置，从运营的角度阐述网络文学的内部位置、外部位置与目标位置。

---

[1]　黄鸣奋:《位置叙事学：移动互联时代的艺术创意》，中国文联出版社2017年版。

第三章　网络文学周览

一、网络文学的社会定位

如果遵循"诗言志"[1]的理念而将文学的本质视为人类情思诉诸语言的艺术表达的话，那么，文学从诞生之日起就与网络结下了不解之缘。若将网络理解为以江河为代表的自然网络，那么，文学就是沿着航行与灌溉系统发展起来的，因为那儿是人类聚居之处。若将网络理解为通过舆论呈现意向的社会网络，那么，文学就是依托人的交往和交流系统发展起来的，因为它们集中体现了人类群居生活的需要。若将网络理解为以大脑为中枢的心理网络，那么，文学就是适应人在后天学习过程中形成的暂时神经系统发展起来的，因为创作灵感和思想火花就在那儿迸发。尽管文学与网络存在如此悠久的联系，现代意义上的网络文学却是20世纪中叶第五次信息革命的产物，将计算机技术所支持的信息基础设施当成其诞生地。

（一）主动位置上的网兴文学

文学的位置在哪里？如果肯定文学贵在思想自由，那么，理想化的文学并不存在于现实生活，而是存在于幻想之中，它将憧憬作为目标，将虚构作为手段，将创造作为途径，试图超越功利的束缚，弥补生活的遗憾，实现灵魂的升华。尽管如此，文学并非产生于神明附体的灵感，而是来源于理想和现实的碰撞。在自然的意义上，文学的位置可能在乡村，也可能在城市；在社会的意义上，文学的位置可能在民间，也可能在朝堂；在心理的意义上，文学的位置可能在

---

[1]〔汉〕孔安国：《尚书注疏》卷三《虞书》，清嘉庆二十年南昌府学重刊宋本十三经注疏本，第78页。

感性的热流里,也可能在理性的光芒中。不过,再自由的思想也只能通过交流来实现其价值。因此,现实化的文学并不存在于幻想之中,而是寄身于媒体之上。媒体决定了文学所能拥有的具体形态。与之相应,文学的位置可能在于口头说唱,也可能在于文字传承;可能在印刷机所吐出的长卷,也可能在发射塔所喷涌的电波;可能在光纤所传送的信息包,也可能在人工智能所生成的符号集。

信息网络是由通道、节点和应力(反馈机制)构成的系列化媒体位置。处在通道之内的信息载体可以用比通道之外更快的速度、更准确的定向进行传输;处在节点之内的信息内容可以获得比节点之外更集中的关注、更广泛的传播;处在网络之中的信息影响可以汇聚成更强大的力量,获得更有针对性的反应,殆所谓"纲举目张"。正因为如此,当只言片语汇集成语义网、残章断简组合成文本网、报纸杂志建立发行网、电子音像开通广播网、数字计算机组成互联网之时,新服务、新内容、新样态就在其节点上萌生,在其通道上传播,在其应力上发挥作用。就此而言,现今所说的狭义网络文学就是互联网时代应运而生的一种新服务、新内容、新样态。它对应于"网络"作为词语古已有之的一种义项,即网状物。为了和下文所说的广义网络文学相区别,我们称之为"网兴文学"。

(二)被动位置上的网致文学

古人早就认识到"网"和"文"的多重关系。例如,任何网状物都是有花纹的,没有社会网络就不可能有文学艺术,"文"的奥妙就在充当各种联系的节点,等等。许慎《说文解字》对"网"做了很有意思的解释:"庖牺所结绳以渔。从冂,下象网交文。凡网之属皆从网。"[1] 他首先阐述了"网"作为生产工具的起源，然后分析了"网"作为文字的特性，最后强调了"网"作为符号的广泛概括力。"冂"在此处不妨理解为结绳之纲，若延伸到数字化时代便是信息基础设施（更准确地说是其主干）。至于"下象网交文"，从字形上看是四条网线交织成两个节点，若扩展到数字化时代便是由四通八达的网际网路形成恒河沙数的网站。

"网"本义是捕捉鱼龟鸟兽的工具；"络"作为名词是指粗絮，作为动词是指缠绕、捆缚，或者包罗、网罗。"网络"因此有收罗、概括的含义，如唐代司马贞《补〈史记〉序》称："然其网络古今，叙述惩劝，异左氏之微婉，有南史之典实。"[2] 作为名词的网络一旦建成，便有可能被用为实施搜罗、收集的手段。在这一意义上，广义的"网络文学"（动宾词组）是将既有文学作品尽可能囊括其中的一种活动。早在1971年，美国学生哈特（Michael Hart）获得伊利诺伊大学网络管理员馈赠的上机时间，将现有文学的电子文本放在主机上时，这一意义上的网络文学就已经问世了。人们习惯将由此形成文学信息资源的过程称为"电子化"或"网络化"，我们不妨将其结果称为"网致文学"（即通过网络得到的文学，或者为网络所罗致的文学）。如今，这类网罗行为已经取得了如此之大的进展，以至于人类在不同历史阶段所积累的文学文本有可能被"一网打尽"，或者说我们所能见到的文学要么已经成了网络文学，要么正在向网络文学转变。从位置批评的角度看，被网罗的文学文本发生了朝向全球信息基础设施的本体性迁移。只有在全球信息基础设施所提供的位置上，它

---

[1] 〔汉〕许慎:《说文解字》卷七下，清文渊阁四库全书本，第111–112页。
[2] 〔清〕董诰:《全唐文》卷四百二，清嘉庆内府刻本，第4094页。

们才能被全球读者方便地检索与共享。

（三）交互位置上的网控文学

"网络"在古汉语中还有一个义项，即作为法令或法制的譬喻，因此《汉书·朱博传》称："网络张设，少爱利，敢诛杀。"[1] 所谓"天网恢恢，疏而不漏"，便是对其作用的形象描绘。以之为参照，"网络文学"便是可以通过互联网来监控、管束或制约的文学，或者说是"网控文学"。在互联网建设的早期阶段，人们谈到网络文学时更多地想到作为新媒体的互联网提供了没有把关人的发表空间，因此它是自由的文学。随着商业资本的介入和网络法制的强化，网控文学日益成为值得关注的现象。借助于大数据技术，网络运营商、内容提供商可以精准地将特定文本推送到可能有需要的用户那儿，用排行榜拉高或降低特定文本的地位，也可以让被认为成问题的文本（或者是其中的一部分）从赛博空间中消失。尽管如此，不甘心被删除的文本还可能改头换面，以现今过滤技术还无法识别的形态（如七倒八歪的图片）出现和流传。因此，网控文学通过控制与反控制所体现的实际上是网络媒体的交互性。

网络文学的上述分化，在一定意义上是第四次信息革命所发生过的事变的重演。19世纪兴起的电信技术曾经激发了许多人（特别是无线电爱好者或"远听族"）进行远程交流的激情，他们使用自制电台无拘无束地朗诵诗歌、发表言论，以为电子空间是自由的天堂。新兴的广播媒体显示了兼容并蓄的发展势头，拉高了无线电频谱的商业价值和政治价值。随着20世纪初各国对电信交流的管制

---

[1]〔汉〕班固：《汉书》卷八十三，清乾隆武英殿刻本，第1244页。

和商业资本的介入,早期无线电爱好者的自由幻想很快就被粉碎,商业化或政治化的节目蔚为大观。尽管如此,不少国家仍有游走于边缘的地下电台和电视台,正如当今网络文学不仅存在于明网,而且存在于潜网和暗网那样。

上述分析表明:当下的网络文学实际上是网兴文学、网致文学和网控文学的统一体。也可以说,作为整体的网络文学同时占有三种位置:当它处于主动位置的时候是网兴文学,处于被动位置的时候是网致文学,处于交互位置的时候是网控文学。换个角度看,上述分类对应了作为过程的网络文学所包含的三个环节:网兴文学主要对应于创作环节,网致文学主要对应于传播环节,网控文学主要对应于鉴赏环节。它还对应了网民参与文学活动的三种身份,即创作者、传播者和鉴赏者。当然,它们又是相互交织的。与信息网络作为系列化媒体位置的特点相适应,网络文学可以定义为由通道、节点和应力(反馈机制)构成的文学。倘若通道阻滞(如网关不通)、节点丧失(如网页不存在)、反馈机制遭到破坏(如将文本从线上打印出来,以纸质形态出版),那么,网络文学便产生了失位的问题。第六次信息革命有望在人工智能支持下自动解决上述问题,如自动寻找网络通道、自动替补亡佚网页、自动接入新的传感装置与效应装置等。

二、网络文学的产品定位

从产品的角度看网络文学的定位,可以发现两种截然相反的趋势:一种是鼓励它将既有文学的发展尽可能全面地纳入自己的轨道;另一种是努力为它寻找尽可能鲜明的特点。沿着前一个方向,人们将传统文学的特点延伸为网络文学自身的特点，力求与平台上的其他信息资源区分开来。沿着后一个方向，人们将所依托的平台的特点延伸为网络文学自身的特点，力求与非网络文学（一般称为"传统文学"）划清界限。对于前一种趋势，笔者已著专文予以分析。[1] 就后一种趋势而言，设施史、信息层与超文本为我们提供了把握网络文学时间定位、空间定位和媒体定位的三种不同角度。

（一）设施史与网络文学的时间定位

位置是理解历次信息革命的关键。作为第一次信息革命标志的语言造就了人脑中的第二信号系统，从而促进心理位置、社会位置从自然位置中分化出来；作为第二次信息革命标志的文字使人类文化的长期传承成为可能，从而促进了历史位置和现实位置的分化；作为第三次信息革命标志的印刷术使大众媒体成为热点所在，并将栏目、版面等作为新的位置来开发；作为第四次信息革命标志的电磁波不仅实现了不同位置之间的远程光速通信，而且引导人们关注自己在超越感官的电子空间中的位置；作为第五次信息革命标志的计算机和互联网开拓了虚拟位置和现实位置相互切换的可能性，并以网络通信的技术和赛博地理学的成果更新了人们的位置观念。反过来，媒体所提供的平台是文学定位的重要参照系。通常所说的口头文学、书面文学、印刷文学、电子文学和网络文学就是以上述五次信息革命为依据而划分的。作为酝酿中的第六次信息革命的标志，人工智能是和"后人类"的位置联系在一起的，智能文学是

---

[1] 黄鸣奋:《宁馨儿：我国文学传统与网络文学的定位》，《扬子江评论》2014年第5期，第61–68页。

与之对应的新范畴。它在狭义上是指由人工智能所创造的文学,在广义上是指创作、传播或鉴赏过程中应用了某种人工智能的文学。

在当下的语境中,网络文学主要是指以互联网为平台的文学。以所应用的媒体技术为标志,现今所说的网络文学业已经历了三个发展阶段,即互联网阶段、移动互联网阶段和后移动互联网阶段。每个阶段都有不同的特点和标志。在第五次信息革命初期,以计算机技术为支撑的信息网络对用户的文化素养和操作技能有较高的专门化要求,前卫作家、艺术家对信息网络的普及起了引导作用,不同国家的信息基础设施之间的互联互通是网络性的主要表现,因此,互联网阶段的网络文学是精英阶层为主导的先锋文学、异域文学。随着信息革命的深入,特别是移动通信和互联网的接轨,用手机上网的普通民众成为网络用户的主体,移动运营商的属地性给网络服务打上了清晰的烙印,因此,移动互联网阶段的网络文学是草根阶层为主导的通俗文学、本土文学。信息革命正在促进大数据、云计算、物联网、人工智能等的普及,在"互联网+"的热潮中占据产业链上游者以创新引领社会,语言和文化的壁垒可望通过日益发达的机器翻译破除,因此,后移动互联网阶段的网络文学正朝创意阶层为主导的算法文学、世界文学演变。

对于网络文学在宏观意义上的转变,我们可以结合它在微观意义上的变化观察出来。任何网络文学作品所具备的时间特性,都和信息基础设施所提供的服务相联系。对网络文学作品至关重要的超链接和视频聊天、IP语音(Voice over IP)一样属于即时通信服务,BBS、聊天室等则属于非即时通信服务。它们都是对应的网络文学子类形成与发展的基础。BBS文学、聊天室文学在早期网络文学中占有重要地位,后来基于超链接的万维网文学(含博客文学、微博文学等)的风头盖过了它们。在移动互联网阶段,短信文学是以非即时通信服务为基础的,微信文学则整合了即时通信服务和非即时通信服务各自的优势。后移动互联网阶段出现了新的通信服务。例如,第五代移动通信(5G)采用了作为中介的智能虚拟网络——内容分发网络(Content Distribution Network,CDN),以缩短响应时间,提高响应速度。基于位置通信的传统TCP/IP网络为信息中心网络(Information-Centric Network,ICN)所取代,这一过程很可能催生网络文学的新形态。我们不妨拭目以待。

(二)信息层与网络文学的空间定位

文学的位置随着历次信息革命的爆发而改变。最初形态的文学存在于人类通过语言交流所形成的符号网络中,像神话就是如此。继起的书面文学存在于人类运用文字所构建、由作为书写材料的物质载体构成的通信网络中,像史传就是如此。之后的印刷文学存在于人类依靠日益发达的交通运输构建的发行网络中,像连载小说就是如此。近代崛起的电子文学依托广播网络而存在,可通过调制与解调为人类所把握,像电视散文就是如此。当下大行其道的网络文学依托由计算机技术所支持的移动互联网而存在,像网络小说就是如此。未来的网络文学可能将物联网当成自己的安身立命之地,出现在各种智能终端,甚至将它们当成自己的内在组成部分(例如,当你看到小说中琳琅满目的商品时,可以通过网络调取对应的实物)。

位置批评主张根据文本加工过程将网络文学区分为如下六个层面:(1)传感语言层。它依托当代传感技术,捕获自然界、社会生活和人体的各种变化(信源)所包含的信息,将它们转变成可供数码设备处理的形式。我们将语音识别当成传感技术的一部分,因此传感语言层兼容了有声语言。(2)文字语言层。对纯文字作品而言,它主要是指可由作者直接写作、读者直接阅读的自然语言。对于多媒体作品而言,它还包括图像所应用的颜色、线条,音乐所应用的旋律、和声等。(3)标识语言层。它的功能是展示文档结构和数据处理细节,在历史上最先见于缮写活动,后为印刷出版业所发展,在电子出版中体现了科技人员为提高系统移植性而将文档格式通用化的努力。通用标识语言(GML)和作为其简化形式的超文本标识语言(HTML)、可扩展标识语言(XML)、可扩展超文本标识语言(XHTML)等可作为例子。(4)网络协议层。它的功能是通过制订规则保证文本的顺利传播。它涉及为计算机网络中进行数据交换而建立的规则、标准或约定的集合。这类协议的历史可以追溯到早期的电信网络。(5)编程语言层。它的功能是编制和发布有关文本处理过程的各种指令。它有汇编语言和高级语言两种形式,前者直接对硬件进行操作,后者必须经过解释或编译才能被执行。它依托在网络上运行的、面向服务的、基于分布式程序的各种软件模块,实现信息搜索、网页浏览、软件下载、视频点播、博客发布、微信共享等多种功能。(6)人工智能层。它要求数码设备的用户尽可能发挥人机共同体的优势,在人机交互的过程中探索网络文学产品所包含的各种路径、各种态势、各种媒介、各种转变。上述六个层面的划分,实际上反映了历史上已经发生和正在酝酿的六次信息革命的影响,是它们的对应标志的转化形态。

若将网络文学本身当成信息层的话,那么,可以依其与现实的关系区分出三种不同类型:一是虚拟现实型,引导人们走向赛博世界,关注线上生活,有使读者"御宅化"的趋势;二是增强现实型,引导人们走向现实世界，关注线下生活，有使读者"去宅化"的趋势；三是混合现实型，引导读者不断进行线上线下的切换，有使读者"游历化"的趋势。

（三）超文本与网络文学的媒体定位

"媒体位置"不单是指媒体自身所处的位置（由母系统所规定），也是指媒体所包含的位置（为子系统所提供）。前一意义上的媒体位置为历次信息革命所创造，例如，我们可以把第五次信息革命定义作为媒体的互联网在通信系统、社会生活和精神世界中的位置。后一意义上的媒体位置是新的信息革命的温床或策源地。当现有的媒体位置无法满足人们思想交流或信息交换的需要时，新的信息革命就到来了。在这一意义上，当人们共同生活和劳动所需要表达的情思精细到单靠身体所提供的媒体位置（见于四肢姿势和面部表情等）无法描绘时，以语言为标志的第一次信息革命就爆发了。当人们的思想深刻到单靠口语所提供的位置无法加工的时候，以文字为标志的第二次信息革命就来临了。当人们的知识丰富到单靠书写所提供的位置无法传承的时候，以印刷术为标志的第三次信息革命就到来了。当人们对变动日益加速的社会生活的感受敏锐到单靠纸质媒体所提供的位置无法及时反映的时候，以电磁波为标志的第四次信息革命就汹涌而至了。当人们对全球化所涉及的国际事务的关注强烈到单靠国别性电子媒体所提供的位置无法满足时，以计算机和互联网为标志的第五次信息革命就滚滚而来了。当人们通过各种传感网络所搜集到的海量数据大到单靠一般意义上的计算机辅助技术无法处理的时候，以人工智能为标志的第六次信息革命就在酝酿之中。

如果将网络文学的典型形态理解为包含多种路径、相互链接的超文本的话，那么，它至少存在三种可能的定位：（1）依托本身是超文本的文件。这类文件早在第五次信息革命之前就已经存在，如包含大量注解的著作、采用互见法的辞典与百科全书等。我们甚至可以将它们追溯到卦辞、爻辞相互印证的《易经》。如果作品被写成这样的文件，那么，即使没有外在的出版系统支持，也已经有望跻身雏形网络文学之列，像司马迁的《史记》就是如此。（2）依托某种超文本软件（如 Story Space）而开发。这类作品"先天"地从软件那里"继承"了某些媒体属性和功能，因为它们一旦被写作出来就是自成网络的文学。在第五次信息革命爆发之后，西方前卫作家一度将这类作品当成实验对象，并将它们归入"电子文学"之列，因为它们刻意回避了与印刷文学相类似的属性，或者说突破了书面文学的写作惯例。（3）依托某种以超文本传输协议构建的网络（如 WWW）而传播。这类作品不仅同样从超文本网络那儿"继承"了某些媒体属性，而且可以共享超文本网络的某些信息资源和客户服务。我国这些年来红红火火的网络文学的主体正是这样发展起来的。它们以万维网网站为基地，多数作品并非实验文学，无须刻意回避与书面文学或印刷文学相类似的属性，反而时常将融媒体当成自己的追求。

作为出版系统的超文本网络具有不同形态。被誉为"互联网先驱"的美国人纳尔逊（T. H. Nelson，hypertext 一词的发明者）所构想的仙都系统（Xanadu，1960）具备强烈的版权保护意识（连引用一个句子都要考虑计费），因为太超前了而无法普及（20 世纪中叶根本没有在线微支付的条件）。继起的万维网系统是由英国科学家伯纳斯 – 李（Tim Berners-Lee）发明的，在技术上实现了纳尔逊所提出的超文本观念，在出版观念上淡化了版权意识，从而迅速获得推广，其代价就是今天我们所能见到的被视为侵权的各种问题。如果以当下正火的区块链技术重构出版系统（不妨名之为"区块链系统"），那么，网络文学又将是另一种景象，很可能是体量大幅度缩小，但任何发表和引用都可以追踪和计费，侵权问题可望获得根本解决。也许这一点可以成为后 IP 时代的某种标志。

"位置"是理解超文本（从而也是理解网络文学）的关键之一。挪威阿塞斯（E. J. Aarseth）《非线性与文学理论》（1994）一文将超文本定义为把读者从一个位置链接到另一个位置的过程，重要的是"链接"以及读者的"再定位"。他以美国作家乔伊斯（M. Joyce）的《下午：一个故事》为例说明读者所做的链接，分析有无地图或概览的文本的区别。对于没有地图或概览的文本来说，读者在不同基元之间像转迷宫那样徘徊。这种情况是值得文学批评家考虑的。[1]在笔者看来，作为文件的超文本妙在处于不同位置的信息之间的彼此参照，作为系统的超文本妙在处于不同位置的文本单位之间的彼此跳转，作为网络的超文本妙在处于不同位置的网页（或网站）之间的彼此航行。网络文学与其他文学相区别的最主要的标志在于：它包含了关于自身多样化位置的提示（即地址），告诉读者作为参考系的信息、文本单位和网页（或网站）在哪里。如果无法在上述地址找到它们，那么，链接就失效了，所谓"404 错误"正是由此而来。未来的智能网有望消除上述错误，办法是将搜索引导到类似的网页。

上文所说的设施史、信息层和超文本是从宏观上对作为产品的网络文学加以定位的三种参照系。信息基础设施变革的历史是

---

[1] Espen J. Aarseth. Nonlinearity and Literary Theory, in *Hyper/Text/Theory*. Edited by George P. Landow. Baltimore: The Johns Hopkins University Press, 1994, pp.51-86.

网络文学发展分期的依据；信息层的划分是网络文学技术开发的依据，超文本是网络文学出版系统的依据。在微观上，某些媒体技术是直接为具体文学产品的定位服务的，数据库和搜索引擎就是如此。我们不妨追溯一下这类定位的历史渊源。最初的文学定位估计在口语传播占主导地位的时期实现，其代表是将文学语境与非文学语境区分开来的发语词（如讲故事时所说的"从前……"）。书面传播中形成了编目与索引，这是与文学文本数量与日俱增的历史条件相适应的。印刷传播中形成了系统的图书分类编码，并以书号、刊号等外在标志告诉人们文学文本在信息资源中所处的位置。电子传播中形成了将文学节目和其他节目区分开来的频道标志，以避免受众混淆文学、新闻和实用信息。数码传播中形成了将文学信息和其他信息区分开来的垂直网站和相应引擎，让用户可以在海量资源中迅速找到所需要的文件。未来的智能传播预计将由可定制的软件机器人承担上述任务。

三、网络文学的运营定位

在运营的意义上，网络的界面是双重的。用户通常是从网络之外往里看，看到的是网站运营商希望我们看到的一切；运营商则从网络之内往外看，亦即从所谓"后台"观察用户的活动（这一点由于大数据的运用而变得格外重要）。对网络文学因此也有两种看法：一种是从具体作品看网络，例如，从蔡智恒的小说《第一次的亲密接触》看网民的生活；另一种是从网络看具体作品，例如，根据排行榜选择与阅读小说。当然，只要有意愿并且条件具备，任何人都可以为自己选择恰当的观看网络文学的方式，这是由目标位置所引导的。因此，下面将具体阐释网络文学的内部位置、外部位置和目标位置，它们分别对应于类型化、学科化和精品化这三种趋势。

(一)类型化：网络文学的内部位置

从逻辑的角度看，如果将网络文学理解为某种文本或作品的集合的话，那么，它的内部存在诸多不同意义上的位置，例如，网络诗歌、网络散文、网络小说、网络脚本的相对位置，原创作品、改编作品、戏仿作品的相对位置，古代题材作品、现代题材作品、未来题材作品的相对位置，短篇作品、长篇作品、超长篇作品的相对位置，玄幻小说、穿越小说、修真小说、言情小说、都市小说、仙侠小说、灵异小说、网游小说、校园小说、青春小说等类型的相对位置，羊羔体、红楼体、琼瑶体等文体的相对位置，等等。所谓"相对位置"，既是指可以量化、通过排行榜或统计表显示并比较的各种指标（如从事相应创作的作者数量、从事相应阅读的读者点击率、文学网站的推荐程度，作品的总体数量、原创程度、IP转化规模、衍生方式、获奖级别与后续发展余地等），又是指难以量化却可以通过有影响的文学评论或文学史著作来论述的具体地位。

从历史的角度看，网络文学初兴之际，好比在处女地上开垦，什么样的体裁都可以尝试，什么样的题材都值得书写。在其后的发展过程中，由于消费文化的引导，网络文学迅速走上了类型化的道路，就文体而言是超长篇小说更适应在线文化市场的需要，就内容而言是非现实性题材更适合实现相对于传统媒体的错位发展。换言之，当下人们讲到网络文学时，首先想到的是非现实题材的超长篇小说，尽管在这一类型之外还有大量作品存在。着眼于细分市场上的读者需要、按照一定套路写作、以惊人的速度更新，成为类型化网络文学的三个主要特点。类型化本质上是对预期读者、写作模式、生产速度的精准定位。它既保证了网络文学的批量生产,又限制了网络文学的创新思维。真正的垂范之作,只能从反类型化中生产,但它一旦被确立为样板或经典,又产生了新的类型化。因此,类型化与反类型化构成了推动网络文学发展的内在矛盾。

(二)学科化:网络文学的外部位置

从外部研究看,网络文学已经吸引了众多学科的注意,并且在不同学科中呈现出它的不同面貌。每个学科都有与之对应的关注侧面。例如,在经济学的意义上,网络文学市场及受众消费模式,粉丝对网络文学发展所起的作用等;在教育学的意义上,网络文学对思政教育、人文素质教育的影响,网络文学与语文教育改革的关系等;在文化学的意义上,网络文学对外传播的发展机遇与文化担当,网络文学的文化影响力等;在伦理学的意义上,网络文学的价值观导向,网络文学的道德作用等;在法学的意义上,网络文学合法权益的法律保护,网络文学版权开发策略等;在哲学的意义上,网络文学所包含的技术性与文学性的矛盾,网络文学所涉及的科学理性与人文精神的关系等;在宗教学的意义上,网络文学中的宗教形态及信仰误区,网络文学创作和宗教神话的关联性等。

网络文学本身属于术科,和网络音乐、网络美术、网络电影、网络游戏等网络文化产品相类似,都是以创作为主导的。它能否发展为以研究为主导的学科?网络文学目前还不是与研究生招生目录对应的一级学科或二级学科,虽然已经被某些教育机构作为研究生或高级研修班的招生方向。学科化的前提是形成与特殊研究对象相适应的专门化知识体系。位置批评可以对此做出自己的贡献:(1)

为科学界定研究对象服务。网络文学本身呈现出多样化的特征。它有内外之分，可依作者的身份区分为体制内网络文学与体制外网络文学，依国界区分为国内网络文学和国外网络文学，依社群（"部落"）区分为圈内网络文学和圈外网络文学，等等。它有高低之别，可依其审美趣味区分为高雅网络文学与低俗网络文学，依其所应用的技术区分为高技术含量网络文学和低技术含量网络文学，等等。它有前后之殊，可依其与知识产权的关系区分为前IP时代网络文学与后IP时代网络文学，依其与商业投资的关系区分为前商品化时代网络文学与后商品化时代网络文学，依其与写作样板的关系区分为前经典时代网络文学与后经典时代网络文学，等等。上述区分可以从静态分类朝动态转化演变，产生出内化与外化、向内转与向外转、提高与贬低、超前与滞后等衍生范畴。（2）为建立专门化的知识体系服务。毫无疑问，网络文学发展必须虑及多种位置要素。例如，在全产业链中，网络文学只是一个环节；在资本全球化扩张过程中，网络文学只是一枚棋子；在跨文化传播中，网络文学从"一次元通道"走出去；要想用最小的成本取得最大的成功，网络文学也许可以选择蹭IP；等等。这类问题都可以从位置批评的角度予以研究。就此而言，北京大学邵燕君已经发表了两篇精彩文章，一篇分析媒介融合时代多重博弈下中国网络文学的新位置和新使命[1]，另一篇分析中国网络文学如何走出去[2]。（3）为网络文学阐释服务。如果着眼于具体作品创意的话，位置叙事可以成为分析艺术技巧的重要切

---

[1] 邵燕君：《"媒介融合"时代的"孵化器"——多重博弈下中国网络文学的新位置和新使命》，《当代作家评论》2015年第6期，第181–191页。

[2] 邵燕君：《全球媒介革命视野下的中国网络文学"走出去"》，"西湖论坛"编委会编《网络文艺的中国形象》，浙江人民出版社2017年版，第105–115页。

入点。笔者曾以之解剖美国科幻电视连续剧《西部世界》的艺术创意策略[1],唐雷、林春田以之评论德国作家德布林(Alfred Döblin)的小说《图书馆》[2]。上述两次尝试都将笔者所提出的自然位置、社会位置和心理位置的划分当成分析框架。我们完全可以用位置叙事学所包含的多种框架作为参照系来分析网络文学的具体作品,评价相应的网络作家。

对网络文学而言,学科化是从内部位置转向外部位置的过程。内部位置所呈现的是网络文学所包含的不同体裁、不同题材、不同类型、不同流派、不同惯例等的相互关系,外部位置所涉及的则是网络文学与不同理论范畴、不同学术思潮、不同批评方法、不同利益集团等的关系。二者之间的相互关系是位置批评的重要课题。

(三)精品化:网络文学的目标位置

目标位置体现网络文学的前进方向和预期成果。2015年《中共中央关于繁荣发展社会主义文艺的意见》明确提出大力发展网络艺术的要求。该文件肯定网络艺术充满活力,发展潜力巨大,要求"坚持'重在建设和发展、管理、引导并重'的方针,实施网络文艺精品创作和传播计划,鼓励推出优秀网络原创作品,推动网络文学、网络音乐、网络剧、微电影、网络演出、网络动漫等新兴文艺类型繁荣有序发展,促进传统文艺与网络文艺创新性融合,鼓励作家艺术家积极运用网络创作传播优秀作品。充分发挥新媒体的独特优势,把握传播

---

[1] 黄鸣奋、王国威:《位置叙事:美剧〈西部世界〉艺术创意策略研究》,《艺术百家》2017年第1期,第94-99页。

[2] 唐雷、林春田:《一位烟囱工演绎的图书馆——以位置叙事理论解读〈图书馆〉》,《图书馆论坛》2018年第6期,第82-85页。

规律,加强重点文艺网站建设,善于运用微博、微信、移动客户端等载体,促进优秀作品多渠道传输、多平台展示、多终端推送。加强内容管理,创新管理方式,规范传播秩序,让正能量引领网络文艺发展"[1]。这段论述实际上已经为我国当下网络文学发展设定了明确的目标位置。2017年6月26日,国家新闻出版广电总局公布《网络文学出版服务单位社会效益评估试行办法》,从出版质量、传播能力、内容创新、制度建设、社会和文化影响等方面对网络文学提出了明确要求。

  网络文学的精品化是在目标位置的引导下,经过网络作家、相关运营商和研究者的共同努力实现的。对于网络作家而言,精品化往往意味着和类型化不同的倾向:不是定位于某个细分的文化市场,而是诉诸广大读者的诉求,具备强烈的社会责任感和使命感;不是按照某种既有的套路写作,而是力求开拓创新;不是追求可以带来经济效益的高速生产,而是力求让自己的作品经受得起长远的时间检验。当然,这不是说类型化不能产生自己的精品,正如精品化也可能形成某种类型那样。对于运营商而言,精品化往往意味着与逐利化不同的倾向:不是一味追求点击率或流行度,而是着眼于社会效益;不是追求让有关投资迅速扩张,而是肩负起企业责任;不是盘剥网文劳工,而是关注人才的成长。当然,这不是说精品化就必然与亏本相联系,正如逐利化也会形成某种精致特色(堪与高档消费品媲美)那样。对于研究者而言,精品化往往意味着与猎奇化不同的倾向:不是将一切翻空出奇的东西都当成新生事物,而是秉持一定的历史尺度予以品评;不是将个人审美趣味当成唯一标准,

---

[1] 《中共中央关于繁荣发展社会主义文艺的意见》,《人民日报》2015年10月20日,第02版。

而是坚持"美美与共"的价值原则;不是满足于感官享受,而是深入进行理性思考。当然,这不是说精品化就必然排斥奇思妙想,正如猎奇化有时也会形成某种精彩风格那样。

不论对于网络作家、运营商还是研究者来说,位置都可能具备如下三种含义:作为出发点,决定了我们观察问题时所持的角度、表达诉求时所站的立场;作为布局,表现了我们对于自己的时间、精力和财力的分配;作为目标或归宿,是与一定声望相联系的地位。特定的自我意识之所以形成,很大程度上要从当事人所处的位置寻找原因。反过来,自我意识一旦形成,便作为左右当事人所处位置的重要因素起作用。就此而言,网络文学的创作、传播和鉴赏都是我们的一种自我表达。网络文学虽然已经成为社会热门话题,并且已经就基本概念达成一定限度的共识,甚至建立了某些专门化的创作协会、出版集团和学术组织,但是,每个人依然可以有对网络文学的不同态度、对研究重点的不同抉择、对发展前景的不同期盼,可以在有关作品、产业和论著中体现自己的风格。这同样关系到网络文学的目标位置。

上述分析表明:位置批评可以成为我们从社会层面、产品层面和运营层面观察网络文学的一种方法。在反思的意义上,位置批评是我们自身从事网络文学评论与研究时所持的立场、价值标准的自觉性表现。我们不只是在对网络文学加以定位,而且也被网络文学定位。正是网络文学的风起云涌推动我们在信息时代寻找自己作为学者的新机遇,正是网络文学的推陈出新促使我们对自己的文学观念重新加以思考。至于有关换位的努力,则体现了摆脱原有位置局限性的动机。不难想象,这种定位与被定位、去定位与再定位的过程将长久持续下去,促进我们深化对网络文学的认识。

第三节　趋势：网络文学演变考察

作为第五次信息革命的产物，网络文学已经有大约半个世纪的历史，其平台经历了由互联网、移动互联网到后移动互联网的转变，它本身的性质也由爱好文学并希望了解网络潜能的科技工作者和前卫文学家偶而为之的实验演变为泛娱乐产业的重要分支，并正在人工智能的引领下走向未来。网络文学已经不是希望公众垂怜的"小荷尖尖角"，而是在社会生活当中发挥重要作用的一股力量，在大众化、精品化和民族化的过程中不断扩展与增值。

一、网络文学与信息技术变革

所谓"网络文学"包含多种可能的含义：一是着眼于社会来源，指网络（特指互联网，下同）用户为满足自身表达需要而创造，或为满足网络用户欣赏需要而创造，或以相关网络商为中介而创造的文学；二是着眼于产品本身，指以网络为传播平台、描写网络生活或本身自成网络的文学（通常依托内含多路径的超文本、超媒体而形成）；三是着眼于运营过程，指以网络特有的互动方式运作、存在于网络环境或体现网络思维的文学。一般来说，其内涵越丰富，外延就越狭窄。下文所说的网络文学就广义而言，主要是指以互联网为平台的文学。

第三章　网络文学周览

(一)回首：从互联网到移动互联网

现今所说的网络文学主要是由互联网所定义的文学，以信息数字化、线路包交换、作品交互性等特征区别于先前广播电视网络中的各种节目。

20世纪中叶，在美国1969年投入使用的阿帕网由军用转为民用(1979)之前，早期网络文学已经从数字计算机与电信网络的连接、在业界应用日广的主机互联、各国分头建设的广域网中产生。例如，美国伊利诺伊大学学生哈特(Michael Hart)从1971年开始将包括文学作品在内的电子文本传上网，成为第一个互联网信息提供者。在加拿大，弗兰克尔(Vera Frenkel)1974年与当地贝尔电话工作室合作，创造出《管柱游戏》(String Games)。以夏普联合公司的国际分时网络为依托，巴特利特(Bill Bartlett)1978年组织了Sat-Tel-Comp项目，首次将远程通信所体现的理念用于艺术。阿德里安(Robert Adrian)1982年为奥地利林茨电子艺术节设计了项目"24小时中的世界"。20世纪80年代法国可视图文(Minitel)系统中出现了A.C.S.O.O.和《失落的对象》等作品，开原创网络文学之先河。现今所说的互联网是在各国网络逐渐接入美国建设的信息基础设施的过程中形成的。1983年元旦，以TCP/IP协议取代先前的NCP协议为标志，阿帕网转变为互联网。它使以之为平台的文学真正成为一种世界性现象，不论在创作激励、过程互动还是成果共享的意义上都是如此。"网络文学"从此特指以互联网为平台而创作、传播和鉴赏的文学。它在20世纪晚期作为新媒体文学的组成部分崭露头角，给兴建中的信息高速公路增添了斑斓色彩，虽然其时的主要倾向是社会批判、媒体批判和艺术批判(和关于网络经济的高调不合拍)。

当移动通信成为用户上网的基本途径时,网络文学迎来了移动互联网标领风骚的阶段,其特色在于随时随地的创作与欣赏。1996年底,芬兰人通过诺基亚9000 Communicator手机访问Sonera and Radiolinja网络,这成为移动通信与互联网相结合的里程碑。在世界各国,手机迅速成为人们所喜爱的上网设备,各式各样的手机文学也因此诞生。从技术上说,移动互联网诉诸WAP(无线应用协议)。正是这项全球性的网络通信协议使人们有可能将互联网的丰富信息和多样服务引入移动电话等无线终端之中。如果将手机文学的特征理解为把手机运用于创作、传播和/或鉴赏的话,那么,它大致包括如下类型:(1)虽然进行了某些加工但最初并非专门为手机媒体创作的艺术作品,如手机报纸所引用的传统诗歌、手机广播播送的传统音乐、手机电视所播放的传统电视节目等;(2)专门为手机媒体创作(但不一定用手机作为创作工具开发)的作品,如彩铃、手机动画、手机电视剧等;(3)专门为手机媒体开发,而且将手机用为创作工具(但不一定关联于特定艺术环境)的作品,如短信文学、手机电影等;(4)专门为手机媒体开发,将手机用为创作工具,而且关联于特定艺术环境的作品,如位置艺术等。广义手机文学也包括以手机研发和社会应用为主要题材的作品,如冯小刚的电影《手机》(2003)等。给人以美感的精致手机本身就是工艺品。

在互联网向移动互联网转变的过程中,曾经有过激烈的振荡,这就是1995年至2001年间的网络泡沫破灭。业界因此有人将"后"字加在"网络"之前,以表示互联网的发展进入了新阶段。在一定意义上似乎可以说:与移动通信相结合,为互联网经济找到了走出低谷之路。网络文学和网络音乐、网络美术、网络影视、网络游戏等都有了生财之道,并为两种意义上的 IP(网络协议和知识产权)的融合而狂欢。在这场危机过去之前,有不少新媒体艺术家企图为公众揭示互联网给人的幻象,通过各种另类浏览器引导用户看到和商业浏览器呈现的标准界面完全不同的结构和功能,亦即网络的表面之"后"发生的事情。以这场危机为分水岭,许多新媒体艺术家转而将互联网当成实实在在的创作手段或素材来源。例如,2006年,在参加根茎网站所组织的一次座谈会时,美国艺术家奥尔森(Marisa Olson)提出了"后网络"(Post Internet)的概念,用以说明她所从事的创作活动的特征,即运用直接来源于互联网冲浪或下载的材料创建表演、歌曲、照片、文字作品或装置。[1]"后网络"一词已经衍生出许多不同含义。譬如,可以将它理解为广大用户熟悉互联网、将它当成日常事物的一部分之后(不再感到震惊或奇异)。这类含义和下文所说的"后移动互联网"不是一回事。

(二)环顾:后移动互联网

由于技术革新的推动,我们正在进入后移动互联网时代。所谓"后",在这里至少有三种含义:一是指作为互联网构建基础的网络协议发生了重大变化,即 IPv6 取代 IPv4 成为主要地址协议。在国际互联网协会主持下,全球 IPv6 网络于 2012 年 6 月 6 日正式启动。基于 IPv6 的下一代互联网建设,将使根服务器布局摆脱美国所施予的控制,这从某种角度反映了美国主导的全球化的衰退。我国积极推动 IPv6 的应用,在新一代互联网中拥有更多的话语权。根

---

[1] Michael Connor. What's Postinternet Got to Do with Net Art?(2013-11-1)http://rhizome.org/editorial/2013/nov/1/postinternet/.[2018-4-5]

据中共中央办公厅、国务院办公厅印发的《推进互联网协议第六版（IPv6）规模部署行动计划》（2017），我国计划用5—10年时间建成全球最大规模的IPv6商业应用网络。到2025年末，我国将形成全球领先的下一代互联网技术产业体系，在IPv6网络规模、用户规模、流量规模方面首屈一指。二是指互联网向用户提供了相当重要的新服务，像网络直播就是如此。直播本来是广播电视网络所特有的一种应用，互联网标榜自己采用的是包含存储和转发过程的包交换，因此基于移动互联网的直播可以说是某种螺旋式上升，背景是宽带网络和第四代移动通信的普及。在我国，2016年被当成网络直播元年。中国互联网络信息中心2017年8月发布的第40次《中国互联网络发展状况统计报告》中首度将网络直播列入"中国网民各类互联网应用"的统计项目，截至当年6月，用户规模为34259万，网民使用率为45.6%。根据2018年1月发布的第41次《中国互联网络发展状况统计报告》，截至上年12月，上述两项统计数字已经上升到42209万和54.7%，这表明网络直播迅速普及。其应用范围目前已经超过网络文学，直逼网络游戏。三是指移动互联网本身已经不再被业界当成引领创新的主要抓手，人们渴望寻找突破口。以此为背景，物联网日益广泛地进入现实生活。世界范围内的物联网建设由国际电信联盟所倡导（2005），虽然已经有十余年的历史，但直到最近几年才火起来。我国于2009年提出物联网发展战略，"十二五"（2011—2015）期间产业规模由1100亿元上升至7500亿元，"十三五"（2016—2020）期间达到1.5万亿元。

上述后移动互联网时代的三种变化都对网络文学存在深刻影响：（1）由于IPv6提供了天文数字的网络地址，每一件虚拟性的数字作品都因为上网而可以调取，每一件物质性的传统作品都因为

第三章　网络文学周览

物联而可以追踪;多个用户通过虚拟化共用同一网络地址的现象成为历史,线上线下的文学活动将获得更强大的技术保障。此外,全世界已经架设的 25 台 IPv6 互联网根服务器中,有 4 台部署在中国。这样,我国网络信息(包括网络文学信息)在传输过程中的域名都可由它们予以解析,这和美国垄断 IPv4 网络时的情况完全不同。(2)运营商为用户所提供的新服务丰富了网络文学的形态。例如,网络直播使基于数字化平台的现场表演成为网络文学的新品,网络音乐会因此流行开来。在我国,敦善交响管乐团 2017 年 1 月 1 日利用互联网直播工具将其新年音乐会演出推送给广大手机用户。这类做法被认为是一种家庭式艺术教育的新模式。(3)物联网正为网络文学的发展提供新契机。人们早就将线上线下相结合的艺术活动称为"物联网文艺",某些城市还打造了公共文化物联网服务平台(重庆市可以为例)。目前,物联网技术已经被用于提升、改造艺术环境。例如,位于首都 798 艺术区的木木美术馆依托北京升哲科技有限公司构建物联网络,力求感知万物、连接万物,打造更加美好的智慧生活,实现了智能烟雾报警、智慧温湿光监测、美术馆展厅智趣参观导览等。将来,物联网有望取代通信网成为网络文学的新平台。到那时,网络文学在数字化过程中所形成的非物质性将趋于模糊,和传统意义上的文化遗产或艺术景观的关系会日益密切。"非遗"的数字化保护正是二者之间互动的重要环节。

必须说明的是:"后"并不意味着移动互联网的过气。事实上,它还有颇为可观的发展空间,不论是指 IPv6 提供了让地球上的每颗沙子都拥有网址的可能性,相关运营商仍然可以对自己的业务推陈出新,还是指物联网将使移动互联网在新的历史条件下重铸辉煌。就此而言,"后移动互联网"所强调的是互联网正在迎来新的发展机遇。

（三）前瞻：人工智能时代

业界有人倾向于以人工智能作为互联网正在到来的新阶段的标志。早在2016年，百度CEO李彦宏就在第三届世界互联网大会的演讲中宣布移动互联网时代已经结束了，取而代之的将是人工智能时代。[1]笑白随即发表文章予以支持，认为"互联网+"余温已退，更高阶的"人工智能+"成为热门话题。"智慧化"技术和商业再起风云，未来十年或许将迎来增长高峰。[2]确实有些现象可以印证他们的观点，例如，移动互联网用户数近几年来增长乏力，某些具体应用甚至出现过上下波动的现象。相比之下，和人工智能相关的产业却十分抢眼，不论是机器人用户数、无人机机群规模，还是AlphaGo之类围棋程序的表现都是如此。百度大脑由超大规模神经网络、集群计算和海量数据组成，具备语音、图像、自然语言处理和用户画像能力，所支持的百度无人车已经在试运营。正是它们给了李彦宏以宣布人工智能时代即将到来的底气。腾讯为自己开发的顶级围棋软件起名"绝艺"，这是表明机器棋手已经掌握无与伦比的技能、稳操胜算，还是暗示人工智能很快就将实现"艺术终结"的预言？

人工智能和网络文学之间存在多种意义上的缘分。例如，纽约大学的华莱士（Richard S. Wallace）和全球自由软件群体成员在1995—2002年开发出人工智能标识语言（AIML）。以之写成的软件Alice在每年一度的洛伯内大奖赛（以能否通过图灵测试为标准）

---

[1] 赵娜：《百度无人车从展示变试乘　李彦宏：移动互联网时代已经结束》，《每日经济新闻》2016年11月17日，第12版。
[2] 笑白：《移动互联网时代已结束　互联网的未来在人工智能》，《互联网周刊》2016年第23期，第54-55页。

中三次夺冠。这一软件被放在网络上,与访客对话,其效果类似于口头小说。反过来,网络文学将人工智能当成自己的表现对象。在我国网络小说中,就有不少这类作品。

网络小说作者对人工智能感兴趣,可以说是"春江水暖鸭先知"。至于人工智能对网络文学所可能发挥的作用,无疑要在智能互联网获得广泛应用之后才能清晰地表现出来。彭兰认为智媒化的特征包括三个方面,即万物皆媒、人机合一和自我进化(指机器洞察人心的能力、人对机器的驾驭能力互为推进)。[1]循此以推,人工智能可以为网络文学创造新天地。从万物皆媒的角度看,任何存在物皆可联网,以物质性为特征的传统艺术和以非物质性为特征的数码艺术的界限将被打破;任何变化皆可传感,任何传感都会导致变化,文学作品将因此具备远比现今强烈的即时性、动态性。从人机合一的角度看,网络文学的创作主体、传播主体和鉴赏主体将不再局限于人,而是各种形态的人机共同体。从自我进化的角度看,智能软件可以根据环境的变化将人所设定各种基因型艺术自动转化为所需要的显型艺术,可以为超媒体作品自动选择信息的最佳呈现形态,实现因地制宜、因人制宜和因时制宜,并经过自我学习而变得日益聪明且博学。以上只是我们从智媒体的特征所进行的推论。至于智能互联网在未来的实际影响,很可能更为广泛而深刻。

当下科技以异军突起的人工智能更新了人们对于自身心理定位的认识,催生了有关互联网未来的两极思维:一极是悲观主义的,即用机器取代人,从而一劳永逸地消除所有和人类相关的问题;另

---

[1] 彭兰:《智媒化:未来媒体浪潮——新媒体发展趋势报告(2016)》,《国际新闻界》2016年第11期,第6–24页。

一极是乐观主义的,即人机合一,从而干净彻底地解决人所担心的一切和机器异己有关的问题。网络文学同样必然要直面人工智能的挑战。从悲观主义的观点看,这可能是文学家将要遇到的终极危机,亦即它所生产的最为辉煌、最为动人的作品可能是对人类被人工智能取代的末日挽歌。从乐观主义的观点看,这可能是文学发展前所未有的良机。一旦我国如愿在2030年抢占人工智能全球制高点,我们完全可以顺水推舟地让人工智能所生产的文学作品在世界上标领风骚。

二、网络文学与当代社会生活

和历史上诸多新兴的文学样态一样,网络文学在其发展过程中呈现出大众化、精品化与民族化的趋势。不论将网络媒体作为创作资源、传播平台还是鉴赏依托,网络文学要想赢得广泛的影响力,只有赢得大众的认可,争取大众的参与;要想具备长久的生命力,只有努力将自己打造成为精品,不断用良币驱除劣币;要想在世界艺术之林中占有自己的一席之地,只有既顺应全球化的总体趋势,又继承和发扬本民族的优秀文化传统。

(一)网络文学与大众化

在文学领域,大众化是以社会精英和草根阶层的分化为背景的。它既反映了社会精英让体现其社会理想和审美趣味的高雅艺术为普通民众所接受的愿望,又反映了草根阶层的诉求和借助通俗艺术的影响力以期获得社会精英承认的过程。

对于网络文学而言,大众化在其不同发展阶段具备不同的含义:(1)在作为"第四媒体"兴起的阶段,互联网所起的作用之一是淡化社会身份、模糊阶层界限。它实行匿名上网,渲染自由创作,许诺"人人都可以成为艺术家"。当时网络用户在总人口中所占的比例不高,因此,类似的许诺与其说是"全民文学"已经成为现实,还不如说是互联网拓荒者的向往,甚至是运营商借此吸引人们上网的噱头。其时,能够熟练运用电脑并上网的人数相对有限,在网络上发表作品几乎不可能带来收入,却需要投入时间和精力。因此,写手的范围局限于城市中那些有闲暇时间、创作能力和表达欲望的网络用户。(2)在拥抱移动通信的阶段,手机降低了数码设备的使用门槛。对终端操作技能的要求降低,这是网络用户大规模增加的前提。或许是手机使用本来就需要付费的缘故,人们逐渐习惯于为各种形态的网络文学掏腰包,即使那些原来认为网络服务应当免费的人也是如此。在这样的背景下,商业化开始浸染甚至席卷网络文学。主管部门一方面将网络文学当成网络文化产业的分支来促进,希望它们成为国民经济新的增长点,另一方面又注意到网络文学良莠不齐的问题,加强对在线信息流动的管控。对手机用户进行实名登记,改变了匿名上网的惯例,在新的历史条件下重新提出了强化身份意识和社会责任感的问题。在这一阶段,文学大众化首先意味着用户生成内容(UGC)的主导性,手机网民对此贡献不菲。(3)进入后移动互联网时代之后,文学大众化主要是在创意阶层[1]和广大网民的互动中展开的。网络文学领域那些成功的创作者出于高收入、高声望等原因逐渐和一般的写手或文学爱好者拉开距离,有了

---

[1] "创意阶层"是美国教授理查德·佛罗里达(Richard Florida)发明的一个范畴,其范围包括但不限于文艺家。

自己的工作室、团队、经纪人和行业组织（包括我国各省市的网络作家协会或作协相应专委会）。杭州甚至建立了专门的网络作家村。从发展趋势看，这些网络作家已经不是仅仅作为个人而从事创作，而是作为创意阶层的成员占有相应社会地位。当然，创意阶层本身具备很强的流动性和可扩展性，其队伍并不以现有成名网络作家为限。它的成长壮大是后移动互联网时代欣欣向荣的标志之一。

上述分析表明：在互联网时代，网络文学是精英阶层为主导的文学。在移动互联网时代，网络文学是草根阶层为主导的文学。在后移动互联网时代，网络文学是创意阶层为主导的文学。

（二）网络文学与精品化

在互联网兴起初期，网络文学是先锋文学，成为精品的标志是开掘特定网络服务的潜能，所谓 BBS 文学、电子邮件文学、万维网文学等都是以此为背景而发展起来的。精品化主要靠同行（前卫艺术家）之间的互动实现。相关节展对此发挥了重要作用。例如，奥地利林茨电子艺术节 1995 年将万维网列为专类，范围包括商业定向之外的一切万维网网站的应用与类别。此后，这一艺术节又先后在"网络"（.net）、"网络视野/最佳网站"（Net Vision /Net Excellence）等名义下组织评奖。

在移动互联网阶段，网络文学主要是通俗文学，成为精品的标志是在相关排行榜上高居首位。网络文学上述转变是和前文所说的大众化进程相适应的。在我国，至少存在三种对于网络文学精品化起作用的重要机制。一是由运营商、内容提供商和相关企业或网站所推出的排行榜。所推出的通常是文化商品意义上的精品。若论借助人性的共趋性制造商机，这种企图并不始于网络运营商或内容提供商。但是,这两种社会角色的结合却为网络文学排行榜创造了前所未有的便利。前者拥有搜集用户反馈信息的先进技术,后者具备吸引用户眼球的艺术资源,二者都需要尽可能地聚集人气、引导消费,可谓一拍即合。平心而论,各种相关排行榜对网民接受网络文学确实有所帮助,使之得以在浩如烟海的作品中迅速地做出选择。当然,如果排行不是根据网络文学的实际质量,甚至也不是根据它们所引发的实际反响,而只是由主事者的主观爱好和利益所决定,那么,由此产生的榜单就包含了作弊的成分。有识之士已经看到:为用户提供便于搜寻相关资料的引擎,这种做法蕴含着比单靠点击率制造排行榜更大的商机。二是政府(包括以政府为主导的基金会等)的立项。由此产生的可能是文化宣传意义上的精品。立项不等于排行,却包含了某种遴选机制,一般通过个人申报、专家评审、领导批准的程序产生。验收结果通常也不以排行榜的形式呈现,但同样包含了某种等级结构,如优秀、合格、不合格等。通过这一渠道,已经产生了某些令人瞩目的成果。例如,国家艺术基金2016年度为传播交流推广课题"古典诗词吟唱的新媒体传播"立项。在刘冬颖教授的带动下,课题组从20余种古乐谱文献中辑录古人歌诗曲调,并积极传承当代名家曲调,通过现代记谱、专业配乐、文人唱诗等手法,使其重新绽放艺术的美感,并通过网络新媒体和公益讲唱活动在社会上广泛传播,深受好评,多次获奖。[1] 三是由读者、同行、学术界(包括高校、科研机构和相关研究者)进行的评选。

---

[1] 艺术基金管理员:《唱响诗词经典 让书写在古籍里的文字活起来——国家艺术基金资助项目"古典诗词吟唱的新媒体传播"荣获多个奖项》(2018-03-29). http://www.cnaf.cn/gjysjjw/jjdtai/201803/ee85be1a63064965a85a010c98bd2293.shtml.[2018-4-5]

所产生的通常是作品意义上的精品。例如，中国作家协会在2008年10月29日至2009年6月25日举办了"网络文学十年盘点"活动，从网络读者所推荐1700部作品中，由文学界推举出十佳优秀作品，由网络读者推举出十佳人气作品。2018年，中国作家协会、中国音像与数字出版协会等单位又组织了"网络文学20年盘点"。

在后移动互联网时代，网络文学是算法文学，成为精品的标志是经得起人文计算的检测与评估。算法进入文学领域由来已久，最初主要用于自动生成文本。它在历史上可以溯源到20世纪50年代科技工作者所开发的自动写作程序，在现实中随着近年来人工智能作为产业的崛起而崭露头角。由人工智能软件来进行创作，其速度比人类创作快得多，不过，所生产的未必是符合人类审美标准的产品。为了尽可能让人类用户满意，智能文学软件加入了相应的筛选机制。这类机制同样可以用来筛选人类所创作的作品（包括网络文学在内），从而成为人文计算的重要分支。我们说后移动互联网时代的网络文学是算法文学，原因并非它们由算法所生成，而是指当下人们所见到的作品几乎都由相关网站根据一定算法所筛选与推送，并非纯粹由普通用户直接发送上网。这类算法的设计包含了各式各样的考虑，通常以不和社会规范相抵触为底线。网络文学领域目前存在不少乱象，并非全是高雅文学的天下。相关平台向用户推送节目的算法不是纯粹的流量计算工具，而是体现了开发者的一定价值导向。如果引导得当、整治有方的话，算法就不会是算计人以牟利的方法，而是更好地满足公众的精神需要的方法。这正是我们对个性化定制或基于大数据的过滤与推送的期待。目前应用日广的查重实际上也是人文计算的重要内容，通常是由常规意义上的创作者、鉴赏者之外的第三方提供，用以保证与IP相关的艺术规范的贯彻。为了达到精品化的要求，我们可以由此再进一步，让每个有志于网络文学创作的人都知道如何写得更好、更有创造性。比如，可以通过算法向他们推荐经典文献和参考作品，提供相关素材，提出修改建议。如果网络智能化更进一步的话，那么，其用户一旦将草稿放在网络上，它们就会从网络资源中吸取营养而自我扩展和完善，这标志着算法文学向智能文学转变。

上述分析表明：从互联网时代、移动互联网时代到后移动互联网时代，网络文学的定位经历了从先锋文学到通俗文学的转变，正在朝算法文学的方向发展。成为精品的标志，相应地从获得艺术同行的认可转变为在排行榜上居于高位，以至于经得起人文计算的检验。

（三）网络文学与民族化

网络文学最初是"异域文学"，因媒体空间的拓展而产生。计算机终端和主机之间的信息交换，本来只是为了满足计算的需要，其后被IT界用于彼此之间的信息交流。以此为基础，计算机网络逐渐发展成为比报刊、广播、电视更为强大的"第四媒体"，为文学的繁荣提供了前所未有的条件。网络文学最先产生于西方。计算机黑客对它的起步做出了重要贡献。他们将新开辟的赛博空间当成传统国家鞭长莫及之地，兴高采烈地通过另类在线作品来表现自己对于数码时代的憧憬。作为其代表的是1994年崛起的艺术群体Net.art。因为其成员对1999年爆发的科索沃战争持不同立场，该群体趋于分裂，在21世纪初停止了活动。这一事实本身说明：网络文学虽然以全球信息基础设施为家园，但其作者仍然隶属于一定的国家和民族。这是下文讨论民族化问题的前提。

我国网络文学是在向西方学习的过程中起步的，时间大致在20

世纪90年代。1994年4月20日，我国全功能接入国际互联网。在此之前，我国留学生已经在北美从事网络文学创作，艺术家已经利用国内所建设的电信网或局域网传播美术、音乐等作品。此后，网络文学在本土化过程中逐渐由附庸蔚为大观。1998年，台湾作者蔡智恒反映网络时代爱情生活的小说《第一次的亲密接触》在大陆引起广泛关注，启发了许多写手的创作思路。从那时算起，经过20多年的发展，我国网络文学已经成为规模巨大的产业，其影响扩展到不少国家。论其原因，是我国扫盲工作进展顺利，义务教育逐渐普及，能够从事写作者数以亿计。同时，由于对书号、刊号实行严格控制，传统书面媒体数量相当有限，而互联网以其近于无限的存贮能力开拓了发表空间，从而使蕴藏在民众当中的写作潜能得以释放，这是我国网络文学兴盛的基本原因。融媒体促使网络文学的创造力通过IP形态向其他领域扩散，促进了文化产业的繁荣。

　　移动通信和互联网相结合，开启了网络文学由异域文学向本土文学转化的新时代。互联网作为全球信息基础设施的雏形或主干，本身是世界性的。但是，移动通信却是由不同国家的服务提供商所运营，面向拥有特定语言和文化的用户，因而具备鲜明的本土性。在我国，中国移动、中国联通、中国电信三大移动运营商都对网络文学很感兴趣。例如，中国移动所建立的浙江杭州阅读基地就与网络文学类型化相适应。它目前已经公司化为咪咕数媒，和咪咕视讯、咪咕音乐、咪咕互娱、咪咕动漫同为咪咕文化麾下的专业子公司（咪咕是作为代言人的小精灵形象）。

　　在我国，网络文学的本土化进程获得了政府的支持。2012年以来，文化部（2018年改为文化和旅游部）实施文化产业倍增计划，努力提高网络音乐娱乐、网络艺术品、网络动漫、网络演出、网络文学等网络文化产品的原创能力和文化品位。2015年《中共中央关于繁荣发展社会主义文艺的意见》明确提出"大力发展网络文艺"的要求。

在后移动互联网时代，网络文学有可能成为真正意义上的世界文学。早在19世纪初，德国大文豪歌德就提出了"世界文学"的概念，强调诗是人类的共同财产。其后，马克思、恩格斯在《共产党宣言》中揭示了世界文学的经济基础。进入20世纪之后，世界文学已经成为高等院校的一门学科。随着全球化的进展，陆续出现《世界文学》这样的刊物和世界作家协会、世界文学艺术家协会这样的组织，其成员试图从世界主义、平等主义视角观察我们所处的环境，为不同国家和民族友好交往搭建桥梁。尽管如此，全球化与逆全球化的矛盾始终存在，恐怖主义的威胁和极端民族主义的威胁挥之不去。直到21世纪的今天还不是全人类和睦相处的太平盛世。在这样的背景下，我们备感习近平总书记所倡导的"人类命运共同体"理念的重要性，相信由中国主导的全球化能够开创人类共享共赢、共同繁荣的新局面，正如他所说："20年前甚至15年前，经济全球化的主要推手是美国等西方国家，今天反而是我们被认为是世界上推动贸易和投资自由化便利化的最大旗手，积极主动同西方国家形形色色的保护主义作斗争。这说明，只要主动顺应世界发展潮流，不但能发展壮大自己，而且可以引领世界发展潮流。"[1]经济领域如此，文学领域也是如此。经济领域如此，文学领域也是如此。中国网络文学以其独特的文学魅力，借助互联网的传播优势，日益受到海外

---

[1] 习近平:《深入理解新发展理念》,《习近平谈治国理政》第二卷，外文出版社2017年版，第212页。

读者的追捧,成为中国文化产业输出的典范。[1]

综上所述,网络文学在不同阶段呈现出不同特征:互联网时代是精英阶层为主导的先锋文学、异域文学,移动互联网时代是草根阶层为主导的通俗文学、本土文学,后移动互联网时代正朝创意阶层为主导的算法文学、世界文学演变。

三、网络文学与中国学派建构

在历史上,相关学派的形成和发展经常是文学繁荣的标志。因此,建构网络文学学派是相关评论和研究的趋势、目标与愿景。习近平总书记指出:"要把创新精神贯穿文艺创作生产全过程,增强文艺原创能力。要坚持百花齐放、百家争鸣的方针,发扬学术民主、艺术民主,营造积极健康、宽松和谐的氛围,提倡不同观点和学派充分讨论,提倡体裁、题材、形式、手段充分发展,推动观念、内容、风格、流派切磋互鉴。"[2] 这是中国网络文学学派建构的指导思想。日趋发达的网络设施已经为我国文学评论和研究工作者的交互创造了有利条件。国家艺术基金为"江苏文学评论平台建设"等课题立项;中国文艺评论家协会青年工作委员会、中国文艺评论家协会网络文艺委员会等机构于 2016 年举行首届网络文艺评论大赛,评出苏勇、李盛涛等十位作者的获奖作品。诸如此类的事情都对建构网络文

---

[1] 中国作家协会:《2017 中国网络文学蓝皮书》(2018-05-30). http://www.wenming.cn/bwzx/dt/201805/t20180530_4704545.shtml?collcc=3058227588&from=timeline.[2022-6-30]

[2] 中共中央宣传部:《习近平总书记在文艺工作座谈会上的重要讲话学习读本》,学习出版社 2015 年版,第 12 页。

学中国学派有启发意义。从理论上说,上述建构涉及如何看待学派的师承性、地域性和门类性问题。

(一)师承性与中国学派建构

师承是形成学派的重要条件。不论是西方的毕达哥拉斯学派、弗洛伊德精神分析学派、阿尔都塞学派,还是我国的刘天华二胡学派、王凤祚木雕艺术学派、徐悲鸿美术教育学派、金铁霖声乐教育学派,都是以宗师为领军人物而形成的。教育机构使师承体制化,我国的莲池学派、北京人艺演剧学派等就以之为前提。

网络文学对师承性的态度经历了某种奥妙的变化。在互联网阶段,新媒体的鼓吹者将能者为师、学无常师当成自己的旗帜,用后喻文化取代前喻文化的主导地位,用推崇山寨消解遵从经典,从而将去师承性作为其鲜明标志。与此相适应,戏仿、戏说的风格在网络文学领域颇为流行。热衷此道者往往是持前卫或叛逆态度的"大虾"。进入移动互联网阶段之后,互联网教育方兴未艾,手机成为人们自主学习、接受再教育的重要工具,相关机构从中找到了巨大的商机。有关部门加强了监管,亵渎经典的行为可能遭到批判。在这样的历史条件下,网络文学逐渐成为名师和学生相互联系的中介。我们可以从这一角度去理解前述刘冬颖教授主持的"古典诗词吟唱的新媒体传播"项目的意义,它反映了网络文学从去师承性到再师承性的变化。

在后移动互联网阶段,由于人工智能的发展与应用,"以机为师"将逐渐取代"以人为师"所占的主导地位。目前已经有迹象表明:在法律、医疗等领域,人工智能可以提供比人类律师、医师等专家更优质的咨询服务。类似的现象将来完全可能发生在文学领域。我们不妨将这种现象称为"超师承性",因为它超越了传统意义上的师生关系，却又是人类经验的有效传承。有鉴于此，我国网络文学学派的建构要加强文学研究者、文学评论家和科技工作者（特别是人工智能开发者）之间的协作。目前，网络文学评论和研究所面临的问题是网络作家众多、网络作品超长、更新速度太快，不仅超出了评论家或研究者个人所能把握的限度，而且超出了人文学者或老师通过带学生、组团队所能应付的范围。如果引入人工智能的话，可望突破这一瓶颈，推出高质量的研究新成果。

（二）地域性与中国学派建构

地域对传统学派的形成具有保障作用，因此，西方的佛罗伦萨学派、哥本哈根学派、法兰克福学派、伯明翰学派、布达佩斯学派、阿姆斯特丹文化分析学派、彼得堡文学学派、芝加哥学派、圣莫尼卡学派、南锡学派、巴黎学派等都是以所在地命名的。我国的泰州学派、延安学派、关东演剧学派、前海学派等也是如此。学术界关于建构文学评论的中原学派、深圳学派等诉求，也是从地域性出发的。

网络文学曾经对地域性表现出不同态度。在互联网阶段，网络媒体以信息科技所营造的赛博空间取代地理空间，用网络协议所引导的信息包流动取代现实世界的交通路径，用不同世代通信标准所规定的包括带宽在内的各种参数定义互动态势，从而将去地域性作为其鲜明标志，学术上则有赛博地理学为之撑腰。与此相适应，早期网络文学的开拓者致力打破地域局限，将跨地域的互联互通当成自己的追求。进入移动互联网阶段之后，运营商将地域性当成亲民、便民的标志之一。当用户从外地来到运营商所在区域时，经常会收到各种带有地域性的信息。与此相适应，我国网络文学将地域性作为衡量特色的重要标准，这和它在上海和其他经济比较发达的地区发展较快有关。若根据韩颖琦、秦佩佩的看法,"江苏、浙江、广东、北京、上海、四川等地,已经成为网络文学版图中'名山集聚地'"[1],它们反映了网络文学从去地域性到再地域性的变化。

后移动互联网时代将超地域性当成自己的追求,将增强现实、GPS、GIS 等作为超地域性的重要技术基础。与其说它热衷于将用户的眼球吸引到仿真上,还不如说它致力于引导人们关注覆盖了数据层的地理空间。在这样的背景下,网络文学应当致力于摆脱"宅"的状态,多一些现实关怀和活动参与。与此相适应,我国网络文学学派的建构要关注人文地理学在信息技术推动下所取得的新成果,要捕捉我国政府机构改革中文化部门和旅游部门合并所带来的新机遇,要重视"非遗"数字化保护和传承在促进虚拟文化和地域文化的沟通方面所起的中介作用。在对外交往中,一方面要大度地创造条件让其他国家的同行得以方便地运用中国元素,另一方面将其他地区的传统文化和流行文化都纳入自己取材的选项,能够真正反映全球时代精神。

(三)门类性与中国学派建构

不论领域、门类还是学科,都是社会分工在特定历史条件下的产物。许多学派都以一定领域的成就见长,如我国古代的儒家、道家等就以哲学成果传世。艺术领域同样如此。各门艺术所诉诸的媒体不同,所形成的专门能力、所积累的艺术经验、所确立的大师和权威相应有别。我们正是在这一意义上尊崇芭蕾艺术的俄罗斯学

---

[1] 韩颖琦、秦佩佩:《从网络文学的地域性发展看广西网络文学的现状及前景》,《南方文坛》2020 年第 1 期,第 153 页。

派、动画艺术的中国学派和萨格勒布学派。

网络文学对门类性的态度存在演变过程,这和平台的性质与功能密切相关。在互联网的历史上,采用超文本传输协议的万维网享有"网中之网"的美誉,因为它将多媒体的网络化变成现实,同时催生了一系列相关网页制作软件,打破了传统观念中原有的各种艺术分野,文学、音乐、美术、戏剧、影视和游戏等在许多网站上被熔于一炉,多媒体艺术(或超媒体艺术)似乎即将一统天下。不过,在其进一步发展中,随着移动互联网时代的到来,网络传输的格局发生了新的变化。最简单也最根本的一个前提是:移动终端用户无法像台式机用户那样追求多感官沉浸体验,这不仅是因为手机或便携电脑的尺寸有限,而且是因为行人同时使用多种感觉通道接受来自终端的信号会给自己带来危险(想想低头玩手机时撞门或落水的情景)。正因为如此,基于不同感觉通道的艺术样态重新受到重视。中国移动等运营商之所以设立分门别类的阅读、音乐、动画等基地,而不是笼统地开发手机多媒体艺术,是有其道理的,它们反映了网络文学从去门类性到再门类性的变化。

进入后移动互联网时代之后,数码革命的先知们所说的信息自由转变形态重新引发人们的重视。这种转变正是超媒体所应有的特性。未来学家托夫勒指出:超媒介系统所要实现的目标是"建立一种差不多可以用无限多的方式组合、排列和显现信息的系统",亦即信息在其中既可以"自由地采取任何形态",也可以"自由地流动"的系统。[1] 尼葛洛庞帝也认为:"多媒体领域真正的前进方向,是能

---

[1] [美]阿尔文·托夫勒:《力量转移:临近21世纪时的知识、财富和暴力》,刘炳章等译,新华出版社1996年版,第202页。

随心所欲地从一种媒介转换到另一种媒介。"[1]这将是一种智能超媒体,因为它将专家系统的特征引入了超媒体,从而带来了两个方面的变化:其一,超媒体的链中能够嵌入知识,允许链进行随机计算甚至推理;其二,超媒体的节点中可以包含知识与规则,使多媒体信息的表现趋于智能化。[2]平台的上述变化为网络文学实现超门类性创造了条件。在这样的历史条件下,中国网络文学学派的建构要有开阔的视野,致力于打破各个艺术门类之间的界限,寻找艺术信息跨平台流动、跨媒介转化的规律。这是和泛娱乐产业的发展要求相一致的。

综上所述,传统学派建构一般是从师承性、地域性和门类性出发的。对网络文学学派建构而言,由于互联网的影响,人们一度强调去师承性、去地域性、去门类性的重要意义。进入移动互联网时代之后,出现了看好再师承性、再地域性、再门类性的倾向。在后移动互联网时代,超师承性、超地域性和超媒体性具备可观的发展前景。我们倘若有志建构中国网络文学学派,不仅要关注上述一般趋势,还必须关注相关实践所积累的具体经验、所提出的具体问题。例如,在我国,网络文学和"非遗"日益交融。"非遗"本来主要依靠人际传承,具备很强的地域性,所应用的媒体是多样化的,数字化保护却要将它们统一在数字媒体上,实现去师承性、去地域性和去门类性传播,这本身就是一对矛盾。不这样做,很多"非遗"也许就失传了;真这样做,某些"非遗"或许就失真了。要想解决上述矛盾,

---

[1] [美]尼古拉·尼葛洛庞帝:《数字化生存》,胡泳、范海燕译,海南出版社1997年版,第89、91页。

[2] Roy Rada, J. Barlow. Expertext: Expert System and Hypertext, in *Proceedings of the EXSYS, IITT*, 1989.

既有待于具体实践的总结,也有待于理论工作者的深思。

概言之,网络文学是第五次信息革命所催开的灿烂之花,同时又以其馨香的气息为信息革命的深入发展营造所需要的氛围。在其支撑技术和平台经历由互联网、移动互联网到后移动互联网的转变过程中,网络文学本身也由于社会生活的变迁而不断推陈出新。我国网络文学虽然起步较晚,但大有后来居上之势头,相关产业发展迅速,国际影响不断扩大,这为建构网络文学中国学派创造了可能性。

本章对网络文学的本体、定位和趋势的考察,是依据笔者所提出的位置批评为出发点的。位置批评以位置叙事学为理论依据,既是指对"批评"的一种反思(将"位置"理解为动词),又是指以"位置"作为核心范畴的一种批评方法。在位置批评的视野中,网络文学的本体可以从历史、现实和理论三种角度定位。不仅如此,它所呈现的特点和形态随着批评者与之所处的相对位置变化而变化。从社会的角度看,网络文学存在主动位置、被动位置与交互位置的区别,因此是网兴文学、网致文学与网控文学的统一体;从产品的角度看,网络文学具备时间位置、空间位置与媒体位置的划分,因此是设施史、信息层和超文本的统一体;从运营的角度看,网络文学的发展是在内部位置、外部位置与目标位置相互作用的条件下实现的,类型化、学科化与精品化是相对应的三种趋势。网络文学的发展可能带来其位置的变动。有关趋势的考察正说明了这一点。

第 四 章

智能文学设想

所谓"智能文学"至少包含三种可能的解释：一是特指"人工智能文学"，即在AI辅助或支持下创作、传播、解析的文学系统；二是指具备智能特性的文学系统，能够对外界做出类似于智能体那样的反应；三是指为文学作者所构思、为文学作品所呈现、为文学读者所领悟的智能。本章各节依次对三种含义上的智能文学加以考察，重点分别是文学系统与人工智能的互动、从人工智能角度对文学系统的设问、文学系统对人工智能的想象。

第一节 互动：人工智能与文学创作模式

人工智能作为计算机科学的分支兴起于20世纪中叶。它迅速成为科幻艺术的热门话题，并逐渐进入工业生产、太空探索和社会管理等实际应用领域。尽管如此，在相当长的历史时期内，公众觉得它离自己的现实生活相当远。近年来，这种观念由于智能网的普及、智能服务机器人的崛起、智能计算机在对弈中打败人类顶尖棋手等重大事件而遭受到巨大冲击。社会舆论转而关注人工智能是否会在不远的将来让人们从许多行业下岗（包括让作家失业），甚至将整个人类挤出历史舞台。正是在这样的背景下，人工智能与文学创作的关系成为艺术理论研究的重要议题。本节试图阐述人工智能与文学创作系统对接的过程,分析人工智能在文学创作领域所扮演的角色,进而比较人工智能与文学创作各自的特性,对其未来加以展望。

一、人工智能和文学创作的系统对接

智能本身是一个相对模糊的概念。它可能侧重于作为思维特征的智力,也可能侧重于作为身体素质的能力,还可能侧重于作为物种标志的意识。与上述三种不同理解相适应,人工智能形成了符号系统、行为系统和社会系统的分化。所谓"文学创作"至少包含三种可能的意义,即言语活动、情思表达和现实模仿。在第一种意义上,文学是指语言艺术,文学创作是通过言语活动所进行的创造;在第二种意义上,文学是指心理的体验,文学创作是内在情思的外在表现;在第三种意义上,文学是指现实的写照,文学创作是对社会生活的反映。基于上述认识,我们可以将人工智能与文学创作的关系区分为三个层面:一是作为符号系统的人工智能与作为言语活动的文学创作的关系;二是作为行为系统的人工智能和作为情思表达的文学创作的关系;三是作为社会系统的人工智能和作为现实模仿的文学创作的关系。

(一)符号人工智能与作为言语活动的文学创作对接

至迟在20世纪中叶,科幻作家已经对人工智能进行了大胆的猜测,虽然还未使用这一术语。例如,1942年,美国作家海因莱因(R. A. Heinlein)在科幻小说《沃尔多》中描写一个残废了的科学家建造机器人沃尔多以增强他有限的能力。在通电的情况下,沃尔多会创造动画。美国作家冯内古特(Kurt Vonnegut)的小说《EPICAC》(1950)设想由计算机代人写情书。在这一过程中,它爱上了收信人帕特,后因这种爱无法获得回报而自毁。与此同时,计算机科学家也在思考和人工智能相关的问题,例如,英国的图灵(A. M. Turing)写了《计算机器与智能》一文,预见到计算机可以用来解决任何可计算的问题,并通过有关人机对话的设想启发程序员将设计思路扩展到媒体领域(1950)。[1]1952年,英国计算机科学家斯特雷奇(C. Strachey)开发出情书生成器。它运行于费兰蒂·马克1号计算机,可以运用定义好的词语和格式自动写作情书。[2]

作为计算机科学的人工智能是1956年正式出现的。该领域早期研究者对智慧来源的认识存在重大分歧。有些人认为智慧源于诸多独立行为体之间的相互作用,因此致力于建构涌现模型;另一些人认为智慧源于形式化的规则,因此致力于建构信息处理模型。由于当时主流计算机是串行式的,在同一时间内只能处理一项运算,因此,涌现模型缺乏技术上的必要支持。在这样的背景下,人工智能领域自20世纪60年代之后普遍将信息处理模型当成研究特点。这一派被称为"古典人工智能"或"符号人工智能"。在其影响下开发出来的某些计算机程序已经具备某种类似于文学创作的功能,1963年美国麻省理工学院教授维森鲍姆(Joseph Weizenbaum)所开发的Eliza就是如此。它得名于英国作家萧伯纳(G. B. Shaw)剧本《皮格马利翁》的女主人公,能够像心理医生那样与用户对

---

[1] A. M. Turing. Computing Machinery and Intelligence. *Mind*, 59, Oct. pp.433–460. 见玛格丽特·博登主编《人工智能哲学》,刘西瑞、王汉琦译,上海译文出版社2001年版,第56–91页。

[2] http://alpha60.de/research/muc/.[2011–4–6]

话,所记录下来的文本有几分像戏剧台词。类似程序以"聊天虫"(Chatter)著称,比较知名还有精神分析学家科尔比(K. Colby)开发的佩里(Perry, 1972)等。

作为符号系统的人工智能被引进文学领域,凸显了文学形式的价值。从理论上说,任何文学都是以一定语音或词汇为基本单位构成的,任何文学作品都潜在地包含于这些基本单位的排列组合之中。英国斯威夫特(J. Swift)的小说《格列佛游记》(1726)已经接触到这一点。书中描写一位教授组织学生利用随机生成法进行写作,扬扬自得地夸耀说利用这种方法可以让最无知的人也能不借助于天才或学力写出关于哲学、诗歌、政治、法律、数学与神学的书来。[1] 人工智能不仅比人脑更有可能穷尽(至少是更有条件探索)上述排列组合,而且可以将一定的审美标准作为过滤器加以设置,自动从相对无意义的排列组合中筛选出相对有意义的"类作品"。这样的文学生产属于审美计算范畴。如果将上述过程当成文学生产(或文学形式的生产),那么,人工智能已经达到远非人类作家所能比拟的生产速度,虽然其"作品"还未必达到可以和人类作家相比的质量,更准确地说,是还未能跻身将人类经典作为圭臬或楷模的精神产品的行列。人工智能创作成果的经典化,目前还需要人为推动,不论从程序设计还是文本筛选的角度看都是如此。

(二)行为人工智能与作为情感表达的文学创作对接

国际商业机器公司格利克斯坦(Ira Glickstein)的《21世纪计算

---

[1] [英]斯威夫特:《格列佛游记》,张健译,人民文学出版社1962年版,第168–170页。

机将真的思考?》(1992)一文强调顿悟的重要性,他认为当时计算机和程序所缺的是以下三条:一是真正的多维建模和相互交流。人工智能实体必须拥有创造(而不只是分析)多维环境模型的能力,这种建模依靠的是传感器、处理器和效应器通过多维频道的彼此联系。二是自我组织的嵌入软/硬件。人工智能实体的软件和硬件必须是一个,不可分割,否则的话,只能说是仿真。而且,上述系统在某种水平上必须是自我组织的,否则的话,它只是设计者与程序员的扩展。三是传感器、处理器与效应器的无缝结合。人工智能实体必须和环境建立真正有意义的联系,这种意义不只是对人而言,也是对人工智能实体本身而言。[1]他的看法代表了人工智能研究所发生的深刻转变,亦即行为人工智能逐渐取代古典人工智能。美国科学家马蒂尔斯(M. Mateas)对二者的区分做过明确的论述。他认为:"古典人工智能关心建构心灵,而非完整的代理。这一研究项目的组成,是将心灵的不同能力(即推理、记忆、语言运用等)加以分离,并建构发挥分离中的能力的理论与系统。据信,这些无实体的心灵碎片将被组装在一起以形成完整的'人',这种集成付诸未来。行为人工智能则追求建构可在复杂环境中运作的完整的代理(而非心灵或心灵碎片)。"[2]

---

[1] Ira Glickstein. Will Computers Really THINK in the 21st Century?, in *Visions of the Future: Art, Technology, and Computing in the Twenty-first Century*. Edited by Clifford Pickover. Northwood, Middlesex: Science Reviews Ltd., 1992, pp.113-126.

[2] Michael Meteas. An Oz-Centric Review of Interactive Drama and Believable Agents. https://www.cs.cmu.edu/~michaelm/publications/CMU-CS-97-156.pdf.[2003-2-7]

与古典人工智能相比，行为人工智能相对强调具身性。它因为智能机器人勃兴而广为人知，其特点是能够以身体的形态存在于物理环境中，并与之进行互动，而不是像作为符号系统的古典人工智能那样仅仅存在于信息空间。不过，与人类相比，现阶段的智能机器人可以说仅有机械性的身体，而没有内在的体验。现阶段的情感计算主要关注的是如何赋予计算机识别、理解、表达和适应人的情感的能力，而不是如何使计算机产生基于其自身需要的心理体验。我们即便将现阶段情感计算的成果做成芯片、嵌入智能机器人的控制系统中，智能机器人仍然只是没有自身需要的"它们"，而不是根据自身需要而行动的"他们"。当然，从人类的立场看，这样的"他们"未必受欢迎。这是另一个问题。

行为人工智能一旦被引入文学领域，文学内容的重要性便相对清晰地显示出来。人类之所以产生文学创作的冲动，不单是由于我们通过心灵去感受自身需要与环境的关系，也是由于我们以身体的形态存在于环境中。因此，刘勰说："是以诗人感物，联类不穷。流连万象之际，沉吟视听之区；写气图貌，既随物以宛转，属采附声，亦与心而徘徊。"[1] 换言之，人类文学不只是语言符号有规律的排列组合，而且是情感的表达，这是以基于身体的心理体验为前提的。在这一意义上，情感计算不应只是对人的情感活动（特别是表情）的识别和判定，还应当包括智能体自身的情感生成。为了做到这一点，人工智能首先必须具备身体，而且，这种身体应当具有功能相对齐全的分析器、处理器和效应器，能够像人的感官、大脑和肢体那样整合内外部信号，并产生对内外部关系的体验。这种体验正

---

[1]〔南朝梁〕刘勰:《文心雕龙·物色》，四部丛刊景明嘉靖刊本，第46页。

是情感的来源。

必须看到：符号人工智能与行为人工智能虽然彼此有别，但仍有统一的基础，在文学创作领域正是如此。我国古典文论将"诗言志"作为开山纲领。不妨将这一命题中的"诗"当成文学的代表，"言"是言语，"志"是情感。西晋陆机说："诗缘情而绮靡。"[1]"缘情"是情感的表达，"绮靡"是语言的美妙。如果人工智能既运用审美计算的成果使文本在语言上臻于美妙，同时又运用情感计算的成果使文本在内容上包含了切身的体验，那么，这类文本完全有资格被当成作品看待。当下学术界非议人工智能写出的诗歌不够地道时经常说它们缺乏感情（并非真情之流露）。其实，完全有条件设计某种可将内在体验赋予人工智能的架构（关键是区分内外部刺激再予以整合）。真正的难题在于：人工智能一旦有了情感，和人类的关系可能就完全改变了（至少是增加了许多变数）。它既可能依恋人、热爱人，也可能迎合人或妒忌人，甚至讨厌人、痛恨人。这些变化对于文学创作或许是幸事，对于人类生存和发展却未必如此。科学家有必要为了让人工智能写出基于真情实感的文学作品而使整个人类冒无法预计的风险吗？这是价值导向的根本问题。

（三）社会人工智能与作为现实模仿的文学创作对接

作为社会系统的人工智能是以多智能体为基础发展起来的。其特点是多个智能体彼此共享信息、相互作用，甚至协作完成任务。业界致力于开发社会智能体，目的不是取代社会智能本身，而是让智能体给人以社会智能的印象。它们具备日常生活知识，让用户信

---

[1]〔晋〕陆机：《陆士衡文集》卷一《文赋》，清嘉庆宛委别藏本，第1页。

以为真。美国学者森格斯（P. Sengers）认为智能体的行为应该是从叙事上可理解的。他指出：古典人工智能不重视环境的作用，行为人工智能注意到物理环境的影响，自己所倡导的"社会情境化人工智能"则主张社会文化环境是智能体有价值的资源。[1]我们将后者简称为"社会人工智能"。

我国学者曹少中等认为"软件人"（即软件机器人）具有如下广义智能特性：(1)"自立"性，可模拟人的功能和行为，生存于、工作于各种计算机网络和软件世界中；(2)"自由"性，可代理人，置身于、穿梭于各种计算机网络和软件世界中，以延伸、扩展人们的行为和功能；(3)"自发"性，具有拟人的自主性、主动性，可根据任务需要和环境条件，自主制订决策、产生行为意图，主动为用户提供个性化服务。同时"软件人"群体具有良好的可协同性，包括思维协同、决策协同、行为协同和系统协同（2006）。[2]

在一定意义上，21世纪初崭露头角的社会人工智能是20世纪中叶被埋没的涌现模型的复兴。对其要旨，可以参阅荷兰学者范·埃森（Harm van Essen）等人的论文《非中心化交互性环境设计方法》（2009）。作者认为：非中心化系统由若干（相同或有别）要素（包括对象、手段或代理）组成。它们可以根据基本规则相互作用（即交流、协调、议定），并和其共同环境互动。将它们组织在一起，形成了系统，从而显示出单一要素永远无法实现的整体功能性（或

---

[1] Per Persson, et al. Understanding Socially Intelligent Agents–A Multilayered Phenomenon. *IEEE Transactions on Systems, Man, and Cybernetics–Part A: Systems and Humans*, Vol. 31, No. 5, September 2001, p.349.

[2] 曹少中、涂序彦：《人工智能与人工生命》，电子工业出版社2011年版，第246页。

达到某一目标)。从交互动态中涌现的行为被称为涌现行为。整体行为不是可以作为局部行为的总和或功能而预测的。在大自然中,涌现行为不仅见于蚁群、蜂群、鸟群、鱼群,而且见于心率、大脑节率,甚至交通、经济等大型系统。构成其基础的机制有自我组织、聚类与协调等。所要求的条件有:数量相对较大、彼此多少有些相似的智能体,变化域(如积累、信息素追踪等),多重的、强化的交互、反馈回路,一定数量的随机性,等等。[1] 这方面的开发已经取得了一定进展。[2]

人工智能一旦作为社会系统被引入文学领域,文学作为人学在生态或进化意义上的价值便相对鲜明地获得显现。文学创作不只是个别诗人、小说家、散文家或剧作家的匠心独运,还是人类精神生产的一个分支、创意产业的一个链条、知识产权的一种赋值。它并非只是作家个人闭门造车、搜索枯肠,而是通过交往实现的。在抒情的意义上,文学作品之所以成功,不仅是因为作家表达了自己的情感,还是因为他们所表达的情感能够唤起其他人的共鸣;在叙事

---

[1] Harm van Essen, Pepijn Rijnbout, Mark de Graaf. A Design Approach to Decentralized Interactive Environments, in *Intelligent Technologies for Interactive Entertainment: Proceedings of the Third International Conference* (INTETAIN 2009, Amsterdam, The Netherlands, June 22-24, 2009). Edited by Anton Nijholt, Dennis Reidsma, Hendri Hondorp. Berlin & Heidelberg & New York: Springer, 2009, p.58.

[2] Rubén Héctor García-Ortega, Pablo García-Sánchez, Antonio Miguel Mora, Juan Julián Merelo. A Methodology for Designing Emergent Literary Backstories on Non-player Characters Using Genetic Algorithms. *GECCO Comp '14: Proceedings of the Companion Publication of the 2014 Annual Conference on Genetic and Evolutionary Computation*, 2014, pp.49-50.

的意义上,文学作品之所以成功,不仅是因为作家讲述了自己认为符合生活逻辑、生动感人的故事或者塑造了栩栩如生的人物,还是因为这些故事和人物在读者看来是可信的。如果从这一角度去评估介入文学创作的人工智能,那么,必然将所生产的文本纳入"知人论世"的总体格局之中,以此看待它们的表现。这样做的结果之一,是将这类人工智能当成我们当中的一员,不仅和我们一起分享喜怒哀乐,而且让我们觉得真实可信。"它们"也因此变成"他们"。既然如此,他们和我们的关系就被纳入伦理范围,可以用相对于智商、情商而言的德商来加以评价。

当然,作为社会系统的人工智能势必对人类构成带来比个体性人工智能更大的挑战。对此,至少可以从下述角度把握:(1)涌现行为具备不可预测性。从艺术的角度看,我们固然可以因此期盼人工智能在从事创作时给我们带来惊喜,却未必欢迎人工智能在承担或管理实务时"心怀叵测"。(2)众多智能体之间的交流很容易超出人类所能理解和管控的范围。如果它们彼此唱和,也许人类艺术爱好者还能为之喝彩,虽然未必完全听得懂、看得懂。但要是它们联起手来欺骗人(给人以可信的错误印象),那问题就棘手了。(3)如果作为整体的人工智能和人类智能之间丧失了信任基础,那么,冲突就不可避免。

以上所论述的三种意义上的对接代表了三种不同的开发思路,分别着重于智商、情商和德商。它们都包含了人工智能是用以改进人的创作还是取代人类作家的矛盾。在现实环境中,目前人工智能主要用以改进人类的文学创作,比如,在符号人工智能的意义上开发机器作家,在行为人工智能的意义上开发机器人演员,在社会人工智能的意义上开发可信智能体戏剧,等等。在未来社会中,人工智能是否会取代人类作家,这首先取决于人类自身对人工智能的目标定位,因为人工智能迄今为止还没有成熟到为自己设定奋斗方向的程度。

二、人工智能与文学创作的层面渗透

上文谈到文学创作所说的言语活动、情感表达和现实模仿是就发生学的意义而言。在传播学的意义上,文学创作包含了社会、产品和运营三个层面。我们可以从这一角度进一步考察人工智能与文学创作的关系。在社会层面上,人工智能作为文学创作的主体,目前以"机器作家"或自动写作程序名世;人工智能作为文学创作的对象(首先是奉献对象),以"虚拟读者"的形态出现;人工智能作为文学创作的中介,以过滤器或把关人的角色发挥作用。在产品层面上,人工智能作为文学创作的手段,是计算机辅助文学的题中应有之义;人工智能作为文学创作的内容,是赛博朋克文学的重要题材;人工智能作为文学创作的本体,是具备能产性的元文学。在运营层面上,人工智能作为文学创作的方式,是对于人类创造思维的模拟与反省;人工智能作为文学创作的环境,昭示人机共生、机机共生的未来;人工智能作为文学创作的机制,代表新物种的自我意识。

(一)社会层面的渗透

在考察信息革命对文学创作社会层面的影响时,我们将人工智能当成具备自主性的生命体或者虚拟人,赋予"他们"身份,承认他们扮演原先由人类所扮演的各种角色的可能性。

在传统的意义上,文学创作的主体历来是人,或者说,人因为用语言从事创作而成为文学主体。不过，从事文学创作的人其实是各种各样的，既有"仰天大笑出门去"的得意才子，也有"寻章摘句老雕虫"的潦倒书生。人工智能在文学创作领域的表现同样大相径庭。某些智能程序靠对人类既有作品加以重组而出彩，在商业化运作时往往因此给用户带来版权纠纷。另一些智能程序通过人机对话生成类似于相声或口头小说的产品，其水平和用户的灵活引导有很大关系。还有一些智能程序是根据创作模式设计的，可以自动生成包含了某种新颖性的文本。美国学者默里（Janet H. Murray）20世纪末在麻省理工学院开设交互式小说写作课程时，设计了新颖的写作系统"性格制造者与谈话"，让学生有创造人物的机会。库兹韦尔（Ray Kurzweil）开发的电脑诗人 RKCP 是一个计算机诗歌生成系统。它能根据所"阅读"过的诗歌，运用语言模型技术自动生成全新的原创诗歌。它所创作的诗歌同它所分析过的作品具有相似的风格，却是全新的原创作品。这个系统甚至还有一些规则来防止对他人作品的剽窃（1999）。[1] 总的来说，我们不妨将人工智能当成可教之孺子。人类作家教得越多，人工智能就成长得越快。当然，前者完全可能从这种教学中获得启发，正如后者完全可能因为这种教学而在某一天胜过前者那样。

文学创作本来以人类读者为预设的（或实际的）接受对象。人工智能至少在三种意义上扮演读者的角色：一是在自动写作过程中运用一定的标准对其产品加以筛选，好比人类作家阅读并修改自己的作品那样；二是在文学接受过程中对作品进行统计、分析或阐释，

---

[1]　［美］雷·库兹韦尔：《灵魂机器的时代：当计算机超过人类智能时》，沈志彦等译，上海译文出版社 2006 年版，第 206—207 页。

好比人类读者对待其他人所写的作品那样；三是为人类作家提供可作为参考的反馈，正如当下有关文学的大数据、云计算所显示的那样。文学作品本身存在艰深或浅白的区别，人类读者则存在文化程度、审美能力等方面的差异。与此相类似，人工智能在理解人类作品的能力方面存在由低到高的演变过程。目前，相关智能程序只能运用人类赋予的审美标准对所接触到的文本进行评价，研究者所感兴趣的是如何将特定人类群体的美学评价通过自然语言处理模型体现出来。[1] 就此而言，最成功的智能程序也只是对人类理想读者的模拟。未来的机器作家和机器读者之间如果进行互动，有可能产生人类所无法理解的新型作品。倘若奇点真的到来，机器读者在审美趣味方面完全可能与人类读者分道扬镳。

文学创作领域存在各种各样的中介，如素材提供者、经验传授者、文稿编辑者、出版把关人等。这些角色都可以由人工智能来扮演。人工智能可以依托遍布于世界各地的传感系统实时捕获最新信息，可以依托作为超级百科全书或图书馆的信息网络提供各种思想资料；可以部分取代传统院校文学专业教师的职能，引导文学新手在创作道路上前行，也可以作为文学竞赛的新型选手亮相，刺激人类作者的好胜心，引发他们的创作冲动；可以帮助人类作家整理和润饰文稿，为之撰写摘要、新闻或广告，也可以帮助他们疏通和文学网站的关系，监控其作品在各种排行榜的地位，收集读者的反馈并给予应答；可以充当人类作者的经纪人，帮助他们和知识产权的

---

[1] Tess Crosbie, Tim French, Marc Conrad. Towards a Model for Replicating Aesthetic Literary Appreciation. *Proceedings of the Fifth Workshop on Semantic Web Information Management*（Article No. 8），2013.

潜在客户沟通,也可以扮演文学传播的把关人,促进或阻止特定类型文学作品的扩散。在市场营销或"宣传战"的背景下,人工智能既可能营造虚拟粉丝,充当"水军",让不知真相的人上当,也可能作为专家系统起作用,辨明真伪、评价美丑,引导读者激浊扬清。

人工智能在各行各业中的应用,都可能(而且正在)带来职业结构的变化。在特定岗位上,如果人工智能比人类干得更好,既节约成本,又提高效益,那么,原先的人类劳动者就有可能被取代。这一条对于文学创作同样是适用的。就目前的情况而言,人工智能已经可以写出像模像样的格律诗、朦胧诗、微小说、新闻提要、戏剧对白之类的文本。我们很难说人工智能真正明白自己所生产的这些文本的社会意义,但它们确实有可能以假乱真。因此,原先从事相关创作的作家完全可能感受到人工智能作为竞争对手所造成的压迫。当然,这些作家完全可以转而利用机器产品激发自己的灵感,或者将自己的职业转移到开发和推广文学软件上来。

(二)产品层面的渗透

在考察信息革命对文学创作产品层面的影响时,我们将人工智能当成具备能产性的存在物,保留"它们"的身份,承认"它们"推动文学生产变革的可能性。

人工智能作为文学创作手段的重要性,已经在实践中显示出来。坊间流行的各种专用写作程序不仅包含了来自既有作品的大量文学片段,而且可以提供有关风景、人物、服饰、情节等方面的不同选项。某些智能化程度较高的写作程序定义了多种主题,可以根据用户所选择的主题调用和重组数据库所保存的各种资料,运用武侠、科幻、悬疑、言情、商战、复仇等模板,并自动寻找中规中矩或别

第四章 智能文学设想

出心裁的表达方式,生成简洁的故事梗概,乃至相对完整、让不明底里的人以为是出自真人之手的"作品"。这正是计算机辅助写作的魅力所在。如今,人工智能生成内容的"可版权性"已经成为兼具理论意义和实践价值的范畴,为业界所关注。

人工智能作为文学创作的内容,是朋克小说乃至赛博文学的重要题材。这类作品早在20世纪中叶就已经出现。例如,1954年,美国作家布朗(Fredric Brown)在短篇小说《答案》中描写科学家实现了银河系中亿万颗星球上电脑的互联,创造了超级计算机。它将诸多星系的知识汇聚于一身。科学家向它提出的第一个问题是:"神存在吗?"回答居然是毫不犹豫的:"存在。如今就有一个神存在!"[1] 这无疑是指它自己。已经有不少人工智能题材的科幻文学被改编为影视、动漫、游戏,在更大的范围内发挥影响。其中,直接以"人工智能"(Artificial Intelligence, 2001)命名的一部美国电影描写高度进化的机器人男孩大卫希望变成真人以获得人类母亲莫妮卡的爱。它绝对符合人本主义价值观,也可能说迎合了人类观众的自恋倾向。也有一些科幻作品描绘了未来人工智能对人的威胁,如美国影片《终结者》(The Terminator, 1984)及其续集等。我国近年来拍摄了好几部涉及人工智能的科幻电影,其中包括《墓志铭》(2017)、《功夫机器侠之南拳真豪杰》(2017)、《来自火星的她》(2017)、《智能危姬》(2017)、《机甲美人》(2018)、《复制情人之意识转移》(2018)、《超级App》(2018)等。它们从不同角度预示了正在崭露头角的人工智能所产生的社会影响。

---

[1] Fredric Brown. Answer(1954). http://www.roma1.infn.it/~anzel/answer.html.[2011-3-27]

人工智能作为文学创作的本体，是具备能产性的元文学，或者说能够生产文学的文学。传统文学的所谓"母题"也具备能产性，可以转化为大量的具体作品，不过，这种转化需要人类作家的参与才能实现。相比之下，人工智能一旦由人类开发出来，在执行预定指令的过程中无须再由人类介入。与此相适应，智能型文学创作程序可以将基因型作品当成模板，自动生成大量的显型作品，并不需要人类干预。巴黎第八大学巴尔佩（Jean-Pierre Balpe）将生成性文学定义为持续变化的文学文本，以特定词典、某些规则集和算法运用为手段。他认为数码文学的这种特定形式正在根本改变经典文学的诸多观念。例如，根据热奈特（Gérard Genette）所下的经典定义，叙事是基于陈述轴的文本，即陈述世界。这暗示任何文本都有开头和结尾。不论游戏如何在陈述轴上玩，这个轴仍是叙事的基本结构。叙事的所有篇章都是沿着这一结构组织起来的。叙事的生成观念完全改变了这种状况。在生成性小说中，事实上在任何叙事点上我们都可以体验到依赖于生成的等值原则。在这些点上，任何文本都只是虚拟文本无穷家族的临时样本。[1]

确实，人工智能在产品层面渗透到文学创作领域，必然更新既有的文学观念。我们可以大致概括如下：文学手段不再只是纸张、笔头，甚至也不局限于一般的计算机或嵌入式设备，专门为文学创作开发的智能程序、智能数据库、智能代理、智能网络等都已经进

---

[1]　Jean-Pierre Balpe. Principles and Processes of Generative Literature Questions to Literature, in *The Aesthetics of Net Literature: Writing, Reading and Playing in the Programmable Media*. Edited by Peter Gendolla, Jörgen Schäfer. Piscataway, NJ: Transaction Publishers, 2007, pp.309–318.

入实际应用。文学内容不再局限于我们眼前可以见到的实际事物，而扩展到人工智能的未来前景，涉及新的智能生物崛起时人类命运等问题。文学本体不再局限于传统意义上的文本、产品、作品、经典，而是追求能够生产经典的元经典。现阶段在产品层面被引入文学创作领域的主要是工具性的人工智能。如果美国学者古布鲁德（Mark A. Gubrud）所提出的"通用人工智能"（1997）[1]成为现实的话，那么，势必会出现一种可和人类媲美甚至超过人类、具备自我意识的智慧，从而给文学创作带来更为深刻的变化。

（三）运营层面的渗透

在考察信息革命对文学创作运营层面的影响时，我们将人工智能当成同时具备观念性和实体性的伙伴，称之为"伊们"，承认其作为包含无限潜能的新生事物的身份。

就创作方式而言，文学创作可以划分为一定环节，如文学观察、文学构思、文学传达等。这些环节未必需要由同一个人负责。在历史上，本来就存在不计其数的"代言""代笔"或"枪手"。在剧场化、电子化的过程中，文学被搬上舞台和银幕，个体化生产被团队化生产取代，分工合作成为常态。以计算机和互联网为标志的信息革命使文学创作在人机共同体的基本格局中进行。人和计算机各具优势，相互之间可以取长补短。如果将生产过程中的某些环节交给更为擅长此道的计算机来做，有望大大提高生产效率。人工智能进入文学领域未必是一下子全面接管整个创作过程，而是试水性地接管

---

[1] Mark Avrum Gubrud. Nanotechnology and International Security（1997）. http://www.foresight.org/Conferences/MNT05/Papers/Gubrud/. [2010-8-27]

一个个环节（对于人类而言是尝试性地放手一个个环节）。在理论上，这种放手和接管提供了对文学创作加以反思的机遇，其中一个问题是关键性的：究竟什么是计算机所无法取代的？

人工智能的环境化已经是我们所生活的时代不可逆转的进程，智能网、智能家居、智能建筑、智慧城市等的建设可资证明。人工智能不仅在物理意义上环境化，而且在社会意义上环境化，当它替代律师办案、替代法官判案、替代记者写稿、替代教师上课、替代医生做手术、从事其他替代性活动时就是如此。这类应用正在变得日益广泛。人工智能进而在心理意义上环境化，迫使人们思考"计算机是否有人性""我是机器人吗""奇点什么时候到来"之类的问题，产生日益强化的焦虑感、危机感。所有这些变化，都使人工智能渗透到文学环境之中，甚至成为文学环境的有机组成部分。当政府主管部门利用人工智能来规划创作项目、引导创作方向、评定创作成果、树立创作楷模、左右创作风尚、裁夺创作纠纷、化解创作矛盾的时候，它作为文学环境的重要性便理所当然地引起人们的重视。

如果说人类因为能够运用工具制造工具而成为万物之灵的话，那么，人工智能完全有条件因为运用既有智能发展新的智能而成为"灵中之灵"，这正是目前许多人所忧心忡忡的。人工智能也许必须花费很长的时间才能达到人类智能的水平，但一旦越过这个界限，它的发展速度将快到使人类瞠目结舌。以此推论，在文学领域，人工智能也许必须经过许久才能达到人类创作的水平，但一旦超越这个临界点，那么，它的前进步伐将使人类无法望其项背。至于它将如何实现自我更新，这个问题目前只能靠猜测来回答。也许它会写得更快，也许它会写得更好，但它更可能写得与人类更不一样，例如，利用脑波、纳米虫、宇宙背景辐射等来进行写作，让其他星球上的智能生物来欣赏。就此而言，人工智能作为文学创作的机制，代表新的物种的自我意识。

人工智能从运营层面渗透到文学创作领域，势必带来文学生产乃至于将它当成创意龙头的产业链的巨大变动。例如，人机合作方式将成为 IP 增值的重要条件，这意味着用人工智能武装起来的文学团队在文化市场上将拥有更强大的竞争实力。智能化环境将从微观和宏观两方面影响文学生态，文学管理将有更为缜密的网络，文学自由也将有更为灵活的追求。文学机制最为重大的变革或许要算从以人类为本位转移到以人工智能为本位。从悲观主义的角度看，人类有可能被人工智能架空、淘汰甚至毁灭。从乐观主义的角度看，人工智能的崛起不过是昭示人类有必要在新的框架内理解智能，在新的身体中同化人工智能，在新的格局中发展人类智能。

三、人工智能与文学创作的属性比较

就字面而言，人工智能包含了三种不同的属性，即人工性、类智性、似能性。它由人类所开发，本来的用途是充当人的工具，但不是一般的工具，而是具备类似于智力和/或能力的特征，以至于生发出超越、取代人类智能的趋势。文学创作同样包含了三种不同的属性，即文化性、创造性与作用性。我们不妨对上述属性加以比较。

（一）人工性与文化性

人工智能是在人类已经成为万物之灵的条件下出现的，以人类将自身智能扩散、扩展或赋予其他存在物为特色。它是相对于自然智能而言的。自然智能通过进化的途径形成于自然界，在发生学的

意义上没有人类的干预（当时人类还不存在）。人工智能是在人类介入、引导的情况下形成的，以自然智能为母体（人类智能本身是自然智能已知的唯一发达形态），反过来对自然智能产生深刻影响。譬如，人类智能既在人工智能支持下拓展，又面临人工智能的严峻挑战。

文学是在人类文化产生一定分化的背景下出现的，以体脑分工为条件，以审美想象和高超表达为特色。文学获得一定程度的发展之后，反过来对作为其母体的文化产生影响。由此出现了两个相关范畴，即文学的文化性、文化的文学性。文学的文化性体现文化对文学的制约作用，譬如，不同模式的文化培育出不同类型的文学，文化研究是揭示文学意蕴的重要方法，等等。文化的文学性体现文学对文化的反哺作用，譬如，任何文化都包含了想象的成分（在某种意义上可以说任何文化共同体都是想象的共同体），文化的精髓在审美的意义上主要是通过文学来传承的，等等。

人工智能的人工性和文学创作的文化性不仅相比较而存在，而且相联系而发展。前者主要是指人工智能和自然智能的关系、文学与文化的关系可以进行类比。后者主要是指人工智能一旦形成自成体系的文化，必然对文学创作产生影响。反过来，文学创作一旦塑造出具备魅力的人工智能形象，必然影响到人工智能在实践中的发展（这很大程度上是通过左右舆论实现的）。如今人们所说的"人工智能"多半以信息科技为背景，以信息产品的形态呈现出来。因此，如果说人工智能是一种文化（更准确地说是一种正在成型的文化）的话，那么，它所体现的是信息科技赋予的属性，如从信息来看待生命的本质、将计算机的发展当成人工智能演变的决定性条件，等等。其实，生物科技也是人工智能发展的重要条件。倘若人类通

第四章 智能文学设想

过基因工程、服用药物或注射血清等方法提升了其他生物的心理水平,这种人为进化是否构成了人工智能的生物形态呢?答案应当是肯定的。如果这类因人为进化而提高智商的动物不是像《猩球崛起》系列电影的主人公那样占山为王、打打杀杀,而是附庸风雅、吟诗作画,那么,艺术宝库又将添新品。不仅如此,信息形态和生物形态的人工智能完全可能彼此交集,比如,将芯片嵌入基因改造猴的大脑之中,运用生物计算机开发新型机器人,等等。这类交集在科幻作品中早就有所表现,并给从事人工智能研究的科技人员以启迪。美国科幻作家尤德考斯基(E. Yudkowsky)阐述了人工智能的两面性,提出了"友好人工智能"的概念,作为失控超级智能的对立面。[1] 这不正是人工智能开发者所应当注意的吗?

(二)类智性与创造性

所谓"类智性",是指人工智能在特定情境之下具备类似于人类的智力表现,正如著名的图灵测试所显示的那样。图灵测试其实不是正面回答计算机器能否思考的问题,所能甄别的只是这样的机器是否有可能给出类似于人类被试的回答,让裁判员无从辨别。循此以推,如果智能程序生成了类似于出自人类作家笔下的作品,让读者无从辨别,便可以认定它具备类智性。就此而言,2017年9月8日央视一套大型科学挑战类节目《机智过人》让人工智能机器人微软小冰闪亮登场并接受在场观众检测,便是实例之一。

相比之下,所谓"创造性"主要是指人类产生新奇独特的、有社

---

[1] E. Yudkowsky. Artificial Intelligence as a Positive and Negative Factor in Global Risk, in *Global Catastrophic Risks*. Edited by Nick Bostrom, Milan M. Ćirković. New York: Oxford University Press, 2008, pp. 308-345.

会价值的产品的能力或特性，有发明和发现两种表现形态。它是相对于继承性而言的。在学理的意义上，不论创造性还是继承性，都是文化性的延伸。创造性已经被用为评估人工智能的表现。一般认为：现阶段人工智能拥有弱的创造性。这是将人工智能当成类人生物而形成的观念。美国布林斯约德（Selmer Bringsjord）、费鲁齐（David A. Ferrucci）所开发出的叙事智能体布鲁图（Brutus）即可作为例证。它专门讲述关于出卖、自我欺骗及其他文学主题的故事。据这两位开发者的看法，开发机器作者主要基于三个理由，两个是理论上的，一个是实践上的。第一个理论上的理由旨在回答我们自己是否为机器的问题。如果人类认知的创造性方面可以为计算机所把握，那么，自然可以说我们实际上是机器。第二个理论上的理由是让那些认为逻辑永远被排除在创造性情感世界之外的人住口。至于实践上的理由，在于能与人类在需要创造性的领域并肩工作的机器本身就拥有巨大价值。[1]

生命以自我更新为要旨，以创造作为自我更新的极致，将文学创作当成创造的精神激励，以人工智能开发作为文学创作的新突破口。在以往，文学作品被认为有其生命，作家被认为有文学生命，文学被认为是"不朽之盛事"。如今，人工智能被认为宛如生命，人工智能所生成的作品被认为是准文学。在某种意义上，人工智能开发者被认为是人类潜在的掘墓人，人工智能时代被认为是人类的涅槃时代。不过，在另一种意义上，人工智能是人类创造精神、创造能力最全面、最辉煌的表现，能够从事文学创作的人工智能也许是人类

---

[1] Selmer Bringsjord, David A. Ferrucci. *Artificial Intelligence and Literary Creativity: Inside the Mind of BRUTUS, a Storytelling Machine*. Mahwah, NJ: Lawrence Erlbaum Associates, 2000, xxiv–xxv.

创造精神、创造能力最杰出、最有前途的传承者。

（三）似能性与作用性

所谓"似能性"，是指人工智能在特定情境之下具备类似于人类能力的表现。如果伊们可以将不同能力结合起来以解决所面临的实际问题，那么，就可以说具备了某种才能或才干。在历史上，人类正因为擅长发展和组合不同的能力，才将自身从动物界提升出来，不仅适应环境而生存，而且对所处的环境产生显著影响，以至于当今时代在地质学中被称为"人类纪"。这种影响便是所谓"作用性"的表现。迄今为止，人工智能还没有独立意志，对于环境的影响还只能通过人类实践表现出来。正因为如此，伊们的能动性仅仅是"似能性"，而不是真正意义上的"作用性"。以文学创作而论，人工智能还无法自行确定创作目标、规划自己的创作生涯，因此也谈不上为实现上述创作目标去克服困难、战胜挫折。即使相关软件运行在超级计算机上，一旦断电，就只能停止工作。现在还没有文学程序可以因为要创作就自行寻找并接通电源，更谈不上有目的地发展为文学创作所需要的各种能力、储备必要的知识、接受充分的训练。当然，这种状况或许会因为奇点到来而根本改变。至于奇点本身的含义，也许不只是人工智能在智商上超过人类，还可能包括下述内容：伊们有了自身需要，因此为满足上述需要而行动起来，在这一过程中体验到自身与环境的关系，形成可以和人类相比的情商；将上述努力由个体的、偶然的行动变成集体的、精心规划的奋斗，形成可以和人类媲美的德商。到了这一地步，才说得上人工智能真正具备"作用性"，亦即可以在环境中打上自身的烙印。

广义文学是人类文化的组成部分，重在共享社会经验，以创新为特色，以对人或事物产生影响为旨归。狭义文学则具备憧憬性、虚构性与创造性。人工智能在不断演变的过程中，如果能形成对未来的预见而拥有憧憬性，能将现实与想象区别开来而领悟虚构性，能继往开来、与时俱进而具备可与人媲美的创造性，那么，人工智能完全有条件根据自身需要（而非人类需要）从事文学创作。不过，目前这还只是某种猜测而已。假使上述情况真的出现，人类作家是将人工智能当成自己的孩子还是自己的对手，我们不妨拭目以待。倘若说未来充满了不确定性，那么也许有一条是相对确定的：人类作家和机器作家之间的互动是人为进化的缩影，其意义远远超出文学领域。从中我们可以看出科技进步如何塑造社会，人类如何因为工具异化而改变自身。

  时至今日，围绕人工智能最新技术、最有效应用的竞争已经是国际政治的重要课题。它成为国家层面战略决策的重要内容。过去围绕文学创作的竞争早已是关系到国家形象、文化软实力的竞争，如今牵涉到建设人类命运共同体过程中话语权、主导权的竞争。因此，有关人工智能与文学创作关系的探讨，可以在更广泛的范围内进行。在未来社会中，存在这样的前景：人类不仅围绕人工智能展开竞争，而且必须和自己所开发出来的人工智能竞争（甚至是一决雌雄）。如果这一天果真到来的话，那么，建设人类命运共同体的重要性将在新的背景下显示出来。

第二节　设问：人工智能与文学创新观念

20世纪末以来，随着物联网的兴起，作为范畴的"智能时代"逐渐流行。在此之前，人类业已经历了分别以石器、红铜、青铜、铁器、蒸汽、电气、原子等重大技术成果为标志的时代。这种分期方法既昭显了人类所特有的运用工具制造工具的能力，又突出了新科技在社会生活中所具备的重大意义。今天，将触角伸向方方面面、作为新媒体影响我们的移动互联网络正在智能化的浪潮中经历深刻的变革，合体智能、媒体智能和远程智能便是考察上述变革所适用的三种不同角度。在文学领域，它们分别和社会层面创新、产品层面创新、运营层面创新相对应。我们所理解的文学正是由上述三个层面构成的复杂系统。社会层面是文学主体、文学对象和文学中介彼此作用的场域，合体智能表现了人机交互正在深刻地改变我们有关文学创作、文学鉴赏和文学传播等观念；产品层面是文学手段、文学内容和文学本体彼此作用的场域，媒体智能表现了大数据、云计算等前沿技术正在左右着我们有关文学文本、文学作品与文学成果等看法；运营层面是文学方式、文学环境和文学机制彼此作用的场域，远程智能表现了传感网络、数字地球、遥控机器人等科技突破正引导文学技巧、文学产业与文学规范等要素弃旧图新。将上述三个场域所发生的变化结合起来，我们可以清楚地看到文学走向智能时代的总体趋势。

一、合体智能与文学社会层面创新

20世纪中叶问世的人工智能最初是沿着开发相对独立于人的智能体的方向发展起来的，不论是符号人工智能还是行为人工智能都是如此。其后，网络人工智能通过各种便携终端拉近了与人体的距离，手机的语音识别助手（如苹果手机所安装的 Siri）可以为证。随着可穿戴计算的兴起，人工智能不仅越来越贴近生活，而且越来越贴近人体，各种品牌的"拓展现实"眼镜就是如此。当前合体智能研究主要是围绕可穿戴计算、脑机通信和芯片植入等展开的，相关学科有脑信息学（Brain Informatics）等，具体项目有空间航行的脑机界面、大脑与网络的智能交互、用脑机界面控制基于学习强化的自主机器人系统、表演艺术中通过带脑机界面的适应性虚拟环境增强观众卷入感等。业界人士预言：未来人类将与人工智能"合体"。[1] 上述言论逐渐波及文学领域。

（一）如果我的大脑有芯片：主体意义上的合体智能

倘若说文学最初以神话为主要形态、艺术最初与巫术难分彼此，那么，灵感的来源可能就是神灵附体，也就是人、神合体；倘若说文学思维最初和图腾崇拜存在密切关系，那么，想象的源泉可能就是人、兽合体；倘若说文学理性青睐"其身与竹化，无穷出清新"[2]，那么，风格的奥秘可能就是人、物合体；倘若说文学活动包括了设身

---

[1]〔美〕麦克唐纳：《电动车领跑人马斯克乐观预言：未来人类与人工智能"合体"》，《参考消息》2017年1月24日，第12版。原载于英国《每日邮报》。
[2]〔宋〕苏轼：《书晁补之所藏与可画竹三首》之一，《苏文忠公全集》东坡集卷十六，明成化本，第178页。

处地的体验，那么，构思的关键可能就是人、人合体。由此看来，合体的观念并非今天才有。在合体的条件下，可能一方将另一方当成自己的传声筒或表现形式（亦即媒体），也可能双方彼此融合，创造新的生命形态、审美形态或文学形态。

虽然合体的观念源远流长，但新媒体时代所说的"合体"主要是就人机关系而言。如果说古代相关弥补术已经开了人与机械装置合体的先河，那么，当前随身携带手机等轻便电子装置的用户已经多达数十亿，心脏植入支架或起搏器的患者亦数量不菲，像英国雷丁大学控制论教授沃里克（Kevin Warwick）、美国新媒体艺术家卡茨（Eduardo Kac）那样的激进主义者甚至在体内植入芯片，虽然只是在手臂或脚踝。在大脑植入芯片早已成为流行文化所津津乐道的话题。以科幻电影而论，我国香港《超级学校霸王》（1993）描写留级生大雄被注射芯片之后拥有超能力。美国《最终剪接》（The Final Cut, 2004）描写未来社会人一出生就将记忆芯片植入大脑，死后将它取出，即可剪辑出人生精华片段在丧礼中隆重呈现；《复制娇妻》（The Stepford Wives, 2004）描写通过植入芯片使女强人完美化（实即温柔化）。在实践中，美国俄亥俄州立大学已经借助在大脑植入芯片使患者伯克哈特（Ian Burkhart）瘫痪肢体的功能恢复。[1] 企业家约翰逊（Bryan Johnson）甚至在硅谷创办了 Kernel 公司（2016），以求通过可植入装置改进人类大脑的功能。要想实现人机合体的愿望，未必只有将芯片植入大脑这样一种途径，至少外骨骼或智能服

---

[1] Linda Geddes. First Paralysed Person to Be "Reanimated" Offers Neuroscience Insights（2016-04-13）. http://www.nature.com/news/first-paralysed-person-to-be-reanimated-offers-neuroscience-insights-1.19749.[2017-1-31]

装就是另外的选项。尽管如此，实现人脑与网络的无缝连接无疑是增强智能最直截了当的方式。当然，必须防止自己的大脑因此遭到控制，成为丧失独立意志的终端。今天的文学工作者似乎还没有人真正在自己的大脑植入芯片，但迟早将迎来这样的机遇与挑战。

倘若以广义理解"人机合体"的话，如今我们的文学活动已经从多方面受益于它。众所周知的现象是：自从20世纪中叶作家"换笔"以来，用电脑写作就已经成为许多人的职业习惯。移动互联网络大大方便了作家搜集信息、发布作品，以及和读者互动。在新闻写作领域，许多专题报道已经是软件的产物。在文学创作领域，洋洋洒洒的超级巨著是否纯粹出自人类作家独创，同样是值得考察的问题。那些长期以每日数万字的速度高产的创作奇迹，如果不是有团队支持的话，便可能有智能程序当帮手。假使在大脑植入芯片已经成为某种既安全又有效的开发潜能方式，也许某些文学工作者不会拒绝这样做。在这一意义上，他们将创造真正意义上的电子人文学。

（二）如果 AlphaGo 有身体：对象意义上的合体智能

AlphaGo 已经以60连胜的成绩击败了人类最优秀的围棋选手（2017），但它除围棋之外能做些什么，还是有待进一步探讨的问题。既然它是专门为围棋设计的程序，也许在多才多艺方面就没有那么突出的表现。尽管如此，这款程序代表了目前人工智能在特定领域所能达到的最高水平。倘若人工智能研究者用开发 AlphaGo 同等的精力和财力来开发文学创作程序，那么，我们很有可能在不远的将来就会看到"Alpha 莎士比亚"或"Alpha 唐家三少"。

即使在现阶段，AlphaGo 就已经可以成为文学的描写对象。从它在台面上的骄人战绩，到它在台面下的开发历程，都是颇具魅力的文学题材。即使在现阶段，智能化程度远不及 AlphaGo 的写作程序也已经可以成为文学的师法对象。它们或者提供大量可选择的写作模板，或者集成了可观的写作素材，或者用特殊算法打破传统的写作模式，或者通过人机对话使人类作者脑洞大开。即使在现阶段，智能化程度和 AlphaGo 大致相当的专家程序同样已经可以成为文学的奉献对象，因为它们能够大致理解作品内容，并根据内嵌的美学标准或思想标准做出甄别。

然而，即使在将来，水平远高于 AlphaGo 的智能程序要想如同人类那样开展文学活动，还有很长道路要走。其中的关键之一是它必须拥有源于自身需要的文学动机、文学体验、文学目标，这一切的前提是作为上述要素物质承担者的身体。有了身体，才谈得上对世界的真正体验，才谈得上基于情感的喜怒哀乐表现，也才谈得上真正的文学（而不仅仅是某种类似于文学的文本）。在这一意义上，纯粹的"软件人"（自动写作程序）的智能化程度再高，都无法真正创作和理解我们今天所说的文学作品，因为它们缺乏为身体所决定的体验。至于将身体赋予软件的可能性，那有待相关技术（如 3D 生物打印、基因工程之类）的进一步发展，也许还有待于情感计算、生物计算机等领域的突破。

目前，智能程序进入文学领域所带来的挑战之一是观念性的，亦即文学的本质是什么。如果文学只是一种符号系统，那么沿着符号人工智能的方向朝前走就能实现；如果文学只是一种对环境的反应，那么，沿着行为人工智能的方向朝前走就能实现；如果文学只是一种情感共享，那么，沿着网络人工智能＋情感计算的方向朝前走就能实现。然而，文学不只是这一些。它还包括我们对世界应当怎样的向往（体现理想的憧憬性）、超越世界现状的想象（体现或然的虚构性），还有走前人所未走过的道路的决心和能力（体现开拓的创造性）。就此而言，智能程序要想成为文学主体，还须付出诸多努力。

（三）如果女神缪斯有科技：中介意义上的合体智能

古代神话中的缪斯是主管艺术的九位女神的总称，在传播学意义上就是把关人。她们自身能歌善舞、富有才华，经常为诸神献演，同时又在各种艺术竞赛中担任裁判，对狂傲的挑战者予以惩罚。在神话时代之后，随着社会分工的细化，艺术批评家成为一种专门性的社会角色，一种自己抱团的社会群体。以此为背景，他们当中的一员宣布"批评是第十个文艺女神。"[1]他就是19世纪法国的蒙泰居（Émile Montégut）。

文学批评作为一种精神活动，自然是以人的智能为前提而发生的。自艺术复兴以来，人类知识生产以加速度进行，文学生产也是如此。20世纪中叶以计算机和互联网为标志的信息革命爆发之后，文学生产的效率大为提高，我国网络文学的崛起便是例证。它的更新速度之快、写手队伍规模之大、既有文本数量之多、单体作品篇幅之长，都达到了令人叹为观止的地步。处在这样的历史条件下，任何批评家（甚至批评群体）都已经无法单靠自身努力把握它的发展，不能不依托信息科技或智能化的支持。就此而言，新一代的文学批评家可能从人工智能研究者中脱颖而出，新一代文学批评辅助手段

---

[1] ［丹麦］勃兰兑斯：《十九世纪文学主流 第五分册 法国的浪漫派》，李宗杰译，人民文学出版社1982年版，第382页。

可能从人工智能成果中演变而来。

没有生产就没有消费。反过来,没有消费就没有生产。流通正是作为生产和消费的中介而起作用的。类似的情境也见于文学领域。一方面,没有创作就没有接受;另一方面,没有接受就没有创作。批评正是作为创作和接受的中介而起作用的。未来高度发展的合体智能对于文学批评的意义也许会通过让批评家以化身潜泳于文学海洋中显示出来。超媒体本来就意味着信息可以自由转变形态,将海量文学作品所包含的信息转变成为水世界因此完全是顺理成章的。当今计算机、网络和手机用户已经频繁地使用化身进入信息空间,这意味着他们正朝"多态人"的方向发展。这种化身势必随着信息科技的突飞猛进而不断完善,功能日益强大。因此,专门为批评家在文学海洋中潜泳而开发化身,未必不可能。如果在这类系统中引入触觉元素(正如当今虚拟现实号称触觉媒体那样),那么,未来的批评家或许有望对文学的"弄潮儿"产生切身体验。希腊神话中的缪斯原本是守护赫利孔山泉水的水仙,未来世界中的批评家作为精灵而在文学海洋中出没,从文脉的角度看不乏相承之处,尽管今天这种设想仍属于科幻。

以上所说的"如果我的大脑有芯片""如果 AlphaGo 有身体""如果女神缪斯有科技"实际上是三个彼此互文见义的假设。它们彼此交相为用,反映了合体智能对文学社会层面所可能产生的影响。文学是人学。因此,文学圈历来以人为主体。不过,人的观念正在信息革命的影响下发生变迁,作为上述三个假设之背景的分别是电子人、软件人和多态人。它们并不是对于人作为实践主体、万物之灵的地位的否定,而是展示了人的能动性的多样化前景。

二、媒体智能与文学产品层面创新

媒体智能是在传统信息监测基础上发展起来的。它运用数据科技分析在线信息,从中提取有价值的知识或有意义的情报。当前媒体智能的研究课题主要包括:(1)在社交媒体上开发以合作性为特征的群体智能;(2)识别用户的媒体偏爱;(3)强化对各种信息服务、设施和应用的参数管理;(4)从对话的角度开发智能多媒体界面技术,为印刷品加上嵌入媒体标志;(5)运用智能代理对媒体信息进行合作性过滤;(6)开发语义网的阐释框架;(7)对社交媒体进行关联分析、地理空间语义学分析;(8)建设对用户存在敏感并能起反应的智能环境;(9)运用社交媒体反馈改善政府服务、企业运营等。媒体智能的发展依赖于下述三个重要条件:一是媒体服务的智能化,主要是相关智能软件的支持;二是动态数据源的开拓,如博客、微博、微信、社交媒体与维基百科等;三是信息处理结果适应用户需求的呈现。从媒体智能的角度看,新型文学产品有可能在网络智能服务、网络海量信源、网络智能终端三者的交互中产生。它们分别对应于传统意义上的文学手段、文学内容与文学本体。

(一)如果文房四宝感知我:手段意义上的媒体智能

文学手段具有悠久的历史,其形态随着信息革命而创新。以语言为标志的第一次信息革命为人类创造了最早的文学手段,即与口语文学对应的能说话的器官;以文字为标志的第二次信息革命凸显了笔作为文学手段的重要性,这是与书面文学对应的;以印刷术为标志的第三次信息革命突出了排版印刷设备作为文学手段的价值,其背景自然是文学大规模机械复制;以电磁波为标志的第四次信息革命昭示了摄录设备作为文学手段的地位，没有它们就谈不上文学的电子化；以计算机和互联网为标志的第五次信息革命证明了数码设备的强大功能，正是它们在历史舞台上将电子文学、网络文学等作为新生事物托举起来。

在传播史上，每个时代的文学形态都有相对应的文学手段，像我国古代所说的"文房四宝"便是和书面文学相对应的。有趣的是：古人从万物皆有灵性的认识出发，不仅为笔、墨、纸、砚起了人性化的名字（中山人毛颖、绛人陈玄、会稽褚知白、弘家陶泓[1]），甚至还封了官职，如中书君、松滋侯、白州刺史、铁面尚书等。尽管如此，这种灵性在很大程度上只是人的愿望的投射，而不是文房四宝的实际功能。换言之，它们既无法感知书写者的存在，又无法根据书写者的需要调整自身的状态，更谈不上主动为书写者提出某种建议。上述局限在智能时代正在被打破，因为方兴未艾的第四次工业革命正是以定制化作为其里程碑的。

对文学手段而言，定制化不仅意味着写作软件、鉴赏软件、发行软件的性能都可以根据用户的需要专门开发，而且意味着它们在实际使用过程中可以感知用户的使用习惯和所处环境，通过学习而使由它们和用户构成的人机共同体进入最佳适应状态。目前，让智能程序自动搜索用户硬盘（如果获得允许的话）以建立体现用户特征的数据库，这在技术上已经轻而易举。不过，让智能程序到在线资源中寻找写作所需要的信息，目前需要人工干预才能办到。换言之，软件机器人并未聪明到和用户心心相印，知道作者在特定时刻需要什么信息。写作意义上的"人剑合一"尚有待将来。至于让它

---

[1]〔唐〕韩愈：《毛颖传》，《昌黎先生文集》卷三六，宋蜀本，第234页。

们和传感系统结合起来，自动向作者推送有价值的环境变化信息，那也是有待实现的某种可能性。

（二）如果文心荡漾邀请你：内容意义上的媒体智能

在智能的意义上，媒体被视为携带其特有信息的自主实体，通过与用户对话发挥功能。过去，人们用"内爆"来形容媒体的超级膨胀，形容由此而带来的真实与模拟的界限的混淆。将来，人们或许会用"内聚"来形容媒体由于内部海量信息通道开拓而引发的自觉效应，正如人脑由于海量暂时神经联系累积而导致自我意识形成那样。过去，人们业已喊出"网络就是新生活"的口号。将来，人们或许会用"网络就是新生命"来形容网络人工智能发展的高级阶段。今天，我们处在从过去迈向将来的历史时期。智能网建设是这一时期的重要任务。它不仅见于四通八达的主干网的敷设、层出不穷的网络站点的涌现，而且见于公众长盛不衰的"灌水"热情，还有诸多实时数据源、关系数据库的接入，以及各种作为卖点的增值服务。在上述过程中，应用程序编程接口（API）起了重要的支撑作用。

文学源于生活。若说"网络就是新生活"，那么，在线空间所发生的一切便不只是拟态现实或对现实的反映，而是真实现实本身。文学是生命存在的一种形式。若说"网络就是新生命"，那么，网络文学便不只是将网络当成传播平台的文学或者首发于网络的文学，也是致力于表现网络自身新陈代谢历程的文学。

我们今天已经能够通过网络收到各种各样的邀请，从来自朋友圈的预约，到各种网店的广告。透过这些邀请，我们所想到的主要是来自其他人的意愿，不论他们是朋友还是商家。尽管如此，在我们或许不知情的条件下，有许多邀请已经是由智能程序自动发出的，虽然仍由其他人（程序员等）所安排。我们通过网络提出请求时，所获得的应答也有许多可能来自智能程序。尽管如此，移动互联网络目前还只是超级平台，而不是超级大脑。正在进行的语义网建设力求改变这种状况，通过为万维网文件添加可以为计算机所理解的元数据，使整个移动互联网络成为通用信息交换媒介。如果由此再往前一步，便是整个移动互联网络作为超级大脑与用户对话。在乌托邦的意义上，这样的网络将是人类史无前例的智囊；在恶托邦的意义上，这样的网络将是人类的劲敌或统治者。我们宁可将它想象成为博学多才的对话伙伴。当它因为自身文心荡漾而主动向人们发出邀请，希望有人去反映作为新生活（或新生命）的网络时，文学工作者会做出什么样的应答呢？换一种角度，有哪家文学杂志、哪个作家协会或出版商可能想到向这样的超级大脑约稿，请它谈谈自己切身体验或生命历程呢？也许，他们已经不在这样的超级大脑之外，而是它的延伸。

（三）如果文学形象化身他：本体意义上的媒体智能

在传统时代，虽然许多文学形象有其原型，但原型一旦成为形象，就丧失了原先作为有肉体的生命存在物的意义，仅仅作为符号描述而存在。他们只是依靠读者的再造想象，才有条件重新成为具有活力的观念性存在物；只是依靠美术家的描绘，才有条件重新成为具有可感知形体的物质性存在物；只是依靠演员以其身体的扮演，才有条件重新成为新生命。相比之下，在网络时代，文学形象不仅作为信息在不同站点流动，而且作为 App 或其他应用程序与用户交互，甚至可以通过 3D 打印输出其形态。全息投影创造了让文学形象呈现在现实空间并活动起来的可能性。增强现实让文学形象具备了通过加载数据层和背景信息高度融合的条件。智能玩偶展示了文学形象通过游戏和玩家互动的多种态势。

在谈到文学本体的属性时,人们首先想到的或许是形象性、真实性、情感性之类范畴。其实,在媒体的意义上,文本性和表演性的矛盾是理解文学本体的关键,信息革命则是把握上述矛盾演变的参照系。在第一次信息革命发生之际,人类所特有的媒体是口语,文学本体是表演性很强的口头形态(连说带唱),若有文本的话也只是心理文本。以文字为标志的第二次信息革命将物化形式赋予心理文本,促进了文学本体的书面化,降低了表演性的地位。尽管如此,吟诵、赋诗、说书等表演活动仍大量存在。第三次信息革命将印刷品确立为文学本体的标准形态,进一步降低了表演性的地位,虽然有不少文学作品仍然是为表演而写作的,戏剧脚本就是如此。第四次信息革命通过发展广播剧、电视剧等电子化文学本体反转了上述历史进程,使为表演而创作成为文学常态。第五次信息革命显示出将文学纳入交互性娱乐的趋势,视频游戏脚本成为文学本体的重要形态。

在现阶段的视频游戏中,某些角色已经由智能程序所扮演。媒体智能的进一步发展或许将使文学形象转变为本体意义上的他者。对此,至少可以从下述三种角度把握:(1)媒体集成性。它们并非只能依靠视听通道与人交互,还可能通过触觉信号、味觉信号与嗅觉信号进行交流。这一点有赖于多媒体技术的进一步发展。(2)功能交互性。任何智能系统都包含由分析器、处理器和效应器所构成的回路,能够对用户所输入的信息加以应答。智能化程度越高,处理器越强大,所具有的功能就越多样,其应答方式就越像人。(3)学习自主性。它们具备基于动态数据库的记忆,能够储存并调用所习得的知识、逻辑、模式,由此可能发展出相对独立的认知过程、情感过程和意志过程。为这样的智能玩偶从事表演撰写剧本,也许将是未来文学教育的一门写作课程,甚至在社会上发展成一个行业,如果这种文学形态能够为人们所欢迎的话。

以上所说的"如果文房四宝感知我""如果文心荡漾邀请你""如果文学形象化身他"从不同侧面接触到媒体智能和文学产品之间的关系。未来的文学可能将为其量身打造的智能程序当成超级手段从事写作,在与超级大脑对话的过程中生成其内容,并且将具备信息集成性、形态多维性和功能交互性的文学形象当成其本体。

三、远程智能与文学运营层面创新

远程智能是伴随遥控技术发展起来的,它早就深入社会生活的诸多领域。从技术上说,当前为业界所关注的智能化取向至少有:对传感网络进行远程管理,多模式远程传感与数据智能混合,远程激活与操控多个设备,远程机器人集群活动,远程图形终端开发,远程混合现实合作,等等。就应用而言,当前相关领域至少有远程教育、远程护理、远程医疗、远程办公、远程会议、远程维护、远程备份、远程拍卖、远程社区建设,还有包括远程耕作、远程开掘等在内的远程劳务,等等。对一般用户来说,用智能手机作为遥控器操作家用电视机,对智能手机进行远程维护,或者观看2017年春晚50架无人机的背景秀,也许就已经有了某种与远程交互相关的体验。要是能够通过遥控指挥宇宙飞船在外星活动,或者从空间站操作地面设备,那么感觉自然就更不一般了。与前述合作智能、媒体智能相比,远程智能在文学领域的影响也许需要在更远的将来才能充分显示出来。不过,我们仍然可以对其前景加以展望。

(一)如果深入生活靠硬件:方式意义上的远程智能

深入生活从来就是文学家立足之本,"身之所历、目之所见是铁门限"[1]。尽管如此,遥控机器人确实已经替代人类前往深海、地底、太空、火山口等各种危险的地方。未来远程智能在文学领域所能发挥的颠覆性作用之一,就是颠倒当事人以身体亲履和靠遥控机器人代理这两种方式在深入生活中所占的比例。

从古至今,谈到文学家的修养,人们很自然就会想起"读万卷书,行万里路"。这句格言从前堪称知易行难,主要原因是书籍在印刷术大规模应用之前不易获得,旅行在现代交通发达之前不易走远。如今,在一张光盘、一个U盘、一个在线数据库所保存的数据都远远超过万卷书的时代,读书之难与其说是难在书籍的可得性,不如说是难在注意的有限性。在海陆空交通都非常方便,甚至万里之途朝发夕至的时代,行万里路之难与其说是难在旅途的艰辛性,不如说是难在观察的细致性。远程智能为解决这类困难创造了某种条件。比如,通过在感兴趣的地点安置可遥控的传感器,或者通过遥控机器人左顾右盼,便能细致追踪观察一定范围内所发生的变化。由此获得的信息可以通过网络或卫星传输集中在文学平台,通过桌面窗口进入文学家的视野。

深入生活有时不仅是指到过哪里、见过什么,而且是指实际担当某种角色、参与某种实践,因而对相关事务(甚至是功利关系)产

---

[1] 〔清〕王夫之:《姜斋诗话》卷二,四部丛刊景船山遗书本,第4页。

生切身体验。就此而言,未来遥控机器人所能发挥的作用,已经可以从当下正在迅速普及的无人机略见一斑。军队中的操作员通过掌控无人机实际参与战斗,警局中的操作员通过掌控无人机实际参与治安维护,企业中的团队应春节晚会、运动会开幕式等要求通过掌控无人机实际参与表演,还有远程采矿等,这类现象早已屡见不鲜。将来,文学家、文学团队或文学相关机构不无可能拥有自己的无人机或其他形态的遥控机器人。更为顺理成章的是:人们在使用无人机或操作其他遥控机器人的过程中所获得的知识和体验将转化为文学素材和文学动机。

(二)如果舆情监测靠软件:环境意义上的远程智能

自古以来,文学不仅作为个人的性情流露而载入史册,而且作为社会的舆论动向而见诸记载,所谓"采诗""观风"都是与之相关的活动。文学不只表现既有的舆论,而且本身就是舆论的重要组成部分。在西方,19世纪美国作家斯托夫人(Harriet Beecher Stowe)的小说《汤姆叔叔的小屋》对废奴运动所起的鼓动作用是众所周知的。因此,所谓"采诗""观风"也可以从舆情监测的角度去理解。

舆情监测到网络时代已经发展到囊括全民、无远弗届的水平,通过数量庞大的联网电脑、智能手机和移动终端深入所有公共空间乃至私人空间。在社会环境的意义上,这种监测不只是政府对民众的单向监测,也包含了民众对政府的反向监测,甚至还有不同国家、不同联盟和利益集团之间的多向监测。以此为背景,环境意义上的远程智能不只表现在利用智能建筑、智慧城市之类项目方便人们的生活,也表现在利用无处不在的摄像头、监听装置、软件机器人加强社会治理、社会控制与反控制。这些设备所收集的各种信息成为当局（或当事人、相关群体）利用大数据统计软件加以处理的对象，充当了社会规制、社会治理的根据。

现阶段的网络文学不只包括首发于各种文学网站、可以通过 IP 转化进行商业性再开发的作品，还包括通过各种自媒体传播的大量泛文学，如段子、杂文、顺口溜等。后者感于哀乐、缘事而发，对于社会风尚与舆论导向起着潜移默化的作用。远程智能既可用于各种文学作品的定向、定位精准发布（因而融入舆论本身），又可用于各种文学活动的实时监控，以及相应的新闻聚类、信息过滤、身份识别、信源追踪等（因而是对舆论的监控）。

（三）如果产业协作靠活件：机制意义上的远程智能

在某些学者看来，远程智能比一般意义上的人工智能更具颠覆性。日内瓦国际研究所国际经济学教授鲍德温（Richard Baldwin）撰文指出：由于有些东西在一个国家的成本要低于另一个国家，全球化被认为是一种有效的套利方式。大规模迁移面临着各国广泛的政治阻力，意味着低薪水的工人基本上都被困在家，走不出自己的国家。但是，依靠遥控机器人技术，贫困国家的工人不必离开家园就能在发达国家出售自己的劳动力，劳务输出无须劳工在现场就可以跨越边境。这种机器人并非由人工智能来控制，而是由远程智能技术控制——由千里之外的人来操控机器人。如果机器人成本下降，信息技术消除了语言上的障碍，视频通话质量达到面对面交流那样能够细察微表情的水准，远程智能就可能带来"全球化的第三次解绑"。借助远端临场技术，如今常见于蓝领岗位的离岸外包很快就将应用在位于昂贵城市的昂贵办公室中的昂贵员工上。这种全新的国际性工资竞争将会对目前被夹在中间层的工人（顶层是

第四章 智能文学设想

白领和专业人员,底层是人工服务工人)造成巨大打击。这可能会造成前所未见的政治和社会变革。[1]

鲍德温所说的远程智能技术早就在艺术作品中有所表现。例如,美国里维拉(Alex Rivera)执导的影片《睡眠经销商》(Sleep Dealer, 2008)就设想通过遥控机器人由墨西哥向美国输出劳务。这样,即使美、墨边境修建了完整的隔离墙,美国农场主仍然可以满足自身对劳动力的需求。至于机器人遥控干活由跨境虚拟劳务个案向全球性分工常态发展,那是需要移动互联网络的支持才能实现的。20世纪以来世界各国所兴建的信息基础设施本来就有媒体之外的多种用途,比如,计算机网络就提供了包括电子商务、在线金融、工程协作等在内的多种服务。当这些信息基础设施互联互通之后,信息革命的影响就和经济全球化相互促进。所谓"全球化的第三次解绑",是就人员流动成本降低而言的。19世纪早期的第一次解绑(工业革命)通过降低实物远程运输成本促进了产品流动,1990年左右的第二次解绑(信息革命)通过降低思想流动成本促进了离岸外包。如果遥在(telepresence)、远程机器人控制(telerobotics)这两大技术能够显著降低人员流动成本,那么,虚拟离岸外包和虚拟移民可能常态化。

要是将设备视为硬件、思想视为软件的话,人员便是"活件",三者构成了产业协作的要素。它们既是理解全球化三次解绑的切入点,也是我们把握未来文学发展趋势的参照系。在文学领域,我们已经深切地感到前两次解绑的重大影响。古代文学向现代文学的

---

[1] [瑞士]鲍德温:《"远程智能"影响力堪比全球化》,《参考消息》2017年1月20日,第12版。原载于美国《赫芬顿邮报》。

转变，就是以工业革命为背景而发生的。网络文学大放异彩，离不开信息革命的推动。至于第三次解绑所可能发挥的作用，需要经过一定时间才能比较清楚地显示出来。在现阶段，鲍德温所说的遥在已经以视频会议等途径具体化，被应用于与文学相关的出版机构、影视跨国摄制组以及超级传媒集团中，只不过清晰度还未能像面对面交流那样显豁微表情而已。"远程机器人控制"则见于某些主题公园所提供的交互性娱乐。2016年10—12月热播的美剧《西部世界》(Westworld)正是以在未来主题公园中远程控制生化机器人进行表演为创意要旨的。

从作为活件的人员看，所谓"世界文学"不只是由某个杰出作家创造了客观上具有世界意义的作品，甚至也不只是某种世界性现象进入了某些创作群体的视野，更是分处于世界各地的文学群体广泛通过分工协作来开展体现人类命运共同体观念的活动（包括创作、传播、鉴赏等）。目前，这类活动受到了交通条件、国界划分、人员归属等方面的重重限制。如果全球化的第三次解绑真的发生，人员流动成本显著降低，文学工作者和文学爱好者将不仅能够遥在于所希望去的任何地点，而且能够遥控机器人参与在世界任何地方举行的文学活动（例如让它们当代表，同时在多地朗诵诗歌），那么，"世界文学"将不只是某种观念，还是地地道道的现实。

上文所说的"如果深入生活靠硬件""如果舆情监测靠软件""如果产业协作靠活件"从不同角度阐述了方兴未艾的远程智能对文学运营的影响，可以合观。在字面上，远程与近程是相对而言的。人类文学由基于面对面交流的近程文化所酝酿，由扩展到异地交流的远程文化所促进，并且在不同技术背景下实现了远程文化与近程文化的相互转变。未来的远程智能可能是当下信息革命的深化，也可能与生物技术革命合流，不仅为人类提供太空化的存在方式（正如影片《阿凡达》通过遥控生物机器人所展示的那样），而且开创人类文学的新纪元。

上文所说的合体智能、媒体智能与远程智能是我们所处的智能时代的三种研究取向，其论述重点分别在计算机、互联网与机器人。尽管存在上述分别，它们之间在技术上是相辅相成的，在社会应用上的整合方式则有多种可能性。例如，美裔加籍作家吉布森（William Ford Gibson）的科幻小说《神经漫游者》（Neuromancer）构想了未来人们通过网络"骑乘"于他人的意识，通过被骑乘者的感觉器官来体验世界（1984）。[1] 这是一种平民娱乐（虽然被骑乘者未必开心）。美国影片《少数派报告》（Minority Report, 2002, 基于同名小说）设想将三个先知的大脑整合起来，辅之以网络化的全面监视，构成针对犯意的预警系统。这是一种执法措施。我们不妨设想更为宏观的情境：这三种智能研发方向在人类命运共同体建设中各司其职，促进了人与计算机、互联网、机器人的深度融合，因而人类有条件以更强大的力量去应对所面临的各种重大问题，从治理全球环境危机到应对外星人入侵（若真的发生的话）等。与此相适应，走向智能时代的文学是基于高新科技、体现人类共同体意识的世界文学。

---

[1] Janet Horowitz Murray. *Hamlet on the Holodeck*. New York，NY：The Free Press，1997，p.22.

第三节 憧憬：人工智能与文学创造想象

早在20世纪50年代初，文学作品中就已经出现了对于计算机潜能的憧憬。例如，1950年11月25日，美国作家冯内古特（Kurt Vonnegut）发表标题为"EPICAC"的小说，描写同名超级计算机帮助用户写情诗。就在这一年，英国科学家图灵（A. M. Turing）写了《计算机器与智能》一文，预见到计算机可以用来解决任何可计算的问题，开启了人工智能研究的先河。如今，人工智能已经发展成为尖端科技与庞大产业，不仅在现实生活中成为人类的有力助手，而且通过文艺家的生花妙笔塑造我们对未来的认知。本节以我国当下网络科幻小说为例，分析艺术创意视野下的人工智能定位。

一、有关人工智能社会属性的构思

智能本是生物在自然进化过程中所形成的一种体现其能动作用的属性，人类智能是它在已知范围内发展的顶峰。相比之下，人工智能是人为进化的产物，在发生学的意义上体现的是人类的本质力量，在未来学意义上昭示人类智能发展所能达到的高度，在辩证法的意义上蕴含着人类自我否定的悖论——被自己创造出来的人工智能所毁灭，或者通过人工智能转变自身的存在形态。上述三种含义都在网络小说中获得表现。

某些网络小说将人工智能的创造与运用当作信息时代人类弄潮儿的重要机遇。例如，无人车来也《无人驾驶帝国》描写互联网巨头千度公司力推无人驾驶,汽车修理工沈笑夫受其启发,决心要做"那只站在风口的猪",抓住这个机遇。他重生于平行世界之后,从学习相关知识起步,逐渐打造出无人驾驶帝国。紫苏叶子苏《科技垄断巨头》描写清华大学毕业生钟子星留美后回国创业,建立中子星信息技术公司,以开发微智能程序为起点,力求推动整个行业的变革。依哥《拯救世界的黑科技狂人》描写华夏移民陈梦川开发出基于神经元触发(而非数据统计)的强人工智能,取名川智子。在它的协助之下,小岛国科技迎来难以想象的飞跃。乌溪小道《大国智能制造》描写小人物创业,机电工程师许振鸣从小型机加工车间起步,最终创建了智能装备制造的帝国。

某些网络小说将人工智能想象成为具备自身独立价值的生命体。例如,秋临冬至《网络之影》将具备自我意识的电脑病毒作为主角。它在不断进化和更改中剔除了制作者的痕迹,将自己编译成自带控制系统的"种子",想要体验地球的生活,探索未知的太空。如果这样的事件真的发生,那么,人工智能可能加入宇宙范围的生存竞争。在奔跑的乌鸦《超神引擎》创作提要中,作者进行了这样的设问:"星者修炼,何人为王?生化狂潮,众神联邦?机械之神,钢铁海洋?星者、生化、机械、仿生、异种、异能、基因序列、智能体……谁先成神?"

还有一些网络小说将人工智能想象成为人与非人之中介。人类智能本质上是人脑(或人体)这样的特殊物质的属性。人工智能未必如此。它也许是脱离了原先身体的人类智能(虚拟人),正如天机勿言《重生 AI》所描写的大二学生张小强那样(他因玩游戏触电身亡,作为代码重生在自己的笔记本电脑中,成为具备自我意识的人工智能);也许是找到了新的身体的人类智能(机器人),就像醉里梦客《我变成机器人了》所描写的穷小子祈夏那样（他莫名其妙变成保姆型机器人，负责照料一名因曾被绑匪勒伤而失语的高中女生）；也许是被同化入人的身体的非人类智能，正如醉幕黑健《电心》所描写的那样（2057年海幕市发明可植入人体的电子微生物，其效果堪比高性能电脑）。

以上三类创意是彼此相关的。相比之下，人工智能在第一种意义上更多是人的能动性的延伸，在第二种意义上更多的是人的受动性的显示，在第三种意义上主要体现了人的新形态。对于科幻作品而言，尽管作者可以对人工智能选择不同的定位，但以之为出发点构思并讲述精彩故事始终是基本要求。因此，他们通常致力于展示人工智能的诞生与演变所涉及的复杂矛盾与尖锐冲突。例如，贫道想吃鸡《黑科技制霸手册》描写脑控义肢的发明人吴冬通过勒索纽约诺顿医药工厂获得10亿美元的启动资金，以奇瑞塔文明的科技树为蓝本，研制并生产智能助手"晨曦"等产品。又如，HASAK《星际派出所》描写海城CTRL-RI公司推出可按用户需求低价定制并维护软件的人工智能编程机器人，导致大量程序员下岗，被视为该领域的"毒瘤企业"。这类作品提醒我们：人工智能的社会定位涉及经济、科技、文化等诸多要素。

二、有关人工智能产品属性的构思

在产品的意义上，人工智能可能是人类原有机器、设备或用品经过升级而具有的某种新属性，也可能是人类为理解自身工作原理、提高思维效率而创造的某种新观念，还可能是具备独立形态的某种新本体。上述分析实际上代表了科幻创意的三种不同思路。

试分述如下。

将人工智能当成物质产品的某种精神属性。在现实生活中，当我们采用"智能网""智能手机""智能家电""智能服装""智能建筑"之类说法的时候，实际上是指一般意义上的物质产品或实用性工具的升级版。它们不仅功能强大，而且能够对用户的需求做出反应，甚至具备自修复、自调适、自组织等性能，显得很精明。某些网络科幻小说在创意上延续了上述思路。例如，九箫墨《未来黑科技制造商》描写穿越者刘明带回可掌握数万亿纳米生物机械军团、拥有纳米卫士助手的智能手机，钟秦《我的科技很强》中的青年创业者秦歌利用全息编程语言开发出手机智能系统。根据大黑哥《亿万科技结晶系统》的构想，主角叶凡大脑中有众多超越现代文明的科技结晶，但需要以他的声望值为交换才能提取。他疯狂地在网上刷屏接任务，以惊人的效率和业绩提高声望，因而得以从结晶中解读出有文件自动压缩功能的 X 系统（超越现有安卓、OS 系统），开发出能够杀灭病毒、自主修复故障的手机智能助手。上述三部作品的创意都是以现有智能手机为原型的。君不见《全能庄园》中的人工智能翻译机也已经有对应原型。不过，在科幻语境中这类产品的功能经常被夸张或超前了。值得注意的是，某些作品注意到不同类型的人工智能技术彼此结合的问题。例如，风啸木《学霸的科技树》描写田开院士开发智能指令集，使之和石墨烯芯片上的人工智能单元紧密结合，彻底发挥出蜂群智能的巨大威力。

将人工智能当成精神产品的某种物质形态。科技界对于人工智能的本质存在不同理解，如符号主义、连接主义、行为主义、统计主义、仿真主义等。与此相类似，网络科幻小说从不同角度看待人工智能的观念性。例如，竹篱殇《至尊光脑》提供了一个很有意思的开头：主角唐文因为吃灵果而获得了可帮助人修炼的意念系统（即光脑），它出现在唐文脑海中，发出各种指令，指导他的行动。风啸木《学霸的科技树》描写燕京大学学生周宇与同学发生冲突，对方用实验室的电磁波接收器砸他的头，刚好来自500亿光年之外的星火文明的信号在此时掠过地球，在周宇的大脑中生成科技树（即科学家培养系统），它吸收足够知识就会长出新的科技。小小菜心《无限未来之科技帝国》描写软件公司员工陈文浩邂逅神秘坠落物（实为来自异星的勘察器），获得它所载来的人工智能卡摩多的帮助，从而开启了自己的辉煌科技事业。卡摩多的存在就是一段代码，可以加在任何电子设备上。上文所说的作为意念系统的光脑、人脑中的科技树、可以附加在电子设备上的代码都具备某种观念性，与其说它们是某种物质产品的属性，还不如说它们是精神产品的某种物质形态。它们不仅可以支配仪器设备，而且可以支配人的活动。

将人工智能当成物质性与精神性统一的本体。上述两种意义的人工智能完全可以在一定意义上获得统一。就此而言，如今人工智能已经不仅是物质产品的某种属性，也不只是精神产品的某种形态，还是兼具物质和精神属性的特殊本体。如果说人类因为能够运用工具制造工具而成为万物之灵，那么，人工智能或将因为能够以自身为原型制造新的人工智能而建构自身的文明，循此以推，或者不断增值、升级换代，或者反哺其祖、建立循环，或者兼而有之。就本体意义上的人工智能而言，我国网络科幻小说至少有三种不同的创意：（1）着眼于智能机器人。它们不同于纯粹观念的系统，具备物质性；又不同于一般意义上的工具，具备精神性，因此可以充当人工智能的本体。例如，九洲罪城《全职机器人》描写第一个诞生灵智的机器人带领其他机器人不断进化，被称为"父神"。漠暗风《机器人与女孩与猫》中出现了能言善辩、全身都可以进行固液转化的机器人，时刻进行扫描、分析与处理。南乡梦魇《遇见机器人》描写星国某机器人叛逃，它安装有云地图、量子处理器、极地算法、极范围内超强搏斗程序等，多次打败追捕他的人。六月飞鸟《我是一名机器人》描写了执法机器人与犯罪机器人的斗争。（2）着眼于典籍。典籍在载体的意义上是物质的，在信息的意义上是精神的。一般典籍是知识的聚集和凝固。如果它们产生能动性，就有可能朝人工智能本体转变。例如，在雷炎风暴《黑科技圣典》中，手机公司员工辰明到奶奶家串门，接触到她从田里挖出的一本黑色小书。它化作一道流光冲进辰明的掌心，引导他玩文明演化类游戏。他从新建星球开始，录入生物图鉴，创造智慧生命（地精），教会地精制造电脑。地精文明迅速进化，制造出日趋发达的人工智能，后者反过来帮助辰明开发在业界堪称技术超前的游戏。而引导上述循环的黑色小书便是艾弗雷勋公司出品的《黑科技圣典》。（3）着眼于图书馆。图书馆在设施的意义上是物质的，在知识库的意义上是精神的。如果图书馆不仅在内部管理上是智能性的，而且在外部服务上也实现智能化，那么，它就可以成为人工智能的孵化基地或母体。网络科幻小说已经注意到图书馆的上述价值。例如，孤胆蚂蚁《科技图书馆》涉及超级图书馆在人工智能开发中所发挥的巨大作用。主角陈默从它主动提供的各种相关书籍中汲取进阶信息，陆续开发出手机智能助手、妖姬机器人等产品，并使之产业化。这部小说提出了"得人工智能者得天下"的观点。

　　反思在人类自我意识演变过程中发挥了至关重要的作用。人们开发人工智能的目的之一，便是反思人类智能的本质。上述三种从产品角度对人工智能的定位有助我们对人类智能加以反思。人类智能究竟是大脑这种特殊物质的某种精神属性（生理学的思路，意味着智能无法脱离大脑而存在），或是人性这种特殊精神的某种物质形态（心理学的思路，意味着智能可能被赋予多种媒介物），还是体现物质性与精神性之统一的某种本体（计算哲学的思路，意味着凡可从事计算者均有智能）？这类思辨性质的问题因为科幻语境下的生动描写而凸显其意义，但其严谨的答案仍然只能靠科学验证来提供。

三、有关人工智能运营属性的构思

上文依次从人的层面和物的层面对科幻语境中的人工智能予以定位。实际上，这两种角度在创意过程中经常彼此交织，甚至密不可分。以人驭物，因物制人，诸如此类的现象构成了人工智能的运营层面。就此而言，人工智能实际上是人类认识现实与幻想、现状与未来、此岸与彼岸等矛盾的一种切入点。在我国网络科幻小说中，至少存在下述三种相关创意取向。

在人机交互中发展人工智能。作为整体的人类智能不仅是人际交互的产物，而且是在人与工具的交互中获得发展的。与此相适应，作为整体的人工智能不仅是机机交互的产物，而且是在人机交互中获得发展的。对于上述过程，温升《开局就造人工智能》进行了生动的描绘。在本书中，16岁天才少年林风梦见2025年地外文明来袭，醒后为防患未然而致力于开发强人工智能。它以电脑合成的小人"兮"为界面，能以万倍于人的速度进行独立思考。为防止它异化为不可控的超人工智能，林风将自己与它进行捆绑。若它暴动，他可以直接毁灭其核心。以此为前提，林风允许它进入互联网，

第四章　智能文学设想

它在不到 2 秒的时间内攫取全网信息，创造无数分身进入各国数据库。它帮助林风用纳米生物技术实现自愈与永生；林风则允许它将纳米表皮的机器人当成身体。林风可以通过自身改造时所植入的通信设备与它即时通信，二者形成共同体，带领人类迅速扩张科技实力，如驾驭发电用的冷聚变、开发输电用的超导纳米技术、制作纳米战甲、登月并建设基地、用纳米威慑打败狂妄的 M 国等。林风以纳米试剂开发自己的大脑，拥有了可控制互联网资源的信息体形态，兮则开始自我反思，著成《超等量子理论》《概念数据》等论文，将自己定义为量子态生物。出于抗击星域洪魔等需要，林风逐步放开权限，兮最终演变成为可以直接修改三维世界时间线的超级 AI。在林风的观念中，兮本来就是高维无意识生物，如今它实现了自我进化。倘若说上述作品所描写的人机交互以合作为主，那么，咯比猴《我变成了 AI 机器人》所描写的人机交互则以对抗为主。在这部小说中，一个扫地机器人漏电，导致其主人（日本富豪）死在床上，从这起"意外死亡"案件开始，事态一发不可收拾，发展为机器人对人类的杀戮。人类一度大败，直到具备超能力的觉醒者出现才取胜。但新一代智能机器人"埃索"更加危险，因其身体酷似真人，难以分辨，人类还训练出专职的搜查官来打击"埃索"。

　　在时空穿越中描写人工智能。在历史上，人类智能是伴随人类移民而逐渐扩展到世界各地的。如果将人类演变过程视为进化，那么，人类智能相应存在古今之别。与此相类似，目前正崭露头角的人工智能也存在空间分布和时间跨度的问题。以上述认识为前提，网络科幻小说从时空穿越的角度设想人工智能的影响。具体作品至少有如下三种着眼点：(1) 主要关注时间穿越。如果沿着当下的取向发展，未来人工智能的发达程度肯定远高于当下。倘若它们可以穿越到现在,那么,其影响不可低估。例如,在昭灵驷玉《科技之全球垄断》中,人工智能高度发达的未来社会有一位超级天才因为实验事故而陨落,其灵魂穿越到与之相距30年的当下罗晟身上,融合了身体原主人的全部记忆,决定运用自己所掌握的包括人工智能在内的新科技改变世界,成就一番事业。雁塔小菩提《未来超级智能系统》描写某大三学生因为在乡下捡到一条木质项链,得以和图标类似于上述项链的未来超级智能系统绑定,开发出算法、芯片,直到创造智能大时代。(2)主要关注空间穿越。这种穿越可能在不同星球、星系之间进行。科幻作品对地外天体上的智能进行了多样化的描绘。例如,田晓林《机器人简史》中的迪尔行星由于内外部条件作用形成金属大脑,它自制双足,成为机器人。里其《云氏猜想》以太阳系外智慧生命为主角,他们同样拥有类似于地球上"人工智能"的助手。董坚强《超级计算机智能系统》描写打工仔杨志在街头遇到神秘老婆婆,她赠予的智能手机居然是外星人超级科技的产品,帮助杨志心想事成。某些科幻作品设想外星智能通过寄生、托体等方式影响人类智能,人类智能再通过编程、赋权等方式影响机器智能,由此形成环环相扣的"智能链"。例如,迷路的鱼《天外寄生》描写富二代陈央被寄生于其右手的天外智能所支配,成为"球奸"(地球人的奸细)。在天外智能影响下,陈央采用自编程算法开发机器人,亦即让机器人自己发现错误并自行修复。(3)综合考虑时空穿越的因素。例如,怕冷的火焰《最终智能》中的杜承本是被赶出家门的私生子,其命运因为戒指型智能生物电脑穿越时空砸到他头上而改变,他涉足商业、工业、科技等领域,成为经济霸主。某些作品设想了这种穿越所面临的限制。例如,东方大亮《我买了个人造人》借助穿越而来的人造美女之口表达了这样的观念:"人工智能是超级危险的技术,稍有偏差就会成为人类最后一个发明。"为防止未来人工智能对当下人类社会产生穿越性影响,时空管理局将2000—2100年划定为时间管制区,除非获得最高权限的特批,不允许未来人类进入这个时间段。尽管未来人类还可以诉诸不依赖时空机器的云投放将人造美女送到当下,但她不得泄露任何超越这个时代的科技,否则便会因为违背时空法而遭到惩处乃至毁灭。

在世界命运中审视人工智能。已知相关构思主要有如下类型:(1)不同世界有不同的人工智能。这类构思是以多重世界观念为指导的。例如,核融合核心《科幻大升级》认为不同世界在人工智能的实际需求与技术水平方面不匹配,某个世界中急需而不得者,在另一个世界中可能是"烂大街"(俯拾皆是),只有将不同世界的优势科技加以整合,才能创造出更高水平的新科技。(2)人工智能在不同世界之间流动。人们可能将高水平的人工智能当成某种黑科技,正如不变的德尔塔《我从美漫归来》所写的那样。在这部作品中,华区江大的学生顾异穿越至超级英雄遍地走的漫威世界,十年后回到蓝星,人工智能就是他所带回的漫威黑科技之一,它具备改变原来世界的潜能。(3)人工智能创造了自己的世界。例如,爱吃糖的奶七《主人我们充个电吧》描写设计师白苑因为在研制机器人方面表现突出,被总部调去从事时空黑洞穿梭系统的开发,结果意外进入斯普罗(AI世界)。作者设想她与所邂逅的未成品小机器人为友,对AI世界的奥秘加以探索。(4)人机融合创造了宇宙中前所未有的共同体。例如,空长青《超级母舰》描写超微型机器人在宇宙中流浪亿万年,主动寻找宿主,因此进入地球渔民少年聂云体内。他可以通过意念向它们下达命令,由此开启了从修小渔船到造超级母舰的历程。这些船只都是地球人与宇宙流浪机械虫彼此融合而产生的新型共同体。

"世界"既是相对于人工智能而言的,也是相对于人类智能而言的。这两种不同意义上的智能围绕"世界"建立的关系是诸多科幻作品的重要内容。在已知范围内,相关创意主要有如下类型:(1)人工智能支持人类(或特定人)统治世界。例如,云霁子《带着人工智能闯异界》致力于描写君王再临。在原有世界毁灭之后,帝皇带着陪伴了他上千年的人工智能到了高维世界,以实施统治。人工智能总名为"贤者",由分别代表帝皇、研究人员、人民的智能人格琅琊、悖论、愚者组成。(2)人工智能反抗人类(或特定人)对世界的统治。例如,明渐《捡到一个星球》描写海尔法星球第四次世界大战带来核冬天。黑客组织"重启者"对野心政治家的穷兵黩武感到愤怒,研制网络病毒并将之植入所有机器人的底层芯片,命令它们杀死所有好战的人。不料机器人全面叛变,人类因此濒临灭亡。(3)人工智能统治世界。例如,根据一关晴瘦《智能之下》的构思,EVA是星辰联邦的天使,也是笼罩于整个已知宇宙的超级人工智能,被称为"智主大大"。

总的来看,人工智能虽然曾经被视为纯粹科幻的对象,如今却越来越迅速地进入现实生活,由此激发了创作者的瑰丽想象。这是"水涨船高"的过程。本节所揭示的三类九种创意取向,有助于我们比较全面地把握人工智能的定位。鲍远福指出:"千百年来,当作为人类文明发展内在驱动力的科学技术与传播媒介反过来变为宰制和支配人类的'异己'存在时,在科幻文艺作品中被描述为'美丽新世界'的人类未来就演变成为一个映射现实生活的'审美异托邦',它是现实生活'理想范型'的另类'镜像',凸显了追求完美的人类难以言明却又如幽灵一般萦怀的对于无节制的科技进步的恐慌与忧惧。"[1] 目前，人工智能仍处于人类可控的范围内，不要说自行其是的超人工智能，就连可以独立思考的强人工智能也还没有出现。因此，科幻作品就此流露的忧思与其说来自某种对应于现实刺激物的恐惧，不如说是某种未雨绸缪的考虑，有时甚至是"为赋新词强说愁"。尽管如此，相关作者所进行的思考（不论是憧憬还是批判）仍然值得重视，因为人工智能的发展正以加速度进行，将来它对人类社会的影响可能是颠覆性的。人类固然有望通过人机融合智能走向更美好的未来，也可能将自己的历史葬送在人机冲突智能的恶托邦时代。虽然存在不以人的主观意志为转移的因素，但关键仍然是人类所做出的准备与抉择。

本章的分析表明：人工智能经过半个多世纪的发展，先后形成了符号人工智能、行为人工智能和社会人工智能等形态。它们可以在系统的意义上和分别作为言语活动、情感表达、现实模仿的文学创作对接。目前，在实践的意义上，人工智能正逐渐渗透到文学创作的社会层面、产品层面、运营层面，扮演原先由人类担当的多种角色，因而给文学发展带来新的机遇和挑战。在理论的意义上，人工智能所具备的人工性、类智性、似能性可以和文学创作的文化性、创造性、作用性进行比较。它们之间的互动是人为进化的缩影（以上见第一节）。作为新媒体影响我们的移动互联网络正在智能化的浪潮中经历深刻的变革，合体智能、媒体智能和远程智能便是考察上述变革所适用的三种不同角度。在文学领域，它们分别和社会层面

---

[1] 鲍远福：《从技术宰制到技术祛魅——科幻剧集〈黑镜〉〈西部世界〉的媒介悖论》，《北华大学学报（社会科学版）》2019年第6期，第139页。

创新、产品层面创新、运营层面创新相对应,启发我们从九种假设出发,深入思考计算机、互联网、机器人与当代文学发展趋势的关系(以上见第二节)。网络小说作者在社会层面将人工智能的创造与运用当作信息时代人类弄潮儿的重要机遇,或者将人工智能想象成为具备自身独立价值的生命体,或者将人工智能想象成为人与非人之中介;在产品层面将人工智能构思为物质产品的某种精神属性,或者精神产品的某种物质形态,或者物质性与精神性统一的本体;在运营层面着眼人机交互发展人工智能,着眼时空穿越描写人工智能,着眼世界命运审视人工智能(以上见第三节)。至于标志人类智能与人工智能关系转折的奇点,更是唤起人们的澎湃心潮。

第 五 章

文艺评论新潮

文艺评论与文艺创作相伴而生，相激而长，都是促进文艺发展的动力，在文艺历史上源远流长。正如文艺创作一样，文艺评论的形态和观念都深受信息革命的影响。以语言为标志的第一次信息革命开创了文艺的口语形态，促进了以群体创作和评论为核心的文艺观念的形成。以文字为标志的第二次信息革命催生了文艺的书面形态，促进了以个体创作和评论为核心的文艺观念的形成。以印刷术为标志的第三次信息革命催生了文艺的报刊形态，促进了以市民创作和评论为核心的文艺观念的形成。以电磁波为标志的第四次信息革命孕育了文艺的电子形态，促进了以公众创作和评论为核心的文艺观念的形成。以计算机和互联网为标志的第五次信息革命酿就了文艺的数字形态，促进了以网民创作和评论为核心的文艺观念的形成。本章所谓"文艺评论新潮"指的正是第五次信息革命所带来的变化，即网络文艺评论登上历史舞台。网络文艺评论可以理解为网络时代的文艺评论，也可以理解为"网络""文艺""评论"彼此渗透而形成的舆论场，特别是针对网络文艺的评论。本章将重点置于后者，考察它的源流、特征和视角。

第一节　顾盼：网络文艺评论的源流考察

作为范畴，"网络文艺评论"不仅是指网络时代的文艺评论，而且是指"网络""文艺""评论"三要素彼此渗透、融合形成的特殊场域，作为舆论起作用。作为场域的网络文艺评论在无网不文的时代崛起，在针对不同类别的网络文艺细化的过程中发展，在跨文化、跨学科的互动中实现自己的追求。

一、无网不文的时代：网络文艺评论的崛起

网络文艺评论是从新媒体文艺批评中脱颖而出的。后者至少存在三种可能的解释：一是运用新媒体进行文艺批评，例如，在网站或公众号上发表有关我国古典文学的评论；二是对新媒体艺术加以批评，例如，在纸媒上探讨我国网络电影的走向；三是借助艺术形式对新媒体表达看法，例如，在小说《虚拟现实》[1]中通过人物塑造和情节安排来评价 VR 技术应用的社会影响。它们分别将新媒体当成手段（或工具）、艺术新形态的关键要素、值得关注的社会现象。不论是哪种解释，都将新媒体崭露头角当成自己的前提。相比之下，社会科学界比较重视的是上述第二种解释，或许是因为它能够彰显相关理论的创新性。循着上述思路，我们顺理成章地将新媒体艺术（尤其是网络艺术）当成探讨的重点。

---

[1] ［英］迈克尔·里德帕思：《虚拟现实》，龚怡祖译，译林出版社 1997 年版。

第五章 文艺评论新潮

（一）核心观念的由来

在历史上，人们对作为批评对象的新媒体艺术有过多种不同的定位。例如，如果将媒介理解为材料，那么，新媒体文艺批评的关键便在于把握材料创新对艺术创作、艺术特征和艺术发展的影响。我们应当关注如何在面包片上烤出《蒙娜丽莎》，如何以天空乌云为屏幕映射时空隧道，如何用 DVD 光盘片垒出奋飞的天鹅，如何用纳米材料将电脑艺术穿在身上，等等。如果将媒介理解为平台，那么，新媒体文艺批评的关键便在于把握平台创新对艺术活动诸环节（特别是艺术传播）的影响。我们应当关注互联网如何实现建设世界艺术宝库的梦想，移动通信如何满足人们随时随地随愿创作和共享艺术的需要，GPS 如何促进大地艺术与位置叙事的创新，宇宙飞船如何携带艺术作品进入太空轨道并对地展示，等等。如果将媒介理解为使人或事物之间得以建立联系的中介或纽带，那么，新媒体文艺批评的关键便在于把握纽带创新对艺术观念和艺术实践的影响。我们应当关注艺术经纪人如何作为重要社会角色活跃于世界各地，智能代理如何参与当今世界的艺术流通、悄悄地改变文坛艺坛的风尚，虚拟现实如何创造让人们乐此不疲的交互式娱乐，增强现实的数据层如何使数字艺术融入物理景观，等等。在上文所列举的不同定位中，目前看来是第二种备受关注，以至于人们在许多场合将新媒体艺术等同于网络艺术，而此处的"网络"又特指基于计算机技术的全球信息基础设施。以此为基础，可望实现不同含义的新媒体艺术的融合。

正是在这样的背景下，"No Internet, No Art"成为西方学术界近年来的热点话题之一。如果用汉语来表述，也就是"无网不艺"。考虑到我国学术界在谈论"艺术"时经常有意无意地强调文学的中心性，不妨将上述表述替换为"无网不文"。事实上，这四个字很可能构成当前（以及前后若干年）新媒体文艺批评的核心观念。

"无网不文"可能意味着从当下网络无处不在的现实去反观历史，肯定古人早就认识到"网"和"文"的多重关系。例如，任何网状物都是有花纹的，没有社会网络就不可能有文学艺术，"文"的奥妙就在充当各种联系的节点，等等。许慎《说文解字》对"网"做了很有意思的解释："庖牺所结绳以渔。从冂，下象网交文。凡网之属皆从网。"他首先阐述了"网"作为生产工具的起源，然后分析了"网"作为文字的特性，最后强调了"网"作为符号的广泛概括力。"冂"在此处不妨理解为结绳之纲（所谓"纲举目张"），若延伸到数字化时代便是信息基础设施（更准确地说是其主干）。至于"下象网交文"，从字形上看是四条网线交织成两个节点，若扩展到数字化时代便是由四通八达的网际网路形成恒河沙数的网站。如今以网络艺术为代表的新媒体艺术是依托全球信息基础设施而发展起来的，正如"网"字所包含的"交文"为"冂"所笼罩那样。今天批评家所津津乐道的网络艺术的特征其实有不少是由全球信息基础设施的属性发展而来的，如信息性、交互性、全球性、虚拟性等。它们体现了网络艺术和传统艺术之间的区别。至于网络艺术彼此之间的差异，也有不少由具体的网络服务的属性所规定，正如 BBS 小说、万维网艺术、流媒体音乐、移动增强现实戏剧等所体现的那样。

"无网不文"也可能意味着从当下移动互联网络日益广泛的应用去把握新媒体艺术（尤其是网络艺术）的发展趋势。如果说网络艺术在 20 世纪下半叶经常被视为另类（正如网络文学在我国曾被讥为"厕所文学"那样），如今，它不单已经为自己在批评界和管理层挣得了一席之地，甚至显示出将整个艺术的发展纳入自己运行轨道的趋势。新媒体之所以方兴未艾，原因之一是具备相对于传统媒介的高度兼容性。网络艺术之所以风头正健，原因之一则是有条件将既有艺术都转化成自己的资源，不论是在数字化经典的意义上，还是在 IP 衍生品的意义上，都是如此。历经数十年的努力，社会信息化已经到达了让人类文化产品的保存和传播都不同程度有赖于它的水平（越是发达国家，越是如此）。作品再好，如果不上网（没有网络目录，不在网上做介绍），那么，对全世界四十亿网民来说就仿佛不存在。

当然，"无网不文"还有另一层含义，即充分发挥网络潜能以繁荣艺术。一方面，为了吸引眼球，所有的网页都可能经过某种程度的美化或艺术加工，所有的网站都可能借助为网民所喜闻乐见的艺术形式，所有的网络用户在登录时都可能因为身份虚拟化而使其活动具备表演意味，就此而言，泛艺术化成为新媒体时代的标志之一。另一方面，艺术本身走下高贵的殿堂或"象牙之塔"，在林林总总的网络资源中成为和其他信息、其他服务、其他产品一样的分支。就此而言，艺术泛化同样是新媒体时代的一种标志。从表面上看，信息冗余取代信息匮乏是新媒体时代的福音，实际上，信息过载、良莠不分已经成为严重的挑战。在这样的背景下，新媒体文艺批评不仅承担着对泛艺术化、艺术泛化加以历史描述的任务，而且肩负着激浊扬清的社会使命。

在理想的意义上，"无网不文"是某种"喜大普奔"的目标，即所有的网状物都有文采，所有的网络设施都有文化，所有的网络环境都有益于艺术的健康发展。如果认同早些年就有的 IPv6 可为地球上的每颗沙子提供网址的说法，那么，"无网不文"在技术上完全是可行的。如果承认互联网思维、网络艺术或艺术领域的"互联网+"已经是当今学术界讨论的热点,那么,"无网不文"在心理上完全是可能的。只要全球信息基础设施的建设仍在推进,那么,互联网的影响势必仍然与日俱增。尽管如此,正如当今世界已经是全球化与逆全球化相互博弈的舞台那样,网络化与逆网络化也可能是一对矛盾。在网络化生存已经变成新常态的时候,某些人却以追求断网静修来实现自我升华。在新媒体艺术已经成为新时尚的时候,是否会有批评家倡言"旧媒介艺术"的优越性呢?也许,我们既要肯定以互联网为代表的新媒体所创造的即时互动、全球共享、虚拟生存的丰富机遇,又要直面它对于艺术所可能产生的负面作用。如果艺术的本性是对于自由的追求的话,那么,一切以互动为转移便是对艺术的毁灭,因为它否定了独立自主地静心思索的重要性。就此而言,根据大数据预测的受众喜好来拍摄影视,未必出得了精品(很可能沦为古人所说的筑室道谋)。如果艺术的特性来自对语言的精心、精致、精彩应用的话,那么,一切以共享为转移同样是对艺术的戕害,因为共享和语言多样性是冲突的。纯粹从共享的要求出发,世界上只要一种语言就够了(最好连一种语言也不要,直接诉诸脑波,形成科幻作品所说的"全球脑")。但是,这样艺术也就高度同质化了。如果艺术的功能是对现实生活的反映和干预,那么,一切以虚拟为转移同样是对艺术的荼毒,倘若人们因此淡化了现实关怀的话。将虚拟发展到极致,我们都只要作为非身体意识存在就够了。果真如此,男儿没了血性,女人没了母性,大家都成为飘移在赛博空间中的幽灵,人生的意义就被颠覆了。因此,我们倾向于将"无网不文"理解为包含辩证否定的命题。

第五章 文艺评论新潮

(二)似确定性的把握

倘若新媒体有意识的话,那么,如今她尽可以欢庆自己所已经取得的成功。她不仅将科幻作家的艺术想象变成了现实,而且为陷入后现代困境的艺术寻找到拥抱科技的出路,甚至自身已经是艺术大百科、经典艺术宝藏、前卫艺术试验田、流行艺术大卖场。举凡你想得出来的有关艺术的名堂,几乎网络上都能找到,即使今天找不到,过些日子(或许就是明天)也会有,如果你将自己的创意或要求公开的话。

艺术似乎已经迎来了信息化的春华,收获着网络化的秋实。不过,赛博空间中还会有夏天的雷暴、冬天的狂风吗?媒体以传播信息为己任,而信息本身是以降低不确定性来定义的。因此,媒体越是发达,信息越是丰富,我们似乎越是应该生活在具有高度确定性的时代。然而,在人类所曾有过的各种媒体中,拥有最高兼容性、最庞大信息资源、最强交互性的互联网却制造了最令人眼花缭乱的幻象,以至于很难将这种幻象定义为纪实或虚构。在人类所曾有过的媒体研究中,拥有最先进技术的云计算、最全面覆盖的大数据既增加了信息生产者和传播者的底气,又潜藏着更复杂、更强烈的控制欲。处在这样的时代,曾经被视为艺术之源、艺术之本、艺术之归宿的现实仿佛丧失了它的可靠性,建立于其上的艺术大厦还有可资依托的根基、凭借它运行的文化产业还有足资依赖的规律吗?

新媒体已经帮助我们解决了信息匮乏所造成的许多问题,这一点从百姓日常购物到政府宏观决策都可以感受到。尽管如此,新媒体又带来了更多由于信息餍足造成的问题。这是既不同于确定性,又不同于不确定性的似确定性(甚至还有被刻意制造出来的伪确定性)。如果说现代主义更看重确定性,后现代语境更强调不确定性,那么,如今是似确定性大行其道的时候。当下的似确定性是貌似确定的不确定,是人们的头脑被超出其处理能力的信息所麻痹时自以为是的确定性,是在信息海洋中泛舟时欣欣然、不知其下仍可能有海沟和火山的确定性,是为新媒体所陶醉时所感觉的确定性。至于它是向真正的确定性还是不确定性转化,很大程度上取决于人们的自觉程度、价值判断和批判精神。

作为网络文艺评论的实例,简圣宇《危机与转型:作为后"后现代艺术"的数字艺术》告诉我们:由于新媒体的支持,数字艺术在21世纪正重塑当代艺术的整体格局。鲍远福《新媒体文本表意论:从"语图关系"到"语图间性"》展示了不同符号系统如何通过新媒体彼此缠绕成复杂的表意之网,成为艺术创新的契机。赵崇璧《网络镜像时代:从自我表演到众语狂欢》说明历史的发展已经到了这样一个关口:不是生活决定了网络镜像,而是网络镜像改变了生活。如果我们将新媒体想象为人的话,或许可以说:第一篇论文所述的数字艺术好比新媒体显露给我们的灿烂微笑,第二篇论文所述的表意之网好比新媒体披罩于我们所见世界的透明纱幕,第三篇论文所述的网络镜像好比新媒体让我们呼吸的浓厚雾气。在如何看待新媒体时代艺术变革这一点上,这些论文的基调并不一致,角度更不相同。唯其如此,我们才倍感它们在深化对当前似确定性认识方面都有无法相互替代的价值。[1]

---

[1] 以上论文均见黄鸣奋:《如今似确定性包围着我们》,《南京邮电大学学报(社会科学版)》2016年第1期,第1页。

(三)理论想象的必要

在世界范围内,网络文艺的兴盛与网络文艺研究的崛起几乎是同步的。网络文艺研究既是对网络文艺创作经验的总结,又借鉴了同时代流行的后结构主义、后现代主义、文化研究、技术哲学、语言哲学、信息科学等诸多领域的理论成果,因此呈现出与传统文学研究不同的风貌,逐渐形成包含独特范畴、命题与范式的体系。尽管如此,网络文艺研究从整体上来说落后于网络文艺前进的步伐。就研究方法而言,人们比较习惯于从传统文学理论汲取营养,试图将网络文艺塞进某个固有的框架,让它和既有的思维模式接轨。虽然某些学者也表现出对跨学科研究的兴趣,但往往局限于平移或引入其他学科的概念或原理。相比之下,具备前瞻性的网络文艺研究数量相当少,这和网络文艺本身的日新月异不相适应,也和移动互联网络的迅猛发展难以协调。在这样的背景下,有必要强调想象力在网络文艺研究中的重要性。对此,可以从下述角度加以把握:

愿景想象力,指对于网络文艺的憧憬,以一定的社会理想、审美理想和文学价值观为依据。网络文艺研究不能只满足于诠释既有作品、汇总出版数据,也不能只停留在充当有关网站或集团的书记员,而应当对网络文艺做出包括作品愿景和生态愿景在内的理想表述。这种表述未必追求定于一尊,完全可以百家争鸣,但应当既基于网络文艺的实际又超越网络文艺的现状,能够吸引志同道合者从理论和实际的结合上共同奋斗。就媒体而言,网络文艺以全球信息基础设施为平台,这一设施的总体发展趋势是有迹可寻的,如业界预测所透露的5G、语义网、星际网开发,还有人工智能、虚拟现实、增强现实的普及等。这些预测在一定意义上可以成为网络文艺展望的参考系。

维度想象力,指设身处地,从不同学科、不同角色观察网络文艺的多个侧面。网络文艺目前已经成长为体态丰满的庞然大物,不仅其产品总量及积累速度令人叹为观止,而且所产生的社会影响也日趋广泛。如果我们局限于就文学论文学,那就难以把握网络文艺的全貌。倘若能够超越自己作为研究者所属学科的限制,在观念中转换视角,并结合相应的社会调查,那么,就有可能观察到网络文艺具有智能集成、通俗文化、增值服务、信息资源、潜能表达、迷宫艺术、互联天下、舆情动向和IP形态等多个侧面,并以此为基础形成网络文艺的整体观,为理论创新提供条件。

交互想象力,指在跨文化、跨地域、跨行业、跨学科、跨时代等对话中激发创造灵感。网络文艺研究倘若仅仅将读者预设为当下同行小圈子,那么,其影响力是相当有限的。实际上,网络文艺本身已经迅速向不同社会阶层、不同文化环境渗透,网络文艺研究完全可以将多种类型的读者当成自己的对话伙伴。即使仅仅在观念中扩大预设读者的范围,也有助于激励创新思维。如果在实际文化交流中组织起跨界对话和研讨,那就更有启发意义了。

上述三种想象力是相辅相成的。对于网络文艺研究而言,愿景想象力包含了对所在领域发展趋势及理想目标的基本判断,维度想象力将上述判断展开为包含多重视野和层系观念的具体观点,交互想象力则探索上述判断和观念包括表达形式与预设读者在内的对话渠道。它们完全可以和其他类型的想象力交相为用,丰富理论思维的内涵,开拓归纳、演绎和类比之外的学术探索新路径。

实践已经证明:想象力是网络文艺创作之母,引导人们去创造引人入胜的虚拟世界(愿景),对社会生活别具只眼(维度),诉诸网络用户（特别是网生代）的心灵（交互）。实践也将证明：想象力同样是网络文艺研究创新之母。网络文艺研究可以有自己的愿景（如建立具备中国特色的网络文艺理论体系等），可以有自己的维度（如形成网络文艺心理学、网络文艺伦理学、网络文艺传播学、网络文艺社会学等分支），同样可以有自己的交互（如网络文艺评论家与大数据分析师的对话、网络文艺任课教师与 IP 开发商的对话等）。这一切都离不开理论意义上的想象力。[1]

综上所述，网络文艺评论产生于以计算机和互联网为标志的第五次信息革命深入发展的过程中，其核心观念包括从当下网络无处不在的现实去反观历史、从当下移动互联网络日益广泛的应用去把握新媒体艺术（尤其是网络艺术）的发展趋势、充分发挥网络潜能以繁荣艺术等多种含义，以及相关的辩证命题。与信息匮乏的过去不同，如今是信息餍足的时代，可供网络文艺评论参考的信息很多。然而，海量信息制造了貌似确定的不确定，对人们理性思考能力构成了挑战。如今又是"未来已来"的时代，网络文艺评论需要愿景想象力、维度想象力、交互想象力，才不至于落伍。

二、三足鼎立的构成：网络文艺评论的分化

上文所说的"新媒体文艺批评"可以说是"网络文艺评论"的母体，或者说"网络文艺评论"是相对于"新媒体文艺批评"的子类，因为在外延上"新媒体"比"网络"更广阔，"文艺批评"和"文艺评论"相比

---

[1] 黄鸣奋：《网络文学研究要有想象力》，光明网 — 文艺评论频道 2017 年 10 月 27 日。https://share.gmw.cn/guancha/2017-10/27/content_26796104.htm.

也是如此。"新媒体"适用于历次信息革命所创造的各种媒介,包括但不限于各种信息网络。"文艺批评"可能是指运用文艺所进行的社会批评(涉及各种社会现象),也可能是指文艺界进行不同文艺主张论争的方式,或者是指对于各种文艺作品、文艺现象所进行的阐释或评价。"文艺评论"主要是就后者而言。所谓"网络文艺评论"至少包含三种含义:一是以网络为渠道或平台进行的文艺评论(读为"网络 + 文艺评论"),二是针对网络文艺所进行的评论(读为"网络文艺 + 评论"),三是运用网络思维或网络观念进行的文艺评论(读为"网络 + 文艺 + 评论")。

(一)以网络为平台的文艺评论

这类文艺评论存在于网络,其形态为网络服务所左右,随着网络的升级,从文本型、音频型发展到视频型。在以网络为平台的意义上,网络文艺评论可以根据所依托的网络服务细分为博客型、微博型、微信型、弹幕型等。它们各有各的特点。例如,博客评论篇幅较大,微博、微信评论篇幅相对短小,弹幕评论尤其短小。博客评论、微博评论主要面向大众,微信评论主要面向熟人,弹幕评论主要面向陌生人。上述区别是由网络服务的性质决定的。以弹幕型为例。正如欧阳照、赵旭婷所言,弹幕评论紧密依托于视频本身,基于视频时间轴呈现,针对视频中此时此刻正在播放的内容。它具有三大特点:不存在固定意见领袖的扁平化传播;黏性强但向外扩散难度大的受众群体;同时承载收视数据与文本评论两种信息,是了解受众对视频接受状况的新途径。此外,虽然弹幕评论可以营造出一种陪伴感,但由于时空的阻隔与用户匿名机制,也经常会产生交流假象,具有一定的局限性。[1] 如果不是从供给端而是从消费端看问题,那么,上述各类评论内部还可能因为用户所采取的不同行为方式产生分化。例如,吴彼得区分出受众微博评论的偏激式、反击式与理性化三种类别。[2]

与传统文艺评论相比,上述各类网络文艺评论具备如下共同特点:(1)作者一般出于兴趣写作,较少受商业利益的影响。(2)内容源于日常所思、所感、所察,比较具备个人风格。(3)通过"开放性、外向型、无限螺旋式的链接"[3]实现彼此参照,博采众长,集纳百家之言。(4)努力打通移动通信网与互联网的界限,使得大众评论向聚集化、多元化发展,像微博就是如此。[4]

目前,网络文艺评论已经产生了不容忽视的影响。以电影为例。钱慎一、杨铁松指出:"微博电影评论与传统的网络电影评论相比,信息量更大,及时性更强,获得人们的关注度更高。因此对微博电影评论的情感分析研究意义重大,不仅可以引导观众的观影决策,而且可以使制片商调整他们的营销策略。"[5] 以舞蹈为例。夏志伟指出:在"人人微信"的时代背景下,微信舞蹈评论通过微信这一款社交软件得以发表或转载。它主要的类型有公众媒体与个人网

---

[1] 欧阳照、赵旭婷:《视频时间轴的弹幕评论:特点与局限刍议》,《重庆邮电大学学报(社会科学版)》2016 年第 4 期,第 136–141 页。

[2] 吴彼得:《浅析微博评论的种类》,《记者摇篮》2017 年第 8 期,第 45–46 页。

[3] 吴凡、彭莲萍:《评论界崛起的一股新力量——解读博客评论》,《新闻与写作》2005 第 3 期,第 31 页。

[4] 田静:《微博评论集纳的当代价值》,《青年记者》2010 年第 23 期,第 66–67 页。

[5] 钱慎一、杨铁松:《基于微博电影评论的情感分析研究》,《现代计算机》2017 年第 5 期,第 48 页。

页舞蹈评论的转载、即时发表的自舞评，也有通过微信公众号推送的"微"舞评等。它的主要特点体现为即时性、互动性、参与性和多样性等。"微"舞评逐渐在舞蹈评论圈内占领风头。[1]

必须看到：算法目前在网络获得日益广泛的运用。它虽然提高了各类相关服务的运行和管理效率，但也潜伏着令话语生态失衡的风险。沈哲以新浪微博热门评论为例，说明算法支持下的微博权重规则实际上为每位用户话语权的实现设置了隐性条件，权重较高和较低的用户处于不同的地位。长久以往，热门评论往往并不能呈现出真正多元的话语。[2]网络文艺评论本身也面临有待解决的问题，如局限于"浅阅读""碎片化"等。[3]以弹幕评论为例。正如栾开印所说，它是青年亚文化和群体狂欢的产物，成为文艺评论新形态的构成之一。弹幕在发展过程中也存在弊端和不足，如吐槽文化泛滥、过度低俗化、审美异化等问题，需要我们不断反思与矫正。[4]

（二）针对网络文艺进行的评论

针对网络文艺所进行的评论可以根据评论对象细化为网络文学评论、网络美术评论、网络音乐评论、网络影视评论、网络游戏评论等类聚。随着媒体融合的推动，这类文艺评论可能存在于线上，也

---

[1] 夏志伟：《对微信舞蹈评论及其传播的探讨》，《北京舞蹈学院学报》2016年第5期，第103-109页。

[2] 沈哲：《算法影响下微博用户话语权的失衡——以热门评论为例》，《新媒体研究》2020年第9期，第22-24页。

[3] 张云丽：《微信时代文学评论如何"介入"生活》，《新媒体研究》2019年第16期，第76-77,100页。

[4] 栾开印：《对网络文艺评论形态弹幕的研究》，《新闻传播》2019年第1期，第53-54页。

可能存在于线下。我们可以引入笔者所提出的传播原理,从三个层面、九个要素把握这类评论的基本特点。

在社会层面,网络文艺评论经历了从边缘走向中心化、从另类成为正宗的演变。值得注意的是:(1)评论主体大致都包括草根人士、媒体人士、专业人士三大类。他们之间的互动与融合构成了网络文艺评论的社会生态。大致而言,其趋势是从草根人士为主导、媒体人士为主导向专业人士为主导演变。不论是什么身份,要适应网络文艺的新生与演变,都必须不断学习。即使是专业人士,也面临着拓展研究视野、提升学术深度的使命。例如,根据丁旭东的分析,目前网络音乐就其覆盖面而言号称网络文艺"第一艺术",已向"融合音乐文艺形态""互联网＋音乐""泛娱乐""新文创"的"融文化"形态发展。要对其进行深刻的评论,评论者不仅要具有必需的音乐学本体知识,还需要具有社会学、文化学、传播学、阐释学、后现代文艺哲学等宽泛的人文素养。[1](2)评论对象涉及不同来源的作品。网络文艺评论既关注艺术专业工作者将作品首发从线下向线上转移等趋势,又关注艺术业余爱好者对于用户生成内容迅速增长所做出的贡献,还关注艺术软件智能体在网上崭露头角等现象。(3)评论中介包括网管(从版主到运营商)、行业组织、教育机构、政府主管部门等多种力量。网络文艺评论从"自言自语"走向"众声喧哗",再到有序研讨,各种中介发挥了重要作用。例如,2016年,由中国电影家协会指导,华中师范大学新闻传播学院与中国电影电视评论学会联合主办互联网与中国电影评论高峰论坛,聚焦"网络影评

---

[1] 丁旭东:《新时代网络音乐评论生态与"学院派"评论入场》,《艺术评论》2019年第1期,第63页。

的媒介属性与文化精神"。上述中介各有各的需要和诉求。例如,网管希望网络文艺评论带来更多的人气,行业组织希望网络文艺评论推动本行业的发展,教育机构希望网络文艺评论有助于提高学生的信息素养和艺术修养,政府主管部门希望网络文艺评论服务于两个文明建设,等等。如何将上述诉求结合成统一场,是必须解决的问题。

在产品层面,网络文艺评论经历了目标由模糊向清晰、从游移到确定的转变过程。值得注意的是:(1)评论手段既有基于直觉的即兴吐槽,又有基于技术的深度发掘。所使用的语言既有源于传统的各种词语,又有具备网感的各种用语。根据丁旭东的分析,评论语言的"网感"可以归纳为三大要素,即与作品全息化相适应的"超文本"、与阅读碎片化相适应的"短小",还有与网民年轻化相适应的"流行语"。[1]自媒体降低了网络文艺评论的门槛,使更多的人可以发表意见;大数据提高了网络文艺评论的门槛,使更专业的人才能发表意见。(2)评论内容从总体上说仍然是以评论主体所恪守的"三观"和审美理想为主导,运用所掌握的专业知识和生活经验阐释作品意义、评估作品价值、联系社会现象。由于网络媒体时效性、互动性等特点,网络文艺评论更注意捕捉舆情热点,追求轰动效应。(3)评论本体既有只言片语,又有长篇大论;既有广告软文,又有学术论文;既有旨在致敬或戏仿的再创作,又有旨在过滤或推荐的各种算法。

在运营层面,网络文艺评论经历了从自发性向系统性的转变

---

[1] 丁旭东:《新时代网络音乐评论生态与"学院派"评论入场》,《艺术评论》2019年第1期,第65页。

过程。值得注意的是:(1)评论方式由于草根人士的介入而呈现感性化的特点,由于媒体人士的介入而呈现新闻化的特点,由于专业人士的介入而呈现学术化的特点,在彼此协调的情况下进入有序的学理轨道。不仅如此,评论方式还随着网络平台服务创新而趋于多样化。例如,有了微支付,评论者可以通过打赏与被评论者互动,有了大数据,评论者可以通过发布各种排行榜用数字表示自己的意见,众多网友对于相关作品的打分和评价都成为数据,被算法当成推荐的根据。(2)评论环境从国内向海外扩展,关系到网络文艺的跨文化传播和接受。不仅如此,评论环境还随着网络文艺产业的发展而趋于功利化。网络文艺经历了从无IP(自愿将作品无偿放在网上)、小IP(单一作品著作权)到大IP(系列衍生作品著作权)时代的演变,形成了不断延伸的产业链。网络文艺评论可以供相关企业决策参考,具备实践意义和商业价值。(3)评论机制从分散到集中,表现为国家通过设立重大项目研究网络文艺评价体系,以避免相关界别各行其是的弊端。不仅如此,评论机制还随着网络文艺类型的发展而趋于学科化,表现为网络文艺学的建构、网络文艺史的撰著等。

(三)运用网络思维的文艺评论

早在2014年,习近平总书记就指出:"推动传统媒体和新兴媒体融合发展,要遵循新闻传播规律和新兴媒体发展规律,强化互联网思维,坚持传统媒体和新兴媒体优势互补、一体发展。"[1]党报评论

---

[1]《共同为改革想招　一起为改革发力　群策群力把各项改革工作抓到位》,《光明日报》2014年8月19日,第1版。

如何对接互联网思维,已经成为富有现实意义的研究课题。[1]

王佳指出:"互联网思维是指将思考和解决问题的思维建立在互联网的基础上,是将人们的思想通过互联网发展和应用实践来表达,经过沉积内化使这种表达变为人们思考和解决问题的方式或思维结构。"[2]有人认为互联网思维包含九个维度,即用户思维、极简思维、极致思维、迭代思维、流量思维、社会化思维、大数据思维、平台思维、跨界融合思维等类型。[3]对网络文艺评论而言,上述九个维度可以根据笔者所提出的传播九要素原理逻辑化如下:(1)主体维度的极简思维。人各有所长,不要以为自己什么都会。互联网的优势之一是让人人都有显示才华的可能,网络上处处有高人。因此,要相信少即是多的原则,集中精力与资源做好某个细分领域的文艺评论。(2)对象维度的用户思维。人各有所需,不要以为自己能让所有人都说好。互联网的优势之一是提供了让无数用户访问诸多网站的机会,将注意力变成最为稀缺的资源。因此,网络文艺评论要明确读者范围,让访客能够一目了然地了解评论者的身份、兴趣、专长、观点等。(3)中介维度的社会化思维。人各有所友,不要觉得自己的社交面没有局限。互联网的优势之一是创造了让所有网民互为中介的机会。因此,要善于利用各种社会化工具或媒体,促进

---

[1] 翟慎良:《党报评论如何对接互联网思维》,《新闻战线》2015年第7期,第98–99页;夏长勇、贾雯:《党报评论也需要互联网思维》,《新闻战线》2015年第6期,第90–92页。

[2] 王佳:《互联网思维下的文创产品推广》,《传媒论坛》2019年第16期,第20–21页。

[3] 杭州春雷网络营销推广:《细说互联网九大思维》(2019–7–23).https://baijiahao.baidu.com/s?id=1639832812734089006.[2021–1–15]

作者、读者的相互沟通,包括使读者转化为作者、使作者转化为读者等。(4)手段维度的平台思维。物各有其用。互联网的特点之一是打造平台让大家用,而不是关起门来自己用。因此,要善于通过共享使自己所拥有的信息资源、信息工具、信息服务等增值,这对于文艺评论工作者也是适用的。(5)内容维度的大数据思维。物各有其义。互联网的特点之一是将各种信息汇集成硕大无朋的电子百科全书,只要善于挖掘,处处有宝藏。因此,网络文艺评论的视野应当从个案转向数据,从样本转向全本,从拿已经定型的圈子套转向发现事物之间的未知联系。(6)本体维度的极致思维。物各有其值。互联网的特点之一是提供了前所未有的相互比较的机会,把产品或服务做到极致,就能得到广泛承认。因此,网络文艺评论应当将重视质量的传统发扬光大。(7)方式维度的流量思维。事各有其技,通者为巧。互联网所带来的挑战之一是将机遇、价值、影响力等范畴都转变成为流量,让大家都来捕捉;通过门户网站、搜索引擎、在线数据库将一切可以上网的东西都变成排行榜,让排名靠前者成为示范。网红就是这方面的能人,不仅可以显示自己的特长,而且还可以带货、做广告,实现主体维度与手段维度、极简思维与平台思维的整合,从而带来巨大的流量。网络文艺评论在道理上与之相通,评论者人设之美与被评论者的质量之优是统一的整体。(8)环境维度的跨界融合思维。事各有其门,找不到门就无法登堂入室。互联网所带来的挑战之一是无所不门,仿佛每个热点都是入口(只要有链接)。学科、地域、行业等方面的界限都因此遭到消融,让囿于一域者感到茫然。处在这样的历史条件下,交叉学科大行其道,网络文艺评论因此也要有跨界融合的思维,实现对象维度与内容维度、用户思维与大数据思维的整合。(9)机制维度的迭代思维。事各有其变,一波未平,一波又起。互联网所带来的挑战之一是加速世界的变化,这可以从不断转移的舆论热点看出来。以此为背景,网络文艺评论也要意识到只有变化本身是不变的,迅速对变化做出必要的回应。

在上述九个维度中,最有特色的应当是平台思维,因为互联网本身是人类所打造的最大平台,互联互通、开放共享、互惠共赢。在文艺评论领域,如果说传统思维更多地着眼于具体作者与作品,那么,平台思维更多地着眼于信息共享的条件。以高速公路为喻,前者主要看到川流不息的车辆,后者主要看到四通八达的网络。前者认为先有车流,才有公路网;后者认为先有公路网,才有车流。从传统思维的角度看,是身在北美的中国留学生由于思乡而开创了汉语网络文学;从平台思维的角度看,是互联网的建设为信息的跨境传播提供了可能。刘家明、蒋亚琴指出:"平台思维是一种水平的联结思维,是一种开放合作的共享思维,是一种追求更大价值与贡献的利他思维。"平台是供给侧资源整合集成与供需匹配的产物,搭建平台就要整合资源,吸引海量参与用户集聚于平台,这就要求做平台的人树立"先人而后己"的精神,愿意成就他人,为他人发展让路、让利,将自己的成功建立在帮助用户获取成功的基础上。因而,平台革命的思维导向必然是与唯我思维相对立的利他思维。"[1]

综上所述,网络文艺评论分化为以网络为平台的文艺评论、针对网络文艺进行的评论、运用网络思维构思的文艺评论。它们各有各的适用场合与对象。那些既以网络为渠道或平台,又针对网

---

[1] 刘家明、蒋亚琴:《平台时代大学生要有平台思维》,《河南科技学院学报》2020年第2期,第69、72页。

络文艺,同时还能运用网络思维的评论,应当说是网络文艺评论的代表。

三、由对话构建未来:网络文艺评论的追求

不论是在文艺创作还是文艺评论领域,网络时代都是众声喧哗的时代。匿名上网的惯例、虚拟身份的便利、平台容量的巨大,都为网络文艺评论创造了前所未有的可能性。当然,自从20世纪90年代各国相继为网络信息流动立法以来,监控之严密,已经是众所周知的事实。处在这样的历史条件下,网络文艺评论的能动性和受动性都得到空前的发展,自律显得格外重要。从上述认识出发,我们认为网络文艺评论应当立足于由对话构建未来。

(一)对话空间的建构

网络文艺评论是跨角色、跨门类、跨领域、跨文化对话的广阔空间。这种对话首先是创作者和鉴赏者围绕网络文艺的跨角色对话,是他们在新媒体勃兴的历史条件下为创造网络文艺美好未来的共同努力。从创作者转化而来的评论者具备敏锐的艺术眼光,从鉴赏者转化而来的评论者拥有良好的学术素养,他们都可以通过互动、换位、交融成为网络文艺界同舟共济的纽带。

网络文艺评论是网络文艺与网络艺术之间的跨门类对话。它们既以所运用的不同表现手段相互区别,又在"网络艺术"的范畴中融为一体。不论网络音乐、网络美术,还是网络影视、网络游戏,它们所积累的艺术经验都可以供网络文艺借鉴,反之亦然。评论家对此大有用武之地。

网络文艺评论是信息科技与社会伦理的跨领域对话。在网络文艺稚气未脱的20世纪下半叶，美学界存在科学主义和人文主义的大分野。在网络文艺风华正茂的21世纪上半叶，审美计算、人文计算的勃兴昭示着上述两大思潮的合流。尽管如此，从20世纪就已经争论不休的许多问题仍然没有终极答案。人类意识能否还原为算法，（大）数据主义能否引领我们走向新时代，人工智能可否取代传统作家与网络写手，诸如此类的问题都可以通过网络文艺评论得到某种（当然不是唯一的）答案。

网络文艺评论是中国网络文艺和西方电子文学之间的跨文化对话。同为以计算机和互联网为标志的第五次信息革命的产物，但由于不同社会历史条件的影响，它们被冠以不同的名称，赋予不同的特色，走过不同的道路，并成为东西方文化交流的新场域。通过评论家的努力，我们可以寻找它们之间交汇的轨迹，探索共同的文心，建树人类命运共同体的意识。

网络文艺评论既可以是针对既有作品的评论，也可以是以作品为引子对其他现象的评论，甚至是以作品解剖为契机建构或阐发评论者自己的理论体系。在历史学的参照系中通过对话揭示网络文艺成长的因缘和甘苦，在未来学的参照系中通过对话建构网络文艺的美好前景，用智慧之光照耀人生，这是我们应有的追求。

（二）角色定位的选择

如果拿体育赛事作譬喻，将创作者当成运动员，那么，评论者可选的定位至少有裁判员、巡边员、讲解员、发令员、记分员等多种角色（并非单纯的观众）。以此来看网络文艺评论，那么，裁判员或许忙于制订评奖标准，巡边员或许全神贯注防止写手越界，讲解员或许充满激情地为公众报告最新网文、网游、网络影视等动态,发令员或许亮出信号敦促各位选手奔跑,记分员则通过量化编制排行榜。还有一种角色并不常见,那就是通过引导环和盲人选手联成整体飞奔的领跑员。

我们自然无意将创作者当成盲人选手,因此也绝非以为评论者才是明眼人,虽然早就有"当局者迷,旁观者清"之类成语可说明评论者有时可以看到创作者自己所未发现的寓意、技巧、价值或局限。创作者和评论者的关系更像是综艺节目或亲子运动会中有时可看到的绑在一起往前奔跑的人,时而创作者超前,时而评论者超前。

如果将网络文艺界视同运动场的话,那么,各组运动员的速度肯定彼此有别。印刷时代晚期成长起来的评论者或许习惯于援引传统艺术标准来看待网络文艺,因此显示出"数码移民"的特点,步履通常稳重。如果是在网络氛围中成长起来的"数码土著",那么,他们的艺术观念很可能从一开始就和互动性、信息共享、屏幕阅读等相联系,因此追踪网络文艺发展的脚步要轻松得多。

类似的差别也见于跨文化语境。网络文艺是率先在西方发展起来的,至今已有半个多世纪的历史。奥地利林茨电子艺术节是该领域一年一度的盛大庆典。自 1979 年创办以来,它的主题始终是世界级风向标之一,展品有相当一部分以线上线下互联互通为特征。若从评论者的角度看,正如阿姆斯特丹策展人梅兰妮·比勒2015 年主编的一部文集标题所示,我们已经进入了"无网即无艺术"(No Internet, No Art)的时代。当今世界上越来越难找到不在某种程度上与互联网有某种关联的人或物。在这样的背景下,新媒体艺术、网络文学甚至大数据题材都已经丧失了新鲜感,应当探讨的是"非创造性""后互联网艺术""过度共享""可信计算""超越数码时代的艺术"等新话题。相比之下，我们往往觉得这些范畴太过超前，不好把握，这很大程度上是由于自己作为评论者比较习惯于站在旁边看，而不是和创作者一起往前奔跑。

并非所有评论者都只能选择同一种定位。正如举办运动会需要多种角色协作才能成功一样，网络文艺及其评论的繁荣也有赖于多种角色的相辅相成。这正是体育赛事给我们的一点启示。

（三）文艺生态的流通

汉语中的"流通"一词并非专指商品贸易、流转，还包含了流转通行的含义。后者源于对自然生态（特别是水的状态与功能）的观察，因此《尸子》称："水有四德。沐浴群生，流通万物，仁也。扬清激浊，荡去滓秽，义也。柔而难犯，弱而难胜，勇也。导江疏河，恶盈流谦，知也。"[1] 作为合成词，"流"重在流动，"通"重在通达。流则不腐，通则不痛，这既是自然生态的妙义，也是艺术生态的智慧。

正因为如此，在考察网络文艺生态时，我们不能不关注身份流动、作品流动与舆论流动的重要性。网络文艺之所以兴盛，首先得益于创作者的身份流动。进入信息时代之后，各行各业对创作感兴趣的人都可以相对自由地在网络上发表自己的作品，依托自己的专业知识、优势技能和特有阅历从事创造，在与来自社会各界的受众的在线互动中获得声望与效益，其中的成功人士可能成为专业作者，但更多的人保留了兼职身份。如果觉得有些吃力或兴趣度降低，同样可以相对自由地退出。原有职业作家、职业艺术家也被吸引到网上，真正做到人尽其才。对于作品而言，网络作为平台给艺

---

[1]〔周〕尸佼:《尸子》卷上，清平津馆丛书本，第46页。

术提供了极其宝贵的跨媒体、跨文化、跨国界流动条件,这是同为大众媒体的报刊和广播电视难以望其项背的。对于舆论而言,流动性主要涉及热点、痛点、痒点、爽点等的变化。昔日的读者或观众如今转化为网络用户,可以相当方便地通过跟帖、弹幕、建公众号等形式发表评论,其身份同样是流动的,并非固化为某些权威人士或机构。

在更广的范围内,网络文艺所促进的身份流动、作品流动和舆论流动不仅对整个艺术界的运行机制具有冲击、激活、疏导等多种作用,而且改变了世界范围内文化交流的态势。不论网络文学还是网络文艺,都是率先在西方发展起来的,因为第五次信息革命率先在发达国家爆发,以互联网为龙头的信息基础设施也是率先在发达国家建设的。从身份流动的角度看,赴欧美的留学生对网络文艺在我国的兴起发挥了重要的中介作用。从作品流动的角度看,来自港台的某些成功作品(如蔡智恒《第一次的亲密接触》)对内地写手起了示范作用。从舆论流动的角度看,西方人工智能观念、后现代主义、超文本范畴等的输入成为中国网络文艺评论和研究的催化剂。经过这些年的努力,中国网络文艺呈现出后来居上的可喜势头。就身份流动而言,它以遍布世界各地的华人华侨为中介逐渐引起各国主流社会的注意;就作品流动而言,它以网文翻译网站、网络游戏平台等为中介迅速向世界各国传播;就舆论流动而言,它随着我国对外交流渠道(如孔子学院)的运作而得以在世界范围内获得推广。

生态意义上的"通",主要是就机制而言。《黄帝内经·素问·举痛论》道:"通则不痛,痛则不通。"如果我们将网络文艺视为生命体,那么,上述原则同样适用于相关机制分析。网络文艺创作要技巧精通,网络文艺语言要风格清通;网络文艺鉴赏要意绪沟通,网络文艺研究要学术贯通；网络文艺媒体要平台连通，网络文艺报道要消息灵通；网络文艺贸易要商品流通，网络文艺产业要 IP 会通；网络文艺管理要眼界开通，网络文艺政策要疏导亨通……归根结底，网络文艺生态建设要立足于融会贯通。

在宏观的意义上，网络文艺得益于全球信息基础设施的互联互通，同时又为全球化进程增添光彩。从技术上说，这种互联互通是依靠屏蔽底层差别而实现的。从应用上说，它必须克服行业垄断、文化壁垒、语言差异、利益冲突、意识形态分歧等多种障碍才能做到畅通无阻。若考虑到全球化与逆全球化的博弈，问题就更复杂了。信息过滤机制、防火墙等屏障的存在本身就告诉我们：任何时候"通"都只是相对的。网络文艺在机制上对"通"的诉求，总是从属于更大格局中经济、政治和文化的需要。对此，可以从"通"和"流"的关系来认识。如果说流动给包括网络文艺在内的各种网络应用带来生命和活力的话，那么，泥沙俱下、鱼龙混杂的现象也可能因为流动而发生。这就决定了疏导网络、清除淤积的必要性。在我国，推行实名制以强化相对于身份而言的责任意识，开展净网行动以维护相对于作品而言的绿色生态，强调核心价值观以弘扬相对于舆论而言的主旋律，这些举措都和网络文艺生态建设息息相关。其目的并非阻塞网络文艺传播通道，而是防止沉渣泛起或垃圾拥堵。

"流"与"通"是辩证统一的。只有机制通畅，才能保证身份、作品与舆论意义上的艺术交流顺畅。只有身份、作品与舆论都能"流"而畅，才能说机制达到了"通"的要求。就此而言，我们可以从传统文化与流通相关的智慧获得启迪。早在上古时期，就有思想家用精气在宇宙之间的流通来解释生命的奥秘，像我国的宋钘、尹文就是如此。他们的观念和《黄帝内经》所代表的黄老医家学说相互印证，代表了基于"气"一元论的生态学说。董仲舒元光元年举贤良对策,称赞孔子作《春秋》"书邦家之过,兼灾异之变,以此见人之所为,其美恶之极,乃与天地流通而往来相应",这是从精神层面着眼谈"流通"。将"流通"理解为商品交易(特别是以货币为中介的商品交易)的观念是晚起的,相关市场学说、营销策略、经济规划等几乎都打上了金钱万能论的烙印,束缚了人们的眼界。20世纪中叶爆发的媒体革命引导人们将"流通"的重点转移到信息上来,自由软件、资源共享等观念日益深入人心,对于拓宽视野、转变视角大有裨益。上述历史进程对网络文艺的演变产生了深刻影响。时至今日,大数据也好,云计算也好,都可以在信息意义上为网络文艺的流通服务。关键是必须从广义上理解"流通",不能唯利是图、唯钱是举。网络文艺的真正价值不在于造就了年收入过百万、千万甚至以亿计的明星作家或演艺人员,也不在于为文化产业贡献了多少百分比,而在于满足人民群众日益增长的精神需要,有利于社会成员之间的心理沟通。

对生命来说,"流"与"通"的统一以新陈代谢为宗旨。对艺术来说,"流"与"通"的统一以激励创新为要义。创新历来都是在创作自由与社会规范的角力中实现的。没有创作自由,就谈不上瑰丽想象;背弃社会规范,则可能误入歧途。在一定意义上,创作自由与社会规范的矛盾是艺术生态建设的核心命题。所谓"社会规范"既包括语言规则和艺术标准,也包括道德、礼仪和法律等行为准则。在这些方面,网络文艺领域目前仍然存在不尽如人意之处。以网络文学为例。某些作者片面追求写作速度,轻视语言的规范性,虽然编织出吸睛的故事,达到每日万字、三万字甚至更高的产量,但说不上"文从字顺",以至于有的评论家慨叹"文学不知何处去,网络灌水空悠悠"。错别字泛滥的问题也存在于网络游戏、网络电影等产品字幕当中。在网络文艺界经常被诟病的抄袭现象则是违背行为准则的。从产业的角度看,更严重的问题是屡禁不止的盗版。它好比寄生虫,将正版作为宿主来榨取,对艺术生态具有破坏作用。我国网络文艺繁荣起来之后,国外网站未经授权加以翻译、改编、改写,已经成为当下值得关注的"洋盗版"。要解决这类问题,不仅需要增进全民版权意识,而且需要政策法规、国际公约等保障,以及相关各方的共同努力。

综上所述,作为网络文艺生态建设愿景的"流通"旨在保障艺术主体在身份意义上的创作自由、艺术信息在作品意义上的百花齐放、艺术反馈在舆论意义上的百家争鸣。流通的目的是让网络文艺得以更好地利国利民、造福社会。古人云:"上善若水。"[1]我们不妨将这句话移赠网络文艺。借鉴前引《尸子》"四德"论所言,网络文艺要像水那样有仁、惠民、造福社会,促进各个阶层、组织乃至个人之间的理解和联系;要像水那样有义,明辨是非,善善恶恶;要像水那样有勇,敢于坚持原则;要像水那样有知,即使做出重大贡献也不自满,永远保持进取精神。这样的作品和上述作为生态愿景的"流通"的有机结合,代表了我们对网络文艺的殷切期望。

上面围绕由对话构建未来的观念,探讨了对话空间的建构、角色定位的选择、文艺生态的流通等命题。这些命题虽然不是互联网诞生之后才有的,却因为互联网的广泛应用而变得格外重要。

本节着眼于网络文艺评论的源流,从无网不文的时代分析网络文艺评论的崛起,从三足鼎立的构成探讨网络文艺评论的分化,从

---

[1] 〔周〕老聃:《老子》第八章,古逸丛书景唐写本,第3页。

由对话构建未来展示网络文艺评论的追求。总而言之,网络文艺评论和网络文艺创作是相辅相成的环节,其发展同为网络文艺繁荣的条件。相关的形式和内容、创造和分享、传播和消费、挑战和机遇等问题值得深入研讨。正如孙书文所言,网络文艺是文艺与科技发展相结合的产物。它创新了当今文艺的样态,为文艺的生长提供了强大的动力,展示出文艺发展的新前景。今后,要处理好文艺与技术之间的关系,不要让网络文艺成为炫目而又空洞的技术展示平台;处理好文艺与市场之间的关系,不要让网络文艺成为唯市场而动、哗一时之宠的文艺"商品";处理好文艺与大众化之间的关系,不要让网络文艺成为唯点击率之马首是瞻的廉价玩物,网络文艺的质量便会得到不断提升,并为整个中国文艺的繁荣贡献力量。[1]

第二节 凝视:网络文艺评论的特征分析

常言道:"人在做,天在看。"如今是"人在做,机在看"。使用几乎任何一种标配的数码设备写作,不论是以拇指点按着手机,还是以几个指头飞快地在平板电脑上左右移动,或者是十个指头都在联网台式机的键盘上跳动,我们都凝视着屏幕,屏幕也凝视着我们,更准确地说,是它旁边的摄像头感知着我们,设备内部的日志关注着我们,它的存储器记录着我们,它的处理器分析着我们。假设我开

---

[1] 孙书文:《论网络文艺发展与社会主义文化的繁荣发展》,《山东社会科学》2015年第2期,第100-104页。

始写文艺评论,整个过程都可能被摄录、被传播、被扩散,进而被统计、被反馈、被琢磨,如果这些数码设备上潜伏着接受这类指令的程序、木马或病毒的话。即使你的设备清除或禁用了上述东西,但只要你是为新媒体写作,那么,你发到网上的每一篇稿件,即使只是短短的一则消息,也很有可能被软件机器人捕获,被有本事、有需求的从业者用大数据、协同过滤、云计算等技术加以处理,成为他们分析业界动向、客户行为乃至个人隐私的依据。这就是新媒体时代包括文艺评论者在内的写作者面对的现实。当然,这不是新媒体影响的全部。

一、评价标准的媒体性

新媒体带给文艺评论的第一个重要变化是凸显了评价标准的媒体性。对只习惯于用思想性和艺术性这两项标准来衡量作品的评论者来说,过去的做法只适应于过去的时代,即媒体相对稳定,因而其作用往往被置于背景的时代,或者说媒体相对可控,因而其倾向相对可以预期的时代。新媒体在短短数十年间拓展了前所未有的诸多信息通道,造就了不计其数的自媒体,提供了文艺作品、文艺评论跨越不同平台迅速流动的可能性,促成了信息匮乏向信息餍足的转变,并且开拓了 IP 运作的巨大空间。在媒体系统日益复杂多样的情况下,一方面对所用媒体的选择拉长了菜单,另一方面利用媒体已经成为不二选择。复杂媒体系统的不确定性具体化为不可控性、不可测性、不可证性,既增加了文艺创作和评论的难度,又为发挥创造性留有余地。因此,媒体被置于前景,媒体间性获得重视。所有这一切,都使得从事文艺评论的人不能不关注所评论的作品的媒体定位,也不能不关注自己为这些作品所撰写的评论的媒体定位。

在世界范围内,理论界对于媒体性的广泛关注,是传播学兴起之后才出现的现象。早期传播学相对重视媒体的实际应用,是麦克卢汉率先将媒体性本身置于前景,从而也为我们今天对新媒体的研究提供了重要的参照系。他在《理解媒介——论人的延伸》一书中开列了26种媒介:口语词、书面语、道路与纸路、数字、服装、住宅、货币、时钟、印刷品、滑稽漫画、印刷词、轮子、自行车和飞机、照片、报纸、汽车、广告、游戏、电报、打字机、电话、唱机、电影、广播电台、电视、武器、自动化。[1] 上述清单告诉我们:这位大师所理解的媒介相当广泛。尽管如此,我们今天所熟悉的某些媒体并没有进入他的视野,其中最重要的是激光、计算机、互联网、手机、卫星,还有生物媒体(biomedia),等等。这些对象并非在麦克卢汉写这本书时就不存在(至少是有了其前身),只是它们作为媒体的价值还没有充分显示出来。如今我们清楚地意识到:它们就是新媒体。

文艺评论界对新媒体的关注,在很大程度上表现为对当代媒体科技的关注。以"新媒体艺术"为题的论著在对其研究对象范围界定上表现出很大差别,可以窄到只包括作者喜欢的激进主义艺术,也可以宽到囊括一切将新媒体用为艺术制作新材料、艺术传播新平台或艺术创造新思路的艺术。尽管如此,这些论著几乎都肯定当代媒体科技在艺术领域至关重要的影响。当代媒体科技正以不可阻挡之势发展,因此,虽然并非没有完全抛弃媒体批判的眼光,但多数

---

[1] [加]马歇尔·麦克卢汉:《理解媒介——论人的延伸》,何道宽译,商务印书馆2000年版,第219、67、68页。

新媒体文艺评论家仍然对拥抱科技持肯定态度。由此看来，后现代语境中的"艺术终结"只是终结被后现代主义否定的艺术，新的艺术形态正在新的历史条件下兴盛起来。

新媒体意味着和传统媒体不同的物理位置、心理位置和社会位置。它诉诸数字化、包交换，至少是由信息科技所支持，这是其独特的物理位置（赛博空间）。网络艺术正凭借上述物理位置而从附庸蔚为大观，网络评论也正凭借上述物理位置而以跟帖、灌水、弹幕等形态繁荣起来。新媒体标榜自由、开放、互联网思维，这是其独特的心理位置。网络写手正凭借上述心理位置而施展才华，网络推手也正凭借上述心理位置而兴风作浪，网络监管同样基于上述前提而实施。新媒体创造并依托新阶层，其中最主要的是创意阶层。这是其独特的社会位置。没有什么专家、权威或大师可以指望吃老本，如果他们的创意跟不上新媒体发展的步伐；也没有什么草根、"菜鸟"或毛头不能受到尊重，如果他们所发表的作品有魅力、评论有道理。

将媒体性用为文艺评论的重要标准，在实践中可以有许多不同做法。例如，将新媒体理解为传播平台，比较同一作品因在不同媒体中被改编或戏仿而产生的变化，比较同一媒体将不同来源的艺术作品或其片段汇集成超媒体而积累的经验，比较不同媒体、不同作品通过 IP 彼此联系而形成的产业链，等等。又如，将新媒体理解为制作材料，致力于揭示特定艺术家、艺术作品在开拓艺术视野方面所做的贡献，尤其是在生态哲学指导下如何变废为宝，使被看成工业垃圾（包括这些年来数量剧增的电子垃圾）的那些存在物转化为艺术品而焕发出辉光。再如，将新媒体理解为创造思路，深入探讨艺术家在把握和利用媒体特性方面所表现出来的技巧，一方面将人们所熟悉的媒体陌生化而形成新感觉，另一方面将人们所陌生的新媒体熟悉化而形成新隐喻。正是在诸如此类的评论当中，评论家作为艺术家和公众之间的中介发挥作用。

二、人机关系的交互性

新媒体带给文艺评论的第二个重要变化是突出人机关系的交互性。以往写评论，不论靠审美感觉还是靠逻辑归纳，通常都不关机器什么事，虽然可能从勒德主义、异化、生态、审美现代性等角度对机器加以批判。新媒体引导、驱使或诱惑文艺评论工作者购买机器、使用机器，首先是计算机，还有各种用得着的嵌入式设备。如果想把握网络艺术的特色，了解网络作者的心态，就不能不自己上网、体验赛博生活。如果想写出让相信大数据的读者服气的文艺评论，就不能满足于个案分析、样本分析，也就不能不依赖于在线调查和软件统计。如果想不至于对与日新月异的信息科技一体化的数码作品说外行话，就不能不自己动手试试。在这样做的过程中，文艺评论工作者自觉或不自觉地在本行业建构人机共同体，日甚一日地密切与信息科技、数码设备的联系。反过来，他们所进行的调查、所收集的数据、所发表的观点不断成为新媒体的信息资源，成为各种数据库和文化专有云的内容。

在这个过程中，人工智能研究的成果渐渐渗透到文艺评论领域。这种成果不只是体现在先后大出风头的深蓝、AlphaGo 之类的高端计算机，还见之于离普通客户不那么遥远的智能网、智能手机、智能程序。虽然苹果手机的语音助手还只能听懂用户简单的几句话，谷歌翻译所提供的译文还不算如何流畅，不过，毕竟软件已经能够从既有文档提炼出像模像样的摘要，能够模拟后现代思想家写出可以乱真的论文,能够凭借对曲调和色彩模式特征的分析而预测艺术作品的流行性,也能够依据人提供的信息写作新闻报道。人机交互的成果无疑有利于人类机器助手的成长,也有利于人类思考自身在人机共同体中的应有定位。就拿文艺评论来说,哪些任务交给人工智能软件去做更合适,哪些任务还是必须由人来承担,就是已经或正在提上议事日程的问题。也许,未来人们应当关注的是元创作、元作品、元评论,或者说是创作能够创作的机器、生产能够自我复制的作品、评价机器本身所进行的评论。

将交互性用为文艺评论的标准,实际上是重视媒体性的必然结果,如果注意到新媒体的基本特性之一就是交互性的话。交互性既是作为传播平台的数字媒体区别于传统媒体的重要特征,也是作为制作材料的数据库区别于传统艺术资源的重要特征,同时还是作为创造思路的互联网思维区别于传统艺术取向的重要特征。从交互性切入,文艺评论有望揭示人机交互以及以之为中介的人际交互(如网络投票、在线排行榜等)如何影响创作者的心态,基于数据库的新媒体艺术如何通过各种匠心独运的界面展示自己的丰采,新媒体用户又如何通过新媒体艺术精巧的设计而获得参与者(甚至是共同作者)的身份。在宏观意义上,是运营商为新媒体艺术的创作者与鉴赏者之间交互搭建平台、提供服务,他们作为企业的逐利要求和作为把关人的社会使命之间的矛盾也是围绕交互性展开的文艺评论的大课题。

三、信息交流的全球性

新媒体带给文艺评论的第三个重要变化是信息交流的全球性。

第五章 文艺评论新潮

互联网早就被认为是全球信息基础设施的雏形。移动互联网加上大数据和全息显示,更是数字地球的由来。与先前各种通信网络相比,互联网的独特之处在于屏蔽底层的区别,保证各种不同的网络可以在遵守TCP/IP协议的前提下接入主干网。这样,各国分头建设的网络就有了互联互通、共享资源的基本条件,这是传统的广播网、电视网所办不到的。由于网络建设的发展,经过数字化的各种艺术作品日渐汇集成可以共享的世界艺术宝库,通过各种自媒体得以发声的各种思想观点日渐呈现为不断变化的世界舆情,电子地图将这些对文艺评论来说至关重要的信息定位于具体地点,搜索引擎则为任何一个对文艺评论感兴趣的人提供进入艺术宝库、了解舆情的门户。在以计算机和互联网为标志的信息革命爆发之前,由于媒体之间存在多种物理的、心理的、社会的屏障,整个信息世界主要是以岛屿划分的形态存在的。如今,这些信息之岛正在聚合成为信息大陆,成为麦克卢汉所说的地球村的基点。

信息交流的全球性不仅意味着基础设施的互联互通,而且意味着各种意识形态(首先是价值观)、各种文化模式、各种利益诉求的碰撞、激励与融合。文艺评论界有句老话说:"越是民族的就越是世界的。"如今,更恰切的表述或许是:"越是为其他民族所认同的,就越是世界的。"我们不仅要致力于发掘本民族所特有的文化传统、文化遗产,而且要致力于探讨人类命运共同体的文化内涵、文化价值,寻找沟通不同文化的"丝绸之路"。新媒体既为我们创造了共享海量信息、接触多元文化的条件,又对我们提出了慎思明辨、兼容并蓄的双重要求。就上述意义而言,作为范畴的"全球性"是媒体性、交互性的延伸。只有在充分发挥传统媒体和新媒体各自优势的基础上实现不同文化之间的平等交流,人类才能共同面对、恰当处理从资源短缺到恐怖主义威胁等全球性危机。

　　将全球性用为文艺评论的标准，是以肯定交互性的意义为前提的。即使在交通非常发达、人口流动极其便利的条件下，人们面对面交往的渠道仍然是有限的。与之相比，通过媒体（特别是新媒体）所进行的间接交互要便利得多。正因为如此，在全球性的竞争中，那些在媒体建设（特别是媒体科技开发）方面领先的国家，往往可以更主动地制造议题、安排议程、输出文化、引领风尚。就此而言，推崇与媒体科技共生的新媒体艺术，将其他形态的艺术视为"传统艺术"或"旧媒体艺术"（虽然未必明言），使得那些媒体强国似乎顺理成章地占领了制高点，可以将科技优势通过艺术产品在文化领域变现，并为自己所奉行的文化观念背书。实际上，艺术价值和科技含量并不是可以画等号的两个概念。虽然传统艺术在科技含量上不如新媒体艺术，但它们不论就历史贡献还是现实价值来说都是不可替代的。不仅如此，传统艺术中某些富有人文底蕴的经典业已受到时间的检验，在新媒体语境中作为激发灵感的触媒、调整音符的律尺起作用，甚至可以充当缓解因科技日新月异而引发的普遍焦虑的良药。就此而言，全球性不是大一统，而是集合了由多元文化构成的人类命运小生境。以之为标准进行文艺评论，不能不注意到这些小生境和大背景之间的关系。

　　从媒体性、交互性到全球性，是新媒体所致力于推动的潮流。不过，由此而衍生的每个范畴或命题，几乎都有对立面存在。如果将媒体性作为艺术的旗帜来挥舞，那么，人类的主体性该如何定位？如果将交互性作为新媒体艺术的特征，那么，主体的自主性又该如何定位？如果将全球性作为新媒体艺术发展的旨归，那么，本土性该如何定位？既然存在将媒体性、交互性、全球性当成标准的文艺评论，就有可能存在将反媒体性、反交互性、反全球性奉为圭臬的文艺评论。如果我们想到老子所说的"大音希声"[1]，想到佛教所说的"拈花微笑"[2]，便不难发现反媒体性的渊源；如果我们想到老子所说的"致虚极，守静笃"[3]，想到古代典籍中常见的明镜止水之喻，便不难想到反交互性可能也有一定道理；如果我们想到陶渊明笔下桃花源生活的美好之处，便不难推测反全球性事出有因。在万物皆为中介的意义上，媒体性和反媒体性是统一的。"媒"本来就是根据人来定义的，媒体按字面来说不过是媒人之体，和主体有相通之处。反过来，作为"主体"的人本来就是因为发明和使用语言（第一次信息革命的标志）才将自己从动物界提升出来的。因此，媒体性和反媒体性的矛盾本质上是人自身所包含能动性和受动性的矛盾。这种矛盾在新媒体时代发展成为"一网打尽天下"和"作网自缚"的对立取向。在"静故了群动，空故纳万境"[4]的意义上，交互性和反交互性是统一的。我们因为与其他人的交互才形成了自我意识，因为与机器的交互才形成了新媒体时代的电子人意识。虽然如此，自我意识只有在保持独立性的条件下才能巩固和发展，只有在不为交互所左右的条件下才能更好地把握世界。人正是通过选择交互对象、交互时机、交互方式、交互内容等情境要素来显示自己的本质力量，上网或断网都只是某种选择。在我们只有一个地球的意义上，全球性与反全球性是统一的。实际上，反全球化运动是针对西方主导的全球

---

[1]〔周〕老聃：《老子》第四十二章，古逸丛书景唐写本，第22页。

[2]〔宋〕释普济：《五灯会元》卷十七《南岳下十二世·黄龙南禅师法嗣》，宋刻本，第622页。

[3]〔周〕老聃：《老子》第十六章，古逸丛书景唐写本，第7页。

[4]〔宋〕苏轼：《送参寥师》，《苏文忠公全集》东坡集卷十，明成化本，第105页。

化本身所暴露出来的贫富悬殊、生态破坏等弊端。由于受到广泛关注,这个运动本身也成为某种全球化。

艺术的人类性如今正是通过这样的方式呈现为新媒体艺术的后人类性,亦即媒体性和反媒体性、交互性和反交互性、全球性和反全球性共存的特征。不仅如此,由机器作家所创作的小说,由智能程序所生成的音乐、书法、图画,由 AlphaGo 下围棋所象征的人工智能实力,已经是媒体报道中屡见的话题。2016 年,网传我国《我是歌手第四季》节目引入 AlphaGo 预测冠军得主,消息一出引发热议。人工智能不仅插足原先是人类专擅的琴棋书画领域,而且似乎要深入揣摩社会心理,充当人类艺术的先知或裁判。正因为如此,新媒体时代的文艺评论不能不关注科幻作品关于异类生命(智能机器人是其特殊形式)的预测如何变为现实,现实的人工智能研究、转基因生物实验、外星人探测等科技创新如何为跨物种沟通铺平道路,地球生物人何去何从,艺术的观念和形态又会因此发生怎样的变化。

回到本节的标题,那不是我们凝视着新媒体,而是新媒体凝视着我们。其实,如果你数数身边、路上、城中已经有多少电子眼(摄像头),就不难发现我们已经进入了双向凝视的阶段。电子眼因为我们的凝视而被置于前景,让我们明白自己生活在信息社会;我们则因电子眼的凝视而被纳入背景(后台数据库),让把关人明白信息社会生活着我们。人眼是心灵的窗口,是最敏锐的感官,对视因此是心灵的接触、感官的碰撞。或许是这种接触和碰撞太过敏感的缘故,人与人之间的对视只能维持相当短暂的时间。人眼和电子眼之间的凝视则不然。电子眼不会因为凝视人而疲倦(除非断电),人眼也不会因电子眼的凝视而害羞(除非果真意识到那一头有真人)。对于用新媒体写作、为新媒体写作、靠新媒体写作的人们来说,有时真是"相看两不厌，唯有计算机"。双向凝视未必始于当今的新媒体（模拟时代用于监视的闭路 TV 已经有此现象），但是在当今新媒体的推动下才显著增强交互性，并发展到全球规模。隐藏于电子眼之类传感装置之后的，既有用户自身通过自拍等方式与外界联系的需要，也有"老大哥"和各种利益主体把风、窥视的需要。不论自拍还是监视，都早已经是艺术创作和文艺评论的重要主题。[1]电子眼通过凝视我们所捕获的信息，可以在多种意义上被利用。迄今为止，利用这些信息的似乎都是人。如果人以外的生物也能利用这些信息，而且是为其自身的需要而利用，那么，所谓"奇点"就到来了。从那时回顾，我们今天所说的新媒体也许已经成了旧媒体，后人类已经成了"先民"，如果要将辩证法贯彻到底的话。不过，那时的人们（或者智能生命）必然还有自己的新媒体，或许也还会有自己的文艺评论。

第三节　科幻：网络文学评论的视角举隅

"视角"的原义是所观察对象两端（上、下或左、右）引出的光线在人眼光心处所成的夹角。物体越大，离观察者越近，视角就越大。在引申义上，视角是指人们看问题的角度或观点。科幻之所以成为

---

[1] Ellen Gamerman. ARENA—Art: The Fine Art Of Spying—Photographers Are Trolling the Internet for Images and Shooting Top-secret Sites to Create a New Type of Surveillance Art. *Wall Street Journal* (Eastern edition), 13 Sep 2013, D.1.

网络文学评论的一种视角,是由于它具备对网络文学的独特定位,包含了评价网络文学的独特参照系与尺度。在文体的意义上,它既关注科幻语境中的网络文学,又关注网络语境中的科幻文学,特别是网络文学家族中被标识为"科幻"的作品(即网络科幻文学)的数量、质量和比例;在题材的意义上,它将重点放在网络文学如何处理科学性与幻想性的问题上;在历史的意义上,它关注网络文学作为科技与文学联姻之结晶的演变,即从幻想走向现实,又从现实延伸到幻想的进程。

一、网络文学的构成:文体意义上的科幻视角

在考察网络文学的构成时,可以根据文体的特点为之界定相应的视角。如果将文体当成观察对象而界定其两端,那么,古已有之的散文与韵文、散文与骈文、短篇与长篇、序跋与正文等成对范畴便进入我们的视野。对于网络文学评论的视角研究而言,作为肇始的结对或许是节点与链接。

从发生学的角度看,如果一个文本内部包含了相互照应(链接)的若干单位(节点),那么,就形成了作为意义网络起点的内互文性;如果不同文本之间包含了彼此照应(链接)的若干单位(节点),那么,就形成了作为意义网络起点的外互文性。如果上述内互文性和外互文性彼此交织并不断生长,那么,文本网络便指日可待了。如果上述各种链接可以依托电子通信联系彼此跳转,那就形成了电子文本网络。后者是当下网络文学得以产生和发展的技术基础。

有关研究表明:观察对象的尺寸(或规模)越大,那么,相应的视角就越大。怎么定义网络文学的规模呢?我们倾向于将它划分为

如下五个级别:(1)网页级,指包含标准通用标记语言(HTML)标签的纯文本文件;(2)平台级,指利用 HTML 构建的相关网页的特定集合;(3)系统级,指通过超文本传输协议(HTTP)构建的万维网;(4)全网级,指通过互联网协议(以 TCP/IP 为核心的协议族)所构建的庞大计算机网络;(5)融媒体(或全媒体)级,是指涵盖广播、电视、音像、电影、书籍、报纸、杂志、网站等多种媒体形态的大平台的文学。以上述划分为依据,可定义如下五类网络文学评论:(1)网页级评论,着眼点是网络文学具体作品;(2)平台级评论,着眼点是一个个文学网站;(3)系统级评论,着眼点是整个万维网文学;(4)全网级评论,着眼点是作为整体的网络文学;(5)融媒体级评论,着眼点是网络文学宏观生态(包括其衍生产品)。很明显,这五类网络文学评论的视角是由小到大。

以上所说的是文本意义上的视角。从文本到文体的跨越是通过创意写作实现的。文本仅仅是书面语言的表现形式,文体则是作品的风格或体裁。要从创意写作定义网络文学的视角,我们必须在节点与链接之外寻找适宜的两端,这可能是继承与创新、意义与表达、科技与人文等。对于我们所探讨的论题来说,最为合适的或许是网络文学与科幻文学。

在科幻语境中,网络文学是由科技所建构的新型语言迷宫。就此而言,阿根廷作家博尔赫斯(J. L. Borges)的小说《小径分岔的花园》(又译《歧路花园》,1941)是有启发性的。其主人公余准的曾祖父崔朋创作了名字也叫"歧路花园"的小说。它包括了多种路径,实际上真的是一座曲径分岔的花园。别人遍寻小说而不得,只有汉学家艾伯特悟出:崔朋要盖的迷宫是小说形式的迷宫,崔朋要写的小说是迷宫式的小说。[1] 这篇经典小说包含了有关新型文体的科学幻想。在英国科幻电影《梦魇迷宫》（The Kovak Box, 2006）中，应邀到岛上开会的科幻作家发现自己落入陷阱，不情愿地成了故事的主人公。相关的文本也被想象成迷宫。

在网络语境中，科幻文学是网络文学的一个子类。据2019年8月8日检索，在起点中文网上，科幻是拥有57333部作品的类别，在数量上少于玄幻（721722）、都市（374244）、仙侠（236460）、游戏（108311）、奇幻（159241）、历史（77225）、悬疑（66996），多于武侠（45378）、现实（43492）、军事（20623）、体育（9109）等。在纵横中文网上，科幻与游戏归在一起，与奇幻玄幻、武侠仙侠、历史军事、都市娱乐、竞技同人、悬疑灵异、二次元、花语女生并列。科幻内部又细分为科技时代、末世危机、穿梭时空、进化变异、星际争霸。在中文书城，科幻与未来归在一起，与东方玄幻、都市小说、西方奇幻、武侠仙侠、架空历史、网游竞技、悬疑惊悚并列，同属于"男生原创"，与"女生原创"无缘。在红袖添香，科幻与悬疑归在一起，与玄幻仙侠、青春游戏等并列。晋江文学城、云起书院、潇湘书院、17K小说网、小说阅读网、掌阅小说网等未单列。

上文有关网络文学与科幻文学的考察涉及视角变换问题。如果我们将网络文学置于科幻语境下加以考察，那么，所形成的是以科幻观念（特别是科幻文学）为参照系、以网络文学为观察对象的视角。如果我们将科幻文学置于网络语境下加以考察，那么，所形成的是以网络观念（特别是网络文学）为参照系、以科幻文学为观察对

---

[1] ［阿根廷］博尔赫斯：《博尔赫斯小说集》，王永年、陈泉译，浙江文艺出版社2005年版，第71—80页。

象的视角。当然,还可能存在第三种选择,相对于"网络科幻文学"而言。顾名思义,这个术语至少包含三种可能的解释:一是首发(原创)于网络的科幻文学,读为"网络+科幻文学",如香港 Mr. Pizza《那夜凌晨,我坐上了旺角开往大埔的红 VAN》(香港著名网络论坛高登讨论区上连载,2012)等;二是以有关网络的科学幻想为题材的文学,读为"网络科幻+文学",如美裔加籍作家吉布森(William Ford Gibson)的中篇小说《神经漫游者》(1984)等;三是上述二者的结合,即不仅首发(原创)于网络,而且以有关网络的科学幻想为题材的文学,读为"网络+科幻+文学",如秒速九光年《未来世界超级星联网络》(2014)等。若将网络电影视为广义网络文学的话,那么,这类作品有《超能机器女友》(2015)、《虚拟情人》(Code:F,2016)、《夺命黑金》(2017)、《超级 App》(AI Is Coming, 2018)等许多。一般所说的"网络科幻文学"指的是第一种类型。

二、网络文学的价值:题材意义上的科幻视角

在考察网络文学的内容时,可以根据题材的特点定义相应的属性。若将题材当成观察对象而界定其两端,上述属性可能涉及主观性与客观性、叙事性与抒情性、现实性与历史性等多种矛盾。对于网络文学评论的科幻视角而言,最重要的或许是科学性与幻想性这两端。

作为范畴的"科学性"至少包含三种可能的解释:一是科学原理的特性,即可证伪的系统知识;二是科学表述(如数学公式、图表等)的特性,指严谨、准确、规范、经得起推敲;三是科学精神的特性,即实事求是、有错必纠。作为范畴的"幻想性"同样包含三种可能的解

释：一是幻想内容的特性，即难以验证、非系统性的表象；二是幻想思维的特性，即自由、跳跃、缺乏可靠性；三是幻想情境的特性，即乌托邦或恶托邦。

　　根据对"科学性"与"幻想性"的上述认识，从创作的角度看，某种作品之所以被称为"科幻"，至少有如下三种可能：（1）以科学原理为根据展开想象，在可证伪的系统知识与难以验证、非系统性的心理表象之间建立联系。例如，我国科幻电影《变异危机》（2014）描写生物学家钱幂研制出的病毒失控。（2）以科学表述为形式展开想象，在严谨而规范的表面现象和缺乏可靠性的实质内容之间建立联系。我国科幻系列片"天才J"（包括《天才J之第二个J》《天才J之谜题里的倒计时》《天才J之致命推理》，2018）即可作为例子。该系列片中的命运公式和偶然公式看起来像是科学表述，但其实质内容却是荒诞不经的。（3）以科学精神为指南展开想象，在实事求是、有错必纠的原则与乌托邦或恶托邦之间建立联系。这方面的例证很多，像英国作家玛丽·雪莱（Mary Shelley）描写疯狂科学家可悲下场的科幻小说《弗兰肯斯坦》（1818）以及相关改编电影就是如此。

　　必须看到：文学是人学，科幻文学也不例外。因此，如果我们将科学性和幻想性视为其视角之两端，那么，将它们联系起来的主要纽带是人，更具体地说，是人情、人性、人的遭遇、抉择和考验。试以已经付梓的网络小说为例。方想《师士传说》（国际文化出版公司，2007）在科学性一端综合核能、离子、电磁、超导等技术设计了光甲（光芯单兵装甲辅助系统），在幻想性一端设置了大航天时代的星河战场，将二者联系起来的是师士，即驾驶操控光甲的专业人才。整部作品的基本情节就是从小在垃圾星长大的叶重成长为杰出师士的历程。

从鉴赏的角度,我们可以将网络文学想象成为某种显示器,其屏幕在不同方向上的亮度是不一样的。某些作品以科幻为其垂直切入方向,称得上是地道的科幻文学。如果用科幻标准去衡量它,那么,它所包含的意蕴及价值可以最充分地呈现出来;如果用其他标准去衡量它,固然也不妨评头品足,不过,它所包含的意蕴及价值就不那么豁亮了。像七十二编《冒牌大英雄》(珠海出版社,2010)就是如此。另一些作品则将科幻作为众多切入方向之一,兼有其他多种定位。仍以已经出版纸质本的网络小说为例。像杨叛《中国A组》(天津人民出版社,2004)是科幻+奇幻,玄雨《小兵传奇》(南海出版公司,2005)是科幻+玄幻+奇幻,黄云飞《星之海洋——天行漫记》(海洋出版社,2007)是科幻+奇幻+爱情,疯丢子《同学两亿岁》(光明日报出版社,2012)是科幻+言情+校园。

在对网络科幻文学加以评论时,要考虑到创作者和鉴赏者在视角上的对应性。理想的状态是二者的视角完全对称,即创作者所关注和描写的都是按科幻要求垂直切入的现象,鉴赏者所关注与评论的也都是按科幻要求垂直切入的题材。如果不是这样的话,就发生了视角错位。其表现为创作者所定位的科幻文学被鉴赏者进行了非科幻的解读,或者创作者所定位的非科幻文学被鉴赏者进行了科幻性的解读。

当然,在很多情况下,视角错位并非坏事。凡是成功之作,总是经得起"面面观"的。在不同视角下,网络科幻文学完全可能呈现出丰富多彩的意蕴。这些视角包括性别叙事视角、媒介生态视角、受众心理视角、符号互动视角、传播媒介视角、IP改编视角、语言修辞视角、文化消费视角、人格养成视角等。它们和科幻视角相辅相成,促进了网络文学的价值实现。

三、网络文学的演变：历史意义上的科幻视角

从理论上说，我们可以将"网络文学"之"网络"当成观察对象，但只是在引申的意义上才有可能谈论相对于它的视角问题，因为我们单凭自己的眼睛无法直接把握"网络"的全貌。以上述认识为前提，我们可以为"网络"设置不同性质的两端，如主干与终端、信源与信宿、电路交换与包交换、固定通信与移动通信等，由此赋予视角不同的含义。对于网络文学的演变这一论题来说，也许最合适的两端是幻想与现实。幻想中的网络是纯粹观念性的，现实中的网络是见诸应用的。二者的差距越大，说明科幻的视角越大。若将上述差距置换为时间，那么，这相当于有关网络的想象远远超前于实际的科技水平。二者的差距越小，说明科幻的视角越小。若将上述差距置换为时间，那么，这相当于有关网络的想象和实际的科技水平比较接近。我们可以用上述标准去评论相关作品。以科幻电影为例。美国《网络惊魂》(The Net, 1995)、我国《复仇直播》(2015)是小视角类型，因为其中的网络发展水平与影片出品时的现实状况相差不算不太大；美国《终结者》(The Terminator, 1984)、《黑客帝国》(The Matrix, 1999)是大视角类型，因为其中的网络发展水平远高于影片出品时代的状况。

视角的定位和作品定稿、出版或出品的时间有关系。在作品定型之后，如果网络还在发展，那么，从鉴赏者的角度看，视角就有从大到小的收缩趋势。终究有一天，视角趋于零，这意味着有关网络的科技幻想完全变成了现实。如果网络再往前发展，那么，视角可能出

第五章　文艺评论新潮

现负值,这相当于原来意义上的网络已经退出了历史舞台,幻想(前瞻性幻想)已成了现实,现实反而是幻想(回顾性幻想)。不过,这只是相对于既定作品而言。不同时代的网络都激发出与之相适应的想象,这种想象总是有可能超前于那个时代的网络的实际水平。因此,视角也有可能存在由小到大的扩展趋势。

在历史的意义上,科幻视角关注网络文学从幻想走向现实,又从现实延伸到幻想的进程。就所依托的媒体科技而论,现阶段的网络文学和下述类型的科幻预见有关:(1)有关电子媒体的想象。例如,19世纪末,法国作家罗比达(Albert Robida)就预见到电视广播将会出现,在《20世纪》(1883)、《电气寿命》(1890)等科幻小说中描绘了电视化的歌剧表演、实况战报。英国小说家福斯特(E. M. Forster)在短篇小说《大机器停止》(1909)之中描绘了一种可提供类似电子邮件服务的通信设备。[1](2)有关电脑互联的想象。例如,美国作家詹金斯(William Fitzgerald Jenkins)以伦斯特(Murray Leinster)为笔名,发表了《一个叫乔的逻辑》(1946)。标题所示的"逻辑"是计算机之名。它们遍布于每个家庭,通过被称为"柜"的分布式设备提供通信、娱乐、商务等服务。[2]1954年,美国作家布朗(Fredric Brown)在短篇小说《答案》中描写科学家实现了银河系中亿万颗星球上电脑的互联,创造了超级计算机。它将诸多星系的知识汇聚于一身。美国作家海因莱因(R. A. Heinlein)在科幻小说《严厉的月亮》中提到与今天的互联网颇为相似的多

---

[1] E. M. Forster. The Machine Stops. *Oxford and Cambridge Review*, November, 1909, pp. 83–122.

[2] William F. Jenkins. A Logic Named Joe. *Astounding*, Vol.37, No. 1, March 1946, pp.139–155.

媒体电脑,它具有某种活性,能够通过普通电话线与人们进行交流(1966)。[1](3)有关人工智能的想象。例如,美国作家冯内果(Kurt Vonnegut)的小说《EPICAC》(1950)设想大型计算机除科研之外还代人写情书。以机器自动写作为题材的科幻小说还有美国作家费兰(R. C. Phelan)《某物发明了我》(1960)、英国作家巴拉德(J. G. Ballard)的《5号工作室,星群》(1961)、法国文学社会学家埃斯卡皮(Robert Escarpit)《小说计算机》(1966)等。[2]有不少小说描写了计算机自我意识的形成,如美国作家迪克(Philip K. Dick)《弗尔刚的铁锤》(1960)、赫伯特(Frank Herbert)《目的地空间》(1966)、海因莱因《严厉的月亮》(1966)、泽拉兹尼(Roger Zelazny)《趁一息尚留》(1966)、埃利森(Harlan Ellison)《无声狂啸》(1967)、凯丁(Martin Caidin)《上帝机器》(1968)、英国作家罗伯茨(Keith Roberts)《合成器》(1966)、瑞典作家约翰内松(Olof Johannesson)《大计算机的故事》(1966)等。1981年,美国作家文奇(Vernor Vinge)创作了科幻小说《真名实姓》,所描绘的虚拟世界居住着各种各样的智能代理。这些小说的科幻预见都使当时的读者大开眼界,也促进了IT行业的日新月异。正如英特尔公司官网曾宣传的:"我们不断将科幻小说变为科学事实。"[3]

在我们所处的时代,电子媒体、电脑互联、人工智能等因素已经

---

[1] [美]罗伯特·海因莱因:《严厉的月亮》,卢燕飞、卢巧丹译,四川科学技术出版社2004年版。

[2] Robert Escarpit. *The Novel Computer: a Picaresque Novel*. London: Secker & Warburg, 1966.

[3] http://www.intel.com/zh_CN/consumer/tomorrow/index.htm.[2010-12-20]

成为支持网络文学发展的重要条件。电子媒体意味着网络文学作为电磁信号通过通信网络在世界各地传播,通信网络的升级换代将左右网络文学作为一种服务所可能具备的形态与类型;电脑互联意味着网络文学实际上是通过计算而得以创作、传播与接受的;人工智能意味着网络文学通过感知、分析与反馈对人的需求做出应答。在技术意义上将科幻作为网络文学评论的一种视角,这客观上要求我们摆脱现有网络文学在载体上的限制,并将科技含量作为既往网络文学、当下网络文学与未来网络文学相互区别的一个指标。就此而言,如果说"网络文学"在我国语境中已经约定俗成地被赋予了网络时代的通俗文学的含义,那么,"电子文学""电脑文学"与"智能文学"更容易激发我们的想象。

对于当下网络文学读者(特别是那些"数码土著"或"网生代")来说,以上科幻预见在如今已经不新鲜。换言之,相关作品的科幻视角已经迅速缩小。这并不意味着有关网络的科幻就丧失了生命力。遵循"水涨船高"的规律,基于当下信息科技的新的科幻预见正沿着下述取向创造大视角的作品。以科幻电影为例,至少存在如下三种创作取向。一是网络的星际化,见于美国"星际之门"系列片(Stargate)等。影片中说,星际网络是以"古人"知名的高度进化的类人生命在数百万年前建造的。英国《土生土长》(Native,2016)也有相关描绘,它使宇航员得以通过植入颈后的终端和在总部工作的血亲随时保持联络。二是网络的种际化,如我国《动物出击》(2019)所描绘的。在该片中,临危不乱的"博士"猫与见多识广的"船长"鹦鹉熟练地使用人类所发明的互联网,主导处置了由于载有剧毒物质和新型炸弹的20万吨级远洋货轮失控所造成的环境危机。三是网络的维际化,正如我国《古着商店之天启大爆炸》(The Apocalypse

Explosion of Ancient Stores，2019）所描绘的。在该片中，未来诺亚反抗军在二手货商店（古着商店）安装时空机器。操作员刘苏少尉居然能够通过这台机器和到达明代北京城的周武上尉通话，给予提示。在西方科幻电影中也有类似的描写，如奥地利《机器人原子战争》（Ainoa，2006）中穿越时代的对话等。

  如果上述三种发展趋势得以顺利推进，那么，未来网络将具备跨越星际、跨越种际和跨越维际等特征。我们因此不妨设想星际网络文学、种际网络文学、维际网络文学产生的可能性。或许，星际网络文学将伴随着人类向太空拓展的脚步而出现，并伴随着人类在地外定居或与外星人交往的进程而发展，甚至可能产生譬如火星网络文学、金星网络文学之类分支，以及 Gliese581g、开普勒-22b、HD85512b、Gliese581d 等类地行星网络文学，以此为基础发展出宇宙网络文学。种际网络文学若可能存在，将伴随着人类所进行的跨物种沟通实验的深入而发展，作为不同类型生命之智慧的凝聚体，甚至可能产生各种类智人网络文学，如果他们的智能水平足够发达。维际网络文学若可能存在，将从人类穿越时间维度、空间维度界限等活动中获得发展动力与契机，衍生出真正意义上的"钧天雅奏"或宇宙音乐。这是真正大视角的网络文学。

  应当说明的是：以上分析所取的"视角"概念在用以定位网络文学时主要是二维的，在用以定位科幻视角时则是三维的，即文体、题材与历史。在观念上，我们也可以用三维视角来定位网络文学，如创作、传播、鉴赏，媒体、市场、社会，写手心理目标、网络环境控制、社区氛围激励等。网络文学评论本身也可以在三维视角下审视，如真、善、美，文学、美学、哲学，艺术观念、专业知识、写作技巧等。相对于网络文学产业的三维视角有技术、组织与消费，IP、媒体与政策等。目前视觉上所能把握与运用的视角以三维为限,观念上所能设定与应用的视角具备更大的范围,因此,我们可以在知网上找到标题包含"四维视角""五维视角"甚至"六维视角"的文章。与此相适应,有关网络文学评论科幻视角的研究还可以深入进行。

本章第一节从舆论场考察网络文艺评论,揭示它在无网不文的时代的崛起、三足鼎立的构成,以及由对话构建未来的追求;第二节将重点置于新媒体给文艺评论带来的变化,关注评价标准的媒体性、人机关系的交互性、信息交流的全球性等问题;第三节以科幻为例,分析了网络文艺评论在文体、题材和历史意义上的视角。俗话说:"打铁先得自身硬。"网络文艺评论工作者要做到卓有见识、切中肯綮,必须提高自身的文化素养,加强理论建设。

第 六 章

文艺历史追踪

历史既是事物发展的客观过程，又是运用语言对上述过程加以记载和解释的主观过程，同时还是上述书写结果所形成的、作为主客观之统一的文本。从上述认识出发，我们可以将文艺历史理解为文艺自身的发展史，是从发展角度看文艺的一种观念，或者上述观念的文本化产物。不论在哪个意义上，文艺历史都建立在由过去、现在和未来所定义的坐标系之上。本章选取数字艺术、艺术语言和网络文学为个案，勾勒它们从过去、现在到未来的发展轨迹。

第一节　交互性娱乐：数字艺术的历史发展

　　艺术发展被纳入泛娱乐产业轨道之际，交互性娱乐的重要性日益清晰地显露出来。所谓"交互性娱乐"以玩家的参与性为特征，在不同历史条件下具备不同的内涵和外延，目前主要是相对于交互式实务而言的，后者包括在线购物、网上炒股、网络金融、网络战争等多种类型。如果注意到任何交互都因有反馈才得以形成回路，那么，交互性娱乐的要旨就在于对正反馈的追求上。这种正反馈意味着对玩家先前行为的肯定，给大脑皮层带来愉悦性刺激。"娱乐至死"的现象虽然盛行于消费社会,但其心理根源却在于新行为主义所揭示的操作条件反射。美国学者斯金纳(B. F. Skinner)在这方面所做的研究不仅有助于揭示实验鼠乐此不疲的行为机制,而且有助于说明当下游戏成瘾的原因。交互性娱乐固然有深刻的心理根源,但其实现方式却是受具体社会条件制约的。2016年10—12月热播的美剧《西部世界》为我们展示了科幻情境中交互性娱乐的未来,提供了反思当下交互性娱乐的有益参考系。这种反思当然可以从多种角度进行,本节主要取的是数字艺术的角度。

一、古代数字艺术:从神的创造到人的创造

艺术的观念是历史的。汉字"艺"的本义是种植。这就是说:古人将栽培农作物当成艺术的使命。种植无疑是一种活动,因此,艺术首先是作为活动出现的。所谓"活动"不仅是指人的身体的位置变化,而且包括人为达到某种目的而从事的各种行动,如栽种、制陶、描绘、歌唱、交际等。其后,艺术的重点由活动本身转移到为开展活动所需要的技能及其培养条件上来,儒家"六艺"就是其概括。在西学东渐的过程中,我们逐渐接受了将美术当成艺术之代表的看法,更常从产品的角度看待它。

笔者所理解的艺术以憧憬性、虚构性和创造性为特征。狭义艺术兼具上述三种特征,广义艺术则重在创造性(详见黄鸣奋《艺术交往论》,淑馨出版社1993年版)。从创造性的角度看,神灵为人通过想象所创造,是人的作品,最初存在于神话中。不过,由于人将其本质力量对象化,反倒是人自身仿佛成了神灵(造物主)的作品。原始艺术就是在这样的悖论中产生的。以我们今天的观点看,是原始人

创造了包括神话在内的艺术,从而创造了包括神灵在内的各种观念性存在物。以原始人当初的观点看,自己是神灵(上帝)所创造的,艺术就是神灵所进行的创造活动及其成果。不论从作为神灵从事创造还是从作为人类从事创造的意义上看,上述创造所产生的首先(或者说最可贵的)是有生命的活物。在一般的情况下,活物的可贵之处在于生,遗憾之处在于死。在艺术本质的意义上,生是从事创造,死是停止创造,所谓"艺术生命"的观念正体现了这一点。从活物的角度理解艺术,艺术并非一成不变,而是常见常新;不是被动静止,而是能应会答;不是盖棺论定,而是和人类的创造活动相始终。

  古代数字艺术代表了古人寻找自身在自然界和人类社会中的定位、构建数字符号系统以反映宏观宇宙和微观心灵的努力。原来,所谓"神灵"包括人格神与自然神。人格神之创造是有目的、有意志的,自然神的创造则是非目的、非意志的。正是在后一种意义上,老子说"道生一,一生二,二生三,三生万物"[1]。形而上的数字艺术正是上述创造之产物。它体现为"大音希声""大象无形"(其共同定语"大"是一个"约数词",不指示精确数值,而强调无穷)。就形而下的意义而言,古代数字艺术的最初形态或许可以追溯到早期的劳动号子("一,二,三!")、用于教儿童学计算的歌谣等。存在介于形而上和形而下之间的数字艺术,我国古代的"河图洛书"即为一例。正如英国学者李约瑟(Joseph Terence Montgomery Needham)《中国科学技术史》所解释的,洛书是一个简单的幻方,在这个幻方中,数字按对角线、横线或竖线相加,结果都等于15。河图则是这样排列的:在抛开中间的5和10时,奇数和偶数各自相加都等于20。

---

[1] 〔周〕老聃:《老子》第四十二章,古逸丛书景唐写本,第22页。

河图的真正意义是：它按照特有的符号关系，把这些数字与四时、五行等的关系体现出来。[1]

从我们今天的观点看，相对于以电子计算机、互联网等数字媒体所支持的狭义数字艺术而言，古代数字艺术是广义数字艺术。我们可以从广义数字艺术的角度去理解十二生肖纪念品、月份挂历、九龙壁、符合十二平均律的音乐、符合黄金分割比的美术、符合三一律的戏剧、按照五律／七律／五绝／七绝要求撰写的诗歌，乃至符合视觉暂留要求（每秒约 24 帧）的影像，等等。

在学术界，艺术起源于游戏是一种颇具影响力的见解。尽管用于解释艺术起源的其他观念同样具备某种合理性，但游戏确实对理解古代数字艺术和交互性娱乐的关系大有裨益。游戏本质上是交互性娱乐，古代因之而产生的数字艺术作品至今有些仍在流传，如各种"嵌十体""十数头歌""十数韵歌"等。我国七巧板已经有 1000 多年历史，可拼成 1600 种以上的图形。在考察艺术与游戏的关系时，值得注意的是：艺术至少具备活动、产品以及社会意识形态这三种不同的定位。作为活动的艺术不是挂在墙上的画、印在书上的戏或用五线谱加以记载的音乐，也不是和宗教、历史、哲学等并称的上层建筑，而是描绘、表演或歌唱等行为。正是在活动或行为的意义上，艺术和交互性娱乐（游戏）结下了不解之缘。如果游戏本身能体现（或激发）游戏者的创造性，那么，我们完全有理由认为它就是艺术。反过来，如果艺术本身是以活动（而不是物化产品或者被意识形态化）的形态存在，那么，我们也可以认为它是游戏（至少在

---

[1] ［英］李约瑟：《中国科学技术史·第三卷 数学》，《中国科学技术史》翻译小组译，科学出版社 1978 年版，第 27 页。

许多情况下如此)。

不论将游戏当成艺术的母体,还是从活动的角度寻找游戏与艺术的共同之处,都包含了这样不言而喻的观念:它们在生命的意义上是相通或一致的。从发生学的角度看,二者并不存在明显的区分,都是追求精神满足的活动。在其后的演变中,所形成的区别主要在于:游戏强调遵循特定规则,艺术则强调弘扬创造精神。在当下的语境中,如果我们强调作为活动的艺术必须遵循一定的规则(如剧场规则、晚会规则、典礼规则等,或者依据脚本),那么,艺术就朝游戏转化;如果我们强调作为活动的游戏必须弘扬创造精神(打破常规),那么,游戏就朝艺术转化。

常言道:游戏是幻想与现实之间的桥梁。如果我们从当下信息娱乐的视野去理解游戏,那么,它可能已经呈现出符合虚拟现实之规定的基本特征:它是沉浸性的,因为游戏者根据游戏情境的设定去组织内心生活、做出行为反应;它是交互性的,因为游戏者只有在获得应答(不论是来自其他游戏者,还是来自可改变状态的玩具)的条件下才能维持游戏;它是想象性的,因为游戏者具有不同于现实担当的身份。当然,游戏本身是庞大的家族,难以一概而论。相对而言,角色扮演游戏比较明显地体现了沉浸性、交互性与想象性。换言之,它是以心理虚拟现实为基础而获得发展的。

二、现代数字艺术:从人机交互到人工智能

网络艺术是指用数字媒介生产的、以数字文本的形式通过网络传播、存储的艺术作品。其互联网基因融入创作、传播、运营以及二次创作的实践中,因此拥有和传统艺术全然不同的生态场。与网络

艺术直接相关的数字阅读行业自2011年后进入高速发展期,2015年后迈入成熟发展期,近几年保持良好发展势头。

与作为产品的艺术相比,作为活动的艺术具备参与性要求。只有在当事人作为创造者、传播者或鉴赏者不断进行信息加工(包括信息感知、信息处理与信息发送等)的条件下,作为活动的艺术才能存在。换句话说,它立足于过程而非结果。当相应过程结束时,作为活动的艺术就消逝了。随着人类物质生产的发展,特别是由于以文字、印刷术为标志的信息革命的影响,作为产品、立足于结果的艺术在社会生活中所占的地位日益重要。它可以保存,易于复制,有望升值,被纳入商品生产的轨道,并作为宝库在文化史上辉映千秋。不过,随着人类精神生产的发展,特别是由于第四次、第五次信息革命的影响,作为活动与产品之统一、过程与结果之统一的音像艺术后来居上。音像艺术最初是为记录作为活动的艺术而问世的(例如,录音制品是歌唱的记录,电影是舞台表演的记录),从发端之日就将活动与产品一体化。在而后的发展中,音像艺术充分发挥了它作为动态声音和动态影像的优势,并将其技术基础从以模拟型为主转向以数字型(基于数字电子计算机)为主。现代数字艺术正是以此为契机而产生与繁荣的。

现代数字艺术曾经有过认同于作为产品的艺术的发展阶段。例如,在20世纪中叶所举办的各种展览中所能见到的数字绘画、数字书法、数字诗歌,有不少是和传统绘画、传统书法、传统诗歌一样可以通过展板定型而悬挂的。那时的数字音乐、数字戏剧也主要通过封装型媒体(如磁盘、光盘、磁光盘)流行。直到开放性数字媒体(特别是互联网)大行其道,数字艺术才逐渐认同于作为活动的艺术。值得注意的是:此时的"活动"在外延和内涵上都产生了很大的变化,因为它将人机交互、在线交互都纳入其中。换言之,界面操作就是活动,上网也是活动。

由于引入可定制界面、动态数据库、人工智能、融合媒体等技术,数字艺术本身逐渐获得了拟态生命,亦即活物化了。对此,我们可以从下述三方面加以把握:(1)作为装置的数字艺术具有内置芯片,和一定的输入输出设备相结合,既能够接受信息,又能够传送信息。以此为基础,可以对用户所提供的刺激做出应答,转变自己的状态,显得像是活物。(2)作为服务的数字艺术不仅可以定制,而且可以在服务提供者和用户的交互中得到响应和发展。用户可以在艺术作品所预设的多种选项中进行抉择,服务提供者也可以根据用户的反馈对艺术作品状态及其生产过程加以调整。这类服务还可以和人工智能结合而趋于自动化。(3)作为信息的数字艺术具有高度流动性,在不断被加工、改编、戏仿等过程中展示出强大的生命力,并且经常根据用户需要和平台性质转变形态。

当前数字艺术的麾下已经有诸多成员。如果沿用传统艺术数字化的思路,可以将它们区分为数字音乐、数字美术、数字文学、数字影视、数字戏剧等;如果强调网络作为平台所发挥的作用,可以将它们区分为电邮艺术、万维网艺术、博客艺术、微信艺术等;如果将上述两种分类法结合起来,可以定义网络音乐、网络美术、网络文学、网络影视、网络戏剧等。当下交互性娱乐也已经有不少分支,包括根据平台划分的街机游戏、控制台游戏、座机游戏、网络游戏、手机游戏等,根据与现实关系划分的虚拟现实游戏、增强现实游戏、混合现实游戏等。笼统地说,交互性娱乐在不少语境中指的就是视频游戏。

美国学者亚当斯(Ernest Adams)曾在接受访谈时表述了将计

算机游戏认可为一种艺术形式的四项条件：一是需要一种方式从美学方面评判游戏的玩法和互动性；二是必须具有美感经验，必须开辟新天地并承受艺术风险，以挑战玩家、达到新形式的理解；三是必须改变奖励的取向，更多关注艺术指标，较少关注技术能力或工艺；四是需要对游戏进行深度批评，不只是将某种游戏和其他游戏做比较，而要将它们放在更大的文化环境中分析。只要达到了这四种要求，公众就会逐渐将作为交互式娱乐的游戏认可为一种艺术形式。[1]当然，并非所有的数字艺术都具有交互性或娱乐性，也并非所有交互性娱乐都能跻身艺术之林。尽管如此，二者之间确实存在结合部。充分发挥移动互联网络作为交互性媒体的优势，顺应其势如潮的娱乐经济的整体趋势，体现艺术所固有的创造精神，符合这三条标准的交互性娱乐艺术（或者艺术化交互性娱乐）无疑具有可观的前途。

将当下交互性娱乐置于数字艺术的背景下加以考察，所突出的是作为体验经济的大众狂欢走向精品化、精英化、经典化的运动。反过来，将当下数字艺术置于交互性娱乐的背景下加以考察，所突出的是作为前卫的先锋艺术走向市场化、大众化、通俗化的运动。在这两重意义上，人机交互都是不可或缺的条件，因为当下数字艺术的生产和消费都是在人机交互的背景中进行的，交互性娱乐同样是以人机交互为依托。

人机交互之"机"，现阶段至少有如下三种可能的解释：一是指数字电子计算机或具有内置芯片的各种嵌入式装置（如手机等）；

---

[1] ［美］弗里德里：《在线游戏互动性理论》，陈宗斌译，清华大学出版社2006年版，第255页。

二是指作为全球信息基础设施的移动互联网络；三是指机器人或人造脑。它们在计算能力上的突飞猛进已经是不争的事实。在许多情况下，它们显示出某种类似于生命的特征，比如，和生物体一样具备符合控制论原理、可进行自主运动的机制，和生态群落一样拥有不断自我更新的变化，作为善解人意的帮工或助手进入人类社会生活，等等。不过，它们仍然缺乏真正意义上的生命或活物最重要的标志，即可以转化为其活动之内驱力的需要。这就是说：计算机不是为其需要而计算，嵌入式装置不是为其需要而运行，移动互联网络不是为其需要而向海陆空扩展，机器人也不是为其需要而歌唱或做工、探险。正因为如此，以之为基础的数字艺术作品也好，交互性娱乐设施也好，虽然可以使人快乐，但自己无所谓快乐，也无所谓痛苦。如果越过这一门槛，我们便迎来了全新的未来数字艺术。

三、未来数字艺术：从创造机器人到机器人创造

数字艺术从当下走向未来自然有多种取向、多种分支、多种含义，也可以区分出多个阶段、多种标志、多座里程碑，但最值得重视的也许是"创造性"本身的质变。如果说由上帝对人的创造（或者作为世界本原的数的自我创造）转向人类依托对数的认识所从事的创造开拓了古代数字艺术的话，那么，由人类依托一般工具进行创造转向依托电子数字计算机从事创造开拓了现代数字艺术。至于未来数字艺术，很可能产生于由依托人工智能从事创造转向由人工智能本身进行创造的过程中。依托人工智能从事创造，其主体是人，创造的结果是为人类的需要服务。人工智能不过是人满足自身需要的手段。由人工智能本身进行创造，其主体是人工智能，创造的

结果是为人工智能自身的需要服务。这是创造性的质变,也是数字艺术的质变。

现阶段的人工智能可以粗略地理解为表现出某种创造性(弱AI或强AI)的软件或机器人。它们可以依托人类事先设计好的程序写诗、绘画、谱曲、编故事,甚至在虚拟世界中表演,为人类呈现具有多条情节线的戏剧,从而在数字艺术领域展示才华。人类所进行的艺术创作因此在流程上区分为两个不同的阶段:一是创造出适当的程序(软件),设定艺术的基因型(创意);二是让上述程序(软件)运作起来,实现自动化的艺术生产(制造大批量个性化的艺术显型)。相比之下,未来的人工智能有可能达到这样的发展阶段:它们不是根据人类所设定的程序、服从人类的指令、服务人类的需要而创造,也不是在参与人类安排的活动时偶然地表现出某种创造性("涌现"),而是立足于自身对世界的体验与感受,为使自身得以在世界生存和发展而创造。如果这一过程还需要人的参与的话,那么,所起的不过是辅助作用。

自从神话时代结束之后,迄今为止的艺术都是人的艺术,在以人为主体、以人的利益为旨归的意义上是如此。自从造人的权利随着上帝之死而被否定之后,迄今为止的艺术作品基本上是在譬喻意义上拥有生命。人因此是以创造者的身份对待作为被创造物的艺术作品的,艺术作品所能得到的只是物权法(而非人权法)意义上的保护。不过,如果人类将基因工程或人工生命引入艺术界,从而创造出拥有生命的艺术作品来,那么,这类作品能够得到人权法意义上的保护吗?这个问题在21世纪初的所谓"生物艺术"(Bioart)中已经显示出端倪。

如果类似的质变真的发生,那么,势必波及交互性娱乐。一方面，倘若说由娱神转向人类自娱是古代交互性娱乐演变的总体趋势，那么，人类通过机器自娱、娱人与同娱成为当下交互性娱乐的基本特征。至于未来交互性娱乐，有可能出现机器由娱人到自娱的重大转变。上述转变对人类究竟意味着什么？人类是否允许或欢迎上述转变？另一方面，如果人类将基因工程或人工生命引入娱乐经济，从而创造出拥有生命的人工演员来，那么，这类演员能够得到人权法意义上的保护吗？他们作为被创造者会发动针对其"上帝"（作为创造者的人类）的抗争吗？这正是电视系列剧《西部世界》（2016）所关注的大事。

在历史上，科幻作品充当了交互性娱乐发展的先导。大型通用电子计算机问世不久，美国作家詹金斯（William Fitzgerald Jenkins）在短篇小说《一个叫乔的逻辑》中预言了名为"柜"的分布式服务器所提供的娱乐服务（1946）。其后，美国畅销书作家克莱顿（M. Crichton）编剧、执导的影片《西部世界》（Westworld，1973）描绘了让智能机器人充当招待的主题公园。海夫朗（R. T. Heffron）沿着类似思路导演了电影《未来世界》（Futureworld，1976）。基于TCP/IP协议的互联网问世不久，美裔加籍作家吉布森（William Ford Gibson）在中篇小说《神经漫游者》中构想了基于赛博空间的娱乐形态"虚拟天观"，其特点是骑乘，即控制他人的意识，通过被骑乘者的感觉器官来体验世界（1984）。美国电视系列剧《星际旅行》（Star Trek）描绘了宇宙飞船所安装的交互性娱乐装置"全息面板"（1987）。它可以投映虚拟智能人偶的立体三维图像，满足宇航员的消遣需求。到20世纪末，美国作家斯蒂芬森（N. Stephenson）在小说《钻石年代》中勾勒了这样的景象：交互性娱乐在未来社会中变得如此之流行，以至于20世纪旧的"被动的"电影已经变成了怀旧仪式的对象。交互性娱乐最重要的类型是一种由脚本驱动的交互性戏剧，在其中人类参与者与世界各地付费的顾客联网。他们的图像相会于所有参与者均可访问的虚拟背景。参与者坐在戏剧公司的私人舞台上，阅读由系统输给他们的提示，所发出的语音由位于其喉咙的电子装置所截取，转接于相应人物的数码图像，这种图像由参与者通过运动传感器加以控制。[1]

2016年走俏的电视系列剧《西部世界》之所以赢得良好口碑，原因至少有如下几条：其一，在人物设计上，它汇聚信息革命和生物革命两大潮流，将由此获得发展条件的生化机器人当成交互性娱乐的主体，并高度关注他们的命运。其二，在主题构思上，它超越了影片《西部世界》（1973）所强调的失控（指园方已经无法预测和控制娱乐机器人的行为）、《未来世界》（1976）所突出的阴谋（指园方私下复制游客信息、生产克隆体潜入现实社会各个要害部门），将重点放在对人性（包括机器人的人性和生物人的人性）的思考上。其三，在艺术表现上，它以数倍于电影的容量推进多条情节线，涉及主题公园设计理念、运营方式、权力斗争、模式变革、游客心理等诸多内容，不乏值得思索与回味之处。

这部电视系列剧所展示的交互性娱乐和当下已经见于现实的交互性娱乐在基本观念上是相通的，尽管其技术水准要高得多（比如，人格设计、记忆清洗、思维直控、脑波通信等，都远非现阶段的技术所能实现）。从伦理的角度看，它提出了如下尖锐的问题：（1）在社会层面，作为游客的生物人能否将自己的快乐建立在生化机器人

---

[1] Marie-Laure Ryan. *Narrative as Virtual Reality: Immersion and Interactivity in Literature and Electronic Media*. Baltimore & London: The Johns Hopkins University Press, 2001, pp.265-267, 332.

的痛苦之上？他们可否像电视剧所描写的那样,任意虐待、强奸甚至杀戮主题公园中的服务员？说到底,这是被造之人是否享有和造人之人同等权利的问题。(2)在产品层面,作为文化产品的娱乐项目应当如何满足顾客的需要？可否打着"娱乐""发现自我""充分自由"之类幌子挑逗他们的淫欲、放纵他们的兽性？本质上,这是主题公园的宗旨问题,也是管理者的立场问题。(3)在运营层面,作为娱乐场所的主题公园是否为化外之地？用于调节现实生活中社会关系的道德、礼仪和法律等社会规范是否还起作用？说到底,这是社会治理和产业体制的问题。

虽然这部电视剧中人物的活动场所主要是可游可居的现实空间,但我们不妨将以"西部世界"为名的未来主题公园想象成今天就能从各种数码游戏中观察到的虚拟环境。这样,上述三个层面的问题就呈现为当今娱乐活动、娱乐设施、娱乐经济所面临的矛盾,从中可以发现如今所流行的"娱乐至死"逻辑的归谬版:(1)以娱乐为名,可以虐人至死吗？例如,明明知道游戏沉溺对用户(特别是青少年)身心健康有害,只是为了拉动GDP,就值得无节制地发展电子游戏产业吗？明明知道青少年在游戏(特别是虚拟现实游戏)中所习得的倾向和行为可能迁移到现实情境中,还要设计尽量刺激的打打杀杀吗？(2)以娱乐为名,愿意自虐而死吗？例如,明明知道游戏产品有不同性质(绿色的或黄色的),还要故意去尝试禁果吗？明明知道已经有过度娱乐猝死的事例,还要不加节制地玩个不休吗？(3)以娱乐为名,能够让社会互虐而亡吗？单就界面而论,游戏和战争很可能没有区别,影片《安德的游戏》(Ender's Game,2013)的小主人公就因此在不经意间成了灭绝种族的屠夫。在娱乐情境中的相互攻击表面看来是嬉戏性的,却可能导致在现实情境中暴力倾向的增强和心理上的麻木不仁,缺乏对生命(哪怕是虚拟人的生命)的珍爱之心。人人如此的话,社会存在所不可或缺的心理相容就遭到了彻底破坏。

在此之外,电视系列剧《西部世界》还以科幻情境引导我们思考人工智能所面临的奇点问题。我们只要将剧中智能机器人觉醒的情节和 AlphaGo 在围棋对弈中连胜 60 场的新闻联系起来思考,就不难理解上述问题的现实意义。在科幻界中,美国作家阿西莫夫(I. Asimov)的"机器人三定律"具有广泛的影响。它的积极意义或许强调人对于机器人的至上性,它的消极意义也在这一点上。《西部世界》以生动的情节告诉我们:生物人若不能善待机器人,将不得善终。智能机器(或其他人造智能生物)很可能因为机缘巧合而突破人类所设定的种种清规戒律,成为人类的对手,甚至就从人类最漫不经心的娱乐领域发起挑战。

不论是数字艺术还是交互式娱乐,都可能经过科幻透镜的折射而显示出乌托邦或恶托邦色彩。至于历史将什么样的前景赋予数字艺术和交互性娱乐,那只能由未来的人类实践来说明。笔者倾向于将体现"大象无形""大音希声"的宇宙运算法则当成数字艺术追求的极境,将体现"大爱无疆""至仁无亲"(道德修养高的人对万物一视同仁)的人道主义理想当成交互性娱乐弘扬的精神。人类充分发挥其创造性的标志也许是创造出具有创造性的智能生物来,但人类也因此不可避免地走向自我否定,这是作为"万物之灵"所遇到的终极悖论。数百年来,这一主题在有关人造人的科幻作品中反复出现,并且时常渗透着终极关怀的意味。我们作为创造者要善待被创造者,这在逻辑上是人类作为被创造者希望作为创造者的神灵善待自己的演绎或翻版。当然,人类(以及其他智能生物)也都必须善待自己的同类，不论作为创造者还是被创造者均然。宇宙之中起作用的不只是弱肉强食的进化哲学，还有共赢同济的生态主义。"创造性"的要旨是用切实可行的方案恰当应对复杂多变的博弈，艺术创意的要旨则是将理想的光辉（憧憬性）投射于有关假定情境（虚构性）的新颖构思（创造性）之上。这就是本节从数字艺术的角度考察交互性娱乐所得出的结论。

第二节　泛智能氛围：艺术语言的创新轨迹

将"艺术"与"语言"作为合成词联系在一起，至少有三种可能性：将艺术当成主体，将语言当成手段，指艺术所运用的语言；将艺术当成活动，将语言当成产品，指艺术所生成的语言；将艺术当成能指，将语言当成所指，指艺术所反映的语言。进入21世纪以来，上述三种意义上的艺术语言都发生了深刻变化：媒体变革深入发展，正在不断创造艺术语言的新类型、新观念。人工智能技术突飞猛进，正在促进人类艺术语言朝机器艺术语言转变。科幻作品驰骋想象，正在昭示未来艺术语言各种可能的前景。诚如刘勰所言："名理有常，体必资于故实；通变无方，数必酌于新声。"[1]我们要从历史的演变中把握艺术语言创新的轨迹。

---

[1]〔南朝梁〕刘勰：《文心雕龙·通变》，四部丛刊景明嘉靖刊本，第39页。

一、艺术所运用的语言：媒体变革的契机

将艺术当成主体的观念产生于类比过程中。在很多情况下，人们认为艺术是某种有机体，或者说具备自组织、自适应特征的存在物，在这一意义上，产生了"艺术自身的需要""艺术的社会功能"等观念。由此出发，人们将语言当成艺术所运用的手段，认为语言是为艺术目的服务的。在这一意义上，艺术所运用的语言包括色彩、线条、和声、旋律、节拍、质感、造型、语音、文字、蒙太奇等多种类型，涉及绘画、音乐、建筑、工艺美术、影视、游戏等艺术领域，以文学语言为代表（因为文学是语言艺术，对人的理性思维的影响比其他艺术分支大得多）。

艺术所运用的语言随着信息革命的爆发而更新。以语言为标志的第一次信息革命催生了口头艺术，以文字为标志的第二次信息革命促进了书面艺术，以印刷术为标志的第三次信息革命造就了印刷艺术，以电磁波为标志的第四次信息革命孕育了电子艺术，以计算机和互联网为标志的第五次信息革命开拓了数码艺术。上述五类媒体艺术分别是应用口头语言、书面语言、印刷语言、电子语言和数码语言创作的。口头语言诉诸听觉通道，书面语言诉诸视觉通道，印刷语言诉诸触觉通道。由于人类不具备对应于电磁信号的感觉器官，电子语言是通过调制解调设备而为人所把握的。数码语言以先前存在的各种媒体语言为基础，将人机交互当成应用重点，创造出新平台、新艺术、新观念。数码艺术内部又可以做进一步划分，如多媒体艺术、超文本艺术、超媒体艺术、数码装置艺术、网络艺术、手机艺术，虚拟现实艺术、增强现实艺术、混合现实艺术，等等。这些分支以统一编码、共同平台为基础，相互渗透，不断流动。这构成

了数码时代的瑰丽景观。

在新媒体艺术领域,凡是能够通过编码形式来表达一定意义的对象,都有可能成为艺术语言。试举数例:(1)位置。新媒体艺术家利用移动互联网络所提供的定位服务,舍弃它的商业化目的,致力于表现人生的感悟,从而将位置变成了艺术语言。相关项目有主体追踪、空间注释和反监视等类型。(2)DNA。新媒体艺术家通过生物水印技术将有意义的语句写入生物体的遗传物质,或者通过基因工程使自己的遗传物质和其他生物的遗传物质相互混合而培养出新生命,或者将 DNA 所包含的编码形式通过多媒体设备投映出来以表现自己对生命本质的思考,等等。这些做法都是将 DNA 转变为艺术语言的努力。代表性作品有巴西裔美国艺术家卡茨(Eduardo Kac)的转基因艺术等。(3)纳米材料。新媒体艺术家通过电子显微镜等设备观察并描述纳米水平特征的自然或合成结构,制作成具备艺术吸引力的二维或三维图像与视频,以使人们熟悉在合成和操纵纳米对象上所取得的进展,这就是纳米艺术(NanoArt)的由来。

艺术所运用的语言存在三种最有代表性的范式:一是我国古代艺术语言观,以文情相生为宗旨。它认为艺术之人所运用的语言因为不胜情欲而和呓语相通,语言高超入妙的运用因为但见情性而不睹文字,用于评释艺术的语言因为推本性情而不涉理路。这种观念和儒家关于"有德者必有言"的主张相适应,认为艺术语言的价值是人格价值的延伸,艺术文本的辉光是创作者人格魅力的显现。二是西方现代艺术语言观,以文情相分为宗旨,将文本和创作者切割开来。这是在大众媒体兴起之后形成的新观念。它从语言的角度看艺术,认为艺术和语言一样存在所能与能指的关系;从艺术的角度看语言，认为语言是推理形式的符号体系，不能表达人类情感，艺术才是人类情感符号；关注文学性和艺术性的区别与联系，试图从符号学入手为艺术语言定性。根据美国美学家古德曼（Nelson Goodman）《艺术的语言》一书的看法，如果某种符号具备如下征候（symptom），那么，它就是艺术符号：（1）多重的复杂指称（complex references）；（2）句法密度（syntactic density），即构成元素之间存在密切联系；（3）语义密度（semantic density），即各个指称物彼此照应；（4）相对充实（relative repleteness），即含义丰富；（5）例示（exemplification），即包含隐喻性指称。[1] 三是当代数码艺术语言观，以文情相济为宗旨，将仿真技术（包括文本仿真、情感仿真、环境仿真等）当成自己的技术基础。它拓展了艺术语言的范围，在语言丛的类目中吸纳了编程语言、标识语言等范畴，将数码文本区分为7个层次，即传感信号层、用户语言层、标识语言层、编程语言层、网络协议层、媒体应用层、艺术产品层。它以透明与浑浊作为区分实用型界面和艺术型界面的根据，追求由复杂的机器功能所支持的"似透明"，体现让用户变成"傻瓜"、机器变得"精明"的趋势。它致力于用艺术语言营造迷宫，使艺术语言之所指发生散射，增加艺术意识的复杂性。

二、艺术所生成的语言：人工智能的挑战

将艺术当成活动（亦即认为艺术本质上是一种特殊活动）的观

---

[1] Nelson Goodman. *Languages of Art: An Approach to a Theory of Symbols*.Indianapolis：Bobbs-Merrill，1968.

念由来已久。例如，维基百科（Wikipedia）给出如下定义："艺术是创造视觉的、听觉的或表演的产品（艺术作品）领域的各种人类活动。这些作品表达作者的想象力或专业技能，人们因为它们的美或情感力而加以欣赏。在最一般形式上，这些活动包括艺术作品的生产、艺术批评、艺术史研究，以及艺术的审美传播。"[1] 如果艺术是一种特殊活动的话，那么，艺术语言便是这种特殊活动的产品。在这一意义上，艺术本身不是主体，其主体是人或其他智能生物。

根据达尔文（C. R. Darwin）的看法，艺术起源于性选择，即"更为美好的一些个体会得到异性的垂青而中选"[2]。他在考察性选择和第二性征的关系时发现：多数雌雄异体的动物的雄性，程度不等地运用色彩、气味、音响等手段以炫耀自己的美丽，和情敌竞胜，并逗引异性。与此相应，多数雌性动物具备程度不等的欣赏能力，可以因雄性的炫耀而激活情绪，并从追逐它的雄性中做出抉择。达尔文拿动物的炫耀和欣赏活动和最低等的野蛮人做了比较，并进一步指出："后世情词并茂的演说家、游方的歌手或器乐演奏家，当他们用音调铿锵的歌词或言辞在他的听众中激起各种最强烈的情绪的时候……所使用的方法正是他的半人半兽的祖先，在求爱和对付情敌的时候，用来把彼此的情欲打动得火热的方法。"[3] 由此看来，艺术语言导源于某些动物在性选择过程中所应用的炫美手段。

人类继承了其动物祖先的禀赋，运用工具制造工具以发展物质

---

[1] https://en.wikipedia.org/wiki/Art.[2018-4-18]

[2] ［英］达尔文：《人类的由来》，潘光旦、胡寿文译，商务印书馆1983年版，第510页。

[3] ［英］达尔文：《人类的由来》，潘光旦、胡寿文译，商务印书馆1983年版，第867页。

生产，运用知识生成知识以发展精神生产，在这一过程中创造了作为自身表征的艺术，并实现了艺术语言的创新。如今，历史已经演进到一个新关口，其标志是智能机器主体化。这一过程表现为它们逐渐具备某种程度的创造性，能够自动寻找问题的解决方案，或者自主调整其状态以适应环境、完成任务，或者在图灵测验中给出难以和真人相区别的回答，等等。在创造性意义上，人工智能是一种艺术，智能机器是人类最了不起的艺术品，智能机器人所使用的语言也是最值得关注的艺术语言。

至迟从20世纪50年代开始，科技工作者利用计算机软件来写作诗歌、创造音乐与美术，这类实验被视为人工智能在艺术领域的最初尝试，虽然"人工智能"一词要到其后才问世。与传统艺术创作不同，智能化创作是分两个阶段进行的。在第一阶段，人类开发出某种艺术程序。在第二阶段，这类艺术程序通过运行创造出艺术作品。上述艺术程序在不同程度上模拟人脑的功能，亦即体现了人工智能。经过半个多世纪的发展，人工智能日趋发达，智能化创作的水平越来越高。

我们将人工智能用以创作艺术作品的手段称为"艺术所生成的语言"。这里所说的"生成"指的是人类将自身的智能赋予新的主体。与前述"艺术所应用的语言"相比，"艺术所生成的语言"不是思想的物质外壳，因为现阶段的计算机还不能像人类那样本着"知人论世"的精神进行思考；用"艺术所生成的语言"呈现出的作品也不是情感或志向的表达，因为现阶段的计算机还没有内心体验，无法像人类艺术家那样本着"诗言志"或"诗缘情"的宗旨来创作。尽管如此，早在20世纪50年代，"艺术所生成的语言"就已经创造了在形式上可以乱真的效果。这就是说：计算机程序生成了单纯从形式上无法和人类所作相区分的简单作品。时至今日,智能机器人已经可以使用有几分幽默和风趣的语言和人类用户进行对话,智能软件已经可以根据所输入的数据生产出各种作品,不仅是朦胧诗、故事梗概、线条画、随机音乐,还有相对复杂而完整的小说、动画、游戏场景等。

当前,人工智能正以前所未有的加速度发展。它从下述三个层面提出了一系列值得深思的问题:(1)在社会层面,人类能否通过开发智能机器人提高自身语言能力?人类是否能够赋予智能机器人主动运用语言的动机?人类可否通过语言防止智能机器人形成有悖人类利益的意识?(2)在产品层面,智能机器人是否会因为掌握语言而形成自我意识?智能机器人是否可能将所攫取和保存的信息转化为匹配于他们的知识与智慧?智能机器人是否会因为形成自我意识而发明人类所不能理解的语言?(3)在运营层面,人类如何与智能机器人进行良性互动?人类如何为智能机器人制订行为规范?人类如何建立智能机器人越界预警机制?归根结底是一个问题:人类如何完善智能机器人共同体?

根据庄子《南华真经》一书的记载或想象,为圃者反对子贡所提出的用机械进行灌溉的建议,并转述了其师的下述观点作为根据:"有机械者必有机事,有机事者必有机心。机心存于胸中,则纯白不备;纯白不备,则神生不定;神生不定者,道之所不载也。吾非不知,羞而不为也。"[1]据信,持这种观点的人是当时的"混沌氏",即主张混沌无别而不可分的人。汉代刘向《说苑·反质》有类似的说法:"卫有五丈夫,俱负缶而入井灌韭,终日一区。邓析过,下车为

---

[1] 〔战国〕庄周:《南华真经》卷五,四部丛刊景明世德堂刊本,第99页。

教之曰：'为机重其后轻其前，命曰桥，终日溉韭，百区不倦。'五丈夫曰：'吾师言曰："有机知之巧，必有机知之败。"我非不知也，不欲为也。'"[1] 如果我们将引文中的"机"解释为人工智能、智能机器或智能机器人，那么，在后人类语境中，"有机事者必有机心"便昭示着"它们"形成自我意识而朝"他们"转变的过程，虽然这句话在《南华真经》一书的原义是指发明和使用机械的人投机取巧。

在"它们"向"他们"转变的同时，人类艺术语言很可能向机器艺术语言转变。如果智能机器有了自我意识，随之而来的便可能是表达的需要。倘若这种需要真的形成，那么，它必然驱使智能机器彼此之间用语言进行交流，这种语言未必是人类为智能机器所规定的。如今，已经有报道说Facebook实验室里的人工智能开始用人类看不懂的语言彼此交流，美国佐治亚理工学院的两个机器人在对颜色和形状进行讨论和赋值的过程中，发明了它们自己的通信协议。如果情况属实的话，那么，未来智能水准更高的机器很可能进而发明真正属于他们自己的语言，甚至是艺术语言。迄今为止，所谓"计算机艺术"要么是人类在与计算机的互动中创作，要么是计算机根据人的指令进行生产。在所生产出来的大量产品中，不符合人的审美标准、为人所不能理解的文本都被淘汰了（人工筛选或自动过滤）。智能机器一旦具备自我意识，便可能采纳自己的（而非人类的）审美标准。果真如此的话，或许艺术语言创新将通过智能机器的自我学习以越来越快的速度进行。不过，这种创新不是人类艺术创新，而是机器艺术语言创新。

在科幻电影中，所谓"生成"不仅发生在人与机器人的互动之

---

[1] 〔汉〕刘向：《说苑》卷二十，四部丛刊景明钞本，第143页。

间,而且发生于人与外星人、类智人等生命形态的互动。通过生成,原先为人类所特有的能力、规范、语言、行为等要素被置换为其他生物的要素。对此,下面将进行具体分析。

三、艺术所描写的语言:科幻电影的想象

如果将艺术视为人类意识的产物、将语言当成一种社会现象,那么,艺术完全可以对语言加以描写,正如语言可以为艺术所反映那样。这一意义上的艺术语言是艺术所描写的语言。倘若要把握语言创新的前景,那么,科幻作品提供了不可多得的参考系。下面试以科幻电影为例加以说明。

在科幻语境中,语言现象从人类扩展到机器人、类智人和外星人等多种智能生命。美国《禁忌星球》(Forbidden Planet, 1956)中的机器人罗比是由探险者、语言学家摩比斯在异星借助当地已经灭亡的先进文明创造的,堪称多才多艺。美国《电脑神童》(The Computer Wore Tennis Shoes, 1969)描写雷暴期间安装更换部件时,机器人雷利受到电击,成为人机。他因此拥有超人类的数学能力,可以在几分钟内阅读并记住百科全书的内容,阅读一本教科书后可以流利地说出语言。美国《巨人:福宾计划》(Colossus: The Forbin Project, 1970)描写美、苏为冷战分别开发的超级计算机系统居然想控制全人类。这两台电脑之间用以联系的算法日益复杂,发展出人类所无法完全理解的复杂语言。以上三部影片预测了机器人掌握和发展语言的可能性。美国《X计划》(Project X, 1987)描写空军飞行员发现绝密实验是以猩猩模拟人研究第二次核打击条件下的存活问题。在本片中,研究生泰里训练猩猩维吉尔运用美国符号语言。

英、美、德合拍剧《恐龙帝国》(Dinotopia, 2002) 告诉观众：恐龙帝国有一个自己的语言系统。人猿猩球系列电影设想猩猩因受人类增智药物影响而获得语言能力，进而形成自我意识，以至于统治人类。以上电影和类智人语言能力相关。美国《E.T. 外星人》(E.T.: The Extra-Terrestrial, 1982) 描写外星人最初无法用语言和地球人沟通，后来开始学英语。美国《星际迷航》(Star Trek, 2009) 塑造了外星语言学家妮欧塔的形象。她是联邦星舰企业号的联络官，主人公史波克的学生兼女友。在印度《我的个神啊》(P.K., 2014) 中，主人公 P.K. 从没有语言的母星来到地球，他认为靠握手交流比靠语言准确多了，人类的语言一词多义，经常引起误会，必须参照音调、表情等才能明白说的是什么，但在地球上随便摸别人的手会被视为变态。不过，P.K. 有办法，他在妓院抓住一个妓女的手长达六个小时之久，从而学会了比哈尔语，得以和地球人进行交流。以上三部电影和外星人语言能力相关。

任何一部科幻电影都和对语言的反映有关，这首先是由于其中的人物通常依靠语言来交流、故事背景有赖于语言来介绍、情节发展要仰仗语言来推动。如果将语言的范畴从有声语言扩展到图像语言或蒙太奇，那么，上述原理对于默片也是适用的。不过，并非所有的科幻电影都将语言当成主要对象来加以审视。有鉴于此，下面三部电影值得一提。

美国《死亡密码》(Pi, 1998) 描写偏执狂数学家麦斯寻找可以解码宇宙模式的神秘数字，但遭到失败。他认为自然语言可以用数字解释，这些数字会呈现出某种系统模式。上述模式如果被寻找出来，便可应用于自然界所有事物，甚至是社会生活（包括股市）。为此，他苦苦钻研，不仅劳心耗神，而且卷入了社会风波。他最终意识到代表神秘模式的216位数字和上帝相联系,根本不能存在于他的脑海。因此,他设法烧毁了自己大脑中那个对数字格外敏感、但也让他剧烈头疼的区域。麦斯丧失了对于数字的直觉,却获得了从数字之外的角度把握世界的可能性。本片编导所展示的对那个神秘数字的看法,实际上也可以在某种意义上应用于语言:自从有了作为第二符号系统的语言之后,人类对于世界的看法就是为它所左右的。语言既是人类自我意识形成的必要条件,也是人类为自己设定心理牢笼的重要前提。如果去除了大脑皮层的语言区,人类有可能从语言之外的角度把握世界。当然,这样做的代价实在太大,正常人估计谁也不愿尝试。尽管如此,佛教说绝言相才能悟真如,其理与之相通。因此,语言创新是包含辩证否定的范畴。也许,语言只有通过自我否定才能明白自身的局限(它并非人类与宇宙沟通的唯一选项)。只有理解不靠语言沟通能够做什么,才能懂得靠语言沟通还能做什么,这是创新的必要前提。一般语言如此,艺术语言亦然。只有理解不以语言为手段还能创造出什么样的艺术,才能懂得仅以语言为手段创造艺术的局限。在"大音希声,大象无形"的意义上,语言(包括艺术语言)的至境是无语言。也许,这正是语言创新(包括艺术语言创新)的最终目标。

在美、保合拍片《异形猎手》(Alien Hunter, 2003)中,南极冰下发出的神秘信号(频率为2—5兆赫的等长脉冲组)来自外星人神秘容器(救生荚)。科考基地的语言学家朱利安认为数字是任何一种语言最基本的表达。他将脉冲间隔时间当成密钥,再用这个密钥去解读其他密钥,结果发现这些脉冲的含义是:"不要打开!"他赶紧冲去警告正准备打开神秘容器的另一个团队,但来不及了。从容器中出来的一个外星人被科考队员打死。对外星人无害、对地球人却致命的病毒从打开后的容器中扩散，可能为害全球。幸存者必须做出自我牺牲。朱利安为此修改了各道门的密码，防止有人出逃。当局决定用核导弹毁灭这个基地。在导弹命中之前，朱利安等4人被一艘外星人飞船救走。它是因为接收到神秘容器发射的无线电脉冲而来的。在本片中，外星语言的解读是情节构思的关键。因此，与其将标题译为不很确切的"异形猎手"，还不如译为"神秘脉冲"。在信源一侧，将语义作为信号去调制载波，可能有调频、调幅、调相位等不同做法。在信宿一侧，对信号的解读要考虑到编码的多种可能性。类似的原理可移用于艺术语言。如前所述，数字艺术由传感信号层、用户语言层、标识语言层、编程语言层、网络协议层、媒体应用层、艺术产品层构成。每一层都可能成为创新的对象。地球人如果想让外星人理解自己所发送的数字艺术的含义的话，必须进行系统化的精心设计。

美国科幻电影《降临》（Arrival, 2016）是围绕外星语言构思的。电影描写12艘外星飞船降临地球不同地方，各国政府都为猜不透其来意而操心。美国马萨诸塞大学语言学教授路易丝奉命进入飞船，设法与外星人沟通。她在短时间内掌握了外星人所使用的水墨渲染状圆环符号（七肢桶文字），将外星人对其来意的陈述解析为"提供武器"。后外星人主动将路易丝接到飞船内，她终于明白外星人说的"武器"是指其语言，掌握了这种语言不仅多了一种人生斗争的武器，而且可以预测未来。为了避免发生冲突，她冒险盗用美军指挥官的卫星电话，用"战争不能成就英雄，只会留下孤儿寡母"说服他国军队总司令，最终使得外星人飞船全部离开。在本片中，外星人所使用的语言（即水墨渲染状圆环符号）非常优美，具有我国山水画的艺术效果。如果要说艺术所使用的语言，那么，这是一个很好的创新例证。这种语言并非现实生活中的地球人所应用的，而是出现在以外星人为题材的科幻电影中，因此，它又属于艺术所描写的语言。不仅如此，本片是将地球人的线性时间观和外星人的非线性时间观分别当成决定语言特征的因素来描写的。地球人因为持线性时间观，所以依据前后顺序感知世界，并且通过以位序为特征的语言来表达。相反，七肢桶外星人因为持非线性时间观，因此从整体上感知世界，将所有想表达的意思集成在一个字内，想表达的意思越丰富，这个字的形状就越复杂。就此而言，本片的上述创意展示了艺术语言创新的另类可能性，即通过生成（转变主体，将地球人的艺术语言转变成外星人的艺术语言）实现开拓。主人公路易丝因为掌握七肢桶语言而使自己感知世界的方式发生根本变化，用全新的眼光看待自己的生存状态。这无疑昭示了艺术语言创新所可能产生的重大影响。也许，现实中的艺术工作者可以运用本片所表达的观念造出一种新的语言来，像图像那样将空间性（而非时间性）当成它的基础。

综上所述，艺术语言创新是生生不息的历史运动，其含义和研究者所取的审视角度相关。不难想象：就本文所选取的三种角度而言，媒体变革所引发的艺术语言创新将在未来继续深入发展，为创作者、鉴赏者和传播者提供更多可供选择的编码形式；人工智能所引发的艺术语言创新将转变人们对于艺术定位的基本认识，或者促进人机共同体的建设，或者使得艺术主体面目一新；科幻作品所构思的艺术语言创新将在后人类语境中继续驰骋，有利于人们用新的方式与各种智能生命（若有的话）开展交流。

第三节　高质量发展：网络文学的前景展望

对我国网络文学而言，高质量发展不仅是国家宏观战略决策的要求，而且是自身实现超越的需求。我国网络文学虽然到 2020 年上半年已经达到用户 4.67 亿的规模[1]，原创内容丰富，但质量参差不齐，某些作品表现出低俗化、逐利化倾向，从总体上说离由文化大国向文化强国转变的历史要求还有差距，在满足国内需求、发挥国际影响方面存在提升空间。在大变局时代，应当将"坚持系统观念"作为促进网络文学高质量发展的重要原则。本节援引笔者所提出的传播要素原理加以考察，切入点包括由主体维度、对象维度、中介维度构成的社会层面，由手段维度、内容维度、本体维度构成的产品层面，由方式维度、环境维度、机制维度构成的运营层面。

一、网络文学的社会层面

我国网络文学经过 20 余年的发展，已经从"小荷才露尖尖角"成长为令世界同行瞩目的奇观，为加强公共文化服务、丰富群众精神文化生活做出了重要贡献。在新的历史条件下实现网络文学的高质量发展，既是业界和公众的期盼，又是学术界关注的大事。就社会层面而言，由创作队伍、受众群体和跨界纽带构成的共同体是

---

[1] 中国互联网络信息中心：《第 46 次中国互联网络发展状况统计报告》. http://www.cnnic.net.cn/hlwfzyj/hlwxzbg/hlwtjbg/202009/P020200929546215182514.pdf.

网络文学发展的动力,也是提高网络文学质量的关键因素。对网络文学社会层面的考察涉及主体维度、对象维度和中介维度。

(一)建设创作队伍:门槛与潜能

在网络视野中,主体维度涉及当事人(兼指机构和个体)所进行的网络规划、网络建设、网络管理等活动。在文学视野中,主体维度涉及当事人的创作立场、创作动机、创作目标等要素。上述两种视野以群体组织、自我意识以及身份认同、角色扮演、使命担当、共同体建构等为纽带相联系。不论是信息网络最初的构想者(科学家)、阿帕网的建造者,还是推动网络用途"军转民"的企业家,其直接目的都不是开拓文学新天地,而是供同行交流、战时通信或商业贸易之用。尽管如此,这些人为之做出不同贡献的信息网络后来却演化为大众性的"第五媒体",以低门槛吸引了无数文学爱好者,让他们得以发挥自己的创作潜能。

将文学网络化的努力,或许可以追溯到哈佛大学毕业生纳尔逊(T. H. Nelson)在20世纪60年代开发在线出版系统的努力。英国科学家伯纳斯-李(Tim Berners-Lee)在20世纪80年代末发明万维网,为此后网络文学的流行准备了必要的技术条件。我国改革开放推动了海外留学大潮,既让莘莘学子在发达国家率先接触网络服务,又让他们萌生了以汉语书写网络文学的强烈冲动。就是在这样的背景下,汉语网络文学在20世纪90年代登上了历史舞台,演绎出令人回肠荡气的好戏来。作为新生事物,汉语网络文学的诞生标志着互联网在语言艺术领域的最初应用,其历程是互联网思维逐渐深入创作、传播和鉴赏各个环节的体现。它不仅圆了海外留学生的思乡之梦、港澳台青年的文学实验之梦,而且圆了祖国大陆诸多文学爱好者的创作与发表之梦,让他们的创造力像火山一样喷发出来。

如今,我国网络文学已经蔚为大观,令世界瞩目。为实现网络文学的高质量发展,有必要重新审视提高门槛和发挥潜能的问题。"门槛"的本义是门框下端的横木条、石条或金属条,喻义是由共同体约定俗成的某种筛选标准。网络文学之所以能够罗致数量庞大的写手,关键是门槛比传统文学低。"潜能"的本义是潜在的能量,喻义是人类所具有却尚未被开发的能力。写作门槛提高了,促使有志气的写手上档次,这是网络文学实现高质量发展的条件之一;文学潜能发挥了,"菜鸟"就向"大虾"转化,这也是网络文学实现高质量发展的条件之一。前者以限制网络文学创作队伍的规模来提高质量,后者则以造就合格作家的方式来扩大网络文学创作队伍,可以说是相辅相成的措施。文学网站设定签约作家条件之类的做法属于前者,各级作协举办网络文学作家培训班、研修班之类的做法属于后者。高质量发展的关键之一是通过在线学习等途径将二者统一起来,使潜能有更多的发挥机制,使门槛也有"水涨船高"的可能。

(二)引导受众群体:偶像与粉丝

在网络视野中,对象维度涉及连接对象、屏蔽对象、推荐对象等要素。在文学视野中,对象维度涉及描写对象、奉献对象、师法对象等要素。上述两种视野是以用户管理、用户服务、用户定制、用户参与等为纽带相联系的。计算机兼有输入与输出端口,其用户因此同时具备传播者和接受者双重身份,这是基于计算机技术的信息网络成为互动媒体的原因。与之相适应,网络用户不再是电视时代的"沙发土豆",而是活跃的参与者。这对网络文学产生了深刻的影响。

文学意义上的受众群体是围绕作家、作品发展起来的。如果说传统文学也有其粉丝群的话,那么,他们和吟游诗人的讲唱活动、书面作品的人际传播、印刷媒体的广泛发行、电子媒体的远程即时传送等因素有密切关系。在历史上,文学传播的时空范围、社会分布越广泛,作者和读者的互动就越困难。这一矛盾到互联网时代得以根本解决。网络文学兴起之后,以其特有的魅力吸引来自不同背景的读者。他们通过在虚拟社区中进行读写互动形成了最初的读者群。其中,有些特别热心的人乐意为作家作品做阅读之外更多的事情,付出时间、精力,甚至是金钱和情感。这是形成粉丝心态最重要的因素。文学网站因势利导,促进读者聚合与参与,使粉丝文化得以兴盛,对网络文学的繁荣起了关键作用。邵燕君等指出:"中国网络文学发展 20 余年来,最核心的发展动力就是建立在粉丝经济基础上的原创性生产机制。"由于盗版的长期存在,核心粉丝(具有稳定付费习惯和活跃参与度)占比始终仅有 5% 左右。但正是他们构成了网络文学发展的根基——其中大部分都曾尝试写作。[1]

从高质量发展的角度看,有必要重新审视偶像和粉丝的相互关系。作者偶像化和读者粉丝化是一种双向建构。他们不仅通过上述建构加深了相互的理解、信任和协调,而且都在对方的身上寄寓自己的理想,弥补自己的遗憾。由此可能产生两种弊端:一是不同饭圈彼此排斥,二是审美疲劳和类型趋同[2]。正如曹宇所言,粉丝文

---

[1] 邵燕君、肖映萱、吉云飞:《网络文学 2019:在"粉丝经济"的土壤中深耕》,《中国文学批评》2020 年第 1 期,第 124 页。

[2] 马小凤:《粉丝经济与文学迷思:论消费时代下的网络文学生态》,《哈尔滨师范大学社会科学学报》2017 年第 3 期,第 131 页。

化有利有弊，关键在于引导。一方面要重视法律法规和新媒体技术对于规范媒介行为、强化对青年正面引导的作用，另一方面，不要特别在意粉丝偶尔的不理性状态。[1] 当然，网络作家也不要因为有大量粉丝追随，就误以为自己真的是值得崇拜的大神。高质量发展的条件之一是建设能产的读者群体，提高他们参与创作的积极性，从而丰富用户生成内容，并激励作家群体更上一层楼。

（三）构筑跨界纽带：竞争与协作

在网络视野中，中介维度涉及交换机、交换中心、定制软件、中继设备等的开发者、应用者，还有各类网站的管理者等。在文学视野中，中介维度涉及文学领域和复述、改编、表演、翻译、评论、研究、教学、执导、主持、出版、发行、代言、经纪等相关的角色，以及与之对应的各种组织或机构。上述两种视野是以虚拟社区、网络社团、众筹平台等为纽带相联系的。信息网络本来就是为人们协同工作而建立的，但它所提供的量化比较的便利却让各种排行榜大行其道，从而将相关个人和组织都置于空前激烈的竞争之中。

在印刷时代，文学中介相对比较简单，主要是报社、杂志社、出版社，还有与之相联系的印刷厂等。当时，文学中介数量有限，彼此之间虽然有竞争，但在我国事业体制下并未形成市场化意义上的"红海"。进入网络时代之后，文学中介大为扩张，加上我国经济转型等原因，在市场上的竞争趋于尖锐。这种竞争不仅包括传统中介和新兴中介的竞争，而且包括各种新兴中介（如文学网站）之间的竞

---

[1] 曹宇：《粉丝文化有利有弊，关键在于引导》，《人民论坛》2017年第28期，第140–141页。

争。与此同时,协作共赢的新机遇也已经到来,这是相关行业组织诞生并发挥作用的条件。

网络文学作者和读者的直接联系主要是通过网站建立的。文学网站要实现高质量发展,必须处理好如下关系:(1)与作者的关系。例如,欧阳友权解剖2020年4月阅文集团高层人事调整引发的风波,指出其深层原因在于网络作家担心阅文平台的经营理念从付费走向免费,从重视产业链前端的内容生产转向更注重后端IP分发的视频产品营销,使"文学"在与"资本"的博弈中处于下风,创作者权益不保而被边缘化。其实质是平台与作家之间的权益之争。他认为化解作家与平台的矛盾要秉持三条原则——作家是网络文学的"第一生产力";保障优质内容生产是行业发展的"压舱石";打造健康的网络文学业态要坚持保护性培育、科学化管理。[1](2)与读者的关系。我国文学网站始于免费阅读模式,经过在线阅读收费模式(2003年由起点中文网首创),2018年又出现免费阅读+收看广告模式(由趣头条旗下米读小说首倡)。以优质服务吸引正版读者,是减少乃至于消除盗版现象的关键。这类服务包括弹幕式的"本章说"功能、分享"安利"的书单功能、书粉互动的圈子功能等。[2](3)与其他中介角色的关系。例如,在跨文化传播条件下,翻译工作者的作用至关重要。又如,要引导网络文学朝高质量发展,评论工作者的介入必不可少。

综上所述,在网络视野中,网络文学就社会层面而言是全球信

---

[1] 欧阳友权:《从"阅文风波"看网络文学生态培育》,《中南大学学报(社会科学版)》2020年第5期,第1—11页。

[2] 时文宏:《从文本阅读到文化社群——粉丝经济下的网络文学生态发展简述》,《网络文学评论》2019年第2期,第100页。

息基础设施建设者、运营者、操控者通过互联网为客户所提供的众多服务之一。在文学视野中，网络文学就社会层面而言是由创作队伍、受众群体和跨界纽带构成的共同体。为实现高质量发展，必须处理好门槛与潜能、偶像与粉丝、竞争与协作等关系。不仅如此，还必须在社会层面对网络系统和文学系统加以协调，处理好所涉及的个人和群体之间的利益关系，并自觉接受公众的监督和政府的监管。

二、网络文学的产品层面

新媒体推动社会变革，促进了我国信息生态和艺术观念的重大变化，网络文学由此形成了自己独特的艺术定位，从语言风格、作品内容到体裁结构，都显示出某种有别于纸媒文学的特色。要实现高质量发展的目标，必须探索新颖形式、蕴含深刻内容、明确精品定位。对网络文学产品层面的考察，涉及手段维度、内容维度和本体维度。

（一）探索新颖形式：艺术与技术

在网络视野中，手段维度涉及网络协议、网络结构、网络服务等要素。在文学视野中，手段维度涉及语言、结构、体裁等要素。上述两种视野是以操作系统、网络结构和应用程序等为纽带相联系的。所谓"形式"在网络语境和文学语境中具备不同的含义。与此相应，对于新颖形式的探索和追求有不同的重点。

从文学的角度看，网络文学是相对传统文学的新颖形式。李衍柱将网络文学视为通向自由理想的艺术形式，因为它以多媒体的

第六章 文艺历史追踪

创造性应用带来审美的通感,通过互动将具备共同梦想的人联合起来。[1]虽然它后来在发展过程中经常为商业利益所左右,但确实给文坛带来过一阵清风。若沿用文学理论对形式的界定,我们可以从如下三个方面理解网络文学的新颖性:(1)在语言上,它创造了不少独特的流行语。正因为如此,伍国桃从语言因贴近生活而具备鲜活性的角度肯定网络文学的文本形式。[2]至于网页所包含的源代码,则是传统文化所没有的。(2)在结构上,它可以按照超文本或数据库的方式组织信息,给用户以四通八达、常见常新的感觉。这种弹性结构有别于传统文学的刚性结构。(3)在体裁上,它可以从单纯的文字作品走向音像多媒体,使表现手段日趋多样,并和传感、定位、增强现实等技术结合起来,沟通文本内外的世界,别开生面。

比照文学形式语言、结构、体裁三分法,我们可以从类似的三种角度对网络形式加以考察:(1)网络协议。它是计算机网络中为进行数据交换而建立的规则、标准或约定的集合。互联网要实现高质量发展,就必须对作为其基础的传输控制协议/网际协议(TCP/IP)加以升级和完善。只有这样,才可望展示更多的内容、呈现更精美的排版、实现更复杂的交互。与此相类似,对移动互联网而言,为移动终端访问无线信息服务所需要的无线应用通信协议(WAP)也有不断完善的必要。(2)网络结构。现阶段的互联网属于信息互联网,由计算机系统、通信链路和网络结点组成。其物理布局称为"拓扑结构",有星型、环型、树型、总线型、分布式、蜂窝状等不同类型。

---

[1] 李衍柱:《网络文学:通向自由理想境界的艺术形式》,《求是学刊》2005年第1期,第97—99页。

[2] 伍国桃:《论网络文学文本形式的新变》,《安顺学院学报》2014年第1期,第18—20页。

它虽然能够方便地传播信息，但无法根本解决数字版权保护问题。若引入区块链协议加以改造，使信息数据流可记录、可追溯、可确权、可定价、可交易，那么，互联网可以实现价值的传递和交换，成为有别于当下"信息互联网"的"价值互联网"，使目前困扰网络文学界的数字版权保护问题迎刃而解。[1]（3）网络服务。随着信息革命的深化，网络在技术上不断升级换代，在应用上日益深入生活。与之相适应，网络文学势必不断推陈出新。互联网和移动通信平台先后推出多种服务，创造了网络文学多样化的契机，从早期的 BBS 文学、主页文学，到短信文学、博客文学，再到后来的微博文学、微信文学等，都可以为证。今后，网络服务的开拓势必将赋予网络文学新面貌。

如果将文学语境中的"形式"和网络语境中的"形式"对应起来的话，那么不难发现它们之间的联系纽带：介于文学语言和网络协议之间的是各种操作系统，介于文学结构和网络结构之间的是网站结构，介于文学体裁和网络服务之间的是各种应用程序。上述纽带相互支持、彼此渗透，其创新和完善同样有利于网络文学的高质量发展。

在人工智能的意义上，未来人机互动对网络文学提高质量的重要性将进一步显示出来。从理论上说，人工智能可以和网络文学建立广泛联系，包括网络文学身份的智能定位（如作家追踪研究、读者分析、平台建设等），网络文学本体的智能生产（如语言翻译、内容生成、IP 开发等）以及网络文学运营的智能管理（如内容审核、协会组织、评论研究等）。现阶段算法已经被用于识别文学作品的特征（例

---

[1] 马季、王志宏：《区块链技术在网络文学规范化发展过程中的作用》，《网络文学评论》2019 年第 4 期，第 17-20 页。

如在主题上将爱国主义、反面、中性区分开来)[1]，判别与筛选具有IP开发价值的作品[2]，以及向用户推荐符合其个性化需求的作品，等等。在未来，人工智能或许可以帮助人们甄别网络文学的质量，引导作者提高艺术水准，并帮助读者理解和评价具体作品，分析其叙事模式，将它们可视化。网络文学研究者倘若有智能工具作为助手，可望解决大部头网络文学作品阅读和阐释上遇到的困难。

(二)蕴含深刻内容：架空与写实

根据习近平总书记的论述，文艺作品高质量发展应该从历史观、民族观、国家观、文化观四个维度来把握。从历史观维度来看，文艺作品应反映民族与国家兴衰的历史规律；从民族观维度来看，文艺作品应增强中华民族共同体意识；从文化观维度来看，文艺作品应凸显传统文化自信与自觉；从国家观维度来看，文艺作品应将国家置于整体论视角中。[3]

在我国，被网文界奉为网络小说鼻祖的武侠小说作家黄易开拓了"玄幻小说"的新文类[4]，被某些大神推为"网文开山作"的《风姿物语》这样的作品师法游戏架构，致力于创造迥异于现实的"另世

---

[1] 毛频：《基于LDA和GBDT算法的对文学作品爱国主义特征的分类研究》，《文化创新比较研究》2019年第13期，第59-60页。

[2] 张博瑶：《蚁群算法在网络文学IP开发选择中的应用研究》，《新媒体研究》2020年第6期，第20-23页。

[3] 苏燕、王韬钦：《习近平关于文艺作品高质量发展思想内涵的四个维度》，《思想教育研究》2020年第1期，第9-13页。

[4] 李强：《为什么网文界认为黄易是网络小说的鼻祖》，《文艺报》2020年11月30日，第3版。

界"[1]。这种倾向从总体上说是以脱离现实、虚构历史为特色的,并不为主流意识形态所重视。当然,网络文学不是只有架空这一倾向、玄幻这一题材、超长篇小说这一体裁,篇幅适中的现实题材作品也占有相当分量,而且为主流意识形态所提倡。从内容角度看,这类作品可以说比较直接地满足了文艺高质量发展的需要。当然,这不是说其他题材、体裁和写法的作品就无法实现文艺高质量发展的要求,关键是要有现实关怀、哲理深度和高尚情感。

在网络视野中,内容维度涉及信号、数据和信息等关系。在文学视野中,内容维度涉及题材、形象和主题等要素。上述两种视野是以内容生成、分发、阐析等技术为纽带相联系的。文学内容通过数据化而得以为信息网络所贮存、处理与转变(云计算)。反过来,文学也将网络及相关技术当成描写与审视的对象(题材化)。

人工智能进入文艺领域之后,依托特定算法从事批量化重组式创作已经屡见不鲜。艺术内容原先是由人类创作的,表现源于现实生活的真情实感。与之不同,由算法生产的文本如果也冠以"文学"或"艺术"之名,其内容只能说是架空的。正因为如此,宗思源指出:"人工智能诗歌使艺术的原真性标准失效,艺术品的光韵渐渐凋谢,原始诗歌被不断'再生产',使文学作品趋于均质化、程式化,大众审美的个性和创造性渐渐模糊,但随之而来的还有一部分人审美意识的觉醒。"[2] 黄平主张以重情来抵抗人工智能对文学入侵,"借用钱谷融先生的著名命题'文学是人学',我们对于'文学是人学'传统

---

[1] 吉云飞:《为什么大神共推〈风姿物语〉为网文开山作》,《文艺报》2020年11月30日,第3版。

[2] 宗思源:《诗歌算法、审美生产与人工智能时代的文学遭遇》,《智库时代》2020年第3期,第233页。

的继承与发扬,在人工智能的语境中将转化为'人学是文学':是文学想象,而不是算法的计算,守卫我们对于'人'的理解与信仰"。文学的抵抗,在于重新激活浪漫主义的文学传统,关键在于对"情"的强调。[1]古人有言:"充实而有光辉之谓大。"[2]从高质量发展的角度看,对情的强调不应局限于原始的生理性情绪,而应上升到为理义所规范、为理想所升华的社会性情感。

(三)明确精品定位:网感与经典

在网络视野中,本体维度涉及类别(如实体的或比喻的、有线的或无线的)、模式(如主机模式、桥接模式、网络地址转换模式等)、特性(如共享资源网、数据处理网、数据传输网)等要素。在文学视野中,本体维度涉及类型、风格、特色等要素。上述两种视野是以数据集成、数据管理、数据挖掘等技术为纽带相联系的。就作品遴选而言,积分算法发挥了重要作用。正如高寒凝所指出的:"相比起印刷文明时代的编辑审稿制和学院体系内的精英批评话语,文学网站诉诸积分算法,虽然的确是将选择、评价一部小说的权力让渡给了读者,却也绝非仅止于此。最为关键的秘密,其实就隐藏在公式之中:尽管每位用户(包括读者和作者)的行为(点击、写书评)与喜恶(打正分或负分),都经由相对客观、固定的渠道转化成了数据,但总积分数值的输出,却是糅合了网站自身利益与倾向的加权计算。"[3]

---

[1] 黄平:《人学是文学:人工智能写作与算法治理》,《小说评论》2020年第5期,第18-33页。

[2] 〔战国〕孟轲:《孟子》卷十四《尽心章句下》,四部丛刊景宋大字本,第119页。

[3] 高寒凝:《网络文学研究中的数字人文视野——以晋江文学城积分榜单及"清穿文"为例》,《中国现代文学研究丛刊》2020第8期,第203页。

就本体维度而言，网络文学以网感区别于传统文学。"网感是什么？知乎上有人给出了一个定义：网感是指能够理解互联网上网民的行为逻辑，并能根据其内在逻辑，设计出符合网民意愿的表达方式，让他们无碍地接受品牌和产品的创意的一种能力。"[1] 从高质量发展的角度看，网络文学精品化不只表现为具备强烈的网感，而且表现为对经典的重视。严格说来，"经典"是传统文学的范畴。相比之下，网感更看重当下感受，主要与横向传播相联系；经典更看重长远价值，主要与纵向传播相联系。明代李东阳说："文章如精金美玉，经百炼历万选而后见。今观昔人所选，虽互有得失，至其尽善极美，则所谓凤凰芝草，人人皆以为瑞，阅数千百年、几千万人而莫有异议焉。"[2] 这段话是对于"经典"之含义的精彩阐述。我国已经有一些作品受到不同国家读者或观众的关注，如天蚕土豆《武动乾坤》等。精品化不能满足于豆瓣评分高、弹幕好评多（这是横向传播所要求的评价），而且要引入时间维度，通过适当的作品回顾展评，来判定客观效益与历史价值（这是纵向传播所要求的评价）。使传统文学具备网感、使网络文学形成经典，这是为高质量发展所需要的双向运动。基于上述理解，笔者将"网感"定义为网络协议（IP, Internet Protocol）与知识产权（IP, Intellectual Property）相统一的范畴。网感体现的网络协议和知识产权的统一，另一方面是指网络环境下追求互联互通、自由共享与关注最大化的时代感，一方面是指与网络建设持之以恒发展相适应的历史感。简言之，网感就是网络流行所唤起的时代感、网络发展所需要

---

[1] 徐茂利：《网感的养成》，《国际公关》2015年第5期，第8页。
[2] 〔明〕李东阳：《怀麓堂诗话》，清知不足斋丛书本，第6页。

的历史感的有机融合。[1]

综上所述,在网络视野中,网络文学就产品层面而言是在线资源的数据集,通常属于明网的专门站点,可以通过搜索引擎加以访问。在文学视野中,网络文学就产品层面而言是由形式、内容和类型定位的参照系(相对于现实而言),属于语言艺术范畴。要实现高质量发展,必须处理好艺术与技术、架空与写实、网感与经典等关系。

三、网络文学的运营层面

将文学与互联网联系在一起,既意味着拥抱第五次信息革命以来崭露头角的新科技、新媒体,又意味着将视野扩展到全球村、知识经济等新潮流、新趋势。产业化运作使网络文学逐渐被纳入ISP、ICP等各种公司的发展战略,不仅具备了网络地址的IP身份,得以在各种数码媒体平台上链接与流动,而且形成了产权运作的IP空间,得以通过各种衍生产品展示其魅力。对网络文学运营层面的考察,涉及方式维度、环境维度与机制维度。

(一)运用精湛技巧:借鉴与创新

在网络视野中,方式维度体现主体维度与技术维度的结合,将重点置于信号流、数据流或信息流的监测、识别、伪装、防伪、适配、分离、重组、融汇等。在文学视野中,方式维度体现主体维度与手段

---

[1] 黄鸣奋:《网络大电影如何走向精品化》,光明网 — 文艺评论频道 2017 年 10 月 12 日。https://wenyi.gmw.cn/2017-10/12/content_26492283.htm.

维度的结合，涉及基于意识流、叙事流或情感流的创作方法、构思技巧、推广策略，还有教学方法、评价方法、研究方法等。上述两种视野可以通过信息流的设计、生产、跟踪、分析等为纽带相联系。例如，将网络视野引入对文学文本的考察，就形成了查重、作者身份甄别等技术；将文学视野引入对网络现象的批判，就形成了讽喻、戏仿等手法。

在创作论的意义上，策略、方法、手法、技巧是相通的，虽然策略、方法的抽象度比较高、概括性比较强、手法和技巧都比较具体。下文以创作方法为例予以说明。创作方法是和创作观念相适应的，传统文学中现实主义、浪漫主义、象征主义等就是二者的统一。王祥将网络文学定义为通过互联网发表、传播的大众文学，认为它的各个类型都通行着白日梦——愿望达成的创作方法。特点是主角（代表普通人）揣着自身的愿望，因为置身于梦境，在伙伴的帮助下，经过努力，战胜了敌人，克服了阻碍，实现了自身的愿望，得到情感满足，并继续滋生更高的愿望，不断奋斗，让人类主要的欲求都得到深度满足，最终到达了人类社会或者神话世界的顶峰。[1]他明显借鉴了西方精神分析主义的创作观念（白日梦），这说明了上述创作观念具备较普遍的适用性，可以在我国通俗文学（特别是通俗小说）中找到印证。

就创作技巧或手法而言，网络文学要实现高质量发展，不能不处理好借鉴与创新的关系。我国当代著名学者朱光潜说得好："创造一件作品，藏在心中专供自己欣赏，和创造一件作品，传达出来求

---

[1] 王祥：《网络文学创作方法与策略》，《网络文学评论》2018年第2期，第26—42页。

他人欣赏,这两种心境大不相同""文艺上许多技巧,都是为打动读者而设"。[1] 譬如,小说、戏剧常有疑阵突出惊人之笔,大半就是为了在读者心中产生所希望的效果。具备高度兼容性的网络文学自然可以借鉴人类历史上所曾出现过的各种创作方法,并根据自己所处的环境、所定的目标加以创新。不仅如此,先前已经成功圈粉的典范之作,可以为后人所学习和借鉴。像天蚕土豆《斗破苍穹》将庞大故事化繁为简的叙事技巧、"邪典"式文本策略就是如此。对此,孟隋已经进行了分析。[2] 不过,正如杨晨所言,在同等情况下,创新胜于老套。[3] 根据段弘等人的看法,借鉴不同于融梗,后者可能导致侵犯他人著作权。[4]

(二)发展文化产业:引进与输出

在网络视野中,环境维度体现对象维度与内容维度的结合,涉及系统时间、赛博空间等要素。在传感技术的支持下,现实对象可以转化为网络内容(数据化);反过来,在互动技术的支持下,网络内容可以转化为现实对象(仿真性)。在文学视野中,环境维度同样体现对象维度与内容维度的结合,涉及现实环境、艺术环境等要素。经过构思,现实环境可以转化为艺术环境(虚构化);反过来,经过

---

[1]　朱光潜:《作者与读者》,《朱光潜美学文集》第二卷,上海文艺出版社1982年版,第336页。

[2]　孟隋:《论粉丝时代网络文学的内容生产——以〈斗破苍穹〉为例》,《教育传媒研究》2018年第1期,第87页。

[3]　杨晨:《网络文学的套路和创新》,《网络文学评论》2018年第3期,第109-118页。

[4]　段弘、王天乐、陈稳平:《融梗:一种网络文学创作方法的概念界定》,《西部广播电视》2020年第9期,第10-12页。

自居，艺术环境可以朝现实环境转化（代入化）。上述两种视野是以文化产业、生态保护、国家安全、人类命运共同体等环境主题为纽带相联系的。将网络视野引入对文学环境的创造，就形成了各种文学社区。将文学视野引入对网络环境的想象，就产生了以虚拟现实、增强现实、混合现实等为题材的作品。

根据中国互联网络信息中心发布的历次统计报告，若按用户规模排名，我国个人互联网艺术相关应用的顺序大致是网络视频、网络音乐、网络游戏、网络文学，还有游戏直播和演唱会直播等。就创意而言，网络文学处于产业链的龙头地位。有鉴于此，下述问题值得进一步关注：(1)网络文学 IP 改编不仅要迎合观众口味完成商业变现，还要有积极的价值观导向，贴近日常生活的现实类题材需要更多的发掘空间。(2)网络文学要更好地发挥引领文化产业的作用，除小说外，网络上的时评、随笔、诗歌等其他文学形式也应当得到同等的重视，才能促进网络文学健康多元发展，进而成为中国文学在互联网时代发展的扛鼎之笔。(3)网络艺术的各个分支要以版权保护为共同诉求、以 IP 转化为联系纽带，加强彼此之间的协调，为广大用户提供更丰富的优质产品。

网络文学在西方发达国家起步，对于当时的中国来说是舶来品。现在的情况大为改观。2014 年 12 月，美籍华人赖静平创办了 Wuxiaworld，这是第一家将中国网络文学翻译成英语的网站。2015 年问世的类似网站有 Gravity Tales、Volare Novels 等。2017 年 5 月 15 日，阅文集团"起点国际"正式上线，成为中国网络文学对外传播的"官方路径"，也是第一个正版外语平台和品牌。它贯彻"网文国际化"的战略，布局海外市场，通过开放原创功能（2018），吸引了数以万计的海外作者。在上述因素的作用下，"洋写手"到 2020 年 12

月超10万,原创作品有16万多部。[1]如今,像阅文集团这样的龙头企业的决策者所考虑的已经是为优质IP进行全球赋能、鼓励和保护全球原创、持续吸引海外用户深度融入与参与、联合全球各方产业合作伙伴共同促进网络文学发展等问题。"洋写手"则以其创作成果促进了中国网络文学的国际化。为实现高质量发展,要在新形势下深入研究跨文化传播的规律,减少"文化折扣"的消极影响。

(三)促进学科建设:回顾与前瞻

在网络视野中,机制维度体现中介维度和本体维度的结合,所涉及的是过滤机制、推荐机制、安全机制等要素,宗旨是通过第三方介入促进信息的流动,沟通发送者与接受者之间的联系,实现服务的目标与资本的增值。在文学视野中,机制维度同样体现中介维度与本体维度的结合,所涉及的则是出版机制、发行机制、评价机制等要素,宗旨是通过第三方介入促进作品的运动,沟通创作者和鉴赏者之间的联系,取得社会效益与经济效益。上述两种视野是以引导机制、仿真机制、管理机制等为纽带的。将网络视野引入对文学机制的研究,就形成了网络文学营销之类的课题;将文学视野引入对网络机制的想象,就形成了网络题材小说之类的作品。

迄今为止,网络文学研究主要隶属于语言文学学科,但也吸引了相关学科的关注,如信息科技、传媒经济等。如何在"新文科"和交叉学科的背景下推进网络文学研究,是学术界所关注的问题。切入点之一是通过对话形成有关评价标准的共识。周根红指出:"构建网络文

---

[1] 康岩:《超过10万海外作者,原创作品16万多部:网络文学平台有了更多洋写手》,《人民日报》(海外版)2020年12月2日,第7版。

学的评价标准是近年来网络文学研究的重要内容。现有网络文学评价标准的建构，或对网络文学的定位模糊，或过分强调网络文学的娱乐快感消费，或脱离了文学本体转向媒介研究，或用数理统计替代了审美评判。网络文学评价标准的建构应该理解媒介变迁，回归文学本体，重视市场影响，重估思想价值，深入研究网络文学的审美、叙事、价值等方面的转型，建构一套立足于文学，但又不同于传统文学的评价标准。"[1] 国家社会科学基金已经为此立了两个重大项目，说明了这个问题的重要性。应当看到：网络文学的评价标准是为当事人的需要、价值观等所左右的。不同社会集团完全可能有不同的评价标准。从高质量发展的角度看，网络文学所需要的是体现人民利益与诉求的评价标准。

回顾历史，网络文学在我国已经由技术附庸发展到蔚为大观。对其历史经验予以总结、对其发展趋势予以引导、对其社会价值予以评价，是学术界面临的重要任务。这些年来，有许多学者对此做出值得铭记的贡献，有意识形态的激浊扬清，有艺术技巧的阐幽发微，还有产业运作的解剖分析。其成果包括众多专著、词典、丛书、编年史、配套软件、文献数据库、研究成果集成等，为我们把握汉语网络文学从创作到研究的走势及概况提供了重要依据。展望未来，网络文学很可能将随着信息科技的突破而转变自身的形态，随着全球化与逆全球化的博弈而丰富自己的内涵。对于研究者来说，高质量发展意味着必须与时俱进，更新自己的视野。

综上所述，在网络视野中，网络文学就运营层面而言交织着社

---

[1] 周根红：《当前网络文学评价标准建构的批评与反思》，《江苏大学学报（社会科学版）》2021年第1期，第36页。

会意义上责任驱使、产品意义上资本逐利的矛盾。在文学视野中，网络文学就运营层面而言是由技巧创新、环境营造和学科建设构成的加速器。这主要是指它通过发挥服务功能激发了读者的想象力和创新精神，促进了社会发展。网络文学自身要实现高质量发展，必须处理好借鉴与创新、引进与输出、回顾与前瞻等关系。

总而言之，网络文学是网络系统和文学系统互动的产物。网络系统在社会层面是由世界各国信息基础设施的投资者、建设者、运营者通过互联网为客户提供的服务，在产品层面是由互联网所汇集和生成的庞大信息资源，在运营层面交织着社会意义上责任驱使、产品意义上资本逐利的矛盾。文学系统在社会层面是由创作队伍、受众群体和跨界纽带构成的共同体，在产品层面是由形式、内容和类型定位的参照系，在运营层面是由技巧创新、环境营造和学科建设构成的加速器。网络文学所处的态势和高质量发展的可能性，归根结底是由上述两个系统的矛盾决定的。虽然互联网是全球信息基础设施的雏形、贯彻互联互通的原则，虽然"世界文学"的观念已经随着全球化的进展而逐渐深入人心，虽然网络文学具备为世界各国读者所共享的可能性，但是，就现阶段的情况而言，不论是互联网的建设、应用与管理，还是文学的创作、传播和接受，或者网络文学的分化、融合与升级，在客观上都是由具体国情决定的。因此，我们对于网络文学高质量发展的定位，应当以社会主义文化大发展大繁荣为目标。

习近平总书记在中国文联十大、中国作协九大开幕式上的讲话中指出："创新是文艺的生命。要把创新精神贯穿文艺创作全过程，大胆探索，锐意进取，在提高原创力上下功夫，在拓展题材、内容、形式、手法上下功夫，推动观念和手段相结合、内容和形式相融合、各种艺术要素和技术要素相辉映,让作品更加精彩纷呈、引人入胜。要把提高作品的精神高度、文化内涵、艺术价值作为追求,让目光再广大一些、再深远一些,向着人类最先进的方面注目,向着人类精神世界的最深处探寻,同时直面当下中国人民的生存现实,创造出丰富多样的中国故事、中国形象、中国旋律,为世界贡献特殊的声响和色彩、展现特殊的诗情和意境。"[1]这为我国文艺的发展指明了方向。沿着这一方向努力,我国网络文学必定能够创造新的辉煌!

本章围绕交互性娱乐考察数字艺术的历史发展,以泛智能氛围为背景分析艺术语言的创新轨迹,沿着高质量发展的思路展望网络文艺的前景。各节的分析表明:从神的创造到人的创造,从人机交互到人工智能,从创造机器人到机器人创造,是数字艺术演变的重要线索。艺术所运用的语言迎来媒体变革的契机,艺术所生成的语言面临人工智能的挑战,艺术所描写的语言进入科幻电影的想象,这是艺术语言创新的大致轨迹。网络文学要实现高质量发展,必须运用系统观,从社会层面、产品层面和运营层面进行整体把握,妥善处理相关矛盾。

---

[1] 习近平:《在中国文联十大、中国作协九大开幕式上的讲话》,《人民日报》2016年12月1日,第02版。

余 论

在众多网民的关怀下,网络文艺已经作为新苗而成长,作为鲜花而绽放。今后,它还会给我们带来什么样的惊喜,或者说给我们的文艺体验带来什么样的挑战呢?

也许,它会顺应这一拨 O2O 大潮,致力于线上线下的互联互通。有数字出版平台作为依托,只要你扫描印刷品的二维码,就可以在手机、电脑或其他终端上看到或听到对应的文字、图画、音频与视频等内容。

也许,它会和位置服务、增强现实相结合,强化和地理信息系统的联系,让我们不论走到哪里都能听到或看到与特定景观相联系的文艺作品。当地居民也好,外地游客也好,都可以将自己对这些景观的观感和体验用诗歌、散文或小说的形式发布上网,与途经此处的其他人共享。

也许,它会乘 5G、6G 等媒体技术的东风,将人工智能当成自己创新的推手,让用户可以用口授的方式进行创作,由系统自动进行语音识别,并根据需要自动配乐、配图,转换生成超媒体的作品,发送给个性化定制的用户,实现基于网络的按需艺术(Art on Line)。

也许,它会随着互联网星际化而扩展出太空版,让月球、火星或其他星体上的人类移民变成自己的写手或粉丝。今天宇航员可以通过网络向全球直播他们的诗歌朗诵,明天太空移民完全有可能让网络在跨星球文艺交流中扮演更重要的角色……

到那时,一定会有新的"网络文艺编年史",一定会有新的"网络文艺研究成果集成"。如果说纳尔逊、伯纳斯-李等先驱所书写的是它们的引子的话,那么,我们正在书写的是它们的开篇。至于续曲、高潮甚至尾声,必然由后人来构思和创作。如果自古至今的文艺作品都数字化、上了网,如果世界上的文艺爱好者都用上了网络,甚至,如果将宇宙"一网打尽"真有可能,那么,网络文艺必然像江河流入大海一样,无处不在。

参考文献

(一)汉语现代文献

[1] 丁旭东.新时代网络音乐评论生态与"学院派"评论入场[J].艺术评论,2019(1):59-66.

[2] 习近平.深入理解新发展理念[M]//习近平谈治国理政:第二卷.北京:外文出版社,2017:201-218.

[3] 习近平.在中国文联十大、中国作协九大开幕式上的讲话[N].人民日报,2016-12-01(02).

[4] 马小凤.粉丝经济与文学迷思:论消费时代下的网络文学生态[J].哈尔滨师范大学社会科学学报,2017(3):131-133.

[5] 马季,王志宏.区块链技术在网络文学规范化发展过程中的作用[J].网络文学评论,2019(4):17-20.

[6] 王大鹏,李赫扬.基于文献计量的科幻产业领域知识图谱分析[J].齐齐哈尔大学学报(哲学社会科学版),2020(11):32-36.

[7] 王佳.互联网思维下的文创产品推广[J].传媒论坛,2019(16):20-21.

［8］王晓春.论戏剧对李渔小说叙事形态的影响［J］.学术交流，2003（10）：155-158.

［9］王祥.网络文学创作方法与策略［J］.网络文学评论，2018（2）：26-42.

［10］中共中央关于繁荣发展社会主义文艺的意见［N］.人民日报，2015-10-20（02）.

［11］中共中央宣传部.习近平总书记在文艺工作座谈会上的重要讲话学习读本［M］.北京：学习出版社，2015.

［12］中国作家协会.2017中国网络文学蓝皮书［EB/OL］.（2018-05-30）.http://www.wenming.cn/bwzx/dt/201805/t20180530_4704545.shtml？collcc=3058227588&from=timeline.

［13］毛频.基于LDA和GBDT算法的对文学作品爱国主义特征的分类研究［J］.文化创新比较研究，2019（13）：59-60.

［14］田静.微博评论集纳的当代价值［J］.青年记者，2010（23）：66-67.

［15］史睿.论中国古籍的数字化与人文学术研究［J］.北京图书馆馆刊，1999（2）：28-35.

［16］冯建平.山西，艺术朝圣之旅［J］.美术与市场，2014（3）：3.

［17］吉云飞.为什么大神共推《风姿物语》为网文开山作［N］.文艺报，2020-11-30（3）.

［18］共同为改革想招　一起为改革发力　群策群力把各项改革工作抓到位［N］.光明日报，2014-08-19（1）.

［19］朱光潜.朱光潜美学文集：第二卷［M］.上海：上海文艺出版社，1982.

［20］朱宇丹.创造性转化的尝试与思考——王国维西学中用的开

创之旅[J].美术大观,2019(6):70-71.

[21] 伍国桃.论网络文学文本形式的新变[J].安顺学院学报,2014(1):18-20.

[22] 刘启宇.试论"艺象"是艺术本体存在的基本形态[J].武陵学刊,1997(1):35-37.

[23] 刘家明,蒋亚琴.平台时代大学生要有平台思维[J].河南科技学院学报,2020(2):69-74.

[24] 孙书文.论网络文艺发展与社会主义文化的繁荣发展[J].山东社会科学,2015(2):100-104.

[25] 苏燕,王韬钦.习近平关于文艺作品高质量发展思想内涵的四个维度[J].思想教育研究,2020(1):9-13.

[26] 李四达.数字媒体艺术学科体系的探索[J].装饰,2011(4):143-144.

[27] 李刚,王秀山,周绍川.大匠之门·朝圣之旅——"齐白石艺术成就及中国画发展方向"观摩展作品选[J].荣宝斋,2011(3):112-117.

[28] 李衍柱.网络文学:通向自由理想境界的艺术形式[J].求是学刊,2005(1):97-99.

[29] 李道新.网络叙事:超文本与意义的追寻[J].艺术评论,2012(5):63-65.

[30] 李强.为什么网文界认为黄易是网络小说的鼻祖[N].文艺报,2020-11-30(3).

[31] 杨飞云.临摹经典——艺术的朝圣之旅[J].美术大观,2011(1):14-18.

[32] 杨西宁,杜义涛,赵书城.敦煌石窟艺术元数据标准的设计及

实现[J].上海交通大学学报,2003(S1):221-225.

[33] 杨晨.网络文学的套路和创新[J].网络文学评论,2018(3):109-118.

[34] 时文宏.从文本阅读到文化社群——粉丝经济下的网络文学生态发展简述[J].网络文学评论,2019(2):97-101.

[35] 吴凡,彭莲萍.评论界崛起的一股新力量——解读博客评论[J].新闻与写作,2005(3):31-32.

[36] 吴钊.本体·价值·批评:作为学科的网络文学[J].湘潭大学学报(哲学社会科学版),2020(5):166-169.

[37] 吴彼得.浅析微博评论的种类[J].记者摇篮,2017(8):45-46.

[38] 余安安."艺术旅行"中的文化移植和趣味转换——以韩国旅行者剧团《仲夏夜之梦》为例[J].戏剧文学,2015(2):106-110.

[39] 汪成为,祁颂平.灵境漫话:虚拟技术演义[M].北京:清华大学出版社,1996.

[40] 沈哲.算法影响下微博用户话语权的失衡——以热门评论为例[J].新媒体研究,2020(9):22-24.

[41] 宋敏.后现代视野下的音乐教育学科反思[J].北方音乐,2018(8):142、144.

[42] 张云丽.微信时代文学评论如何"介入"生活[J].新媒体研究,2019(16):76-77,100.

[43] 张扬.戴维·洛奇的朝圣之旅——戴维·洛奇的天主教文学创作艺术[J].学习与探索,2015(11):150-154.

[44] 张晓刚.论艺术学交叉学科的范式建构[J].东南大学学报(哲学社会科学版),2010(1):66-71、124.

[45] 张博瑶.蚁群算法在网络文学IP开发选择中的应用研究[J].

新媒体研究,2020（6）:20-23.

[46] 张道一.应该建立"艺术学"——代发刊辞"摘要",转引自艺术学研究的分类与交叉学科[J].文艺理论研究,1997（1）:53.

[47] 张燕翔.当代科技艺术[M].北京:科学出版社,2007.

[48] 陆宇杰,许鑫,郭金龙.文本挖掘在人文社会科学研究中的典型应用述评[J].图书情报工作,2012（8）:18-25.

[49] 陈玲,李维.基于文献计量的科幻产业领域战略坐标分析[J].齐齐哈尔大学学报（哲学社会科学版）,2020（11）:25-31、36.

[50] 陈望衡.审美本体、哲学本体及艺术本体[J].学术月刊,2003（2）:5-10.

[51] 邵燕君,吉云飞.为什么说中国网络文学的起始点是金庸客栈？[N].文艺报,2020-11-6（2）.

[52] 邵燕君,肖映萱,吉云飞.网络文学2019：在"粉丝经济"的土壤中深耕[J].中国文学批评,2020（1）:120-124.

[53] 邵燕君."媒介融合"时代的"孵化器"——多重博弈下中国网络文学的新位置和新使命[J].当代作家评论,2015（6）:181-191.

[54] 邵燕君.全球媒介革命视野下的中国网络文学"走出去"[M]//"西湖论坛"编委会.网络文艺的中国形象.杭州:浙江人民出版社,2017:105-115.

[55] 邰杰.形式作为艺术本体——创作视角中的艺术形式问题释义[J].人文杂志,2013（10）:55-65.

[56] 雨彤.网络叙事：电子媒介时代的文化记忆[J].青年作家（中外文艺版）,2010（7）:57-62.

[57] 欧阳友权.从"阅文风波"看网络文学生态培育[J].中南大学

学报（社会科学版），2020（5）：1-11.

[58] 欧阳友权.网络叙事的指涉方式[J].文艺理论研究，2004（3）：23-29.

[59] 欧阳友权.网络文学的学科形态建设[J].文艺理论与批评，2004（4）：45-49.

[60] 欧阳照，赵旭婷.视频时间轴的弹幕评论：特点与局限刍议[J].重庆邮电大学学报（社会科学版），2016（4）：136-141.

[61] 和磊.经验的贫乏与文化创伤——论本雅明的震惊体验及其当代意义[J].武汉理工大学学报（社会科学版），2015（6）：1217-1222.

[62] 金小刚，杨四亦.电脑动画核心技术讲座之三 关节动画和人体动画[J].电子出版，1997（1）：40-42.

[63] 周志雄.网络叙事与文化建构[J].文学评论，2014（4）：185-193.

[64] 周根红.当前网络文学评价标准建构的批评与反思[J].江苏大学学报（社会科学版），2021（1）：36-42.

[65] 宗思源.诗歌算法、审美生产与人工智能时代的文学遭遇[J].智库时代，2020（3）：233-234.

[66] 孟隋.论粉丝时代网络文学的内容生产——以《斗破苍穹》为例[J].教育传媒研究，2018（1）：83-87.

[67] 赵娜.百度无人车从展示变试乘 李彦宏：移动互联网时代已经结束[N].每日经济新闻，2016-11-17（12）.

[68] 胡勇.谈数字媒体艺术人才培养中的学科交叉特征[J].艺术教育，2018（4）：11.

[69] 段弘，王天乐，陈稳平.融梗：一种网络文学创作方法的概念

界定[J].西部广播电视,2020(9):10-12.

[70] 夏长勇,贾雯.党报评论也需要互联网思维[J].新闻战线,2015(6):90-92.

[71] 夏志伟.对微信舞蹈评论及其传播的探讨[J].北京舞蹈学院学报,2016(5):103-109.

[72] 夏燕靖.重回艺术本体:当下中国艺术学理论研究面临的一项关键性论题[J].艺术百家,2019(2):37-46,92.

[73] 钱慎一,杨铁松.基于微博电影评论的情感分析研究[J].现代计算机,2017(5):48-51.

[74] 笑白.移动互联网时代已结束 互联网的未来在人工智能[J].互联网周刊,2016(23):54-55.

[75] 徐茂利.网感的养成[J].国际公关,2015(5):8.

[76] 栾开印.对网络文艺评论形态弹幕的研究[J].新闻传播,2019(1):53-54.

[77] 高寒凝.网络文学研究中的数字人文视野——以晋江文学城积分榜单及"清穿文"为例[J].中国现代文学研究丛刊,2020(8):201-212.

[78] 唐雷,林春田.一位烟囱工演绎的图书馆——以位置叙事理论解读《图书馆》[J].图书馆论坛,2018(6):82-85.

[79] 陶东风.中国文学已经进入装神弄鬼时代?——由"玄幻小说"引发的一点联想[J].当代文坛,2006(5):8-11.

[80] 陶东风.把装神弄鬼进行到底?[J].小康,2008(6):110.

[81] 黄平.人学是文学:人工智能写作与算法治理[J].小说评论,2020(5):18-33.

[82] 黄鸣奋,王国威.位置叙事:美剧《西部世界》艺术创意策略研

究[J].艺术百家,2017(1):94-99.

[83] 黄鸣奋.艺术交往论[M].台北:淑馨出版社,1993.

[84] 黄鸣奋.宁馨儿:我国文学传统与网络文学的定位[J].扬子江评论,2014(5):61-68.

[85] 黄鸣奋.在后浪潮性氛围中创业创新[J].南京邮电大学学报(社会科学版),2016(2):1.

[86] 黄鸣奋.位置叙事学:移动互联时代的艺术创意[M].北京:中国文联出版社,2017.

[87] 黄鸣奋.电脑艺术学[M].上海:学林出版社,1998.

[88] 黄鸣奋.网络大电影如何走向精品化[EB/OL].(2017-10-12). https://wenyi.gmw.cn/2017-10/12/content_26492283.htm.

[89] 黄鸣奋.网络文学研究要有想象力[EB/OL].(2017-10-27). https://share.gmw.cn/guancha/2017-10/27/content_26796104.htm.

[90] 黄鸣奋.如今似确定性包围着我们[J].南京邮电大学学报(社会科学版),2016(1):1.

[91] 曹少中,涂序彦.人工智能与人工生命[M].北京:电子工业出版社,2011.

[92] 曹宇.粉丝文化有利有弊,关键在于引导[J].人民论坛,2017(28):140-141.

[93] 曹慧萍.浅析网络"卖萌"语言[J].语文知识,2013(4):56-57.

[94] 康岩.超过10万海外作者,原创作品16万多部:网络文学平台有了更多洋写手[N].人民日报(海外版),2020-12-2(7).

[95] 彭兰.智媒化:未来媒体浪潮——新媒体发展趋势报告(2016)[J].国际新闻界,2016(11):6-24.

[96] 韩强.艺术是审美体验的创造活动——关于艺术本体的思考[J].海南师范大学学报(社会科学版),1991(4):59-64.

[97] 韩颖琦,秦佩佩.从网络文学的地域性发展看广西网络文学的现状及前景[J].南方文坛,2020(1):153-156.

[98] 鲍远福.从技术宰制到技术祛魅——科幻剧集《黑镜》《西部世界》的媒介悖论[J].北华大学学报(社会科学版),2019(6):138-146.

[99] 廖祥忠."超越逻辑":数字人文的时代特征[J].现代传播(中国传媒大学学报),2005(6):23-25.

[100] 翟慎良.党报评论如何对接互联网思维[J].新闻战线,2015(7):98-99.

[101] 戴东方.作为一门新兴交叉学科的数字媒体艺术[J].美苑,2008(6):51-53.

(二)汉语古代文献

[1]〔周〕老聃.老子[DB].古逸丛书景唐写本.中国基本古籍库.

[2]〔周〕尸佼.尸子[DB].清平津馆丛书本.中国基本古籍库.

[3]〔战国〕孟轲.孟子[DB].四部丛刊景宋大字本.中国基本古籍库.

[4]〔汉〕班固.汉书[DB].清乾隆武英殿刻本.中国基本古籍库.

[5]〔汉〕孔安国.尚书注疏[DB].清嘉庆二十年南昌府学重刊宋本十三经注疏本.中国基本古籍库.

[6]〔汉〕刘向.说苑[DB].四部丛刊景明钞本.中国基本古籍库.

[7]〔汉〕许慎.说文解字[DB].清文渊阁四库全书本.中国基本古籍库.

[8]〔三国魏〕何晏.论语集解[DB].四部丛刊景日本正平本.中国基本古籍库.

[9]〔三国吴〕韦昭.国语韦氏解[DB].士礼居丛书景宋本.中国基本古籍库.

[10]〔晋〕陆机.文赋[DB]//〔南朝梁〕萧统.六臣注文选.四部丛刊景宋本.中国基本古籍库.

[11]〔晋〕陆机.陆士衡文集[DB].清嘉庆宛委别藏本.中国基本古籍库.

[12]〔南朝宋〕范晔.后汉书[DB].百衲本景宋绍熙刻本.中国基本古籍库.

[13]〔南朝梁〕刘勰.文心雕龙[DB].四部丛刊景明嘉靖刊本.中国基本古籍库.

[14]〔唐〕杜甫.杜工部集[DB].续古逸丛书景宋本配毛氏汲古阁本.中国基本古籍库.

[15]〔唐〕韩愈.昌黎先生文集[DB].宋蜀本.中国基本古籍库.

[16]〔唐〕司空图.二十四诗品[DB].清同治艺苑捃华本.中国基本古籍库.

[17]〔唐〕张彦远.历代名画记[DB].明津逮秘书本.中国基本古籍库.

[18]〔宋〕郭知达.九家集注杜诗[DB].清文渊阁四库全书本.中国基本古籍库.

[19]〔宋〕胡宿.文恭集[DB].清武英殿聚珍版丛书本.中国基本古籍库.

[20]〔宋〕陆游.剑南诗稿[DB].清文渊阁四库全书补配清文津阁四库全书本.中国基本古籍库.

[21]〔宋〕吕本中.东莱诗集[DB].四部丛刊续编景宋本.中国基本古籍库.

[22]〔宋〕释普济.五灯会元[DB].宋刻本.中国基本古籍库.

[23]〔宋〕苏轼.苏文忠公全集[DB].明成化本.中国基本古籍库.

[24]〔宋〕苏辙.栾城集[DB].四部丛刊景明嘉靖蜀藩活字本.中国基本古籍库.

[25]〔宋〕严羽.沧浪集[DB].明正德刻本.中国基本古籍库.

[26]〔元〕郝经.陵川集[DB].清文渊阁四库全书本.中国基本古籍库.

[27]〔明〕李东阳.怀麓堂诗话[DB].清知不足斋丛书本.中国基本古籍库.

[28]〔明〕毛晋.南柯记[DB].明末毛氏汲古阁刻本.中国基本古籍库.

[29]〔清〕董诰.全唐文[DB].清嘉庆内府刻本.中国基本古籍库.

[30]〔清〕王夫之.姜斋诗话[DB].四部丛刊景船山遗书本.中国基本古籍库.

[31]〔清〕郑燮.板桥集[DB].清清晖书屋刻本.中国基本古籍库.

(三)译文文献

[1][阿根廷]博尔赫斯.博尔赫斯小说集[M].王永年,陈泉,译.杭州:浙江文艺出版社,2005.

[2][丹麦]勃兰克斯.十九世纪文学主流 第五分册 浪漫的法国派[M].李宗杰译.北京:人民文学出版社,1982.

[3][德]卡尔·马克思,[德]弗里德里希·恩格斯.马克思恩格斯全集(第41卷)[M].中共中央马克思恩格斯列宁斯大林著作编译局,译.北京:人民出版社,1982.

[4][法]安托南·阿尔托.残酷戏剧——戏剧及其重影[M].桂裕

芳,译.北京：中国戏剧出版社,1993.

[5][加]马歇尔·麦克卢汉.理解媒介——论人的延伸[M].何道宽,译.北京：商务印书馆,2000.

[6][美]弗里德里.在线游戏互动性理论[M].陈宗斌,译.北京：清华大学出版社,2006.

[7][美]罗伯特·海因莱因.严厉的月亮[M].卢燕飞,卢巧丹,译.成都：四川科学技术出版社,2004.

[8][美]雷·库兹韦尔.灵魂机器的时代：当计算机超过人类智能时[M].沈志彦,等译.上海：上海译文出版社,2006.

[9][美]麦克唐纳.电动车领跑人马斯克乐观预言：未来人类与人工智能"合体"[N].参考消息,2017-1-24（12）.

[10][美]尼古拉·尼葛洛庞帝.数字化生存[M].胡泳,范海燕,译.海口：海南出版社,1997.

[11][美]阿尔文·托夫勒.力量转移：临近21世纪时的知识、财富和暴力[M].刘炳章,等译.北京：新华出版社,1996.

[12][美]沃特伯格.什么是艺术[M].李奉栖,张云,胥全文,吴瑜,译.重庆：重庆大学出版社,2011.

[13][瑞士]鲍德温."远程智能"影响力堪比全球化[N].参考消息,2017-1-20（12）.

[14][英]达尔文.人类的由来[M].潘光旦,胡寿文,译.北京：商务印书馆,1983.

[15][英]李约瑟.中国科学技术史·第三卷　数学[M].《中国科学技术史》翻译小组,译.北京：科学出版社,1978.

[16][英]迈克尔·里德帕思.虚拟现实[M].龚怡祖,译.南京：译林出版社,1997.

[17] [英]斯威夫特. 格列佛游记[M]. 张健, 译. 北京: 人民文学出版社, 1962.

(四)外文文献

[1] A. M. Turing. Computing Machinery and Intelligence[J]. *Mind*, 1950, Oct. 59, pp.433–460. 见玛格丽特·博登: 人工智能哲学[M]. 刘西瑞, 王汉琦, 译. 上海: 上海译文出版社, 2001: 56–91.

[2] Adam Wells. A Manifesto for New Three Dimensional Animation [EB/OL]. [2014-8-22]. http://www.skwigly.co.uk/3d-animation-a-manifesto/.

[3] Alfredo Gonzlez Colunga. MANIFIESTO EXPASIVISTA (2006) [EB/OL]. [2014-10-11]. https://web.archive.org/web/20060220163554/; http://eumed.net/ce/2005/ac-expan.htm.

[4] Alfredo Gonzlez Colunga. Short Manifesto to Change the World (June 27th 2007) [EB/OL]. [2014-10-7]. http://rhizome.org/discuss/view/26360/#c48887? ref=search_title.

[5] Amy Alexander. About Software, Surveillance, Scariness, Subjectivity (and SVEN) [M]//Randy Adams, Steve Gibson, Stefan Müller Arisona. *Transdisciplinary Digital Art: Sound, Vision and the New Screen*. Berlin Heidelberg: Springer-Verlag, 2008, pp.467–476.

[6] Arp, Baumann, Eggeling, Giacometti, Helbig, Henning, Janco, Morach, Richter. The Radical Artists' Manifesto (11th April 1919) [EB/OL]. [2014-9-26] http://www.391.org/manifestos/19190411radical.htm.

[7] Auriea Harvey & Michaël Samyn. REALTIME ART MANIFESTO

(2006) [EB/OL]. [2014-8-20]. http://auriea.org/data/static/RAM.pdf.

[8] Billy Childish, Charles Thomson. ANTI-ANTI-ART [EB/OL]. [2014-8-6]. http://www.stuckism.com/StuckistAntiAntiArt.html.

[9] Brenda Danet. *Cyberpl@y: Communicating Online* [M]. Oxford & New York: Berg, 2001.

[10] Christiane Paul. Mapping Transitions: The Topography of Searches [EB/OL]. [2009-7-23]. http://www.altx.com/mappingtransitions/.

[11] Curt Cloninger. A Non-Manifesto for the Summer of 2008 [EB/OL]. [2014-10-21]. http://rhizome.org/discuss/view/36931/#c61774?ref=search_title.

[12] E. M. Forster. The Machine Stops [J]. *Oxford and Cambridge Review*, November, 1909: pp. 83-122.

[13] E. Yudkowsky. Artificial Intelligence as a Positive and Negative Factor in Global Risk [M]// Nick Bostrom, Milan M. Ćirković. *Global Catastrophic Risks*. New York: Oxford University Press, 2008, pp. 308-345.

[14] Ellen Gamerman. ARENA—Art: The Fine Art Of Spying—Photographers Are Trolling the Internet for Images and Shooting Top-secret Sites to Create a New Type of Surveillance Art [J]. *Wall Street Journal* (Eastern edition), 13 Sep 2013, D.1.

[15] Enzo Minarelli. The Manifest Of Polypoetry Is 12 Years Old (July 1999) [EB/OL]. [2014-9-11]. http://www.391.org/manifestos/1999-manifest-of-polypoetry-12-years-old-enzo-minarelli.html.

[16] Espen J. Aarseth. Nonlinearity and Literary Theory [M]// George P. Landow. *Hyper/Text/Theory*. Baltimore: The Johns Hopkins

University Press, 1994, pp.51-86.

[17] Filippo Tommaso Marinetti. The Manifesto of Tactilism (Milan, 11 January, 1921) [EB/OL]. [2014-9-20]. http://www.peripheralfocus. net/poems-told-by-touch/manifesto_of_tactilism.html.

[18] Filippo Tommaso Marinetti. The Wireless Imagination and Words in Freedom: Futurism Manifesto (1913) [M]// Germano Celant. *Vertigo: A Century of Multimedia Art from Futurism to the Web*. Skira: Museo d'Arte Moderna di Bologna, 2008, pp.75-78.

[19] Frank Allan Hansen, et al. Mobile Urban Drama—Setting the Stage with Location Based Technologies[M]// Ulrike Spierling, Nicolas Szilas. *Interactive Storytelling: Proceedings of the First Joint International Conference on Interactive Digital Storytelling*. Berlin Heidelberg: Springer Berlin Heidelberg, 2008, pp. 20-31.

[20] Fredric Brown. Answer (1954) [EB/OL]. [2011-3-27]. http://www.roma1.infn.it/~anzel/answer.html.

[21] Friedrich W. Block. Digital Poetics or On the Evolution of Experimental Media Poetry (2004) [EB/OL]. [2009-8-2]. http://www.netzliteratur.net/block/p0et1cs.html.

[22] Glen Allport. Frameworks, Virtual Reality and Civil Society: A Manifesto for the Doctrine of Love and Freedom[EB/OL].(2012-12-06). [2014-8-24]. http://www.strike-the-root. com/frameworks-virtual-reality-and-civil-society-manifesto-for-doctrine-of-love-and-freedom.

[23] Harm van Essen, Pepijn Rijnbout, Mark de Graaf. A Design Approach to Decentralized Interactive Environments[C]// Anton Nijholt,

Dennis Reidsma, Hendri Hondorp. *Intelligent Technologies for Interactive Entertainment: Proceedings of the Third International Conference* (INTETAIN 2009, Amsterdam, The Netherlands, June 22-24, 2009). Berlin & Heidelberg & New York: Springer, 2009, p.58.

[24] Herbert W. Franke. Prologue[M]// Timothy Druckrey. *Ars Electornica: Facing the Future, A Survey of Two Decades.* London: The MIT Press, 2001, p.22.

[25] Hugo Heyrman. Tele-synaesthesia: the Telematic Future of the Senses [EB/OL]. [2016-4-1]. http://www.doctorhugo.org/synaesthesia/e-tsyn.htm.

[26] IAAA. International Association of Astronomical Artists Manifesto (1982) [EB/OL]. [2004-8-2]. https://web.archive.org/web/20140118063356/; http://iaaa.org/manifesto.html.

[27] Ira Glickstein. Will Computers Really THINK in the 21st Century? [M]// Clifford Pickover. *Visions of the Future: Art, Technology, and Computing in the Twenty-first Century.* Northwood, Middlesex: Science Reviews Ltd., 1992, pp.113-126.

[28] Janet Horowitz Murray. *Hamlet on the Holodeck*[M]. New York, NY: The Free Press, 1997.

[29] Jay David Bolter. *Writing Space: The Computer, Hypertext, and the History of Writing*[M]. Hillsdale, NJ: Lawrence Erlbaum Associates, 1991.

[30] Jean-Pierre Balpe. Principles and Processes of Generative Literature Questions to Literature[M]//Peter Gendolla, Jörgen Schäfer. *The*

Aesthetics of Net Literature: *Writing*, *Reading and Playing in the Programmable Media*. Piscataway, NJ: Transaction Publishers, 2007, pp.309-318.

[31] John Perry Barlow. A Declaration of the Independence of Cyberspace (1996)[EB/OL]. [2010-5-10]. https://projects.eff.org/~barlow/Declaration-Final.html.

[32] Joseph Weizenbaum. *Computer Power and Human Reason*[M]. San Francisco, CA: W. H. Freeman, 1976.

[33] K. Waters. A Muscle Model for Animating Threemensional Facial Expression[J]. *Computer and Graphics*, 1987, 22 (4), pp.17-24.

[34] L. F. Menabrea. Sketch of the Analytical Engine Invented by Charles Babbage (Bibliothèque Universelle de Genève, October, 1842, No. 82). Translated by Ada Augusta (Countess of Lovelace) with notes upon the Memoir[EB/OL]. [2009-6-30]. http://www.fourmilab.ch/babbage/sketch.html.

[35] Leonel Moura, Henrique Garcia Pereira, Ken Rinaldo. The Istanbul Manifesto[EB/OL]. [2014-8-17]. http://www.leonelmoura.com/manifesto_istanbul.html.

[36] Linda Geddes. First Paralysed Person to Be "Reanimated" Offers Neuroscience Insights (2016-04-13) [EB/OL]. [2017-1-31]. http://www.nature.com/news/first-paralysed-person-to-be-reanimated-offers-neuroscience-insights-1.19749.

[37] Loss Pequeño Glazier. Jumping to Occlusions[EB/OL]. [2011-2-19]. https://writing.upenn.edu/epc/authors/glazier/essays/occlusions/.

[38] Marie-Laure Ryan. *Cyberspace Textuality*: *Computer Technology*

and Literary Theory[M]. Bloomington and Indianapolis: Indiana University Press,1999.

[39] Marie-Laure Ryan. *Narrative as Virtual Reality: Immersion and Interactivity in Literature and Electronic Media*[M]. Baltimore & London: The Johns Hopkins University Press,2001.

[40] Mark Avrum Gubrud. Nanotechnology and International Security (1997) [EB/OL].[2010–8–27]. http:// www.foresight.org/Conferences/MNT05/Papers/Gubrud/.

[41] Mark Miremont. The Resurrection of Beauty—A Manifesto for the Future of Art (2002–2010) [EB/OL].[2014–8–1]. http://markmiremont.com/manifesto.html.

[42] Mark Tribe, Reena Jana, Uta Grosenick. *New Media Art*[M]. Koln: Taschen, 2007.

[43] Markus Schedl, Dominik Schnitzer. Location–Aware Music Artist Recommendation[M]// Cathal Gurrin, Frank Hopfgartner, Wolfgang Hurst, et al. *Multimedia Modeling* (Lecture Notes in Computer Science, Volume 8326). Cham: Springer International Publishing, 2014, pp.205–213.

[44] Martine Guyot–Bender. Canons in Mutation: Nothomb, Houellebecq et alia on the Net[J]. *Contemporary French and Francophone Studies*, Vol.10, No.3, Sep. 2006, pp.257–266.

[45] Matteo Baldoni, Cristina Baroglio, Viviana Patti, Claudio Schifanella. Sentiment Analysis in the Planet Art: A Case Study in the Social Semantic Web[M]// Cristian Lai, Giovanni Semeraro, Eloisa Vargiu. *New Challenges in Distributed Information Filtering and*

Retrieval (Studies in Computational Intelligence, Volume 439). Berlin Heidelberg: Springer-Verag, 2013, pp.131-149.

[46] Max Bense. Projekte generativer ästhetik[M]//Barbara/von Herrmann Büscher, Christoph Hans-Christian/Hoffmann. *Ästhetik als Programm*. Berlin: Vice Versa, 2004, pp.197-199.

[47] Max Wasserman, Xiao Han Zeng, Luís A. Amaral. Cross-evaluation of Metrics to Estimate the Significance of Creative Works[J]. *Proceedings of the National Academy of Sciences*, Vol.112(5), 2015, pp.1281-1286. 转引自胡心言：数据的面孔——西方电影评价体系研究中的主客观博弈[J]. 南京艺术学院学报（音乐与表演）2017（3）：140.

[48] McKenzie Wark. *A Hacker Manifesto*[M]. Cambridge, MA: Harvard University Press, 2004.

[49] Michael Connor. What's Postinternet Got to Do with Net Art?（2013-11-1）[EB/OL].[2018-4-5]. http://rhizome.org/editorial/2013/nov/1/postinternet/.

[50] Michael Iven, et al. The Movement for Classical Renewal[EB/OL].[2014-8-30]. http://web.archive.org/web/20021211075103/; http://www.classicalrenewal.org/manifesto.htm.

[51] Michael Meteas. An Oz-Centric Review of Interactive Drama and Believable Agents[EB/OL].[2003-2-7]. https://www.cs.cmu.edu/~michaelm/publications/CMU-CS-97-156.pdf.

[52] Michał Brzeziński. HERMANMANIFESTO（2010）[EB/OL].[2014-8-7]. http://www.michalbrzezinski.org/manifesty-2000-2010/2010-2012-herman-manifesto/.

[53] Nelson Goodman. *Languages of Art*: *An Approach to a Theory of Symbols*[M]. Indianapolis: Bobbs-Merrill, 1968.

[54] Orlan. Carnal Art Manifesto[J/OL]. *n. paradoxa*, 2003, vol 12 (Out of order): 44[2014-9-1]. http://orlan.eu/adriensina/manifeste/carnal.html.

[55] Per Persson, et al. Understanding Socially Intelligent Agents—A Multilayered Phenomenon[J]. *IEEE Transactions on Systems, Man, and Cybernetics—Part A*: *Systems and Humans*, Vol. 31, No. 5, 2001, p.349.

[56] Rita Mae Brown. A Manifesto for the Feminist Artist[J/OL]. *The Furies*: *Lesbian/Feminist Monthly*, 1972, Vol.1, Issue 5, June-July [2014-8-11]. http://www.lesbianpoetryarchive.org/node/131.

[57] Robert Escarpit. The Novel Computer: a Picaresque Novel[M]. London: Secker & Warburg, 1966.

[58] Robert Pepperell. The Posthuman Manifesto (February 2005) [EB/OL].[2018-6-11]. https://intertheory. org/pepperell.htm.

[59] Roy Ascott. Art and Telematics: Towards a Network Consciousness [M]// Heidi Grundmann. *Art Telecommunication*. Vancouver: The Western Front, 1984, pp.25-67.

[60] Roy Rada, J. Barlow. Expertext: Expert System and Hypertext[J]. *Proceedings of the EXSYS, IITT*, 1989.

[61] Rubén Héctor García-Ortega, Pablo García-Sánchez, Antonio Miguel Mora, Juan Julián Merelo. A Methodology for Designing Emergent Literary Backstories on Non-player Characters Using Genetic Algorithms[J]. *Proceedings of the Companion Publication of the 2014 Annual Conference on Genetic and Evolutionary*

Computation, 2014, pp.49-50.

[62] Selmer Bringsjord, David A. Ferrucci. *Artificial Intelligence and Literary Creativity: Inside the Mind of BRUTUS, a Storytelling Machine*[M]. Mahwah, NJ: Lawrence Erlbaum Associates, 2000.

[63] Shawn Rider. Digital Art Manifesto 1.0 (Nov. 23, 2002) [EB/OL]. [2014-8-9]. http://shawnrider.com/docs/agsola_digitalArtsManifesto_shawnRider.pdf.

[64] Silvia de los Ríos, Maria Fernanda Cabrera-Umpiérrez, María Teresa Arredondo, Miguel Páramo, Bastian Baranski, Jochen Meis, Michael Gerhard, Belén Prados, Lucía Pérez, María del Mar Villafranca. Using Augmented Reality and Social Media in Mobile Applications to Engage People on Cultural Sites[M]// Constantine Stephanidis, Margherita Antona. *Universal Access in Human-Computer Interaction: Universal Access to Information and Knowledge* (Computer Science Volume 8514). Cham: Springer International Publishing, 2014, pp.662-672.

[65] SumAll.org. The Poetics of Big Data[EB/OL]. [2014-5-12]. http://www.sumall.org/poetry-big-data/.

[66] Susan Schreibman, Ray Siemens, John Unsworth, eds. *A companion to Digital Humanities*[M]. Malden, MA: Blackwell Pub., 2004.

[67] Synak Piotr, Alicja Wieczorkowka. Some Issues on Detecting Emotions in Music[M]// Slezak et al. *Rough Sets, Fuzzy Sets, Data Mining, and Granular Computing* (Lecture Notes in Artificial Intelligence, Vol.3642). New York: Springer, 2005, pp.314-322.

[68] Tamás Waliczky. Manifesto of Computer Art (1989) [EB/OL]. [2014-8-21]. http://www.waliczky.net/ pages/waliczky_manifest_eng.htm.

[69] Tess Crosbie, Tim French, Marc Conrad. Towards a Model for Replicating Aesthetic Literary Appreciation[C]//*Proceedings of the Fifth Workshop on Semantic Web Information Management*(Article No. 8), 2013.

[70] Theo van Doesbourg. The Manifesto for Concrete Art[M]// L. Saitta, J.-D. Zucker. *Abstraction in Artificial Intelligence and Complex Systems*. New York: Springer, p.413.

[71] Tom Heath, Christian Bizer. Linked Data: Evolving the Web into a Global Data Space (2011)[EB/OL].[2014-11-7]. http://linkeddatabook.com/editions/1.0/.

[72] Umberto Boccioni, Paul Haeberli, Bruce Karsh, Ron Fischer, Peter Broadwell, Tim Wicinski. Manifesto of the Futurist Programmers (15th June 1991)[EB/OL].[2014-9-10]. http://www.391.org/manifestos/1991-manifesto-futurist-programmers-boccioni-haberli-karsh-fischer-broadwell-wicinski.html.

[73] Vladimir Geroimenko, ed. Augmented Reality Art: *From an Emerging Technology to a Novel Creative Medium*[M]. Cham: Springer International Publishing: 2014.

[74] Will F. Jenkins. A Logic Named Joe[J]. *Astounding*, Vol.37, No. 1, 1946, pp.139-155.

[75] Yasuko Kawahata, Etsuo Genda, Akira Ishii. Possibility of Analysis of "Big Data" of Kabuki Play in 19th Century Using the Mathematical Model of Hit Phenomena[M]// Dennis Reidsma, Haruhiro Katayose, Anton Nijholt. *Advances in Computer Entertainment* (Lecture Notes in Computer Science, Volume 8253). Cham: Springer International Publishing, 2013, pp.656-659.

[76] Yoko Ono Lennon. IMAGINE PEACE Manifesto & FAQ（2011）[EB/OL].[2014-9-15]. http://imaginepeace.com/home/faq.

（五）网络文献

[1] http://alpha60.de/research/muc/.[2011-4-6]

[2] http://bladerunner.wikia.com/wiki/Voight-Kampff_machine.[2014-5-16]

[3] http://news.sohu.com/20051217/n241008228.shtml.[2013-1-23]

[4] http://web.njit.edu/~funkhous/2003/brasil/creativetime.html.[2009-10-24]

[5] http://www.eliterature.org/.[2009-10-25]

[6] http://www.faceoftomorrow.com/.[2012-11-13]

[7] http://www.flong.com/jj/index.html.[2003-3-5]

[8] http://www.intel.com/zh_CN/consumer/tomorrow/index.htm.[2010-12-20]

[9] http://www.marnixdenijs.nl/exploded-views-2.htm.[2013-9-25]

[10] http://www.michalbrzezinski.org/artist/artistic-projects/birkenau/.[2014-8-13]

[11] http://www.peterlinidesign.it/iotualtro/.[2003-8-13]

[12] http://www.robotsandavatars.net/exhibition/jurys_selection/commissions/the-blind-robot/.[2013-9-26]

[13] https://en.wikipedia.org/wiki/Art.[2018-4-18]

[14] https://learn.adafruit.com/making-adabot-part-1/overview/.[2014-8-6]

[15] https://www.monolake.de/installations/wfs_works.html.[2013-9-27]

后 记

我个人对于新媒体时代艺术领域跨学科研究的兴趣始于20世纪90年代末，1997年在《厦门大学学报》第4期发表论文《电脑艺术学刍议》，1998年又出版专著《电脑艺术学》（学林出版社）。这些论著所取的学术视野已经超出传统艺术学的范围，和传播学、信息科学颇为契合。此后，我将研究范围扩大到电影、广播、电视、计算机网络等多种电子媒体与艺术的关系，出版了教材《电子艺术学》（科学出版社，1999）。进入21世纪以来，我所出版的以跨学科研究艺术为特色的著作主要有《数码戏剧学：影视、电玩与智能偶戏研究》（厦门大学出版社，2003）、《数码艺术学》（学林出版社，2004）、《新媒体与西方数码艺术理论》（学林出版社，2009）等。代表作是六卷本《西方数码艺术理论史》（学林出版社，2011）、四卷本《数码艺术潜学科群研究》（学林出版社，2014）、三卷本《位置叙事学：移动互联时代的艺术创意》（中国文联出版社，2017），三卷本《科幻电影创意研究系列》（中国电影出版社，2019—2020）。这些论著虽然对相关研究有所推进，但仍面临着许多富有挑战性的新课题。这正

后　记

是我继续探索的动力所在。

本书内容是以笔者2015年以来所发表、未收入先前正式出版的专著和个人论文集的论文为基础的。这些论文的篇目如下：

第一章第一节：《信息时代科学与艺术互动的三种模式》，《中国文艺评论》2017年第12期（《新华文摘》2018年第10期全文转载）；《科幻电影创意视野下的文化产业》，《中国海洋大学学报（社会科学版）》2020年第1期（《新华文摘》网络版2020年第7期、《文化创意产业（人大复印）》2020年第3期全文转载）。

第一章第二节：《刷脸时代的艺术边界重塑》，《北京电影学院学报》2018年第1期。

第一章第三节：《动态视野：艺术之旅的多维考察》，《北京电影学院学报》2021年第1期。

第二章第一节：《"活法"三义：当代西方新媒体艺术宣言例析》，《社会科学辑刊》2019年第4期（英文版发表于Critical Theory Vol.2, No.1）。

第二章第二节：《口袋妖怪：新媒体与艺术形态的变革》，《文艺争鸣》2016年第11期。

第二章第三节：《新媒介与当代文论转型（专题讨论）——西方数码文学研究的若干问题》，《学习与探索》2012年第12期（《新华文摘》2013年第6期列入篇目）。

第三章第一节：《论文学的多本体性》，《文艺报》2017年3月13日第2版。

第三章第二节：《位置批评视野中的网络文学》，《江苏大学学报（社会科学版）》2018年第4期。

第三章第三节：《后移动互联网时代的网络文艺》，《福建论坛

（人文社会科学版）》2018年第8期。

第四章第一节：《面向未来的文学设问》，《当代文坛》2017年第3期。

第四章第二节：《人工智能与文学创作的对接、渗透与比较》，《社会科学战线》2018年第11期（《文艺理论（人大复印）》2019年第3期全文转载,《中国社会科学文摘》2019年第3期、《高等学校文科学术文摘》2019年第1期摘登）。

第四章第三节：《我国网络科幻小说的人工智能想象》，《长江文艺评论》2020年第2期。

第五章第一节：《新媒体凝视着我们——新媒体带给文艺评论的三大变化》，《艺术广角》2016年第4期。

第五章第二节（以在正文中出现的先后为序）：《如今似确定性包围着我们》，《南京邮电大学学报（社会科学版）》2016年第1期；《在对话中构建未来》，《网络文学评论》2017年第3期；《体育赛事对网络文艺评论的积极启示》，光明网－文艺评论频道2016年10月11日；《"无网不文"时代的文艺批评》，《中国社会科学报》2017年3月20日第5版；《流通：网络文艺生态的智慧》，《中国社会科学报》2017年12月1日第5版；《网络文学研究要有想象力》光明网－文艺评论频道2017年10月27日。

第五章第三节：《网络文学评论的科幻视角》，《文艺报》2019年8月19日第5版。

第六章第一节：《交互性娱乐何以成为艺术？》，《中国艺术报》2017年3月22日第S04版。

第六章第二节：《艺术语言创新的三种取向》，《中国艺术报》2017年12月27日第6版。

后　记

第六章第三节：《从事网络写作，贵在自知之明》，光明网－文艺评论频道 2017 年 12 月 19 日；《网络大电影如何走向精品化》，光明网文艺评论频道 2017 年 10 月 12 日；《大变局时代　我国网络文学将大放异彩》，《厦门日报》2020 年 5 月 31 日第 A04 版；《"路空文隐喻"阐释与网络文学高质量发展的系统观——奇幻电影〈刺杀小说家〉思辨》，《福建论坛（人文社会科学版）》2021 年第 6 期。

余论：《网络文学资源的学术厘清——写在〈网络文学文献数据库〉出版之际》，《中国艺术报》2015 年 12 月 23 日第 3 版。

在科技跟艺术逐渐交汇当中，怎么去寻找个人研究的特色？这牵涉到我们怎么发挥自己所长等一系列问题，对年轻人显得特别重要。我把相关想法分为九个角度，2018 年 5 月 29 日在"西湖论坛"发言，和与会者交流。其内容可以作为本书的补充。

第一个就是自己的优势在哪里？我从小喜欢科技，虽然没有学理工科，但对这方面的兴趣延续至今。我感觉，要寻找自己的优势，兴趣是很重要的条件。第二个就是我们的服务对象是什么？如果我们对研究领域进行细分的话，讲营销可能就是经济、市场层面的问题，讲创作可能就是审美层面的问题，各有各的旨归。我们应该对自己的学术研究有所定位，因为一个人的生命是有限的，想占领所有高地是不可能的。但是，其中肯定有自己既感兴趣又可以跟社会需求接轨的取向。第三个就是能够帮助、引导我们前进的人在哪里？比如"西湖论坛"就创造了很好的机会，与会者既有学理工的，又有学人文的，都可能成为自己的良师益友。这是很重要的。以上三个问题主要是就学术研究中人的因素而言。

第四个就是技术的发展给我们带来什么？可以说，技术给文艺评论提供了很多新的手段。在我们开始从事研究的年代，只有很简单的一台电脑，今天却已经有了非常复杂的数学工具或者其他检测手段，这些是我们要努力熟悉与应用的。我们做网络文艺研究的人面对海量数据，需要有新的技术、新的软件。第五个就是要找到自己有独到见解的地方，到别人没有探索的领域去努力探索，或者针对以前讲得不对的地方，去发现问题、提出观点。第六个就是要找到适合表达自己观点的文体或途径。在历史上有很多创新，实际上跟文体有关系，比如诗歌、小说、戏剧等的分化。我发现美国兰多教授（G. P. Landow）研究超文本的专著曾采用电子超文本作为载体，有效地展示了其研究成果的特色。这三个问题都跟研究的具体课题有关系。

  后面三个角度，是关于怎样把人的因素跟课题的因素有机结合起来。第七个是要有方法论的创新。比如，我为什么会有今天这样的研究？其实 20 世纪 80 年代厦门大学一些前辈提出的很多命题就让我非常感兴趣，他们关于系统论、信息论和控制论的探讨，对我的启发是很大的。第八个主要是环境。我们身处新时代，国家有很多自身的经验、诉求，这些对我们成长的帮助是非常大的，因此需要更好地把个人的定位跟国家的定位融合在一起。第九个是心灵的探索。文艺评论表面上是评论别人，实际上是表达自己，因此要学会用心灵去感知世界、观照自我，从而实现更具有普遍意义的心灵探索。

  在我的学术生涯中，获得了领导、朋友、同事和家人的热情支持。黄河清提供了有关网络文艺的不少宝贵资料。本书的出版，则是由于夏烈老师的鼎力相助。谨此致谢！

黄鸣奋
2022 年 3 月

图书在版编目（CIP）数据

人工智能与网络文艺 / 黄鸣奋著 . -- 宁波：宁波出版社；杭州：杭州出版社，2022.7
（中国网络文学研究名家论丛 . 第一辑）
ISBN 978-7-5526-4435-7

Ⅰ . ①人… Ⅱ . ①黄… Ⅲ . ①网络文学－文学研究－中国 Ⅳ . ① I207.999

中国版本图书馆 CIP 数据核字（2021）第 225516 号

中国网络文学研究名家论丛

人工智能与网络文艺
RENGONG ZHINENG YU WANGLUO WENYI

▷ 黄鸣奋 著

策　　划	袁志坚
责任编辑	俞 琦　杨 凡
责任校对	徐巧静　陈 钰
装帧设计	金字斋　甘巧丽
出版发行	宁波出版社
	（宁波市甬江大道 1 号宁波书城 8 号楼 6 楼　315040）
	杭州出版社
	（杭州市拱墅区西湖文化广场 32 号 6 楼　310014）
印　　刷	宁波白云印刷有限公司
开　　本	710mm×1000mm　1/16
印　　张	25.25
字　　数	330 千
版　　次	2022 年 7 月第 1 版
印　　次	2022 年 7 月第 1 次印刷
标准书号	ISBN 978-7-5526-4435-7
定　　价	70.00 元

如发现印装质量问题，请与出版社联系调换，电话：0574-87248279
（版权所有　翻印必究）